愚人节

阿蒙 著

上海三联书店

一

　　"侬哪能才来？又去啥地方白相,忘记了对吗?"男的朝匆匆而来的女孩埋怨道。像其他八零后的小青年一样,他讲上海话也有些洋泾浜。

　　"我——"女孩欲言又止。

　　"小桥啊小桥,我讲侬啥好呢? 叫侬买一套新的时装穿来,哪能又是老一套?"男的瞄瞄对方的打扮,又责怪道。

　　"这套勿是蛮好的! 现在时装老贵的,侬出钞票啊?"叫小桥的女孩反诘道。她的上海话同样说得有些勉强。

　　"唉,哪像我的女朋友。"

　　"勿像吗? 勿像我走——"

　　男的一把拉住小桥,见她面有愠色,便哄她说:"我这也是为了工作嘛——好在这边光线暗,问题勿大。"

　　这时,边上有一对互相搂着的情侣走过,大约听到了他们后半段谈话,男的嬉皮笑脸地对自己的女伴说:"我这也是为了工作喔!"说着在对方的腮边亲了一口。女的娇嗔地用手拍了他一下,轻声骂了句:"十三点!"

　　这是虹口一条僻静的小马路,两边巨大的梧桐树遮挡住了月光和灯光,一阵风吹过,树叶在刚下过雨的路面投下斑驳的光与影。

小桥斜眼瞄了一下同伴:一米八的身材,高大魁梧,一套崭新的米黄色西装,雪白的衬衫配一条黄白细格的领带,头发油光,皮鞋锃亮。

"这次像人了,勿想想自己平时多邋遢。"小桥嘟哝了一句。同伴没听清,满脸狐疑地瞧着她。

小桥低头扫了一眼自己的"包装":一件式样过时的两用衫,一条半旧不新的一步裙,皮鞋倒是十八岁生日时只穿过一回的达芙妮,乌黑的短发也刚烫过,走起路来令人想起电视广告语:飘逸潇洒——但与对方站在一起,还是显得有些寒碜,不太般配。

"对勿起——"小桥轻轻地又嘟哝了一句,眼里闪现令人同情的泪光。

"哭了?"男的挤挤眼睛,陪着小心说:"假戏也得当真戏来演,否则演得穿帮了,任务没完成,所长会放过阿拉吗? 伊训起人来侬又勿是没看见过,像训灰孙子一样,吃相要有多恶劣就有多恶劣。"

"我是想去买一套新的,后来……"

"钞票落脱了?"

"勿是。"

"嫌贵?"

"也勿是。"

"那……"

"勿要问了,好吗?"是啊,她能告诉他什么呢? 说她今天下午把两千元钱寄给了一个只见过一面、且非亲非故的女人,连自己的父母都不知道？

这人是谁？她在哪儿安身？既然非亲非故，为何要寄钱给她……一连串的问题肯定会铺天盖地而来，让自己难以回答，也不愿回答。

男的见小桥不想说也不再勉强，兀自抬手看看表，九点二十分，又警惕地朝马路对面张望了一会儿，没有动静。他掏出一包前门牌香烟，抽出一支点上。

"侬能勿能勿抽啊？"

"勿能。"

"为啥？"

"男人勿抽烟，比女人长胡子还难看。"

"切，奇谈怪论，我老爸就勿抽，一派学者风度。"

他们站立的地方叫唐山绿地，是一个路边花圃，黑黢黢的，树丛和花草勾勒出一个个怪异的形状，随风摇曳，有些怕人。突然，有什么东西从草丛中窜出，直奔马路对面而去。小桥禁不住打了个寒战，朝男的身边靠靠；男的顺势把她搂在怀里，带点温情地说："勿要怕，一只野猫。"

"那些人会有枪吗？"

"有也勿怕，阿拉也有啊！"

"我，我又没有。讲啥我的主要任务是配合演戏，勿用带枪的，哼！"

"我主要是考虑侬的穿着勿方便带枪。勿要发牢骚了，喔？"

"是，梁中队长。"小桥很不情愿地回答说。

她倒是没有什么牢骚，真正抱怨的是她的母亲。为了她的这份工作,父母之间经常发生口角。今天吃晚饭时,她说眼皮跳,母亲忙问,左眼还是右眼?她说是左眼。母亲放下筷子,转身看看日历,然后神情严肃地用食指在她两眼之间来回移动:祸、福、祸、福、祸、福……

"唉哟,勿吉利!小桥,今朝侬千万勿能出门啊!"

"迷信!"父亲一边将一块清蒸带鱼塞入口中,一边微笑着说。"侬总勿会让伊跟中队长请假,讲今朝我眼皮跳,请假勿去捉坏人了。"

小桥扑哧笑了,嘴里的饭菜喷了出来。

"侬以为自己是记者就啥都懂啊?警察是世界上最危险的职业,晓得勿晓得?怂恿自己的女儿当警察,亏侬想得出来。"母亲抓起筷子扒拉着饭。

"是最危险的职业之一。"父亲纠正道,"记者也是世界上最危险的职业之一,侬晓得勿晓得?十几年了,我勿是做得蛮好吗?"

"噢噢,勿要讲来,想想真是难为情,你们这种记者也好算记者?报喜勿报忧,一天到夜歌舞升平,为领导涂脂抹粉。有啥危险啊?最大的危险也就是拍马屁拍在了马脚上,让马踢了一脚,踢出乌青来还勿能叫痛。"

"侬讲闲话哪能介难听,吮,完结——"一根鱼刺卡在喉咙口,父亲嘴张得大大的,泪水在眼眶里打转。

"要勿要紧啊?"小桥紧张地问。

"我看看——"母亲趁机狠狠揪住父亲的耳朵往灯亮处去,"啊,嘴巴张大!眼镜拿掉!"父亲此时只得任凭母亲肆意报复。

鱼刺被母亲用筷子夹出来了。

"我讲今朝勿吉利,侬还勿相信!"母亲在父亲眼前抖抖手中的鱼刺,得意地说。

"嗨,看来吃鱼也是世界上最危险的事啊!"父亲戴上银丝边眼镜,揉揉被母亲揪疼的耳朵,愁眉苦脸地说道。

"好了,别犟嘴了,快吃吧。等一歇汰了碗,我还要去跟小姐妹搓麻将呢!"

"啊?又麻将啊?三天两头地搓,就勿会厌气啊?"小桥笑着说。

"侬要出任务,老爸报社要值班,我一个人在屋里练戆啊?"母亲嚷嚷道。

小桥第一个出门,刚走到天井,母亲又紧追几步叮嘱道:"现在的人变得老凶狠的,为了几十块钞票也敢动刀杀人,侬千万要小心哦!我教侬一个办法,碰到坏人,喉咙要响,'站住,再跑我就要开枪啦!'不过,真的追起来,跑得慢一点,懂勿懂?像电影里的慢动作。——要命,我的眼睛哪能也跳了。哦哦,还好,我是右眼跳,看来今朝夜里可以赢钞票啦,哈哈!侬去吧,当心点哦!"

"想啥?还生我气?"中队长叫梁振华,见小桥在发愣,便弯腰把脸凑过来看她表情。

小桥喟叹道:"或许老妈讲得对,小姑娘勿适合做警察。"

梁振华安慰地说:"我第一次也一样的,紧张得讲闲话声音都发抖。"

"夜饭前老爸就讲我,是勿是要正式执行任务啊?我讲,侬哪能晓得?伊讲,看侬紧张得拿支眉笔在嘴唇上描啊描的。

我一看，要死啊，嘴唇皮都已涂得黑乎乎的了。我讲，今朝的任务非同一般，是去抓毒贩子，在靠近唐山绿地的地方。老爸讲，那离我家勿远，附近地形侬老熟悉的，怕啥！想想也是，我从小生活在这块地方，勿要太清爽呵。这么一想，也就勿紧张了。可现在……"

蓦地，梁振华改用标准的普通话悄声打断了她："应该进入角色了——你看，目标出现了！"小桥打了个寒噤，顿时更觉紧张起来。

"刘克、陆上行，注意，看见目标了吗？"梁振华急忙把头埋进西装内侧口袋边，对着里面的小型对讲机轻声而有力地说。

"是的。""看见了！"沙沙的电磁声里传来还算清晰的两声回答。

"沉住气，等他们交接时再行动！"

"是！明白！"

梁振华抬起头来，看看小桥，她紧张得连呼吸也变得急促起来，如果光线好一点的话，一定还会看见一张涨得通红的脸。其实，梁振华今天也同样有些紧张：一是因为所长到市委党校学习去了，听说回来后即会到虹口分局高就，而梁振华理所当然会接他的班。此次行动由他全权指挥，如能大获全胜，接班便是板上钉钉的事，但要是失败了，他能否接班就要打上大大的问号。二是今天小桥第一次与他一起出任务，他不想在她面前露怯，更不愿让她看到他是一个失败者。

梁振华本想说几句俏皮话缓和一下气氛，毕竟她是第一次，毕竟自己心里的那根弦也绷得太紧了。但没有时间了——

对面梧桐树下站着一个穿白色长袖 T 恤衫的中年人,手里似乎很随意地提着一个小小的黑色马甲袋。他不时看表,焦灼地环顾四周,仿佛在等什么人。这时,出现一高一矮两个民工模样的男子拉拉扯扯地朝 T 恤衫走去……T 恤衫似乎不太满意,埋怨了几句转身想走,矮胖子紧跟几步,用手比划着向他解释什么。T 恤衫终于停住脚步,转过身来,指指高个子,脸却对着矮胖子在说什么;矮胖子唯唯诺诺,把胸脯拍得嘭嘭响。T 恤衫警觉地东看看西瞧瞧,见无异常情况便将黑色马夹袋递给矮胖子。矮胖子转手又塞到高个子手里,并鼓励似地拍拍他的肩。

"刘克,你们的目标是高个子;陆上行,你们的目标是矮胖子。明白了吗?"

听到两声"明白"后,梁振华轻轻喊了声:"开始吧。"然后将小桥的手塞进自己的臂弯里,把她的头往自己的肩膀上压了一下,随之他俩像一对真正的情侣慢慢向马路对面走过去。

梁振华能感觉到小桥的兴奋与紧张,她的肢体动作僵硬,呆滞,全然没有情人应有的温柔与灵巧。"放松,放松。"他轻轻地告诫她。

小桥突然感觉右脚脚底一阵刺心的疼痛,这才发现右边那只鞋不知什么时候掉了,一粒小石子扎破了玻璃丝袜,脚底黏乎乎的,显然有血在渗出来。梁振华见她痛苦地抽搐了一下,低头看看,她脚上只有一只鞋,回头望望,还有一只鞋影影绰绰躺在不远处的街沿边。梁振华犹豫了一下,拣还是不拣?这时矮胖子把脸转过来警惕地往这边瞅瞅——他怔了几秒钟,仿佛在等恰当的时机。蓦地,他挥了一下手,转身便走,其他二人也如惊弓之鸟胡乱逃窜。

梁振华大呼一声："不好，快追!"甩开小桥的手臂，快步朝T恤衫追了上去。

瞬间，左右灌木丛中又有四个人闪出，飞一样猛扑过去。小桥摇晃了一下，迟疑少顷，随着追了几步，停下，干脆把另一只鞋也脱了，刚跑了几步，觉得玻璃丝袜打滑，又停下，扯去袜子，赤脚奔了起来。

四处光线很差，场面又有些混乱，小桥一时有些不知所措。她稍作停留，权衡一下形势后，便毅然绕向左边一条马路。上海的马路大都弯弯曲曲，熟悉与否往往决定了你到达目的地所需花费的时间。

小桥跑过两条横马路，果然发现那个高个子甩掉了追赶者，正在气喘吁吁地边走边回头张望。她奋力向他冲过去。高个子一看不妙，又拔腿跑起来。

小桥参加过大学田径队，是连续四年的女子短跑冠军；但今天不行，一则对手是男的，既高大又迅猛；二则自己穿着一步裙，行动不便，且脚上有伤，还光着脚丫子；三是自己爆发力可以，耐力却不能持久。她心想，如果有一把枪该有多好，先鸣枪示警，再敢跑，就一枪击毙他。电影电视剧里的警察都这样，多威风啊! 毒贩，害人匪浅，抓住也是死刑，所以他们是一帮亡命之徒。万一他们身上有枪，怎么办? 嗨，管不了那么多了，追吧!

跑着跑着，小桥渐渐体力不支。她急中生智，瞧见前方不远的路边有一堆石块，赶紧上前用双手抓起两块；跑了几步后，对准高个子的后背奋力一掷。石块嗖地从高个子的头顶飞过,打在了路边的梧桐树上,枝叶发出一阵沙沙的声响。高个子一惊,慌张地回头瞄一眼,又奋力跑了起来。小桥并不气馁,又将剩下的那块石头换到右手,咬咬牙一扔——

"唉呀",石头砸在高个子的脚踝上;高个子痛得一瘸一拐,速度明显慢了下来。

小桥顿时信心十足,她又顺势在地上捡起一块碎砖,紧追几步,甩手将它飞出——

噗!正中高个子后背;"哇啊",高个子痛得踉踉跄跄差点跌倒。勉强拖了几步后,他倏地拐进了右边的一条弄堂。小桥兴奋地喊道,"哈哈,你跑不了了!"显然,这里对小桥来说是再熟悉不过,她的家在这里,她在这个弄堂里已经生活了整整二十四年!

原先害怕的心绪顿时荡然无存,家,父亲,母亲,同学,左邻右舍……蓦然,熟悉的一切似一幅幅温馨的画面在脑海中急速闪现。

她冲进弄堂,突然被一堵墙——一堵肉鼓鼓的墙弹了一下——这里不应该有墙的,疑惑一闪而过;她抬头定睛一看,是个人:高大,壮实,还有几分英俊。她感觉这张脸似曾相识,还不及细想,只觉得腹部顶进了一根硬硬的凉凉的东西,双腿顿感无力,瘫软下来。她疲倦极了,想睡觉。在失去知觉的一刹那,她听到仿佛从天边传来的声音——小桥,小桥……

二

　　"古今一，古今一，快走啊，人家老表都走得没影啦！"

　　那是他们插队到江西后的第一个夏天。一个凉爽的早晨，他吃了饭，扛着锄头与其他知青一起出工去。他落在最后，其他人或已出村上了小木桥，或早已在对岸打谷场边等候。老肥从他身旁跑过，嚷嚷道，"要是跟丢了，就麻烦咯。"

　　朱溪村位于樟树县的最西边，是个小山村，村前是一条清冽的泉水河；河两边灌木丛生，其间疏疏落落站着不少枫树，每年秋风吹过后，红红的枫叶倒映河中，把河染得红红的，煞是好看。此河因此得名，村也因此得名。村四周，也就正南方稍有些开阔，其他三面目之所及，除了山，还是山。山路崎岖多岔道，一小片一小片的梯田藏在隐秘的山坳里，当地人给这些山坳取了名字。出工前，大家照例都聚集在生产队长袁国光的家门口，那儿有一小块空地。只等袁国光发话，今天到哪儿干活、干啥活，大家便三三两两朝那儿去。知青搞不清地名，这儿又不比城市有路牌，于是每次都是跟着大部队走。倘若迟了，跟不上，那十有八九只得原路返回，出不了工；出不了工也就没工分记。

　　古今一紧赶几步过桥，刚到打谷场边，见远远的有辆拖拉机朝这边"突突"地开来。他立在原地不动了；其他知青还未走远，闻声也都扛着锄头返回。也许，开拖拉机的福仔会从公社邮局把信件带回来。

"出工了，出工了！"袁国光见一帮知青都齐刷刷瞅着拖拉机，便着急地吼了起来。

"噢，噢，出工了，出工了！"大家跟着他喊，却不开步。袁国光无奈，嘟哝了一句："这些上海佬，连拖拉机也冇见过吗？"悻悻地独自先走了。

拖拉机到打谷场边停下，一群人围到驾驶室跟前，急赤白脸地喊道："福仔，有我的信吗？""福仔，有我的汇款单吗？"

福仔长得瘦瘦小小，其貌不扬，不过很机灵，虽说初中只读了一年就辍学，但开拖拉机经常去公社、跑县城，在颇为闭塞的朱溪村也算是见多识广的人。加上知青来到这里后，免不了要托他寄信、取信什么的，他成了他们紧紧依靠、不可或缺的重要人物，地位在村里更是直线上升。远近几十里已经有好几个"有女渐长成"的人家托人前来说媒，其中确实有一两家家境很是殷实，让福仔的父母羡慕得一个劲地说"灵，灵"，但都被福仔——回绝。

此时的福仔，比生产队长还神气，他嘴里咬着烟，黑乎乎、脏兮兮的双手紧紧抓着一叠邮件，神情严肃地咕哝道："哦，哦，急啥，一个个来，林飞鸿——郭苏苏——钟自鸣——"

古今一每每遇到这种场合，总是躲在后面。见众人争先恐后的狼狈相他笑笑，然后漫不经心地把目光转向拖拉机——蓦然，他发现驾驶室里一个长辫子的女孩脸涨得通红，正犹豫不决，是扶着门框爬下车，还是直接跳下来。古今一见状,不假思索地扔掉锄头快步上前。他伸开双臂,女孩开心地把自己的双手交给他。

"扑通",女孩跳下车,说声"谢谢",转身朝村前的小木桥走去。

福仔突然脸色大变,把剩下的邮件往郭苏苏手中一塞。"呸",扭头吐掉香烟,惶恐不安地追了过去。

古今一默默地瞧着她长辫子一甩一甩、渐渐远去的背影,心中涌起一股异样的感觉。女孩大约十四五岁,文静、秀气,肤色洁白中透出健康的红润,那双杏眼更是如溪水般清澈;她着一身淡青色的连衣裙,背着一只素色的粗布书包。古今一诧异地想,如此闭塞的小山村怎么会有如此清纯脱俗的女孩?

"古今一,干活了!""古今一魂灵被人牵走咯!"……哄笑声中,古今一与其他知青一起向绿色的大山深处走去。

后来,在田头村民们的闲聊中,古今一了解到女孩叫九莲,是村东头叶白清的独生女。她在公社上初中,现在回家过暑假。

叶白清长得五大三粗,其老婆却小巧玲珑,一看就知道两人不般配。据老人们说,叶白清的老婆原先与娘家那地方的乡党委书记的儿子相好。两人是同班同学,毕业时瞒着各自父母,订下秦晋之好。没想到县委管组织人事的副书记在一次会议间隙,与这位乡党委书记谈起了子女的婚事。都说县委副书记的女儿奇丑无比,与他的政绩一般,而这位乡党委书记的儿子却是一表人才,与他爹的窝囊形成鲜明对比。顶头上司亲自说媒,真是莫大的荣幸!乡党委书记一口应允。

县委副书记回家与女儿一说,女儿自然十分开心;乡党委书记回家对儿子谈起此事,儿子一口回绝。领导的尊严加上父亲的威势,受到了前所未有的挑战。于是父亲以断绝父子关系相要挟,母亲以跳河投井相规劝,儿子屈服了,写了一封凄婉的绝交信给他的女友。

女友痛哭流涕、伤心欲绝,想一死了之,但腹中已有了三个月的身孕。孩子是无辜的,谁也无权阻止其降临人间。正在此时,叶白清出现了。他也是她的同学,一直在暗恋着她。想想自己与她有天壤之别,他不敢作非分之想,如今形势逆转,他鼓起勇气前去试探。

她不同意,说不是因为他丑,而是因为自己贱:"我已经有了他的孩子!"她哭着告诉他。

"我会待她如亲生的一样。"他由衷地表白。

果然,叶白清对她和她的女儿体贴入微,一家人过得和和美美。村里哪户人家结婚后不生养三五个儿女的? 奇怪的是,叶家就九莲一根独苗。于是村里人暗地里胡乱猜疑:有的说九莲她娘身子弱,不敢再生养;有的说九莲她娘嫌叶白清丑,怕生下个丑小子将来找不到老婆;也有的说叶白清人高马大,九莲她娘弱不禁风,两人没法在一起过夫妻生活;更有的说叶白清原本就是个废物,男人那东西只会撒尿,不派其他用场,所以才拣个现成的怀着孩子的女人当老婆……不管怎么说,叶家女儿的美貌与聪慧却得到了全村上下的公认,甚至方圆三十里地块,也都传说朱溪村有个叶九莲,不但人美,且知书达理,谁能娶她当媳妇,那定是修了八辈子福了。

"九莲,多么清纯的名字;九莲,多么文静的女孩。"夜深人静,古今一一个人坐在村前小木桥的栏杆上。时而望着清澈的明月,怔怔地背几句宋词:谁道闲情抛弃久?每到春来,惆怅还依旧。日日花前常病酒,不辞镜里朱颜瘦。河畔青芜堤上柳,为问新愁,何事年年有?独立小桥风满袖,平林新月人归后。时而拿起一支竹箫,幽幽地吹:《梁祝》的旋律缠绵悱恻,飘荡在小山村的上空……

自从回到上海后,多少年了,尽管很少再能看见这么清澈的月亮,再也不能这么悠闲地坐在小木桥上背诵宋词、吹一曲《梁祝》,但依然会在心底默默念诵着:"九莲,九莲,你还在朱溪吗?你生活得好不好……"尽管自己的女儿都已工作了,比当时的九莲还大了几岁,每每看到她,心里便百感交集,既对女儿的长大成人充满喜悦,又对时光的匆匆流逝伤感不已;但魂儿还是时不时回到朱溪村,回味不堪回首的知青生活……半是梦幻,半是回忆。无论如何,初见九莲的场景犹如一段经典影片的精彩片段,无数次地在脑海中闪现,永远是那么清新、那么清晰、那么美好。

突然,一阵急促的电话铃声打断了他的思绪。他扫兴地拿起了电话。他知道,报社值班电话接听的多半是读者的批评意见:第一版某篇文章有错别字,你们做文字工作的,认真点行不行啊;第三版那篇报道的标题有毛病,我怎么看不懂它是什么意思啊;天津路着火,死了好几个人,你们为什么不报道啊;……

"这里是报社值班室,请问您有什么事?"古今一一副公事公办的口吻。

"喂,报社值班室吗?我找古今一,古老师……"声音有些沙哑、低沉,像是故意压低了嗓门。

"我就是。请问您是——"

"我姓谢，您就叫我小谢吧。我从江西来，九莲让我捎点东西给您。"

"九莲？"古今一心头一凛，少顷，梦呓般喃喃道，"真的是九莲？"

"是啊。您现在能不能回家一趟，东西送到报社不妥当吧？再说，晚上我还要赶火车回江西。您家离火车站更近些，不是吗？"

"好，好，我马上回家。如你先到的话，请等我一会儿。"

古今一打电话关照总机小姐自己家里有急事，如有读者来电话把内容记下来，他回报社后再答复对方。说完，匆匆奔出报社大门，拦了辆出租车。

十分钟后，出租车在弄堂口停下，此时古今一才隐隐地觉得有些不对劲：莫名其妙，二十多年不见，九莲干嘛今天异想天开地送东西给我？啥东西啊，还特地托人从几千公里之外送来？会不会是什么骗局啊？现在的骗子像夏天的蚊子一样多。如果是，那他又是怎么知道我的住址？又怎么会知道九莲这个人的？

"哎哟，我真戆！今朝是愚人节，一定是哪个插队时的难兄难弟在寻我开心，白相我！"

三

成厚里是一条老式里弄,解放前就存在,好几十年了,已呈破败之相。周边的地区都早已拆了,或建商品房,或盖写字楼,唯有成厚里一会儿有政府官员说要拆了,否则有损大都市改革开放的形象;一会儿又有专家学者说要重新修缮,为上海保留一些历史遗迹,因为他们论证说共产党的潘汉年和国民党的戴笠都曾经在这条弄堂里住过。公理婆理都是理,到头来还是既没拆迁,也没修缮;不过逢年过节或"两会"前后,倒也派上了用场:党政部门的各级官员都会满脸真诚地前来下基层,访贫问苦,认真听取民情民意,各大媒体的记者也会蜂拥而来,第二天照例都是头版头条,一派政通人和、干群融洽的和谐气氛。年复一年,像维也纳新年音乐会,不可或缺。

成厚里呈两个直排的"非"字形,当中是主弄堂,两头皆通,左右各有六条支弄堂,弄底却全都是封死的,俗称死弄堂。

高个子见追他的竟是个女孩,吃了一惊;见她无力地倒下,眼睛却死死盯着他看,更是慌了手脚。他转身又跑了起来,快到主弄堂出口处,便熟门熟路嚯地转身窜进了左边第六条支弄。

刘克和沈志军刚才追丢了高个子,正在急得团团转时,突然瞥见两个人影一前一后闪过，便也一路跟着，追进了成厚里。猛然，发现墙边躺着一个人，刘克来不及细看，忙对沈志军喊道："侬照看一下，我去追！"这里的地形很熟，他曾经几次在此守候伏击过逃犯。他生怕高个子窜出主弄堂，逃进不远处的虹口百货公司，隐身茫茫人海中，那就麻烦了，要找出来无异于海底捞针。于是，刘克紧追了几步。没想到高个子竟拐弯跑进了死弄堂，他心里窃喜，喃喃道：天助我也，便奋力地奔过去。

这条支弄堂能见度极差，他突然转入其中，眼睛一时还适应不过来。他停住脚步，使劲眨巴了几下眼睛，眯缝着往前看，没见高个子身影，恍恍惚惚似乎右边最后一扇大门倏地闪出一道亮光，转瞬又是一片昏暗。

刘克小心地握着手枪，一边谨慎地关注两边的门洞，怕高个子会藏在里面突然窜出袭击他，一边慢慢地向右边最后一扇大门移步过去。

他用力一推，大门紧闭；他使劲按了下门铃，里面似乎没有动静。

"咚咚咚,咚咚咚"，他开始敲门。

没人应门。

"咚咚咚,咚咚咚"，他继续敲门。

仍无人应答。

"怪了,明明刚才有灯光,怎么会没人来开门？莫非主人被高个子劫持了？"

"咚咚咚,咚咚咚"，他发觉情况不妙，便拼命地敲打着黑漆剥落的大门。

又等了好一会儿，门才吱呀一声开了——开门的是一位看上去四五十岁的男子，戴着一副银丝边眼镜，穿一身藏青色西装，里面是一件白衬衫，没带领带，显得温文尔雅、随意亲和。"请问，您找谁？"一口标准的普通话。

"刚才有人到你家来了？"刘克心急火燎地问。

"没有。"

"不会吧？刚才进你家的可是个犯罪嫌疑人啊！"

"犯罪嫌疑人？那你又是谁呢？"

"我是警察。"

那男子神色显现一丝慌张和迷惑，瞬间又恢复常态，用手掌摸摸脖后颈，镇静地说："哦，我还是警察的爹呢。"

"什么意思？哼，讨我便宜，没你的好！"刘克摸出了证件。

"不好意思，现在假冒伪劣的太多。可我家什么人也没来过，你还是到别处去查查吧。"

"我亲眼看见他进了这扇门的，你不会甘心当个包庇犯吧？"

"这是威胁吗？当警察的要重证据噢！"

"我搜查一下就什么都明白了。"

"不行，你有搜查证吗？"

"你想妨碍我执行公务吗？让开！"

"你如果敢私闯民宅，我要去告你！"

"尽管去告吧，闪开！"

正在两人相持不下之时，隔壁邻居有几人闻讯过来看究竟。

"古先生，警察要查就让伊查嘛，也好落个清白。"

"警察哪能啦,也要依法办事嘛。现在可是法治社会啊。"

"警察同志,古先生是报社的大记者,勿可能包庇坏人的。"

"是啊,无缘无故的,没有必要啊。"

古今一又不自觉地摸摸脖后颈,似乎这是他的一个习惯动作。

……这里正说得热闹,不知什么时候梁振华站在了边上。他看见刘克没法收场,便推开围观的人,走上前来。"刘克,这是梦桥的爸爸。古伯伯,侬好,伊是小刘,也是梦桥的同事。"

"噢,是振华啊。——咦,梦桥呢?伊没跟你们在一起?"显然,他俩挺熟。

"噢,伊从另外一条路追逃犯去了。很快、很快就会跟阿拉会合的。"梁振华回答时的表情有些腼腆。

"伊是梦桥的爸爸?"刘克把头转向古今一,后者点点头。

"对勿起,刚才我太鲁莽了。"刘克抱歉地说。

"噢,勿能全怪侬,我也欠冷静。"

"怪来怪去,还是怪现在假冒伪劣的东西太多!"旁观者中有人插了一句。

"快去别的地方找找看吧。"梁振华命令道。

两人告别古今一,拨开众人迅捷奔出了成厚里。

"散了,没事体了,回家休息吧。"古今一客气地与邻居们打招呼。

"古先生,侬勿怕啊?刚才那个警察腔调勿要太凶哦。"一个邻居说。

"怕啥?人家古先生是大报记者,无冕之王,懂吗?啥人怕啥人啊！再讲了，人家小桥也是警察噢。"另一个邻居说。

……

"没事体了，大家散了吧。"古今一摆摆手，抿嘴一笑说。

古今一关门，脸便阴沉下来。他走过天井，进前客堂坐定，脑子像一团乱麻。蓦然，他浑身一激灵，打了个冷战，从心底渐渐漾起一丝惧怕的情愫。

邻居们不甘心，还在津津有味地说东道西。

四

"你怕吗?"古今一对着九莲轻声问道,语气中夹带旁人不易觉察的关切与讨好。

这天是周六,九莲从樟树县中学回来度周末,照例又是福仔用拖拉机去接她的。这几乎已经成为福仔的一项固定工作,每到那时候他总是"碰巧"要到县里去拉货或送货。九莲在公社读初中时如此,到县里读高中时也是如此。古今一坐在小木桥的栏杆上,一身洗得褪色的淡蓝色海军军装、一双橡胶底黑色布面的松紧鞋,一只手拿的是竹箫,一只手拿的是旧书——《宋词三百首》。远处,夕阳西下,天边被晚霞染得红彤彤的。见九莲朝桥边走来,古今一忙起身招呼:"九莲同学回来啦?"

"哼,谁是你同学?"

"我们都是毛主席的好学生嘛。难道你不是?"

"我是,你不是。"

"为什么呀?"见福仔停好拖拉机,点了根烟快步走来,古今一忙说:"说正经的,我们知青今天晚上举办故事会,你也来听听吧。"

"讲什么故事啊?精彩吗?"

"当然精彩。什么类型的故事都有。嗨,吊死鬼的故事最惊心,你怕吗?"

"我才不怕呢。好,我晚上来。"九莲爽快地答应后,甩着长辫子朝村里走去。

"晚上你们要去哪儿啊?"福仔见九莲停住和古今一说话,忙赶过来,刚巧听见他们最后一句话,便一本正经地问古今一。

古今一抬头看看他,故作迷糊地答道:"晚上,去哪儿? 这山沟沟黑灯瞎火的,能去哪儿?"

福仔猛吸了口烟,愤愤地说:"你不要骗我,我都听见了。"

"听见了还问我? 再说,我们去哪儿,也用不着向你汇报啊。"

"妈的屄,上海佬冇好东西!"

"我劝你别抽阿尔巴尼亚烟,太臭了!"古今一用书当扇子使劲扇了扇。

知青三天两头会举办故事会,起先仅限于自己在小范围内交流读书的心得,渐渐地村里不少男女青年也闻讯加入进来。知青住的小木屋很快就成了村里仅次于队部办公室的热闹场所。入夜,吃了饭,冲了凉,大家三三两两往这里来。平时的开场白照例是:知青们谈些大城市的奇闻轶事,而村里人则说些张家长李家短的嚼舌头话。而重头戏是知青中的某一人讲一个短篇故事。压轴戏呢,一定是古今一的长篇故事,一次只讲半小时,吊足大家胃口后,他便戛然而止,任谁求他也不行:欲知后事如何,请听下回分解。

福仔回到家,顾不上洗脸、洗手,胡乱扒拉了几口饭,便在九莲家斜对面的枫树下倚靠着,边抽烟边等候,心里还一直在嘀咕:"你不让我抽阿尔巴尼亚烟,我偏抽,我臭死你……"差不多抽完三根烟后,才见九莲着一身白色的连衣裙出门,福仔忙在后面跟着。拐了个弯,不想九莲跨进了知青的小木屋。福仔犹豫了一会儿,终于忍不住,跟了进去。没想到,一间十五六平方米的屋子早已挤得满满当当,除了知青还有好几个本村的年轻人。大多数人坐在面对面的四张木板床上,还有些人或坐在自带的小板凳上,或坐在门槛上,或干脆站着靠在板墙上。屋中央有一张小圆桌,桌上一盏马灯吐出幽幽的黄色之光,把人影投射到四壁,影影绰绰,光怪陆离。

古今一见九莲来,兴致颇高,连连说"欢迎,欢迎";一看后面跟着福仔,便别过头装作没看见,严肃地说:"我先宣布一条故事会纪律,所有人不许在知青屋抽烟,尤其是阿尔巴尼亚烟。"

九莲不明就里,笑笑说:"这算什么纪律啊?其他烟是烟,阿尔巴尼亚烟也是烟,什么叫'尤其'啊?"

古今一很认真地解释道:"其他烟最多也就是影响空气质量,而阿尔巴尼亚烟太臭了,会把讲故事的人熏得晕过去。"

"这又奇了,为什么讲故事的人会晕过去,听故事的人不会呢?"九莲调皮地问。

"因为听故事的人可以戴个口罩,如果有防毒面罩更好,还可以时不时悄悄溜出去换换气。讲故事的人却不行,戴了口罩没法说啊。"古今一一本正经地说。

"戴个口罩听故事,还跑进跑出地换气,亏你想得出来,哼!"九莲淡淡一笑,说道。

福仔蹲在幽暗的角落里,不吭声,眼里却在喷火。

故事会开始了。作为开场白,钟自鸣先教本地人几句上海话。抽烟,叫"吃香烟";喝水,叫"吃茶";打人,叫"吃生活";输了,叫"吃憋";很好,叫"吃嘎";喜欢她,叫"吃煞伊"……

"嘻嘻,上海佬真是什么都能吃啊!"九莲莞尔一笑,说道。

"俗话说,民以食为天;人生在世,吃穿二字。吃,总归是排在第一位的嘛。"老肥卖弄学问地辩解道。

"怪不得你……"九莲滑稽地撑开双臂作肥胖状。

众人皆笑。

接着,郭苏苏讲了莫泊桑的《项链》。刚讲完,大家被一阵突如其来的掌声吓了一跳。原来是老肥在声嘶力竭地捧场,边鼓掌边叫道:"好! 好!"

"老肥啊,苏苏是在讲故事啊,又不是在唱京戏。好,好,叫你个头啊!"林飞鸿说。

众人又笑。

古今一今晚应该继续讲大仲马的《三个火枪手》,却突然心血来潮说了个吊死鬼的故事,吓得大家环顾四周,索索抖地挤作一团。怪了,古今一发现,不知是因为清高,抑或是真的胆大,九莲坦然地坐着,没挪动一点地方。

"唉哟,九莲,你真的不怕吗?"古今一问道。

"你怕吗?"九莲淡定地一笑,反问道。

"怕的人不说,说的人不怕。"

"真的? 这么说你胆子很大啦?"

"那当然。"谁会在女孩子面前承认自己胆小如鼠呢,何况是那么漂亮的女孩。

"那好，我给你出道难题，看你做得了还是做不了。"

"试试吧。"

"慢着，做得了怎样，做不了又如何？"老肥忍不住插嘴道。

"做得了说明你胆大包天，做不了则是胆小如鼠。"

"不行！没有奖励谁愿意费这个脑筋？"老肥悻悻地反对，边说边朝斜对面的苏苏偷偷瞄了一眼。

"穷乡僻壤的，有什么奖励能让你们大城市的人动心？"

"你就很让我们动心啊，对不对啊！"老肥起哄道，说完又不安地朝苏苏瞥了一眼，生怕她不开心似的。

"对啊！"满屋子的人都跟着起哄。

九莲有些难为情，期期艾艾地吐不出几个字。

老肥见苏苏没在意，更来劲了，馊点子随即而出："谁解开九莲的难题，九莲就嫁给谁，同意不同意啊？"

"同意！"满屋子的人异口同声。

"嗨嗨，不是讲故事吗？玩这个有意思嘛？"有人不乐意，企图阻止。是福仔。

"有意思，当然有意思啊。谁懂九莲心思，九莲嫁给他才会幸福，是不是啊？"阿娟带着强调的语气说道。

"就是嘛，出题吧，九莲同学？"老肥调侃道。

福仔被呛了一句，更是心里窝火，习惯性地从上衣口袋掏烟。

九莲狠狠地瞪了老肥一眼，硬邦邦地甩出一句话："出题就出题，还怕你吃——了我不成。"她把"吃"字的读音拖得长长的。

她稍作思考，然后煞有介事地说："我心中有一个小秘密，一直想告诉从小疼我爱我的爷爷。今天正巧是他的忌日。于是我把这个小秘密写在了一张白纸上，这张纸傍晚我去祭奠时放了忘行山我爷爷的墓碑上，用一块鹅卵石压着。今晚谁看到了我心中的小秘密，我就嫁给谁！"

顿时，鸦雀无声。屋里似乎升腾起一股幽幽的恐怖气息，马灯内的火也"呼呼"摇曳不定。

忘行山离村五里地，是朱溪村人的祖坟地。那儿长年累月阴森森的，哪怕是万里无云的大晴天，一到那儿也不知哪来的风，一阵阵的，还打着旋，刮得人心惶惶的，因此大白天没伴，也很少有人敢独自前去。大人训小孩，只要喊一句，"再闹送你去忘行"，保管小孩乖乖地不敢哭闹。

难堪的沉默又持续了几分钟。"看样子我九莲只好出家当尼姑了。"九莲装出几分可怜相，心里却乐不可支。

无人应答。屋里渐渐弥漫开一股难闻的烟味。

"谁他妈的又阿尔巴尼亚啦！"古今一明知故问。

"阿尔巴尼亚怎么啦？欧洲的一盏明灯。"福仔强词夺理。

"我们这儿有油灯呢，把你的明灯点家里去吧！"古今一不依不饶。

"嗨，你们男人除了吵架，还能干些什么呐？"九莲笑吟吟地说。

"就是。老肥，你的机会来了，去忘行吧？"苏苏用鼓励的口吻说。

"哦哦，我、我就不去了，我在这儿陪你、陪你们大家比较好。"老肥突然有些结巴。

"福仔？"古今一挑衅地问。

"干嘛?"福仔不满地反问。

"去忘行?"

"呸! 你他妈的才去忘行呢!"

"既然没人敢去,那我就回家咯。"九莲用一种得意洋洋的语调说完,佯装要起身走人。

"看来只有我亲自去了。"古今一挺身而出,与其说是为了给男人们挣回点颜面,不如说他真的有几分喜欢这山村女孩。

"去就去吧,还'亲自',你以为自己是谁啊?"福仔的声音刻板而冷漠。

"我是谁不重要,重要的是我敢去,而你肯定不敢!"古今一用讥讽的口吻答道。

"你行吗? 那儿挺吓人的,经常闹鬼。"九莲见是古今一想去,不知怎的多了些许担忧,凑到耳边轻声嘀咕道。

"没关系。我连人都不怕,还会怕鬼吗?"古今一从床头边拿了把手电筒,转身便走。

"这算什么话? 奇谈怪论!""就是,听不懂。""人比鬼还可怕?"……满屋子的人都叽叽喳喳说笑起来。

"嗨嗨,你真去呀? 我是开玩笑的。不过是看看你们这些臭男人到底有多能耐。"九莲有些急了。

"后悔了吧? 其实嫁个上海佬不错的噢。"老肥说话总是口无遮拦,除非苏苏因为什么事而生气时。

"我也一直想练练胆子,这是个机会。"古今一淡然一笑,说完便出了门。

"哎哟,你们多去几个人跟着他呀,万一出事怎么办? 忘行那地晚上可真去不得的。"九莲站起身连连挥手。

"去了三五个人，那你到底嫁谁呀？"老肥慢条斯理地说。

"嫁鸡嫁狗，也不会嫁你！"九莲火了。

"噢噢……"其他人又跟着起哄，却没人敢出门。

外面黑咕隆咚的，整个朱溪村被暮色笼罩着，繁星点点，远山黝黝，近处远处不时传来几声狗吠。古今一出了小木屋才懊悔不已，他想返回又怕众人耻笑，于是硬着头皮挪步往忘行山方向而去。毕竟在这山沟沟里几年，一个人从来没走过夜路，加上刚才自己还声情并茂地讲了一个关于鬼的故事，听者感到恐怖，讲者心里何尝不是有些惶恐。他一边走，一边胆战心惊地环顾左右。走着走着，偶然一回头，他不觉大惊失色：茫茫夜色中果真有一个白色的物体飘然而来——

鬼？他慌忙从山路边捡起一块硕大的石头，等候着；他知道，跑是没用的。"人能跑得比鬼快，那才真是见鬼了呢。"古今一坚信：当某件事情的发生不可逆转时，最理智的做法不是仓皇逃跑，而是冷静面对。

白色的物体渐行渐近，古今一突然将左手的手电筒光直射过去，右手"嗖"地往后一摆，刚要扔石块——

"古今一，是我。"是九莲！

古今一一阵激动，他将石块往路边一扔，疾步迎上去。九莲跑到跟前，气喘吁吁地停住。古今一冲动地一把抱住她。"黑灯瞎火的，你来干什么？"

"我来找你，怕你出事。"

"我一个大老爷们，能出什么事？你快回去，一个女孩子半夜三更在外面瞎跑，合适吗？"

"你也回去吧，那儿根本没纸条，我说着玩的。"

"我知道你虽是山村女孩,心气却很高;我们虽来自大城市,在你面前却俗不可耐。也罢,回去吧。"

九莲用手捶了他一拳,娇嗔地说:"你俗不可耐,我这么晚跑出来干嘛?"

古今一窃喜,连忙说:"那我们一起去忘行?"

"啐啐啐……我们年轻、健康,日子还长着呢,去那儿干嘛!"

古今一自知失言,但仍狡辩道:"这叫不能同年同月同日生,也要同年同月同日死。"

"要死你去吧,恕不奉陪!"九莲说完,挣脱古今一的怀抱转身跑了。

古今一边追边喊:"慢点,小心摔跤……"话音未落,九莲脚一滑,跌倒在地。古今一赶紧上前扶她起来,"摔疼了没有?"九莲轻轻拍了一下白裙上的尘土,悠然不迫地说,"疼不疼与你无关。"说完一瘸一拐走了。古今一紧随其后,关心地说:"天黑,你走慢点行不行?"

"不行。"九莲回答得斩钉截铁。

"为什么?"古今一摸不着头脑。

"不为什么。"

"不为什么为什么?"

"不为什么就是什么都不为。"

"什么都不为为什么?"

九莲扑哧一声笑了:"说绕口令呀?书呆子!"

快到村口时,九莲回头柔声柔气地说:"回吧,别跟着了。"

"为什么?"

"不为什么。"

"不为什么为什么?"

"不为什么就是——"九莲蓦地发现两人又绕上了,忍俊不禁地呵呵笑了起来。"傻秀才!"

古今一不动声色地瞅着她,待她笑完,才木讷地说:"老肥他们问我,我怎么回答?"

"你爱怎么回答就怎么回答。"

"我就说,纸条找着了,上面写着,我的心上人名叫——"

"叫什么,叫什么?"

"叫古今一。"

"你想得美!"

"别急,我还没说完呢。叫古今一,那是不可能的。"

"嗯,算你有自知之明。"

"叫老肥——"

"什么?"

"那也是不可能的。"

"叫福仔——"

"嗨,别叫了,你再叫,我们家那大公鸡也要跟着一起叫咯。回去睡觉吧。"

"我总得有个说法吧?"

"说什么呀,本来就是开玩笑的。用你们上海话来说,叫白相相的。"

"爱情何等神圣,怎么能胡乱白相?"

"你怎么这么黏乎啊?"

"不黏乎我交不了差呀。"

"怕他们吃了你啊？瞧你瘦得一身骨头,也没啥啃的。"

"你……"

九莲狡黠地一吐舌头,嘻嘻笑着一溜小跑,转瞬身影全无。古今一苦笑了一下,无奈地摇摇头,向小木屋走去,心里却漾起一丝甜甜的、暖暖的涟漪。

他推开门,大伙你一言我一语地闹腾开了。

"纸条找到了?""你真敢去忘行?""上面写了些什么?""九莲找你去了,没见着?""她人呢?""瞧她刚才的着急样,好像对你有点意思哎。"……

古今一本不想回答,但见福仔还在,便干脆不无得意地开诚布公:"纸条找到了,九莲也遇着了;纸条上写什么,无可奉告;九莲嘛,已回家睡觉。满意了吧?"

"满意什么呀? 最关键的两个问题没回答,一是纸条上到底写着什么,二是九莲是否会履行承诺?"老肥悻悻地问。

"纸条上写的是人家女孩子的心里话,随便公开不妥吧;至于九莲是不是肯嫁给我,问我没用,得问她本人。"古今一不急不躁地答道。

"妈的,本来就是一玩笑,还当真了!"福仔的话里带有苦涩的味道。

"噢,噢,噢……"众人不置可否地起哄起来。

叫声、笑声传遍了整个朱溪村。

十年知青生活,可谓物质上艰苦,精神上痛苦。然而让人奇怪的是,多少年过去了,每每回忆起来尽管有挣扎、有无奈、有愤怒、有绝望,但其中又确乎有快乐、有温馨。

古今一觉得自己随着年龄的增长,回忆也变得越来越频繁;地点多半是朱溪,主角少不了九莲。没有什么情绪触发点尚且如此,何况今晚,刚才阁楼上就躲着一位自称是从朱溪来的人,且是九莲让他来找自己的。

五

梁振华哭了,不像个刑警中队的队长,倒似一个多愁善感的大学生。

沈志军安慰地拍拍他的肩膀,轻声说,"没事体的,医生一定有办法的。真的,没事体的。"

两人坐在抢救室门口的长椅上,空气中弥漫着药水的味道,走廊里洒满柔和的、奶黄色的灯光。

梁振华慢慢抬起头,习惯地摸出口袋里的前门牌香烟。沈志军用胳膊肘推推他,说:"这里勿可以的。"

他"噢"了声,又梦游般地把烟放回袋中。

客观地说,梦桥不属于那种漂亮的女孩,但她善良、朴实,是一个很实在的人。梁振华怨自己死笨,直到今天梦桥躺在手术台上生死未卜时,才明白心底对她的那份喜欢与依恋已到了何种程度。而偏偏又是自己的疏漏,没有保护好她,以致铸成大错。

刚才在追 T 恤衫时,他以为梦桥会跟在他后面,没想到追了几条马路,抓获 T 恤衫时才发现梦桥并没有跟上。他呼叫警车过来,让他们押送 T 恤衫回派出所,自己则顺原路返回寻找梦桥。这时陆上行报告,矮胖子已被抓获,在押往派出所途中。他又连忙询问刘克那边的情况,刘克说高个子还未逮着,他们正在成厚里搜寻。于是他跑来了,见一条支弄堂里人声嘈杂,过来看,不想还为未来的老丈人解了围。他与刘克离开成厚里,心里一阵窃喜。虽然他与梦桥从未挑明爱慕之意,说真的,梦桥对自己究竟有无好感也捉摸不定,他却早已在心中视其为未婚妻了。

"好像侬跟梦桥的阿爸老熟的,是勿是批准侬成为伊毛脚啦?"刘克问。

"啥毛脚、光脚的?"梁振华猛然想起还光着一只脚跟随自己的梦桥。"嗨,侬看到梦桥吗?"

"哪能?伊勿是跟侬一组吗?"

"坏了,伊没有跟牢我,会勿会出事体啊?"

"应该勿会吧?哦,刚才弄堂口躺倒了一个人,我让沈志军看着处理。莫非……"

"勿可能,勿可能!"梁振华挥挥手,像在赶谁走。

正当梁振华和刘克一边寻找梦桥,一边继续搜寻高个子踪迹时收到了沈志军传来的消息:"刚才成厚里弄堂口躺着的是古梦桥,伊受伤了,正在九院抢救!"

"哪能桩事体啊?伊应该跟侬捉 T 恤衫的,长脚是我跟沈志军的目标——乱了,全乱了!我老早就跟侬讲了,小姑娘当刑警是勿来事的,侬就是勿听!电视剧是拍出来消遣的,侬以为是真的?"刑警中队里也就是刘克敢跟梁振华喉咙响。

"全是我的错,我是混蛋可以了吗?捉侬的长脚去!附近几条弄堂都去查查,捉勿牢侬跟沈志军一道滚出唐山路派出所!"梁振华急火攻心,朝刘克挥挥拳头,然后气急败坏地拦下一辆出租车直奔九院。这一举动似乎有违指挥者的职责，毕竟还有一个逃犯未抓获；但他顾不上那么多。

刘克"切"了一声："侬讲滚就滚啊？派出所是侬开的啊？"说完，又返身朝成厚里隔壁的源福里跑去。

梦桥毕业于上海师范学院，原以为能实现自己的理想，当一名教师。没想到，公安局需要一批档案资料管理人员，于是到几所大学招了二十多名应届毕业的女生。梦桥就是其中的一员。梦桥待人随和，但倔强的性格决定了她不甘平平淡淡度此一生，于是毅然决然放弃了放在她面前的现成的人生道路。加上当时电视连续剧反映警察生活的比比皆是，够刺激，够浪漫。于是她没有作太多思考便同意了，甚至连自己的父母都是事后才知道的。进了派出所她渐渐发现，警察生涯并非想象的那么有趣，也不像电视剧中描写的那么刺激、那么浪漫。何况，她还只是一个管管档案资料的内勤人员，算不上真正意义上的警察。好在她性格内向，旁人不知她的真实想法，加之她工作还挺认真，所以都以为她很满意这份工作。直到两年后，刑警中队有一名警员病逝、三名警员退休、两名警员牺牲，急需补充警力时，她突然找到梁振华，说自己想当刑警。梁振华原本对她印象就不错，平时没少和她凑近乎，两人在一起时也蛮谈得来。于是他极力在所长面前推荐她，说增加女刑警对案件侦破有好处一、二、三……所长被说动了心。

也许，刘克是对的，女孩子不应该当刑警，这份工作太危险。

手术室的门开了，一名护士走了出来。梁振华和沈志军"嗖"地站起身，几乎同时问道："医生，哪能啦？要勿要紧啊？"

"啥人是伊的家属啊？"

"哦,医生,阿拉是伊的同事。"梁振华说。

"伊正在抢救,还没有脱离危险;我是护士,医生的意见是希望尽快通知伊的家属。"

"妈呀,我真是糊涂透顶! 我,我马上去!"说完,梁振华奔出医院大楼,冲到马路中央,劫车一般地喊道:"出租车!"

六

　　姜丽丽很兴奋,虽然是小麻将,一只花两块,胡一副封顶才十块,但她今天一晚上却赢了两百多。麻将搭子都是原先单位的小姐妹,企业效益不佳,有的待岗、有的协保、有的干脆提前退休,于是经常聚在一起搓搓麻将,说说各自的丈夫、子女、家长里短。好在彼此的丈夫多少有些能耐,她们也就没必要去操心赚钱的事。白天嘛,证券公司集合炒炒股票,说是赚些小菜铜钿;晚上则在某个小姐妹家中碰头玩玩麻将,说是卫生麻将有益身心健康。小日子过得倒也充实而悠闲。

　　每次搓麻将都约定的,十一点结束。可今晚是个例外,因为赢输过于悬殊,且三输独赢。输者想翻本,赢者难得有这么好的手气,也想一次赢个够。于是不知不觉已过了十二点,终于输者认命,赢者也担心家人着急,说"最后一圈吧"。平时麻将散场,丽丽都是步行回家,十五分钟路程美其名曰:坐一晚上了,走走活络活络关节。今晚心情好,打的回家,一个起步费十块,胡一副麻将而已,算得了什么? 哈!

　　开大门进天井,看见前客堂黑漆漆的,姜丽丽有些忐忑。这是古家的规矩:只要有人还没回家,前客堂的灯总开着,而不管在家的人是否入睡。今天是太晚了些,可能丈夫生气了。

她开了前客堂的灯,蹑手蹑脚到灶间,刷牙、洗脸、洗脚。一切都妥当之后,又轻手轻脚进后客堂,摸索着钻进被窝。

大概是"赌场"得意的缘故吧,人很精神,一时无法入睡。见丈夫背朝着他一动不动,便将一只手蛇行般溜进他裤裆中,当什么玩具似的,轻轻地摸它、捏它。按理,丈夫应该醒了,但他丝毫没有动弹,丽丽便认定他是压根没睡着,只是不想搭理自己而已。

"老公,瞌着了?"丽丽讨好地问。

"……"没有应答。

"勿要装了,快转过身来,快点嘛!"一边嗲声嗲气地哀求,一边不容分辩地用力拉他。

古今一装作刚刚睡醒的模样,喃喃地说:"回来了? 介早。"

"勿要这样嘛,难得回来晚一点就勿高兴了? ——哈哈,今朝我手气勿要太好呵,想啥来啥,单单全风向就自摸了两副! 我讲的吧,右眼跳福。"

"你们的规矩勿是十一点结束的嘛?"古今一有些不耐烦地打断她的话。

"唉,没办法,赢的人是勿能叫停的,这也是规矩。"

"下岗女工、退休人员还有介许多规矩?"

"啊唷,难得一次嘛,做啥生介大的气?"

"没,没生气,只要侬白相得开心就好。"

"真的? 哎,明朝礼拜天,想吃啥菜?"

"随便。"

"又是随便,随便最难弄的。"

"那就鱼吧。"

"鱼,刺多,小桥勿欢喜吃。"

"那就肉吧。"

"前几天刚烧过红烧肉,吃剩的半碗再没人吃,都馊脱了。"

"那就鸡吧。"

"现在的鸡都是饲养场养的,肉粗,勿鲜。"

"那,那还是随便吧。"。

"哪能又随便啊?切,勿跟侬商量了。买两只鸽子吧,蒸一蒸,侬一只,小桥一只。"

"侬呢?"

"我就免了吧,下岗女工嘛,有口饭吃就勿错了。你们跟我勿一样,一个是大报记者,一个是刑事警察,阿拉勿敢怠慢呀?"

"勿要介记仇嘛,买三只吧。"

"勿用,我已经有了。"

"有了?"

"喏,捉牢伊!"说完从大腿根摸进去,一把抓住。

古今一苦笑了一声。

丽丽摸了一阵,见没动静,不乐意地一撒手:"这只鸽子翘辫子了,再也飞勿起来喽!哎,侬没听人家讲啊,现在工作压力、生活压力太大,男人阳痿的勿要太多喔。讲起来都蛮好听的,阿拉勿想要小囡,两人世界多好啊,等两人白相够了再考虑吧。其实是虚张声势,根本没办法怀孕。丁克家庭介多,十有八九就是生理上有问题的。唉,明朝烧点黑枣、赤豆,让侬补补。真是的,我们都三四个月没来了,坏了,肯定坏脱了。

啥辰光带侬到医院去看看？真是的,还好阿拉结婚时,压力还没介大,否则像这副三天打鱼、两天晒网的样子,能有小桥吗？咦,小桥回来了吗？"

"哦,伊今朝夜里勿是有任务嘛。"

"嗨,一个小姑娘,当啥警察啊？做内勤,办公室坐坐也就算了,还抢了要当啥刑警。现在社会治安介差,为了鸡毛蒜皮的小事都敢杀人,杀人像杀鸡一样,当刑警多少危险啊!"

古今一没吱声,装作疲倦的样子打了个哈欠。

丽丽无奈,可一时又兴奋难耐、睡不着,于是拉过古今一的手放在自己的胸口。少顷,又将内衣拉至脖子底下,将古今一的手安放在她大而疲沓的乳房上。

对方一点感觉都没有。丽丽劝解道:"要经常来来的,侬越勿来,伊就越勿来事。"

"唉呀,就这么回事,多来有啥意思嘛?"这是过去丽丽刁难古今一时经常说的话,现在算是还给她了。

丽丽说话从来不输给别人,尤其是自己的男人:"是勿是在外面有小蜜了？肥水流了外人田,自家的地干涸了,也没水来抗旱救灾,真是人民的好公仆呀!"

"讲啥哦？糟老头子一个,啥人要啊?"嘴上这么说,心里总觉得有些不安。于是,稍稍有点卖力地揉搓起妻子的乳房来。

丽丽一边嘴里嗯嗯,一边很享受地闭上了眼睛。

正当丽丽情绪饱满,猛地翻身骑到古今一身上时,"叮咚,叮咚——",传来了一阵响过一阵的门铃声。

两人无奈地呵呵笑了。

丽丽一骨碌从老公身上翻下,扫兴地说,"介晚了,啥人呀? 难得今朝有兴趣,伊还真会捣乱。"

古今一赶紧从床上爬起,边穿睡衣边嘀咕:"大概是小桥吧?"

"这死丫头,又没带钥匙啊? 还警察呢,自家房门钥匙都管勿好,还管啥社会治安?"

古今一惴惴不安地开房门,来到天井。

"小桥吗? 又忘记带钥匙啊?"古今一隔着大门问。

"古伯伯,我是梁振华。快开门,我有事跟侬讲。"

古今一哆嗦了一下,说:"介晚了,有事明朝讲可以吗?"

"事体老急的,等勿得。"

"噢,噢,我开——"

借着屋里透出的光亮,古今一发现梁振华大汗淋漓、神情焦虑。他突然返回,莫非……古今一的心头又掠过一丝不安。

"古伯伯,小桥,梦桥伊……"梁振华欲言又止,神情痛苦。

"梦桥伊哪能了?"古今一惶惶然问。

"伊受伤了,在第九人民医院抢救。你们快去看看吧,我叫出租车等在大弄堂口了。"

"啊,啊,"古今一有些站立不稳。"哪能桩事体啊? 是啥人打伊的?"

"就是刚才在执行任务时,被坏人用刀刺伤了。"梁振华眉头紧皱,难过地说。

"坏人捉牢了吗? 梦桥伤得重勿重?"古今一半是震惊,半是狐疑。

"逃脱了,还没捉牢。但是侬放心,阿拉一定会拿伊捉回来,为梦桥报仇的。快去看看吧,古伯伯。"梁振华轻声提醒道。

"噢,对,快去看看——"古今一这才回屋叫上丽丽,一起跟随梁振华匆匆赶往医院。

七

　　拖拉机熄火停在打谷场上,福仔伸长脖子往村中瞧,脑子里却盘算着:今天带九莲去县城,一定要领她到"花枝俏"吃碗炸酱面。并且要趁她高兴时,向她表白自己的心迹。先下手为强,那个姓古的上海佬对她虎视眈眈的,妈的屄,自以为是城里人,了不起啊? 对,还有她的母亲,她一准是带她的母亲一起去。在未来的丈母娘跟前可得好好表现呐。

　　今天的天气真是不错,春意浓浓,漫山遍野的杜鹃争相开放,各色各样的花蝴蝶在翩翩起舞,煞是好看。刚才,自己正要启程到县城拉化肥,九莲气喘吁吁地从小木桥上跑来,边跑边喊:"福仔,福仔!"

　　见是九莲,福仔顿时眉开眼笑,赶忙从驾驶室翻滚下来,迎了上去。"别跑,小心掉河里!"

　　小木桥晃荡得厉害,九莲不得不停住脚步,待平稳些了又是一溜小跑,还未等桥再次晃荡起来,她已上了岸。两人在桥头差点撞个满怀。"啥事啊? 莫急,慢慢说。"

　　"你是不是去县城啊?"

　　"是啊,你想去?"

　　"是,捎带两人行不行啊?"

"行啊,怎么不行?"

"那好,我先回,马上过来!"说完,转身又上桥走了。

九莲的身影刚消失,福仔腾地窜上桥,大步流星直往家中去。等到九莲领着个人在桥头再次出现时,福仔早已在驾驶室里正襟危坐,脑子里飞快盘算,该如何服侍好未来的岳母和她的宝贝女儿。

眼角的余光瞥见两人走近,福仔满脸堆笑推开车门,"上车吧,当心——"话说到一半,才注意到九莲后面跟着的不是她妈,更不是她爸,而是上海佬古今一。

"怎么,你妈不去了?"福仔还不死心,边问边朝河对岸瞅瞅。

"我没说带妈去啊。"

"那,那你爸呢?"

"爸上山砍柴去了。"

"福仔,你放心吧,我今天就委屈当她一天爸,我会保护她的。谁敢欺负她,我立刻摆平他。"说着,跟随九莲爬上了驾驶室,在后排九莲的旁边坐下。

九莲红着脸,气咻咻地说:"我好心带你搭车,你倒好,占我便宜,哼!"

福仔也趁机损他道:"就你一白面书生,能保护好自己就不错了。还当人爸,哪个闺女摊上你这么个爸,活该她倒霉!"

"所以啊,我要是讨老婆啊,就让她生儿子。"古今一嬉皮笑脸地说。

"没想到啊,城里人也这么重男轻女。还知识青年呢,整个一山村小混混。"九莲不以为然地说。

拖拉机启动后,围着打谷场来了个一百八十度大转弯,九莲身子倾斜靠在古今一身上。

"不是我占你便宜噢?"

"那是我占你便宜咯?美得你!"

"那是福仔不好,早就该掉好头的,服务质量有待提高。"

"怎么又是我不好啊?你们这对父女真难伺候!"

拖拉机载着笑声突突地朝东开去。

"哎,福仔,你啥时候换衣服的?我刚才明明看见你是穿着一件白色的圆领汗衫的?"九莲说。

"嘿嘿……"福仔一阵傻笑,然后说,"我会变魔术的。"

"嘻嘻……"九莲低头笑笑,没再说什么,但心里明白,他先前是匆匆回过一趟家的。可古今一盯上他了,一本正经地说:"哦,没想到,没想到,福仔还有这手艺,您能否让我们开开眼,把现在这件红色运动衫再变回去如何?"

"变魔术要讲心情的,只要你在我就有有心情。"福仔尴尬地一口回绝。

路边的水田里,十几个人排成一排,每人手里拄着根齐人高的木棍正在用脚耘田。看见有拖拉机驶过,一个男孩挥舞起木棍喊起来,"喔,喔……"

古今一也把手伸出窗外,孩子气地摇晃,"喔,喔……"

九莲侧脸盯着他看了一会儿,又若有所思地把头转向另一边。远处斜坡上,有两头黄牛角顶角在搏斗,一个小男孩似裁判,一边围着它们跳脚,一边兴奋地挥舞着草帽。

趁着古今一在喔喔叫,福仔悄悄从裤子兜里摸索出一把东西,头也不回地塞给九莲。

九莲感觉膝盖被什么东西碰了一下,低头看,是福仔握着什么东西的手。她用双手在底下托住,福仔慢慢松开手——是糖,本地生产的水果糖,用花花绿绿的纸包裹着。红的是草莓味,黄的是柠檬味,蓝的是苹果味,绿的是西瓜味……显然,这也是福仔刚刚回家一趟的用意。

"谢谢噢!"九莲轻声说,但还是给古今一听见了。毕竟拖拉机的马达声太响,要想前排的驾驶员听见,而坐在边上的人听不见,委实也不可能。也许,九莲压根就没想瞒古今一。

"谢我干嘛,我又没做什么?"古今一纳闷地回头瞧瞧她。

"谁谢你啦?上海佬的脸皮怎么这么厚啊?"九莲答道。

"没办法,上海离海近,风大。"古今一边说边又瞥了福仔一眼,那谢他干嘛?

"喏,这是福仔给我们吃的。"九莲大大方方地摊开手,伸到古今一胸前。

"噢,免费坐车,还有糖吃,福仔同志的服务质量有所提高嘛。"

"那是九莲同志给你吃的,我可不敢给你吃;你们上海佬吃惯了山珍海味、奇珍异果,哪会吃我们穷山沟里的几块破糖啊。"

"你这话不对啊,毛主席教导我们接受贫下中农再教育,贫下中农说啥,我们听啥;贫下中农给啥,我们吃啥。什么山珍海味、奇珍异果,那是资产阶级、不劳而获的寄生虫吃的,我们无产阶级不吃那破玩意儿。吃了也会拉肚子。"

"我说你是吃还是不吃?那么多废话!"九莲皱着眉说,"我可手酸哦。"

"吃,当然吃,贫下中农妹子给的,不吃那是啥阶级感情啊?"

"我家可是中农,想清楚了哦?"九莲似乎话里有话。

"中农?那也是我们的依靠对象啊!再说了,我们伟大领袖毛主席不也是……"

"吃几颗糖,搞得那么复杂干嘛?贫农的糖甜的,地主的糖酸的,是不是啊?真是吃饱了撑的。"

古今一从九莲手中挑了颗草莓味的,"来颗红的吧,一颗红心永向党。"

九莲抽回手,也挑颗红的,剥开递到福仔嘴边,"你也一颗红心永向党吧。"福仔脸一下红了,扭捏了一下,喜滋滋地张嘴咬了进去。然后,她又挑颗柠檬味的,说:"我来颗金灿灿的太阳吧。你们都得向着我哦?嘻嘻……"

古今一从没吃过这么难吃的糖,甜是甜,但甜得发苦,一股糖精味;香是香,但香得可疑,一股香精味。古今一用眼瞄了下九莲,她的脸上浮现一丝不易觉察的难受相。似乎发觉古今一在看她,她又装作很可口的模样。

福仔滋溜滋溜地吃得味道十足,问:"很好吃吧?"

"哦,挺好吃的。"九莲说。

"哎,福仔,这糖你哪儿买的?"古今一问。

"我上回去县城拉化肥时买的,怎么样,又香又甜吧?待会儿到了县城我领你去买。"

"这是我有生以来吃过的最难吃的糖。"古今一冷不丁说了这么一句。

九莲转过头狠狠瞪了他一眼,然后用嘴朝福仔努了一下,示意他改口。

"我这是实事求是,好吃就好吃,难吃就难吃。再说了,这也不是福仔的错啊,糖又不是他生产的。"

"是我的错,不该给你吃的。城里人难侍候,我们山里人觉得蛮好吃的。"说完,九莲故意把糖在嘴里一阵搅乎,动静很大。"嗯嗯,甜,真甜!"

古今一自觉先前的话有些伤人,便设法补救道:"刚才我是城里人,现在经过九莲同学的教育,我变成山里人了,感觉也跟着变了。嗯嗯,甜,真甜! 福仔真有本事,怎么就能买到这么可口的糖果呢?"说着,嘴巴也是一阵搅乎。

福仔"扑嗤"一声笑了;九莲故意把头扭向另一边,少顷终于也忍不住大笑起来。

笑完,九莲似长辈一脸严肃地说:"玩笑归玩笑,正事归正事。我今天带你们俩出来,是想跟你们说一件事。"

"什么事?""好事还是坏事?"两人笑眯眯地问。

她侧脸对古今一说:"我和福仔从小一块儿长大,我知道他身上有许多毛病,但他人不坏,心地善良。"又朝着福仔的后脑勺说:"古今一,我虽然认识他不久,但凭我的直觉和对他的观察,他也是个好人。"然后把头扭向车窗外,眼光掠过一片稻田,停留在远处起伏的山峦,"你们都是我的好朋友,所以我希望你们俩也能成为好朋友。可以吗?"

"当然可以,我没问题。"古今一爽快地说。

"好的。"福仔勉强应道。

九莲开心地笑了:"到县城我请你们吃炸酱面!"

八

梦桥迷迷糊糊中隐约听到一阵吵闹声，心想又是爸妈为什么琐事而争执不休了。准确地说，又是妈在无理取闹。妈的"作"花样百出，常让爸有"秀才遇到兵，有理说不清"的味道。有时，梦桥实在看妈"作"得不像话，也会帮爸说几句公道话。但除了招致妈更为蛮不讲理的一顿臭骂或声嘶力竭的号啕大哭之外，不会再有更好的结果。到头来，爸低头讨饶，息事宁人；而自己也忙不迭地作检讨，没大没小呀，帮阿爸整姆妈呀，唯恐天下勿乱呀，等等，等等。一直到妈破涕为笑，揉揉眼睛说一声"气死我啥人帮你们烧饭"，然后到厨房忙乎，这才天下太平。当然，过不了多久，战事又会重起。阿以战争为的是领土，爸妈之争为的是钱。家里其实不缺钱，爸好歹是个记者，妈是个技术员，虽下岗在家，但在股市里摸爬滚打好多年，每月赚点小菜钱是绰绰有余，女儿我也已踏上工作岗位。一家三口都不会乱花钱，爸不抽烟、不沾酒，连茶都不喝；妈更是节省几近于吝啬，信奉"好日子要当穷日子过"的信条；女儿我当然也是上行下效，一年难得买一套时装，一年三百六十五天倒有三百天穿警服。爸妈之所以为钱而开战，是妈怀疑爸养小蜜、包二奶！

第一次听到妈对爸的指责,梦桥震惊不已:爸无论哪方面都是自己的楷模。论学识,他插队回城后靠自学拿下了本科文凭;论才干,他是大报的记者,还是个作家,至今已出版了三部长篇小说和两部短篇小说集;论为人,除了妈谁都说他是个好男人……说爸作风有问题,如同说庐山不在江西一样不可思议!证据,没有,妈的发难缘于推理:"依烟酒勿吃,每月的奖金、年终奖还有稿费都到啥地方去了?多少年了,奖金、稿费依从来勿上交的,少则一二万,多则五六万,总归是有的。依讲,依讲,这一大笔钞票啥地方去了?"

爸似乎不屑与妈辩解,只是轻描淡写地敷衍道,"勿欢喜吃香烟老酒,还勿许有点其他的嗜好?人又勿是机器,钞票要赚也要用。再讲了,即使是机器也要经常保养一下加点油啊。"

妈却非弄个水落石出不可,"吃的穿的我都帮侬张罗齐了,侬还有啥嗜好?讲呀,侬倒是讲呀?"

爸脾气好,依然不紧不慢地说:"就勿许在外面肚皮饿了买些糕点,嘴巴馋了买点糖果吃吃?再讲了,啥人没有同学、朋友,兴致好时大家在外聚聚、白相相,勿是也要用钞票嘛。"

妈还是不依不饶,"侬勿会每天都肚皮饿、嘴巴馋、请人吃饭吧?"

爸有些不耐烦了,性情再温和的人,遇上"作天作地"的老婆,也会烦躁不安。爸从书橱里随意抽出一本书,走到天井在一张藤椅上坐下,自顾自看书,妻的唠叨、埋怨、指责、吵闹一概当作电视连续剧中女主角的台词,一只耳朵进一只耳朵出。这是爸的绝招。小至两人之间的争执、吵闹,大至两国之间的冲突、战争,一方偃旗息鼓、退避三舍,另一方也会因为没了对手而自动鸣金收兵、凯旋而归。除了战争狂、法西斯，大概如此。妈不是希特勒，尽管心有不甘，也懂得见好就收。

以后的若干次争执，梦桥从震惊到漠然，从好笑到无聊。有人说，女人的"作"是天经地义的，古今中外，概莫能外。书本上、电影中、电视里，随处可见这方面的例子。梦桥希望将来自己能是个例外。

直到有个冬季的夜晚发生的一件事情，让梦桥再次感到惊心，她这才明白女人的"作"，至少母亲的"作"并不全是空穴来风。那天寒风飕飕、天色灰暗，上海人的说法是天在捂雪，这是一年中最寒冷的时候，真正雪花漫天飞舞，反倒不觉得太冷了。母亲上中班，梦桥还在读住宿制高中，一星期才回来一次，只有父亲一人在家。这天老师发善心，破例允许学生晚上回家取衣服，并声称第二天上第一节课之前赶到即可。学生们山呼"万岁"后，争先恐后奔出校门，作鸟兽散。

到成厚里弄堂口，梦桥见墙边有一摊贩在煎臭豆腐，就掏出钱包买了八块，并再三叮嘱小贩多放点辣酱，爸喜好这个。她捧着热乎乎的臭豆腐，兴冲冲往家里去。进大门，她蓦地放轻脚步，想给父亲一个惊喜。到前客堂的门前，她定定神，想象着自己突然出现，爸该是怎样的一副高兴劲。她轻轻扭动门把手，缓缓推开房门——

父亲在写字台前坐着，但显然不是在写稿子，因为见女儿冷不丁出现，他惊慌失措地把什么东西往抽屉里塞，嘴里还不停地念叨，"侬今朝哪能回来啦？逃学了吧？"

"哈哈老爸，老妈不在，您干什么坏事啦？"小桥用带香港口音的普通话严肃地说。

"臭丫头,我能有什么坏事可干啦?"老爸也改用相同的普通话说。

"抽屉里有什么东西,让我检查一下啦。"

"嗨,这可是侵犯我隐私呐! 老爸养你这么大,什么时候翻过你的抽屉、查看你的日记啦?"

那倒是,老妈好几次翻看自己的日记,都被老爸埋怨。但埋怨归埋怨,老妈还是隔三差五地翻看,还振振有词地辩解道:"我这是关心女儿的成长,怕伊精神上、心灵上有啥波折,可以帮伊出主意。毕竟阿拉是过来之人,晓得世上的许多事,看似难以排遣,其实船到桥头自然直,没啥过勿去的。有时候回过头来想想就想笑,算啥呀这么点破事,当时害得我差点跳楼。哈,啥隐私、明私的,勿要跟着人家瞎学时髦的东西。既然是一家人,吃的是一锅饭,就没啥勿可以在屋里公开的。"

"哦,勿看就勿看,阿拉快吃臭豆腐吧,冷了勿好吃。"

"侬买臭豆腐了? 赞,闻闻臭,吃吃香。"老爸神情松弛了下来。

小桥嘴里吃着臭豆腐,心里却始终惦记着老爸的那只抽屉,里面究竟有啥秘密呢? 那么慌张,那么见不得人,莫非老爸外面有女人了? 一定是的,除此没有第二种解释。

"小桥,侬还痛吗?"是爸。

"小桥,小桥,侬醒醒,醒醒啊!"怎么多出了一个声音? 好像是妈。

"……"她想喊姆妈,但张不开嘴,也睁不开眼;只听见妈边抽泣边在责怪爸:"我讲的吧,小姑娘当啥警察啊! 侬偏勿听,是侬害了女儿啊!"

九

古今一夫妇在梁振华的陪同下赶到了医院。

沈志军忙从长椅上起身,礼貌地朝他们点点头,算是打招呼了。

"情况哪能?"梁振华焦急地问。

"还没消息。"沈志军无奈地摇摇头。

丽丽把头凑到手术室的小窗前,古今一也一起凑过去。小窗里面有白布挡着,什么也看不见。

丽丽心急得推门,推不开;又急吼吼想敲门,被古今一劝阻了。"别急,人家医生正在抢救呢。"

他扶她到长椅上坐下。

丽丽哭哭啼啼地询问梁振华事情的经过;梁振华只说了个大概,具体情况他也不甚了了。

古今一听到梁振华与小桥他们这次伏击的毒贩共有三个,两个已被抓获、一个在逃,而在逃的可能就是刺伤小桥的凶手时,心里咯噔了一下,脸色顿时煞白。

梁振华见状,关切地问:"古伯伯,侬勿适意? 要勿要紧啊?"

古今一抑制住跌宕起伏的心情,说:"哦,勿要紧的,歇歇就会好的。"

终于,手术室的门开了,出来一位医生。丽丽跳起来奔了过去,抓住医生的双手急切地问,"医生、医生……"却早已泣不成声。

医生善解人意地点点头,说:"手术很成功。但因为刺得比较深,病人暂时还没有脱离生命危险,还要继续观察。你们放心,我们一定会尽心尽力的。"

不一会儿,一辆挂着吊瓶的推车出来了。一名护工小心翼翼推着,一边是个医生,另一边是个护士。三人朝重症监护病房走去。古今一夫妇和两名警官也随后跟着。

梦桥被安顿好以后,医生对他们说:"你们看一会儿就出去吧,这里不能留陪客的。"见两名警官还在,又客气地补充了一句:"放心吧,这里二十四小时有人值班的。"

古今一、姜丽丽站在病床边,心痛地看着昏迷不醒的女儿。

"小桥,侬还痛吗?"古今一轻轻地说。

"小桥,小桥,侬醒醒、醒醒啊!"丽丽一开口便又哽咽了。"我讲的吧,小姑娘当啥警察啊! 侬偏不听,是侬害了女儿啊!"

"我勿好,是我勿好。"古今一一个劲地认错。

罩在氧气罩下的女儿的脸苍白而平静,她嘴唇轻微地抖动着,想说些什么。丽丽赶紧把耳朵凑过去,但什么也没听清。

五分钟后,值班的医生来催他们离开。梁振华扶着姜丽丽在前,沈志军与古今一在后,出了监护室。

"古伯伯,侬陪伯母回去休息吧。阿拉两个人守在这里。"

"勿来事的。你们还有事体要做,你们先回去吧。"古今一说。

"对,你们先回去,要早点把那个杀千刀的捉牢啊!"丽丽激愤地说。

"那好,阿拉先回去。你们自己也要保重啊。"梁振华见拗不过他们便与沈志军先告辞了。确实,他们还有许多事要做:审讯嫌疑人,抓住在逃犯……

古今一扶丽丽在门外的长椅上坐下。丽丽长吁短叹,不停地抹眼泪;古今一更是脑袋涨得疼痛不已。

这到底是怎么回事啊? 全都乱了,全都不合乎情理!

"你总得给我一个合乎情理的解释吧?"刘克的普通话带有明显的上海地方口音。

梁振华回到派出所已是凌晨三点,刚刚疲惫不堪地坐下,想倒杯水喝,又觉得浑身无力,懒得起身。这时,刘克急不可耐地推门进来了。

对刘克突兀的发问,他莫名其妙。"解释啥呀? 人你抓着了吗? 就你没完成任务,还向别人要解释,你脑子进水啦!"

无论在日常生活中,还是在工作交流中,两人时而用上海话,时而用普通话,这完全取决于先引出话题的人使用的是何种语言。

"我,我——"刘克一时被呛住了。

"别我了,帮我倒杯水喝,我渴死了。"梁振华累得瘫在沙发里大喘气。

刘克在一只瓷杯里倒满凉开水,先自己咕咚喝了一大口,然后递了过去。

"你回来之前,我稍稍理了一下案情,请你帮我分析分析,看哪儿不对路,费心指导一下?"刘克态度诚恳地说。

梁振华咕咚、咕咚一口气把水喝完:"再来一杯!"

"酒量不行,水量倒不小。"刘克嘟嘟哝哝地说着,接过杯子。

又一杯水下肚,杯子往旁边茶几上一放,梁振华抹了抹嘴:"说吧,有什么高见?"

刘克马上拉了把椅子坐到梁振华的对面,开门见山地说:"我们在与古今一交涉时,他曾经流露出一丝慌张和迷惑,尽管这种表情转瞬即逝,但还是被我觉察到了。之后,随着气氛的渐渐紧张,他几次不自觉地抚摸脖后颈,这表明他感觉到了一种压力。等到你过来无意中帮他解了围,他才有些释然。"

通过肢体语言来解读心理状态,看来刘克这小子长进很快啊。"嗯,说下去。"梁振华鼓励道。

"现在的疑问是:其一,明明长脚,不对,普通话应该说高个子。高个子躲进了古家,古今一为什么死活不承认?其二,据我调查核实,昨晚古今一理应在报社值班,可他为什么擅离岗位跑回家中?其三,高个子为什么偏偏躲进古家,而古今一为什么偏偏此时在家?其四……"

他本想说,我们当时就应该坚持搜查古家或在古家附近伏击,为什么你偏偏叫大家离开成厚里?但到底没说出口,梁振华终究是刑警中队的队长,不能不留面子。再则,受伤的是他的最爱,他不会无原则迁就的。"就先说这些吧。"

梁振华听着频频点头，似乎在鼓励刘克多讲些、讲得透彻些。

"现在，我来分析一下原因，你听听有没有道理。其一，可能是古今一害怕报复，当时高个子正用刀子劫持了小桥她妈，令他不敢轻举妄动。我们不能强求每个公民都是见义勇为的英雄，即便他的女儿是警察。其二，古今一值班时回家，可能是忘了什么东西或有什么事不得不中途回家一次。其三，高个子躲进古家，而古今一刚巧在家，只不过是巧合而已。其四……"

梁振华是个聪明人，他知道刘克"其四"的含义。"其四，梦桥为抓歹徒而受伤，我们却把她父亲作为嫌疑犯或搜查或伏击，她知道了会怎么想？"

说完，梁振华自知这几条解释有些牵强，只是机械地回答刘克的几点质疑，经不起推敲；但他似乎别无他法，他能把任何人当作嫌疑犯，唯有梦桥的父亲不行。这合情不合理的想法会不会因此造成玩忽职守的严重后果？梁振华喟叹一声，心里思忖着补救的方法。

"当警察要讲证据，不能为情所困啊？"刘克说着站起来，走到窗前。对面一长条居民楼黑洞洞的，只有一盏昏黄的路灯发出淡淡的光。马路上寂静无人。

"也许，也许你是对的。你能确定，那个高个子是逃进了古家？那个门牌号里可是住着好几户人家呢。"

"是的，我有相当的把握。如果他从后门进去，那有好几种可能：可能是古家，也有可能是前楼或后楼的人家，当然也可能是三层阁的人家。但他是从前门进去的，只有进古家一种可能。"

"古今一,或者还有小桥她妈,与高个子是一伙的,这种可能性应该不大。你说是吧?"

"……"刘克回头瞧瞧梁振华,本想说"高个子抓到之前,古今一的嫌疑最大,谁也不能给谁打保票"之类的话,可话到嘴边又咽下去了。

"如果你确实没看走眼,高个子溜进了古家,那只有一种可能,古今一受到了某种要挟,不敢当场揭发。"

"不敢当场揭发,似乎勉强说得通,但他背对着高个子,只要给我们某些暗示就可以,毕竟他是个见过世面的大记者,不至于吓得这点素质都没有了吧。可他没有,丝毫没有。"

"是啊,或许古今一有某些把柄在对方手中而不敢告发?但那也不太可能,一个大报记者与一个民工会有什么瓜葛?"梁振华边说边把自己的推论推翻了。所以,与其说是在跟刘克探讨,不如说在自言自语。

"要么我马上叫人去成厚里守候,只要高个子一走出古家,即刻将其抓获。"

"你傻呀,高个子如果当时真藏在他们家,现在早就跑得无影无踪了,还能等着你去抓呀?"

"不是我傻,是高个子傻。虽说他躲进古家已经过去好几个小时了,但不清楚外面的情况,敢贸然出来吗? 他就不怕我们在弄堂口伏击?"

"照你这么说,高个子还在古家躲着?"

"应该在。他没想到我们这么愚蠢,竟然没在附近设下埋伏。"刘克别有意味地看看梁振华;梁振华尴尬地别过头,看看钟。已经凌晨三点半了。

"你也许说得对，那我们快去弥补一下——等等，让我再想想。如果高个子真的逃进了古家，而古今一因为怕家人受到伤害而不敢当场揭发，可在我叫他和小桥她妈去医院的途中，或者到医院之后，他为什么还不敢告诉我？莫非他，或者还有小桥她妈，真的是……"他没敢把"同伙"两个字说出口。

十

拖拉机行驶在坎坷崎岖的山道,上上下下,左左右右,晃荡了近两个半小时,终于开进了樟树县城,在新华书店门口靠边停下。"你们去买书,我去装化肥,待会儿在'花枝俏'碰头。"福仔爽快地说。

"遵命!"古今一先跳下来,转身用手去接九莲。九莲大方地把手交给他,迟疑片刻便"哎"的一声跳了下来。

两人双手相握,对视了几秒,幸福感瞬间荡漾在脸上。要不是边上还有福仔在,古今一真想抱抱她。

"嗨,脚都坐麻了。"古今一松手,故意双手撑腰扭动了几下。

"你也太娇气了,走吧。"说完,九莲朝福仔挥挥手,"你快去吧,呆会儿见。"

"好嘞。"福仔开着拖拉机突突地走了。

这是县城唯一的书店。店门口贴着一副巨大的采茶戏《杜鹃山》的宣传画。女主角柯湘浓眉大眼、飒爽英姿,是那个时代美人的唯一标准和典型形象。"家住安源萍水乡,三代挖煤……"古今一摇头晃脑地哼了几句。

"哟哟,还唱上了。你那是京剧,杨春霞演的;人家那是采茶戏,樟树县头牌花旦彭秋云演的。'家住安源萍水乡,三代挖煤……'虽然唱词一模一样,但调调完全不同咯。样板戏嘛,能随便改词就不是样板了哦。"九莲如数家珍地说着、唱着。

"哦哦,没想到你还有这一手。真是山沟沟里藏着一只金凤凰呐。太委屈你了。"

"不委屈。我不过是山林中的一只鹧鸪,但我很快乐,自由自在地飞翔。彭秋云才是金凤凰。哎,你想不想见见她。"

"看她演出吗? 票不好买吧?"

"不用买票。"

"为什么?"

"她是我表姐。"

"真的假的?"

"真的假不了,假的真不了。看你表现,我满意了,自然会带你去看她的。"

书店不算小,大约有五六十平方米,但就两个女营业员。里面冷冷清清,只有两三个中学生模样的人伸长脖子、眯起眼睛朝书架上搜索自己想买的书。女营业员在瞎聊天,时不时还肆无忌惮地狂笑一阵。三面书架上的书排得倒是满满的,但挑选余地不大。古今一并不期望能在这儿买到自己喜欢的书。好在知青点从来不缺书,而且其中有相当多的世界名著。如巴尔扎克、雨果、小仲马、大仲马、莎士比亚、狄更斯、哈代、托尔斯泰、陀思妥耶夫斯基……知青中好几位出身书香门第,每年回家探亲,照例都会翻箱倒柜找出些陈年旧书带过来。在朱溪村的知青点,每年带过来的书不少于三五十本。再加上凤岗大队另外三个知青点拿过来交换阅读的书,古今一每年能看的书不下百本,够了。但他一直有一个心愿,能自己拥有一套好书,慢慢读,细细品,不会因为很多人排队,而限时限刻、囫囵吞枣、消化不良。那就是《鲁迅全集》。收音机里播报,《鲁迅全集》再版了。可他已经来县城两回了,营业员的回答是一致的:还没到;什么时候到,不知道。

"你想买什么书,我帮你找。"古今一暂时不想打听《鲁迅全集》的消息,怕影响自己的心情,于是先帮着九莲张罗。

"我想要浩然的《金光大道》。"九莲边说边神情专注地在书架上寻找。

"《金光大道》好像写得不如《艳阳天》吧。"古今一委婉地劝说。

"《艳阳天》我已经读过了。浩然写得蛮感人的,我想读他的新作。"

"哦,是这样啊。你是农村长大的,你觉得农村真像他写得那么、那么美好吗?"评起书来,尤其和九莲这样的女孩子,古今一一定是考究用词的。

"正因为他书中的农村那么美好,我才爱读嘛。"

这倒是一种与众不同的看法。"喏,那不是吗?"古今一用手指指书架的左上方;古今一在上海时经常逛书店,找书是他的强项。

"哦,太好了! ——同志,同志,请帮我拿这本书!"九莲激动地几乎跳起来。

谈兴正浓的营业员突然被打断皱皱眉,其中稍年轻的一个说:"我去吧,待会儿再聊。"说着,老大不情愿地撇着嘴过来。

"《金光大道》。"九莲高兴地说。

营业员朝书架上瞅瞅,没发现,不耐烦地问:"在哪儿呢?"

"你是卖书的,都不知道书在哪儿,像话嘛?"古今一看不惯了。

"那么多书,我可能记得哪本书在哪儿吗?"

"就这么点书,我只要一天工夫就能——"

"行了,都别争了,帮我拿书吧。喏,就上面第一排,靠左边,对,对……"

九莲接过书,顿时脸沉了下来,封面皱巴巴的,且沾有一块不大不小的污渍。她用手指着封面说:"脏了,能不能给换一本?"

营业员接过来,往身后放置热水瓶、茶杯的小桌上一扔,又从刚才那个位置抽出一本。

这本封面封底还算干净,可快速翻翻内页,却发现不少折页的、缺角的、未剪裁开的……毛病种种。

"这本更差了,请再给换一本吧。"九莲近乎哀求地说。

"冇有啦,就这两本。"

"那你能不能帮我再到库房找找,我大老远来的,不容易,帮帮忙嘛。"

"你再远来我也冇法子,冇了就是冇了,我又不会变戏法。"

"你这人怎么说话的?书店那是文明人待的地方,我看你不配!"古今一提高嗓门喊道。

"我不配?你配?可你冇资格,你就老老实实到田里去,接受贫下中农再教育吧。"

"应该接受教育的是你……"

"你就少说两句吧。"九莲劝古今一,"累不累啊,毫无意义。"然后转向营业员,"那我还是拿刚才那本吧。"

"就是啊,农民还怕脏嘛。再说了,书是眼睛看的,又不是嘴吃的,脏点怕啥呀。"嘴还挺利落。

九莲给钱拿书,拉了古今一就往外走。"你一个大老爷们,和一个小女人较什么劲啊。"古今一嘿嘿傻笑一声,说:"看着不顺眼,听着不入耳,我就忍不住想说几句。"

"做人嘛,尤其是男人,度量大一点。不是什么原则问题,得饶人处且饶人。"

"我饶人,谁饶我呀?"

"我饶你,行不行啊?"

又是嘿嘿一声傻笑。

"哎,闹了半天,你自己要的书看到了没?"九莲突然想到。

"我看了,没呢。"

"你想要什么书啊? 我再进去帮你问问。"

"别去了。我想买一套《鲁迅全集》,整整二十本呢,要有一进门就应该能瞧见的。"

"那不好说,说不定人家放底下柜子里呢。"说完,快步朝里进。

古今一站着没动,怕自己跟着反而会坏事。他瞧着街景,车不多人多,来来往往,煞是热闹。街对面与这边相仿,也是一字排开的小店铺,饮食店旁边是布店,布店旁边是食品店,食品店过去是修自行车的,再过去是旅馆,旅馆边上有家理发店……给人感觉杂乱无章。"小县城嘛,到处都差不多啦。"他喃喃自语地发表着意见。"不看也罢,背一首宋词吧:桃李依依春暗度,谁在秋千,笑里低低语。一片芳心千万绪,人间没个……"

有人拍拍他的手臂,是九莲,一张失望的脸。

"我说没有吧……"蓦然想起刚才九莲的教诲,赶忙改用江西话插科打诨:"冇事,反正我现在不愁冇书看;冇有也好,省银子呢。"说完做了个鬼脸,想逗九莲开心。

"好吧。"九莲有些释怀,问:"现在我们去哪儿?"

"吃饭啊。"边说边朝"花枝俏"走。

"什么时候啊,就吃饭?"

九莲抬头用双手搭凉棚状,察看太阳的方位;古今一则四处张望,看哪儿有钟。

"不到十一点呢,还早。"九莲确凿无疑地说。

"不会吧? 我肚子早已饿得咕咕叫了。"古今一眯眼仰头瞧瞧天。

"你是小猪啊,光惦记着吃。"

"九莲同志,我可是早饭都没吃呢,还猪呢,冤不冤啊?"

"没吃,为什么? 哈哈,又睡大懒觉了,还是猪啊,要么死吃,要么死睡。"

"瞎说什么呢? 我昨晚看《安娜·卡列尼娜》看到鸡叫才睡的。猪会看书吗?"

"哦,冤枉你了,看来你比猪乖多了。"

"那当然——嗨,我怎么觉得这表扬有些不对劲啊。又损我了不是?"

九莲得意地笑了,古今一喜欢她笑的模样。

　　多少年过去了,可每当古今一遇到不顺心的时候,九莲或嘲弄或调皮的笑脸还是会幽灵般地浮现在眼前,让他暂时忘却、暂时释怀。

　　"想啥啊?"丽丽推推他,担心地问。"侬讲,小桥会勿会……"

　　"侬勿要瞎想了,勿会的,放心吧。医生刚才勿是讲了,手术很成功的。"古今一说得很肯定,其实他心里也没底,但决不能在妻子面前表露出来。

　　"我明朝就去跟伊所长讲,等伊身体养好了,还是让伊做内勤吧。小姑娘做刑警勿来事的。"

　　"等伊出院后再讲吧。"

　　"嗨,这个害人精捉牢了,我一定要拿伊的手指头一根根咬脱,哼!侬讲,警察捉得牢伊吗?"

　　"迟早会捉牢伊的。"

　　"侬讲,这个害人精会藏在哪里呢?"

　　"我、我哪能晓得?"

　　两人坐在医院走廊的长椅上,无奈地守候着。

十 一

唐山路派出所的一幢小楼是改革开放后新盖的,楼不高,三层,但比先前强多了。原先是占了老公房一楼的一个层面,在本没有门的南面开了一扇门,要不然与楼上的居民同进同出一扇北门,就更寒碜了。现在是独立的一幢,有围墙,有院子,当然气派得很。

审讯室在二楼靠西面的一间房里。太阳已经升得老高,这间房却依然十分凉爽。梁振华与刘克在古家附近守候到天亮,也不见动静,于是到刚刚开门的小杂货店打电话让陆上行、沈志军来接班。两人又赶回派出所审讯 T 恤衫和那个矮胖子,想从他们身上寻找线索。

T 恤衫姓刁,名银生,人称小刁模子;他是吃喝嫖赌样样都来,不过都是小打小闹:有钱没钱,他抽的烟都是飞马牌。什么中华牌、七星牌,吐出的还不是一样的白烟?切,能过瘾就好。他一顿能喝半斤白酒,但有钱没钱大致喝的都是几十块钱一瓶的红星二锅头,能醉人就行。他三天两头往发廊和洗脚房跑,主要不是为了打理头和脚,而是为了让中间那玩意儿舒畅。高档宾馆那小姐是漂亮、有气质,其中不乏名牌大学的学生,比那发廊和洗脚房的女人强多了,但脱了裤子都是一样的,谁也不比谁好看,能爽快就行。他也好赌,麻将、牌九、扑克样样来,但一天的输赢一般不会超过五百。他主要的营生是做"黄牛",外汇、月饼票、联华 OK 卡、演唱会票……什么热门,他做什么;什么有差价,他炒什么,嗅觉像狗一样灵敏。然而,常在河边走,哪能不湿鞋?他时不时地被逮住,但罪孽并不深重,因此要么刑拘半月,要么劳改半年,依然是小刁模子。

"这次为啥搞大了,竟然贩毒?"当知道逮住的那个 T 恤衫就是多次"进宫"的刁银生时,梁振华和刘克都捉摸不透。

"梁警官,侬好!刘警官,侬好!"他熟人似的打招呼。

"长远勿看到,浑身骨头发痒了吧?"梁振华微笑地说道。

"我糊涂,我糊涂啊!"刁银生一副悔恨交加的表情。

"侬一直老聪明的,小打小闹捉勿牢最好,捉牢了也罪孽勿重。这次哪能糊涂了啊?"

"我糊涂,一向糊涂。多亏两位警官经常帮助、教育我,才勿至于犯大错误。"

"贩毒的错误还勿大吗?五十克以上海洛因就可以判死刑!"刘克厉声呵斥道。

"啥海洛因?啥贩毒?勿要吓我哦?"

"侬就装吧。我们已经从侬下家身上搜出海洛因了,伊也如实交代了。"梁振华仿佛胸有成竹地说。刘克不动声色,他明白中队长的计谋。

"啊?你们从伊身上搜出来的是海洛因?就是那只茶叶罐头?勿可能吧?伊讲是一块走私的劳力士手表啊!"

"伊讲?伊是啥人?"梁振华追问。

"我、我也勿晓得伊是啥人。"

"侬勿晓得,还是勿想讲?"刘克逼问。

"我、我是真勿晓得啊。刘警官,侬想想,我都枪顶在后脑勺了,还有啥勿想讲的呀?"

"那勿会是茶叶罐头自己飞到侬身上,对侬讲拿我送到某某地方去吧?"梁振华带着戏谑的口气说。

"嗨,梁警官,侬还真的讲对了,这次是自己送上门来的呢。"

"你他妈的胆子越来越大了,敢耍我们了是不是?"刘克猛地一拍桌子,改用普通话大声呵斥道;搪瓷的茶杯盖跌落到地上,发出咣当一声脆响。

刁银生浑身一凛,脸色顿时变了,结结巴巴说:"我是真的,真的没敢骗、骗你们啊。"他偷瞄了一眼,见两人直视着他,又怯生生把目光收回。"事情是这样的——"他也改用一口夹带苏北口音的普通话开始交代事情经过。

"有一天,我正在舒心足浴中心洗脚,就是山西路的那家,进来一个人,说让我送一样东西到唐山绿地,报酬是五千块,先付一半,事成后再付一半。我就答应了。换个其他人,有这么肥的差事,能不动心吗?"

"这么说,你是心甘情愿去做这件事的咯?"梁振华依然不温不火地说。

"有钱能使鬼推磨嘛。毕竟五千块啊,黄牛做半年也未必有这么多。"

"你就不怕鬼敲门?钱没到手,小命没了。"

"就像邮递员一样送件东西,至于吗?"

"你就没想到问问,送什么东西?"

"问了,他说是一块走私的劳力士手表。"

"好了,别编了,再不把事情的经过老老实实地交代出来,恐怕你是死定了,谁也救不了你。你想想,你与他素不相识,他为什么要让你这么轻而易举地赚钱?他不会自己去送啊?显然,这事有风险,而且风险还很大。你心里是清楚的。因为报酬丰厚,你就抱着侥幸心理铤而走险。是不是?"

"梁警官,我是真不知道里面是毒品啊!要知道,您就是借我十个豹子胆,我也不敢呐!"

"是啊,你可能不想去、不敢去,但不得不去,因为你有把柄在他手上,是不是?"

"梁警官,您真是神探,您说得太对了!我他妈的不争气,确实是有把柄落在人家手里。但这件事和贩毒比起来,简直算不上什么,我再怎么糊涂,也是知道哪个重哪个轻的。"

"说来听听,什么把柄落在人家手里了?"

"是、是。那天洗完脚,我就和洗脚女在包房里亲热上了。刚刚完事,从那小女人身上爬下来时,突然看见有一个人坐在角落的一张椅子上,吓了我一跳。我说,你他妈的是人是鬼啊?在这儿干什么?那人漫不经心地翻弄着一本时尚类杂志,开口说话倒是挺和气的。他说,你的事干完了?好了,接下来帮我干一件事吧。"

"此人长什么样?以前在什么地方见过?说话是哪里口音?"刘克忍不住连珠炮似的发问。

"长得蛮有腔调的,皮肤有点黑,但健康结实,一套雪白的西装笔挺,里面是一件黑色的绸布衬衫,看上去一表人才。如果不是在那种场合碰见，我倒是很乐意有这么一位朋友。他给人的感觉像是个绅士，彬彬有礼，普通话里带有上海口音，说话似乎软绵绵的，但令人感到有一种不可抗拒的威慑力。我说，我又不认识你。帮你干事？什么事？凭什么？他笑笑说，你先把衣服穿好。那小姐的钱给了吗？多给点，人家给吓着了，应该补偿点。洗脚女其实也不怎么慌张，笃悠悠穿上衣裤。我给了她三百，本来说好是两百的，没想到那家伙一个箭步过来，从我手里夺过皮夹子，又从里面抽出两张一百的递给她，说人家干这一行也不容易，能多给点就多给点吧，像个爷们行不行啊？妈的，又不花他的钱，他乐得做好人。"

"嗨，嗨，别跑题啦！说重点！"刘克呵斥道。

"噢噢，说重点。他说，你问题蛮多的嘛，让我来一一满足你的好奇心吧。第一，是帮我办事；第二，送一样东西到唐山绿地；第三，如果你帮我做事将得到五千块奖励，如果不帮我就送你去劳教半年。凭什么？嫖娼！清楚了？明白了？你喘喘气，给你一分钟时间考虑。我傻了，不得不妥协。我说，那到底送什么贵重的东西啊？非要我去？会不会有危险啊？他回答说，对某些人来说很贵重，对某些人来说无所谓，就是一块走私手表而已。走私手表是违法的，违法的事当然有危险。不是非要谁去不可，而是我与几个朋友打赌，说让一个素不相识的人帮我贩卖走私手表。他们不信，于是我们赌一万块钱输赢。懂了吗？我俩五五分成，没亏待你吧。他这么一说，我稍微有些放心了，走私一块手表，即使被抓住，也不是什么重罪。"

"这也符合你一贯的作案风格啊！"梁振华仍是笑容可掬

地说。

"嘿嘿,小来来我敢白相的,大的勿敢白相,性命要紧啊。"总算心里有些着落,刁银生在此插了一句上海话。

"他大概多大年纪,是高是矮,是胖是瘦,脸上有什么特征?"刘克又焦急地问道。

"看上去三十多岁,一米七五左右吧,不胖不瘦,脸上没、没什么特别的地方,五官端正。对,腰板挺直,气质像当过兵的。"

"哦,像个军人?"梁振华沉吟了片刻,问:"你就那么老实,不会打开了看看? 或者干脆席卷而逃。如果真是劳力士,再便宜的款式也起码值好几万哪!"

"那罐子封了口,他关照我不许拆的;逃,我是想过,但我到底还是不敢,那些家伙神通广大,谁惹得起啊? 他们要找个人出来干掉,还不是易如反掌!"

"他说和谁接头? 怎么接头?"梁振华问。

"他说到时会有一个人在唐山绿地与我接头,让我穿一件白色的长袖 T 恤。对方会过来跟我说:先生,外烟要吗? 我问,什么牌子的? 对方说,三五牌的。我说,我要万宝路的。对方如果说,万宝路最近缺货,过两天给你行吗? 你就把茶叶罐给他,说:好的,这是定金。"

"可昨晚与你接头的不是两个人吗?"

"我也觉得奇怪,说好一个人,怎么就出现了两个? 是不是警察的卧底啊? 我想放弃,但那个矮胖子拉住我,不让我走,并开始用接头暗语。我看看这两人,纯粹外地民工,哪像什么卧底! 再一想,这东西是个麻烦,早点脱手早安心。于是就与他们接头了。"

"完了？这么简单？"刘克着急地追问。"这笔交易成交多少钱？"

"我当时问过，对方应该给我多少钱。那人说，你只要把东西交给对方就行，对方会直接把钱汇到指定账户里的。"

"这么说，你并不认识接头的人。"

"当然不认识。让我办事的人和与我接头的人，我都不认识。这是我生出来长这么大从未碰到过的最奇怪的事了。打赌还有这种打法的，真是吃饱了饭没事干，专门白相我们这种穷人！""白相"用普通话说有些滑稽。

"你再好好想想，那个与你接头的高个子长什么样？有啥特征？"

"高个子？真正接头的是矮胖子，长得圆圆的、胖胖的，但感觉还蛮精明的；那个高个子跟在他后面，因为天黑，我没怎么看清，总体感觉他蛮老实的，最多也就是个小跟班。"

"你觉得他的话可信吗？"刁银生被押下去后，梁振华掏出烟递给刘克一支，若有所思地问道。

"像一个编得神乎其神的故事，他可能想逃脱贩毒的罪名吧？但走私手表似乎又符合他的做派。"刘克接过烟，摸出一次性打火机给梁振华点上，自己却没点，他暂时还不想抽烟。

他们依然延续着用普通话来分析案情。

"我想，应该是真话。"

"真话？那么我们的情报有误？这不过是桩走私案，而且涉案金额也不大。话又说回来，那个神秘兮兮的人究竟想干什么？真的仅仅为了赌那一万块钱？那茶叶罐里如果真的是海洛因,价值也就一万多块吧。犯得着嘛!"

梁振华脑中也是杂乱无序。情报是区分局提供的,任务也是区分局下达的,看来领导部门也不是永远正确的。

"先不去管他,听听那矮胖子怎么说!"梁振华用力喷出一股长长的烟,果断地说。

"好!"刘克拿起电话,吩咐把另一个嫌疑人带到审讯室来。"什么哪个? 就是昨天晚上抓到的。什么? 哦,知道了。"

刘克放下电话,神情憋闷地说,"矮胖子被释放了。"

"释放了? 谁放的?"

"小宋说是分局办公室的张主任来电话,命令马上放人。问他为什么? 还没审呢? 他说不用审,他是卧底。"

"坐办公室的懂个屁,就知道瞎指挥!"梁振华愤然操起电话,"接张健……"

分局的总机小姐很客气地说,"张主任现在在开会,请下午再打可以吗?"

"请告诉我他的 BP 机号码。"

"对不起,张主任的 BP 机号码是不公开的。"

"太好了,连 BP 机都不愿公开,他怕什么呢? BP 机不是公家给配的吗? 难道不是为了工作需要吗?"

"对不起,这是规定。"

"谁的规定? 有文件吗?"

"对不起,我也不清楚。"

十 二

"太好了！苏苏，侬猜猜啥人来了？"老肥领了个人，来到苏苏和阿娟合住的房门口，隔着门轻声轻气地叫唤。

老肥长着一身膘，走起路来浑身的肉都晃晃悠悠的。在那个缺衣少食的年代，他绝对是个稀罕物。他对谁说话都是粗声粗气的，即便是有求于人也是这德行，唯独遇见苏苏，那是要多温柔就多温柔，仿佛变了个人。

苏苏和阿娟刚吃了晚饭，坐在房间里回忆过去在上海的美好时光。其实，苏苏很少说自己，绝大部分时间只是耐心地听阿娟一个人说啊说的。她无疑是一个好听众。今天的话题是关于青菜的。知青点已经将近十天没有菜吃了，天天是三顿白饭，一碗酱油汤，没见半点油腥。今天总算吃上了一顿炒青菜。那是九莲瞒着她爸妈到自家地里摘了送的。一大桌知青，才扒拉了几口饭，一碗菜就没了。都说长这么大，从来没吃到过这么美味的青菜。阿娟说，在家时我最讨厌吃青菜。每次，我妈唠唠叨叨说我挑食，会影响发育的，硬夹一大筷子青菜到我碗里。我总是留到最后，实在躲不过，才皱着眉像吃中药一般把它吞下去。真是没想到，这里的青菜介好吃。

"啥人啊？"苏苏问了声，开门。"哦，是侬啊？有事体吗？"

苏苏的冷淡令老肥和阿娟都有些吃惊。"阿姐,长远勿看见,我来看看侬呀。"来人却仿佛并不在意,热情地说。

"伊是我阿弟,郭联联。"苏苏淡淡地说,算是向阿娟和老肥做了介绍。"这是阿娟,伊叫冯家淦。"

"叫我老肥吧,听起来亲切点。"

"进来坐吧。"阿娟客气地摆了摆手。

苏苏转身往里走,联联也跟了进去。

老肥站在门口问:"联联,侬还没吃饭了吧?"

"嗯,没呢。"

"我帮侬去弄点,一歇歇就好。"老肥自告奋勇地转身走了。

联联环顾房间的四周,没话找话说:"你们知青点的住房勿错嘛,看得出是新造的。两人一间吧?都住在一道好啊。阿拉那里差远了,两个人一组,都分散住在农民屋里。"

"阿拉是七男两女,女的住一间,男的是一间三人、一间四人。这幢小木屋共有四间房子,还有一间放锄头、镰刀、箩筐、尿桶等杂七杂八的东西。当然,小木屋旁边还搭出一大间,是灶间。这里生产队待阿拉知青确实还算是勿错的,帮阿拉造介好的房子。山区交通是勿方便,但有利有弊,山里木头多呀,造房子花不了多少钱,出点劳动力就可以了。"阿娟如数家珍般地介绍道。

"阿拉那里交通是便当,到公社只有五里路,每天都有到县城的班车。但住的、吃的都太差,乡下人对阿拉知青也蛮冷淡的,好像阿拉是来抢工分的。"

"到农村来是接受贫下中农再教育的,住得好吃得好还教育啥?"苏苏白了联联一眼。

"你们姐弟俩的名字倒蛮有意思的,苏苏、联联。"阿娟见苏苏不爱搭理她弟弟,觉得挺尴尬,便找些话题来说。

"老爸取的,阿拉出生的辰光,中国勿是跟苏联要好得勿得了嘛。是勿是,阿姐?"

"嗯,是吧。"苏苏懒洋洋地说。

又是一阵难堪的沉默。联联发现阿姐的深棕色皮箱上放着几本书,便走过去翻看。《毛泽东选集》《欧阳海之歌》《钢铁是怎样炼成的》《共产党宣言》……他似乎毫无兴趣,拿起一本看一眼放下,又拿起一本再放下。"你们这里就没些好看的书?"联联遗憾地问。

"这样的书还勿好看么?侬想看啥?黄书?禁书?反动书?"苏苏没好气地回答。

"哎呀,阿姐,世界上好书多得是呐。难道除了侬这几本,其他的都是坏书?侬也太封闭了?啥是好书,啥是坏书,侬讲来听听。"

"除了黄书、禁书、反动书,其他的都是好书。"

"那么侬讲来听听,现在除了黄书、禁书、反动书,还剩下来啥书?请举例说明。"

苏苏一时语塞,琢磨来琢磨去,确实无例可举。联联使劲用手掌来回搓自己的平头,直到头皮都显出血色来才停下。然后,讨好地笑笑说:"阿姐,我也有讲得对的辰光吧,好书确实勿好寻啊。"

"其实有些书看看倒也无妨,"阿娟像是对苏苏说,又像是对联联说,"我向古今一、钟自鸣他们借过几本书,蛮勿错的,比如《悲惨世界》《巴黎圣母院》《简爱》，还有《德伯家的苔丝》《欧也妮·葛朗台》《哈姆雷特》，我现在看的《茶花女》，法国小仲马写的，也很感人的噢。"

"真的？你们这儿有介许多好——"见苏苏神色不对，联联马上拐弯，"介许多书啊？"

"都是禁书，都是资产阶级作家写的。被人发现看禁书，那是要受到批判的。还是太太平平过日脚吧。侬苦头吃勿怕啊？"苏苏正色道。

"来了，来了。"人未到，声音先到，不用看就知道是老肥，一副老烟鬼似的沙哑嗓音；原先在华东师大第二附中是独一无二的，现在在朱溪村、以至于在整个山斜公社，恐怕也是凤毛麟角。奇怪的是从来没人见他抽烟。古今一一直纳闷，怀疑他是否背着人在死命抽烟，要不然不可能有这么一副嗓子。然而，他有必要瞒着人抽烟吗？抽烟又不犯法，说不通。

"我可以进来吗？"门是开着的，老肥还是彬彬有礼地说，一只手端着满满一碗白米饭，一只手里是半碗黄灿灿的什么菜。

"啊啊，炒鸡蛋！你们还有炒鸡蛋吃，简直太幸福了！"联联兴奋地跳了起来。"我已经半年没吃过炒鸡蛋了。"

阿娟也忍不住吞了下口水，炒鸡蛋的香味太馋人了。

看看联联狼吞虎咽的样子，又瞧瞧老肥心满意足的神情，苏苏问："侬从啥地方弄来的鸡蛋？"

"嘿嘿，勿是我吹的，在樟树县没有我老肥弄勿到的东西。"男人爱在女人面前吹嘘，当然程度视其喜欢对方的深浅而定。

"嗨,侬今朝来肯定有啥事体吧?"苏苏见他吃完,便问。

"没、没……"联联打了个饱嗝,侧身看看阿娟和老肥。

阿娟人小鬼大,知趣地对老肥说:"辰光快到了,古今一又要讲故事了,阿拉先过去吧。"

等两人一走,联联便轻轻走过去把门掩上。

毕竟与隔壁那间房只隔着薄薄的一层杉木板,联联凑近苏苏低声细语地说了一通。苏苏先是眉头渐渐皱起,继而怒气十足,最后竟然呜呜抽泣起来。

十 三

"嗨,等等,振华,我向侬汇报个事体。想想真是可怕!"梁振华刚要出门准备去医院探望梦桥,被刘克叫住了。

梁振华苦笑了一下,"可怕? 有啥可怕的?"转身掏钥匙开门。刘克神情严肃地紧随其后。

"说吧,啥事体?"梁振华把钥匙往办公桌上一丢,屁股才沾着皮靠椅,就往上衣口袋掏香烟。

"我们一方面对古今一进行二十四小时监控,一方面对其同事和邻居进行全方位调查。"刘克开门见山谈起了案情进展情况。梁振华递给他一支烟,他摆摆手拒绝了。这是他的习惯,谈正事时从不抽烟,怕影响思路而表述不清。

"现在的活是越来越难干了,不干活的老是管着干活的,这也不对,那也不对。他懂行也罢,偏偏又什么都不懂;他不懂行也罢,偏偏还要不懂装懂! 干好了,都是他领导有方,奖金拿得比谁都多;干砸了,都是你们执行不力,轻者处分、撤职,重者开除公职;他没事,轻者自我批评一下说是负领导责任,重者换个岗位继续当领导。"梁振华点了烟嘀咕道。他一口标准的普通话得益于当年读小学时的语文老师,语文老师是北京人。

"你也发牢骚啦？这可不像你的作风啊。"刘克说着，拿起两只搪瓷杯到靠墙的柜子前泡茶。

梁振华确实感到前所未有的无奈和窝囊。刚才，他联系上了分局办公室主任张健，还未等他询问放走矮胖子的原因，张健便立刻先发制人，指责他把这次行动搞砸了："真正与送货人接头的毒贩还没出现，你们怎么就贸然出击？真是一团糟！"张健说，那矮胖子是卧底，他是奉局长之命让你们立刻放人，以免时间长了会暴露。梁振华说，既然是卧底，总得提供些线索呀，我这里还有警员受重伤了呢。张健回答说，卧底并不认识接头的人，至于那个与他同去的高个子名叫谢鲁，是为他打掩护的老乡。他会逃往何处，在哪儿藏身，他也不清楚。三个嫌疑人抓了两个，跑了一个，已是不爽；偏偏两个中，一个啥都不知道，一个竟然是卧底！妈的，跑了的那个现在有杀人嫌疑，偏偏又可能逃进了未来岳父、岳母的家，而他们又声称一概不知。查也不是，不查又不是！

"刁银生说是走私手表，卧底说是贩卖毒品，你觉得哪个更可信呢？"梁振华接过刘克递过来的茶杯，盯着他的眼睛问。

"都可信，又都不可信。"刘克也有些迷惑，眼睛看着搪瓷杯里的茶水，仿佛吃不准里面是绿茶还是红茶。

"怎么个说法？"

"刁银生即使是受到要挟，但因此强迫他去贩毒，可能性也不大。他这人精着呢。卧底说是贩毒，应该也是可信的，如果仅仅是走私一块手表，至于这么兴师动众吗？还让我们去伏击？但问题就在，两人说的是同一件事，也就是说其中一人必定在说谎。"

"也许两人都在说谎,也许两人说的都是真的。"梁振华猛地吸了口烟,又重重地吐出,仿佛做了个深呼吸。"你还是先说说你们监控和调查的事吧。"

"好的。一、据了解,古今一那天晚上确实应该在报社值夜班,但八点半左右接了个神秘的电话后,就跟总机小姐打了招呼回家了;二、古今一隔壁家一个女孩大概十点左右回家,在支弄堂口与一个人擦肩而过。她描述说,这人她从未见过,长得很高大,但因为光线暗淡没怎么看清脸,只是觉得神情有些慌张。"刘克做案情分析永远是那么"一、二、三"条理清晰。

"十点?"

"对,就是我们在医院,而现场还没来得及布控的这段时间。"

梁振华倒吸了一口凉气:太疏忽了! 莫非自己真的犯了一个不可饶恕的错误? 未来的岳父(可能还包括岳母)真的是同案犯?

他眼神游移地看了刘克一眼,刘克体谅地假装在看墙上的钟。

怎么可能? 堂堂大报的记者(可能还有他的妻子)竟然是毒贩,而他的女儿是警察;当他的女儿被刺伤时,他还在试图庇护同伙? 他是怕同伙被抓后,把他也供出来? ……梁振华的脑海闪过一个又一个揪心的念头。

看起来单单布控已解决不了任何问题,必须与如今的重大嫌疑人——古家夫妇再次正面接触,看能不能找到突破口。

"你去医院看看梦桥吧,有啥情况及时通知我;我到古家去,澄清一些问题。"

"小桥,爸爸来接你啦!"

往常,四岁的女儿会一声尖叫后向自己摇摇晃晃地奔跑过来;今天却撅着嘴,满脸委屈地站在原地不动。

"怎么啦?谁欺负你啦?"

女儿摇摇头。"不听话,老师批评你啦?"

古今一朝女儿走去,"谁不会犯错呢?知道错,改了就好了,还是好孩子。"

他伸出手,女儿把小手背在身后。

"我没错。"

"嗨,这孩子还挺倔。"一位二十来岁的女教师不知什么时候出现在身后。"梦桥咬人啦,把个男孩子的脸都咬破,血都流出来啦。人家家长都心疼得要找你们家长算账呢。我好说歹说才把他们打发了。我批评了她几句,她还不乐意,撅了半天嘴呢。"

"咬人?不会吧?梦桥在这幼儿园小班是最小的一个,不但年龄最小,个头也最小,而且还是个女孩子,她去惹别人,应该不会吧?"

古今一转向女儿,"真是你咬的?为什么?"

"熊亮抢梦桥的玩具玩,梦桥不让他玩,熊亮推了梦桥一个大跟头,梦桥就扑上去咬他了。"未等梦桥开口,边上一个小女孩替她说了。

"熊亮天天要抢别人的玩具玩,谁不给,他就打人。他是个坏蛋!"梦桥小脸涨得通红,愤愤地说。

"咬得好!爸爸支持你!以后,他再欺负你,还咬他!"古今一夸张地张大嘴,作咬人状。

梦桥顿时破涕为笑。

"哎,梦桥爸爸,有您这样教育小孩的嘛。"

"老师,那您说,该如何教育才好呢。"

"熊亮抢玩具,可以告诉老师;熊亮打人,也应该报告老师。老师会批评教育他。"

"熊亮抢玩具不是一天两天了,打过的同学也不是一个两个了,不知老师教育过他没有?"

"有啊,当然有啊!"

"有用没有啊?不照样有小朋友在受他欺负嘛。老师,您以后也会有孩子,如果您的孩子被人欺负,您会让他做个乖小囡忍气吞声嘛?或者只是做个告密者,专门搜集张三长、李四短的,报告老师、报告领导吗?"

女老师面红耳赤。

"梦桥爸爸,您是记者,还是作家,这样教育孩子不对。"

"我教育孩子,比你弱小的千万不能去欺负人家;比你强大的,也千万不要去害怕他,更不要去拍他的马屁。你胆敢去欺负别人,我绝饶不了你;而你被人欺负,却战战兢兢、哭哭啼啼,就永远成不了一个好孩子,更不会有出息。"

"……"女教师无言以对。

"小桥,我们回家去,爸爸帮你买黑森林蛋糕吃,好吗?"

"好的。"

从此以后,那个叫熊亮的小男孩再也没敢抢梦桥的玩具,看见她就躲得远远的;每每看到其他小朋友带来稀奇的玩具,他还是想占为己有,但其他小朋友惊恐地喊一声"梦桥",他便会紧张地斜眼瞄瞄梦桥,然后乖乖地离开。尽管小梦桥自顾自在玩,压根没想见义勇为。

梦桥受伤后,古今一老是在如梦似幻地回忆过去的点点滴滴。妻子责怪他,不应该让女儿去当警察;当警察怎么啦,当记者不照样每年有好多人死于非命嘛。

古今一睡不着,太多的事似乎毫无征兆、突然降临,让他晕头转向、不知所措。他摸索着拿起放在床头柜上的手表,借着窗外透进来的点点光亮一看,五点还不到。他犹豫了片刻,"哎,起床吧,还有很多事需要去弄个水落石出。"

十　四

四月初春的一个早晨,那天是星期天。小山村只有农忙、农闲的区别,没有星期几的概念。但知青还是沿袭城市的习惯,星期天不出工,管它农忙还是农闲。

古今一、钟自鸣等几个人在自留地种青菜,老肥、林飞鸿上山砍柴去了,唯有苏苏一大早就没了踪影。昨晚,古今一讲完故事后,与大伙儿商量好的,今天不出工,但也别闲着,两个人上山砍柴,两个女孩留家烧饭、喂鸡喂猪,其他人上自留地种菜。不能老吃白米饭、酱油汤啊。

知青的自留地离村最近,过小木桥是横卧着的一条弯弯曲曲通往外界的蹩脚公路,跨过公路是一个硕大的打谷场,与打谷场并排的便是知青的自留地。

古今一、钟自鸣等人正在翻地,阿娟扛着锄头过来了。

"勿是讲好侬跟苏苏负责烧饭的,哪能又过来了?"古今一问。

"猪跟鸡我都喂了,烧中饭还早呢。"阿娟说。

"那苏苏呢? 还没看见吗?"钟自鸣问。

吃早饭时就没看见她踪影。"是啊,一直就没出现过。我想会勿会到伊阿弟联联那里去了?"

"到阿弟那里去,也得跟阿拉讲一声啊,做啥弄得神神秘秘的。"古今一埋怨道。

"是啊,一个小姑娘跑几十里山路,万一半道上遇到坏人哪能办?"钟自鸣担心地说。

"我告诉你们吧,可你们千万勿要让苏苏晓得噢。伊勿让我讲,毕竟是坍台的事体。"阿娟迟疑地说,"上次伊阿弟来过后,苏苏经常偷偷落眼泪。我问了几遍后,伊终于告诉了我,说联联勿学好,把同村一个知青的肚皮弄大了。结婚,勿可能;打胎,又没钞票。于是跑来找苏苏想办法。"

"苏苏哪能帮伊呢?"古今一问。

"苏苏也没有办法。当时联联来讲起此事,苏苏骂了伊一通,然后拨了伊一点钞票。联联从小就是个闯祸胚,经常无事生非;苏苏从来勿拨伊好面孔看。他们小时候日脚蛮好过的,父母都是干部。后来都成了走资派,被打倒了,自顾不暇,哪还有能力来帮衬子女呢。联联碰到事体也只有来求阿姐了。"

"也难为苏苏了,自己也是一副弱不禁风的样子。"古今一叹口气。

"是啊,苏苏自己身体也勿大好。"阿娟怜悯道。

"伊也是,要去阿弟那儿讲一声,阿拉派一个人陪伊去。"古今一皱皱眉头说道。在樟树县境内,上海女知青独自外出被人糟蹋的事时有所闻,令人胆战心惊。

"唉……"顿时众人无语,顾自用力刨地,仿佛歹徒是藏在自留地的某个角落,非把他挖出来灭了。

阿娟刨了三五下,便停下喘气,远远看见福仔领着一个高大威猛的汉子过桥而来。原以为他们是到打谷场开拖拉机外出的，没想到径直朝知青们走来；走近还发现，那个汉子并非是本村的，以前从未见过。

到田边，福仔喊了声："古今一，你过来一下。"其他知青这才抬起头，疑惑地看着那两个人。

古今一用力将锄头往地上一按，见笔直地立住了，就小心地走了过去，怕把刚种下的菜给踩坏了。

走到他们跟前，古今一用袖管擦擦汗，对着福仔问："有事？"

"冇啥大事，就是他想见见你。"古今一把目光转向那个中年男子。板刷头，四方脸，两眼大且炯炯有神，胡子拉碴，肌肉发达……

"您是——"不像是县里来的领导干部，更不可能是上海来的慰问团成员。

"他是我们公社的民兵营长，陈大力，九莲的舅舅。"福仔自豪地介绍道，那神情仿佛是他自己的舅舅。

"噢，您好。"古今一微微一笑。

"哈哈，到底是读书人，细皮嫩肉的。在我们这个穷山沟里生活，身子吃得消吗？"舅舅是大嗓门，快人快语。

"还行，慢慢就习惯了。"

"在这个地方过活，读书多不如力气大，脑袋聪明不如肌肉发达。哈哈，你说是吧？"

"那、那也不能说绝对了。即使种田，除了力气，还要讲究科学嘛。"古今一一贯顶真，即使初次见面的陌生人，也要分清子丑寅卯。

"是嘛，那你用科学，我用力气，我们来过过手。"舅舅边说边过来拉古今一的手臂。

"好,好,友谊第一,比赛第二,你们俩试试身手。说好了,万一摔个腿断胳膊折的,责任自负啊!"福仔在边上起哄。

钟自鸣、金伟康、许义生见情形不对,都丢下锄头围拢过来,阿娟一溜小跑搬救兵去了。

"怎么啦,怎么啦,想打架啊?"钟自鸣是知青中长得最高大结实的,一向以知青保护神的面目出现。他不像老肥。老肥见这种场面,照例是夸张地脱衣撸袖、喉咙嘎嘎响,让他真冲上去打,门也没有。许义生虽说身材不算高大,但嗓门洪亮,经常有事没事在村后的山坡上"咿咿呀呀"地吊嗓子,此时大喝一声,"哈哈,谁他妈的骨头痒痒啦!"金伟康身材矮小,且胆小怕事,只会在边上瑟瑟发抖,至多说上一两句,"有理讲理嘛,干嘛这样?"

钟自鸣拉开九莲舅舅和古今一,站在他们中间,怒目直逼福仔:"怎么个意思?大清早的,喝醉酒了?"

福仔强颜欢笑,忙解释:"你误会啦,人家不过是来认识一下古今一。"

"认识一下?那拉拉扯扯什么意思?"

"唉呀,不过是让两人比试比试,看谁的力气大点儿。"

"那行,跟我来比试吧。"钟自鸣把打着补丁的白衬衣的袖管卷得老高。

这儿正说得热闹,那边阿娟拉着个人急急地上桥而来。她请的救兵不是别人,正是九莲。

"舅,您跑这儿来干吗?我妈找您有事呢。"九莲拉着舅舅就想走,舅舅站着没动弹。

"我这儿还没完呢，你先回，我马上过去。"舅舅坚持着。

"啥事，快说，我在这儿等着。"九莲拉着他不松手。蓦然，她瞧见了福仔，便明白了几分。"福仔，是不是你捣鬼啊？我上回跟你们说的话，你都当耳旁风了是不是？"九莲厉声呵斥。

福仔尽可能轻描淡写地说："你舅舅只不过是想和古今一交个朋友。"

"交朋友？那好，交完了吗？交完就走啊？"九莲板着脸。

"两人说好了，想进行一场友谊比赛。"福仔不想放弃这种机会，他想让九莲的舅舅把古今一摔个四脚朝天、狼狈不堪，治治他的傲气。现在九莲在场更好，让她重新认识上海佬，中看不中用。

"比赛？比啥呢？我还不知道你那小心眼啊？"

"我们不过是比、比力气？"舅舅说。

"舅，您一个山里的五大三粗的庄稼汉，嚷嚷着要和一个城里来的读书人比力气，您就不觉得害臊啊？您咋不跟人家比比肚子里的文化呢？"

"玩玩嘛，何必那么当真。我们山里的男人嘛，靠的就是力气。丫头，你以后找老公，也要找个强壮的，要不然连饭都吃不上。"

福仔一个劲地点头："就是就是，书又不能当饭吃。"

"舅，您说啥呢？——福仔，你再起哄，我跟你没完！"

"不，不关我事！"

"是我自己要来的。"

"舅，您一定要胡来，我、我告诉妈去！"九莲真急了。

……

"好了,大家都别说了。"古今一镇静地对九莲说,"没那么严重,你舅不过是要跟我玩一把,不会把我生吞活剥了的。自鸣,松手吧。大家都散开吧。"

"好,好,友谊比赛正式开始。"福仔又来劲了,帮着拉场子。

"古今一,你不要命啦?"九莲见劝不住舅舅,就来劝古今一。"你一个读书人,跟他比啥力气? 你赢得了他嘛!"

"唉呀,我说九莲,输给你舅舅,一个民兵营长,也不坍台呀。"古今一笑笑说。

"你们男人就想逞能,我懒得管你们,哼!"九莲虎着脸,心里却七上八下的,为古今一担心。输是一定的,千万别摔得鼻青眼肿,更别摔断了骨头。

两人四只手平行地使劲扭住对方。九莲急得大喊:"舅,手脚轻点儿!"

舅舅使劲把古今一往左边一甩,古今一跟跄了好几步,才勉强站稳;少顷,他又使蛮力往右边一甩,古今一又是狼狈地跌跌撞撞了好一阵子,总算没摔倒。

舅舅露出一丝得意的微笑;福仔幸灾乐祸地点了根烟,一股呛人的臭味随风而至;九莲眼里有泪光在闪现。

舅舅求胜心切,把古今一往自己身边猛地一拉,未等古今一站稳,又一股冲力向外猛推。古今一不得不步步后退。对方用力越来越重,古今一后退的速度也越来越快——

"当心!"眼看要推出打谷场,跌倒在边上的水稻田里,九莲带着哭音喊道。

话音未落,只见古今一突然一个转身右脚飞起,往舅舅脚边一挡,借力一扭腰——

啪嗒!舅舅重重地摔倒在水泥地上!因为他使的是蛮力,手始终未松开,所以古今一就势一屁股坐在了他身上。

"好呀!"九莲几乎高兴得跳起来。其他几个知青也都笑了。古今一站起身,去拉舅舅,并关切地问:"不要紧吧?快起来,快起来,不好意思。"

舅舅确实摔疼了,"哎呀,哎呀"了好一阵子才在古今一的搀扶下爬起来。他来不及拍去身上的尘土,便尴尬地笑笑说:"行,行,这下我放心了。"说得众人摸不着头脑,只有九莲明镜似的。

"福仔呢?"舅舅突然想起什么问道。

"早跑了。"九莲说。

"你这臭丫头,怎么也向着外人啊?舅白疼你这么多年了。"

九莲撅着嘴,难为情地说:"对不起噢,舅。您摔疼了吧,我帮您揉揉?"

"算咯,歇一下就冇事了。走,我们看你妈去。"说着,一瘸一拐跟着九莲走了。

消息一传十、十传百,古今一很快成了山斜公社的知名人士,他与民兵营长陈大力比武的事被演绎得面目全非。即便是陈大力本人也毫不讳言,逢人便说知青中藏龙卧虎,朱溪村就有个古今一,看似清秀、文弱一书生,其实武艺高强。到后来,再传回到古今一耳中,那段故事仿佛说的是一位现代大侠,与他古今一浑身不搭界。

古今一自己心里最清楚,他之所以能战胜陈大力纯属偶然。文革时,他是逍遥派,造反派与保皇派你争我夺、闹得不可开交的时候,他却与几个同是逍遥派的同学一起,在新村里的小河边又是举杠铃、甩石锁,又是学摔跤、练吊环。当时也确实有些摔跤的高手经常拉场子进行比赛,古今一知道后再远的路也会赶过去观战,并暗中学到不少高手的套路。尽管如此,他与陈大力毕竟不是一个等量级的,若对方稍稍懂哪怕一点点摔跤的技术,他也决不可能占上风。朱溪村的知青虽大部分是古今一的同学,可因为不住在一个新村里,所以并不知道他竟然藏了这么一手。

"哈哈,古今一啊古今一,原来以为侬老兄讲讲故事还可以,打相打么要靠我一匹武夫。想勿到侬还是个武林高手,真是有眼勿识泰山啊!"钟自鸣一向心直口快。

"是啊,是啊,当时我真是吓得半死,古今一跟人家民兵营长打,还勿是鸡蛋往石头上撞啊。呵呵,伊是真人勿露相,好,好!"阿娟每每说起此事,都是钦佩之情溢于言表。

"真的?古今一真的跟九莲的娘舅打了一架?那个陈大力在整个山斜公社都是数一数二的厉害角色,搞错了吧?"老肥和林飞鸿砍柴回来得知此事,一副似信不信的神情。

当然,最开心、最欣慰的是九莲。古今一在她的心目中又高大了许多。

十　五

叮咚,叮咚,门铃响了。

"去看看啥人来了,介早?"丽丽睡意正浓地嘟哝了一句。见没动静,用屁股往后面顶了一下。空空的,老公不在床上。

叮咚,叮咚,门铃又响起。

"啥人呀?等一歇,啊?"丽丽不满地招呼了一声,赶紧套上睡衣睡裤、揉揉眼睛、理理染得微红的头发,趿拉着皮拖鞋跑到天井开门。昨晚在医院陪夜,才睡下一两个小时。

一个精干、结实、颇有几分帅气的青年微笑着站在门口。"伯母,侬好。"

"哦,是振华啊,快请进。"丽丽突然觉得有些诧异,过去竟然没有发现一个警官说话、动作还会如此腼腆。

"噢,振华啊,有啥事体吗?"在前客堂的一把靠椅上坐定,丽丽说。

"哦,伯父勿在屋里啊?"梁振华朝后客堂方向瞄了一眼。后客堂可能是他们夫妇的卧室吧。

"大概到医院去了吧。"

"哦,事体是这样的,刺伤梦桥的凶手,那天有人看见逃进了成厚里你们这条死弄堂。"梁振华字斟句酌地说,毕竟调查的对象非比寻常。

"是吗？那伊逃进了几号里啊？"

"有人看见好像是你们家。"

"啊？阿拉屋里？"丽丽紧张得环顾四周,仿佛那凶手还躲藏在家中的某个角落。

"伯母,侬勿要怕,伊已经走了。"

"走了？伊是啥人啊？你们为啥勿捉牢伊呢？"

"伯父这两天忙勿忙啊？"梁振华突然掉转话头。

"呵,当然忙,又要去陪女儿,又要外出采访。"

"伊是勿是有啥与平常勿一样的地方？尤其是出事体的那天夜里,伊在家做啥？"

"勿一样？好像没有啊。我回到屋里时,伊已经上床困觉了。嗨,侬怀疑伊？"

"没有,没有。只是有些勿明白的地方,想问问伊。哎,伯母,那天夜里侬出去了？"

"哦,夜饭吃好后跟几个小姐妹搓麻将,回来都过十二点了。——唉呀,看我,茶都忘记了。侬坐,我去倒。"

"伯母,勿用客气,我……"

丽丽急急奔后面灶间而去。她蓦然想起,那天老公确实有些异样,心神不定的。难道他会与凶手有瓜葛？即便有,也不至于加害自己的女儿吧？

梁振华站起身,习惯性地巡视了一下四周。小小前客堂,有一张八仙桌,一边一把靠椅,底下有四张方凳。另一边,有一只小而旧的写字台,紧挨着是一个瘦而长的书柜。这便是古家的客厅兼书房了。他走到后客堂的门边。后客堂与前客堂一般大小,一张四尺半的床,床上被子凌乱;一张梳妆台,台上有一只三五牌的台钟;靠墙有一把木扶梯。显然,梦桥的卧室在小阁楼上。心底顿时而起一丝温馨的感觉,并且随之而来有一种想爬上去看一眼的冲动。

"请吃茶。"丽丽边说边走了过来,"勿好意思,介晚了,连被头还没叠好。"

"哦,这两天够你们辛苦的。"梁振华体谅地说。

丽丽轻轻把茶杯往八仙桌上一放,然后两人在靠椅上坐下。

"呵,谢谢。"

"振华啊,侬刚才讲,凶手到过我屋里? 侬是勿是怀疑我们家老古拿伊藏起来了?"

"噢,伯父伊应该勿会吧? 我只是问问而已。侬勿要往心里去。"

"哦。"

沉默。后客堂三五牌台钟"滴答、滴答"走的声音也清晰可辨。

"吃早点了?"丽丽没话找话。

"吃了。"梁振华思忖着如何进一步询问。

"梦桥伊表现老勇敢的,一点勿比男警察逊色,真的,那天夜里……"

丽丽难过地瞅了梁振华一眼,点点头。梁振华继续说:"那天夜里,伯父跟侬讲啥没有?"

"伊跟我讲啥?"丽丽有些摸不着头脑。当然不会是赤豆、黑枣,更不会是鸽子什么的。

"那天夜里弄堂里发生的事。"

"哎,伊没跟我讲起呀!"一定是为小鸽子是否翘辫子而闹得把弄堂里发生的事忘记了。再说了,弄堂里的事再大,也不会比小鸽子翘辫子让人心烦吧。"噢对了,可能我回来晚了,伊困了,没来得及讲吧。"

"伯父没讲?有人到过你们屋里?"这么大的事他怎么可能不说?他为什么不说?梁振华心中的谜团越来越大。

"没呀。——噢,对了,伊可能也勿晓得吧?我想起来了,伊那天夜里也勿在屋里,在单位值班要十一点以后才能回来呢。"

"值班?伊讲伊一直在值班?"

"是啊。"看梁振华将信将疑、欲言又止的神情,丽丽有些气恼,堂堂一个警官弄得来像个"娘娘腔"。"那天,我们是兵分三路,小桥出任务,我搓麻将,伊去值班,三人几乎同时出的门。究竟出啥事体了?小偷?强盗?色狼?跟伊有关系?"

"噢,勿是!只是、只是例行公事,了解一些情况而已。"

此时,大门吱呀一声开了,"伊回来了。"除了古今一,不可能有第二个人。

果然是古今一,当然也只能是古今一,除了他,还会是谁呢?

"伯父侬好。"梁振华忙起身招呼。

"噢好好,坐吧。"古今一一边回答,一边换拖鞋,胳膊里夹着一份《申江服务导报》,神情有些紧张。

"振华等侬有一歇了。"丽丽把自己的座位让给古今一,自己站在一边。

"哦,有事啊?"古今一坐定后问。

"梦桥伊好点了吗?"

梁振华估计古今一到医院去的,便着急打听梦桥的情况,却被性急的丽丽打断了:"侬老清老早跑啥地方去啦?那天夜里弄堂里也出事体了,人家振华是来向侬调查情况的。"

"那天夜里我真的啥也没看见。"古今一忙打断她,因为自己无法解释那晚发生的事。

"唉呀,那天夜里到底发生啥事体了?搞得介紧张!"丽丽不耐烦地说。

"有个坏人逃进弄堂,突然消失了。"梁振华说,目光直直地盯着古今一。

"突然消失?会勿会是外星人啊?前几天《申江服务导报》还报道过,有人看见一只飞碟划过天空。还拍下了照片呢。"丽丽好奇地问。

"我又没看到啥,当然啥都勿晓得。"古今一把报纸往桌上一丢,神情略有些恍惚。

"是啊,刚才我也跟振华讲了,讲侬那天夜里值班,根本勿可能看见弄堂里发生的事体。"

"唉呀,值班也好,勿值班也好,反正我一点都勿晓得弄堂里到底发生了啥事体。"看到梁振华狐疑的目光,古今一只有和稀泥。

梁振华确实想弄清楚:那晚古今一应该在单位值班,可他为什么会溜回家来?电话是谁打的?女儿外出执行任务,妻子与人搓麻将,他如果不是与犯罪嫌疑人接头,一个人溜回家究竟有什么事?

"伯父,那天夜里……"梁振华决定单刀直入问清楚,他不希望他——梦桥的父亲在这件事上留有疑点。"那天夜里是啥人跟侬打电话的? 也就是讲,侬是接了啥人的电话才回家的? 为了啥?"

"好啊,男的,女的? 快讲呀! 回屋里做啥? 原来侬没值班,溜回来啦,啊? 是勿是把相好的带到屋里来了?"丽丽一口气喷出无数个问题。

"我是接了个电话才回来的,那是个男青年,讲要到我家来送东西,让我马上回来等。"看来什么都不说是不行了。

"送东西? 侬以为侬是当官的,有事体没事体有人往屋里送礼啊?"丽丽又插嘴道。

"勿晓得啥人吗?"

"勿晓得。"

"讲啥了,侬就相信?"

"开始勿相信,后来讲是江西来的,还报出当地一些人的名字,就相信了。"

"江西?"

"对,就是我老公当年插队的地方。——哎,是勿是在那里留下了孽债啊?"丽丽又忍俊不禁地追问,最近电视里播放的连续剧《孽债》仿佛成了无数上海妻子怀疑她们知青老公的铁证。

"那送东西的来了吗?"

"来了。"

"大概几点?"

"我也记勿太清爽了,大概、大概九点左右吧。"

"是刘克来侬屋里之前还是之后?"梁振华开始步步紧逼。

古今一想了足足有五六秒,然后迟疑地说:"之后吧。"

"送来啥东西呢? 能让我看看吗?"

"嗯,没啥东西,就送来一个口信,讲让我有空回江西去看看,乡亲们老挂念我的。"

"就这些?"

"就这些。"

"伊没送侬一些土特产,比如茶叶之类的东西?"

"茶叶? 啥茶叶? 没有啊。"古今一一口咬定。

"既然是口信,电话里勿能讲,非要见面讲? 伯父,侬觉得奇怪吗?"

"我也觉得匪夷所思,但确实没送任何东西来。"

"此人长啥样子? 侬认得吗?"

"长得平平常常的,过去也没见过。我插队时,伊恐怕还没生出来呢。"

"长脚?"

"嗯,勿高,跟我差勿多吧。"

"伊是勿是叫谢鲁啊?"梁振华绵里藏针地话锋突然一转。

"谢鲁? 侬哪能晓得伊叫谢鲁?"古今一轻微地颤抖了一下,恰似被静电电着了一般。然后,他不自觉地用手掌抚摸自己的后脖颈。

"谢鲁是啥人啊?"丽丽一头雾水。

梁振华想起刘克的心理分析法,顿时对眼前的这位准丈人疑窦丛生。

"谢鲁大概几点离开的?"

"也就十来分钟吧,讲好伊就走了,讲是要赶当天夜里的火车回江西。"

"奇了怪了,报个口信还要当着面,报完还要去赶火车,这个谢鲁到底搞啥名堂呀?"

"我也吃勿准。"

古今一自然无法回答。倘若说,是九莲让谢鲁来找自己的,他一定还得回答许许多多关于九莲的问题,还有许许多多让他自己到目前为止也云里雾里的事情。尤其是那个茶叶罐。

十　六

　　古今一几乎是最后一批回上海的知青，之后就一直与樟树县、与朱溪村，当然最主要的是与九莲，没有任何一点联系。直到插队知青在梅龙镇酒家聚会时，他才吃惊地听闻了关于九莲的消息。

　　那是古今一回沪五年后的一天。老肥花了九牛二虎之力才将大家一一找到（除了苏苏），并发出邀请。当然钱并非由他支付，他的小气与他的肥胖一样，在插队时已名声在外，虽多年不见，可秉性依旧。这回买单的是钟自鸣。天下太平，大三线、小三线企业都陆续撤并，或交给地方上管理，钟自鸣也随父亲回到了上海。两年内，他办妥了移民美国的手续，如今在洛杉矶的一家华人餐馆当厨师，周薪六百美元。这次回来，一则帮老爸老妈张罗银婚纪念，二则与插兄插妹聚聚。回国前一个月他即来信，关照老肥务必尽快把所有在朱溪插队的知青找到。因此这次真正的召集者是钟自鸣，他从超级大国来，他不买单谁买？

　　金伟康在江西省师范学院毕业后，分配在南昌一所中学教书，接到老肥的电话后，他请假坐火车赶了过来；许义生从县歌舞团辞职，领着江西老婆回上海后，一直找不到稳定的工作,于是夫妻俩这里干几月、那里干几月,勉强维持生计;老肥也是,知青大返城时,他辞掉了县百货商店的工作,回到上海发觉适合自己的活太难找了,但他毕竟活络,自己开了家小饭馆,专做江西瓦罐汤;阿娟回来后,百无聊赖地在家待了好几年,等到母亲退休后,才顶替进了一家仪表厂当会计。

"与他们相比,我还算是幸运的。"古今一瞅着这群曾经一口锅里吃饭的知青,心里稍稍有些宽慰。

这次聚会对所有到场的人都是个大刺激:回忆插队生活是最大最集中的话题。老肥谈起到福仔家鸡窝去偷鸡的惊险经历;金伟康说了一次插秧时一条硕大的眼镜蛇向他游来,他吓得惊叫一声狼狈逃窜的往事;钟自鸣则坦白地承认,他每次喝醉酒都会将手伸进肉碗里,然后在脸上涂抹……笑声一阵高过一阵,大家仿佛又回到了从前。痛苦的往事回忆起来,竟是这般温馨、这般愉悦,让人始料未及。有一位哲人好像说过,回忆总是痛苦的。古今一蓦然觉得,此话只说对了一半:在一个人默默回忆时是如此,而在众多人共同回忆时,它却往往是有趣的,甚至是开心的。

现在朱溪村怎么样了?田里的蚂蟥还那么多吗?福仔家还养着那种有漂亮羽毛、味道特鲜美的鸡吗?这次说话的主角非钟自鸣莫属,他一回国跑的第一站就是朱溪。他先是大致谈了那边的一些情况,然后一一回答大家提出的问题,像什么部长在召开记者招待会。

说朱溪不可能不说到九莲,就像说九江不可能不说到庐山。

不知谁冲口问了一句,"朱溪一朵花最终插到哪堆牛粪上了?"

古今一也一直琢磨着,该不该由他来提问九莲的事,如他提问会不会引起大家的哄笑,尽管他知道九莲的牛粪是谁,但后来的状况却一无所知……正在左右为难之际,有人帮他开路了,虽然话问得有些尖刻。

"啥人啊?""啥人啊?"……看来想知道此事的还不在少数。

"幸亏勿是古今一啊。否则,就回勿了上海,一辈子待在山沟沟里当农民了,成了真正的一堆牛粪了。"老肥说。

"山沟沟有啥勿好的,山清水秀,人也淳朴,勿像城里人狡猾狡猾的。多少知青回来后连个像样的工作也寻勿到,还到处有陷阱,一勿留神就被人白相了。"许义生说。

"看看,看看,得了便宜还卖乖了不是?那你当初削尖了脑袋想回上海,还发狠誓,哪怕在上海扫大街、倒马桶也愿意,连当歌唱演员都可以放弃,全都忘了?"老肥开起了国语,仿佛上海话不足以表达他言语的深刻内涵。

"屁股决定脑袋,存在决定意识嘛,在山沟沟里是这么想的,回上海了想法肯定得变嘛。"许义生也用国语应答。

"嗨,古今一,我就弄勿懂,当初侬跟九莲蛮好的,哪能就没成功呢?"老肥又改用沪语说,与其说是关切,不如说是幸灾乐祸。

"侬勿是跟苏苏也蛮好的,勿是也没成功嘛。"许义生抢先用沪语回答。

"大概是有缘无分吧。"古今一苦笑一声说。

"其实,即使当初跟九莲结婚,也可以拿伊带回上海来的呀。侬看许义生,进了县歌舞团了,不照样辞职回到了上海,并且还带回来一个江西老婆。"阿娟说。

"亏侬想得出,带个乡下老婆过来,以后伊娘家七大姑八大姨来登门还勿烦死人呀!古今一的决策是正确的。勿相信,侬问许义生,烦勿烦?"金伟康说。

"烦啥?烦啥?这个叫热闹,懂吗?"许义生喊道。

"讲起来,是侬甩了九莲咯?心蛮硬的嘛!"老肥说。

"废话!当然是古今一甩了九莲咯,可能九莲甩了古今一吗?"金伟康说。

"当初是侬甩了苏苏呢,还是苏苏甩了侬呢?"阿娟调皮地看了老肥一眼。

"当然是我甩了伊咯,那还用讲嘛。"老肥不以为然地答。

"哎呦呦,男人就是死要面子。当初追苏苏的腔调勿要太急吼吼哦!阿拉又勿是勿晓得。"阿娟说。

"哎,讲起苏苏,勿晓得伊现在哪能了?老肥哪能勿通知伊来呢?还记仇啊?"

"我像介小气的人吗?实在是没办法联系上,勿晓得伊是否回了上海。"

"好了,言归正传,还是讲讲九莲的'牛粪'吧。"金伟康说。

"讲起九莲的'牛粪',闲话就长了……"钟自鸣拉长声调卖起了关子。

"讲吧,讲吧,长点更好,反正今朝晚点回家也没关系,跟老婆请过假的。"

"最晚离开朱溪的是啥人?"钟自鸣问。

"我。"古今一说。

"对,是侬。但是侬晓得吗？侬离开三个月九莲就出嫁了。猜猜嫁了啥人？"

古今一知道是谁,那时他因为母亲生病而临时回沪三个月,并没有真正离开朱溪。钟自鸣把时间搞岔了。古今一不想去纠正,觉得毫无必要。

"勿会是福仔吧？当时除了古今一,就伊追九莲最卖力。"老肥说。

"啥人追得卖力就归啥人所有啊？侬当初追苏苏最卖力,结果哪能呢？这是啥逻辑！也勿看看福仔的卖相。"阿娟说。

"嗨嗨,今朝哪能啥人都盯牢我啊？"老肥委屈地说,"好,我勿讲了,我弄块红烧肉吃吃。"边说边把筷子伸了出去。

"讲出来恐怕大家都勿相信,是福仔。对,就是那个又矮又瘦又邋遢的拖拉机手。看到上海佬都走了,这小子就日里夜里缠着老娘去叶家提亲。伊老娘被缠得心烦,就老着面皮去了。本来就勿抱啥希望,讲闲话也就勿去斟酌了。伊讲,九莲她妈,九莲也老大不小了,该找个婆家了。九莲娘问,你看着有合适的吗？福仔娘讲,合适的没有,不怎么合适的倒有一个。九莲娘讲,不怎么合适的,那合适吗？福仔娘讲,老嫂子,你想啊,九莲这般水灵,要才有才,要貌有貌,能与她般配的,恐怕方圆百里也找不到一个。要么我说瞎话胡编,要么你打算让闺女终身不嫁,否则还是现实一点,找一个富裕些的人家,也不至于太委屈了九莲。九莲娘问,你说说,是谁家的后生啊？福仔娘回答,我家大儿子,福仔,他……"钟自鸣端起啤酒喝了一口,润润嗓子。到底是在插队时经常讲故事练就的本事,叙述用上海话,人物对话用普通话,讲得有声有色。

"九莲娘讲啥？"

"伊讲，噢噢，是他呀，你想让他娶九莲？福仔娘讲，嗯嗯，不是我想，是福仔，不，是他爸想……九莲娘讲，噢噢，我倒没啥意见，福仔我也是看着长大的，肯吃苦，开拖拉机也挺好。福仔娘迫不及待地叫起来：那你同意这门亲事啦？九莲娘来了个太极拳，又顶了回去：噢噢，我说话不算数的，得让他老爸做主。"

"哈哈，九莲娘勿要太精怪哦，勿答应勿好意思，住在一个村里的，低头不见抬头见；答应吧，福仔也实在配勿上九莲。"阿娟说。

"福仔娘并勿灰心，再接再厉：唉呀，谁不知这叶家由你大嫂说了算呀！九莲娘继续推挡：噢噢，你抬举我了，现在新社会，闺女的事还得她自己说了算。"

"哈哈，又拿闲话绕开了，总也捉勿牢。"金伟康嘴里塞满了白切羊肉，口齿不清地说。

"福仔娘就差跪下来了，伊哀求：唉呀，大姐，你就发句话吧，九莲嫁过来，我一定当亲闺女看待，好衣让她穿，好饭让她吃，新屋的东厢房让她住。九莲娘仍旧勿松口，讲：福仔他娘啊，实话跟你说吧，不是我不愿意，也不是她爸不答应，怕是九莲她已有了意中人，不会答应的……眼看没戏，突然有人在门口应了声，我答应！两老太吃了一惊，回头一看，是九莲。伊勿晓得啥辰光立在了那里。福仔娘懵了，九莲娘更是抓狂；两人眼怔怔地瞅着九莲，好像伊是个外星人。九莲一脸严肃，勿像在开玩笑。足足停顿了三分钟，福仔娘才激动地、语无伦次地笑道:"成,成,我跟福仔他爸说去,跟福仔说去,明天、聘礼、东厢房、新屋的,呵呵,我回去了……"

"啊,勿会吧? 是九莲主动凑上去啊?"阿娟夹了几片青菜,停在嘴边说。

"有啥勿会? 跟古今一拗断了,也只有寻福仔了。你们也勿想想,在农村十八岁还没寻好婆家已经危险了,二十岁未出嫁绝对就是困难户了。何况当时,九莲大概已有二十二三岁了吧? 也只有找福仔了。要勿是福仔对伊痴情,早跟别人结婚了。那么,九莲就成老姑娘,无人可嫁咯!"老肥忍不住插嘴道。

"勿晓得苏苏是否成老姑娘了?"许义生不动声色地说。

"我勿讲了,我吃肉。"老肥连忙讨饶。

"勿会吧? 介悲惨啊?"阿娟说,"勿要瞎评论了,还是听钟自鸣继续吧。"

钟自鸣又灌了一大口啤酒,清清嗓子,继续说下去。当时的场景仿佛浮现在大家的眼前——

九莲他娘对着九莲嚷嚷道:"死丫头,你是不是撞见鬼了! 犯什么浑呐!"

九莲平静地说:"我迟早总得嫁人,找不着我喜欢的人,就找一个喜欢我的人。世上夫妻又有几对是真正互相爱慕的? 不是男的爱女的、女的并不爱男的,就是女的爱男的、男的并不爱女的。"

九莲她娘依然不依不饶:"不管怎么说,你总得找一个般配的呀! 你瞅瞅福仔,要人样没人样,要文化没文化,要本事没本事……"

九莲这才凄楚地说:"妈,除了我喜欢的人,其他人在我眼里都是一样的,无所谓好与歹。"

九莲她娘爱怜地拉着女儿的胳膊,叹息说:"莲儿,你真的就没喜欢过谁? 一个也没?"

九莲突然抱住娘呜呜地大哭起来,好一会儿才哽咽地说:"有,有,但是他不在了,走了,不再回来了……"

九莲她娘急切地问:"谁,谁,他究竟是谁? 你怎么会让他走了呢?"

九莲吞吞吐吐地说:"他,他就是——"钟自鸣戛然而止。

"古今一——"众口一词。

古今一尴尬地苦笑了一声。

"听钟自鸣那么一讲,看来古今一是有点残酷。"阿娟说,眼泪在打转。

"这也是没办法的事体。当时勿残酷,现在就只有痛苦了。像许义生一样。"金伟康说。

"哎,我啥辰光对侬讲我痛苦啦? 我幸福得很,我很幸福!"许义生说。

"留在朱溪,跟九莲结婚就只有痛苦啦?"

"就是讲嘛。刚才我就讲过了,可以拿伊带回上海来的嘛。"

"勿要马后炮,做事后诸葛亮,当时啥人晓得可以拿外地小姑娘带回上海的?"

大家七嘴八舌,议论纷纷。

古今一咕咚喝了一大口啤酒,好像噎着了似的,嘴张着。

钟自鸣去美国几年,变得有几分幽默:"要是我,放着介好一个小姑娘勿讨做老婆,移民美国勿是太冤枉了嘛!"

老肥说话也不耽误吃菜,一口塞进一块红烧肉,边嚼边说:"侬感觉介好,还逃亡国外做啥?"

"我勿叫逃亡,我是去卧底,看看美国人原子弹藏在啥地方,氢弹又藏在啥地方,等到哪一天解放全世界的时候,我可以做内应。"

"啥人晓得侬是替中国人做内应,还是帮美国人做间谍。讲勿定这次回来就是来侦察阿拉中国是勿是已经把远程导弹瞄准了美国。"

"中美友好,我们就勿要操心了。现在要关心的倒是九莲和福仔的关系后来哪能了?他们生活得还好吗?"阿娟对钟自鸣和老肥的跑题颇为不满。

"勿好,福仔经常殴打九莲。"

"为啥呀?"古今一咕嘟咕嘟灌了几大口啤酒,愤愤不平地说。

"福仔是老虫跌入米缸,伊竟然还嫌大米勿香?""是啊,福仔是老虫跌进油壶里,伊还有啥勿满意?""勿可能!勿可能!"所有的人都瞠目结舌,古今一更是觉得匪夷所思。

钟自鸣坐在古今一的左边。他趁其他人在声讨福仔的当口,附耳对古今一说了事情的原委:我那天在小木桥上看见九莲在河边洗衣服,便跑下去和她说话。她的脸上、脖子上伤痕累累,我问她怎么啦?她强颜欢笑说没什么。后来我从别人那里知道福仔经常打骂她的事。他们说的原因各不相同,有的说是福仔酗酒,醉了就要和九莲做爱,九莲不愿意,他就打她;有的说是福仔去赶集,总想要带着九莲,九莲不愿意,他就朝她扔东西;有的说是农村改革开放后,福仔没拖拉机可开,农活又干不来,他心里不爽干脆什么活也不干,整天打牌搓麻将,吊儿郎当的,九莲劝他几句,他就朝她出气。还有说得更难听的呢,村里人都说他们的儿子长得一点都不像福仔,福仔怀疑九莲红杏出墙,便时不时地对她发火。我还听说,因为家庭收入越来越少,九莲都患上了贫血症。

"是嘛?"古今一把大半杯啤酒咕咚咕咚一口气吞下,连嘴都没想到抹一下。

"伊问起了侬,讲古今一现在生活得好勿好。我讲,尽管我们联系勿多,但晓得伊蛮好,当了报社记者,还是个作家,写了不少知青小说。伊讲,写过朱溪吗? 我讲,当然写过,书里面的人物原型一看就晓得有侬。伊每出一本书都会寄给我,让我提意见。我能有啥意见呢? 书里的许许多多人物,许许多多故事,太熟悉、太感人,让我一次次回到了朱溪,回到了知青岁月。我经常失眠,捧着伊的书落眼泪。伊讲,我晓得伊一定会有出息的,伊不可能、也勿应该一辈子困在山沟沟里。又问,伊结婚了吧? 我讲结婚了,养了个女儿。伊讲,那就好,那就好。"

尽管钟自鸣叙述心切,不加修饰地全部用沪语来说,人物称谓也有些杂乱,但古今一还是听得明明白白。他心一酸,泪水潸然而下。

"侬跟九莲到底发生了啥事体? 为啥要分手呢? 我总感觉勿会介简单——侬想回上海,于是甩了伊。"钟自鸣关切地问。

"侬没问九莲?"古今一用手掌胡乱抹抹泪眼说。

"问了,伊勿讲。我又勿能逼伊讲啊。"钟自鸣无奈地摊摊手。

　　"我,我也勿晓得。"古今一抬头醉眼迷蒙地瞧着天花板,水晶大吊灯的光刺得他脑袋一片空白。

十 七

"老公,起来吧!勿要哭了,一个大男人,碰到点事体就哭哭啼啼的,也勿怕人家笑话!那天夜里到底发生了啥事体?讲呀!侬要瞒我到啥辰光啊?"丽丽劝慰道。

"我勿想瞒侬,真的,我怕原来再简单勿过的事体弄得叫人难以理解。"

那晚发生的事确实让阅历丰富的古今一也一头雾水。大概八点半左右,他接到一个电话,自称小谢的人说,是江西樟树县的九莲托他捎东西来,马上就要到古家了。古今一与总机小姐打了声招呼就急急地赶回家来,他知道梦桥今晚有任务,老婆在外打麻将,家里没人。他不能让远道而来的客人长久等候在家门外。尽管他也曾怀疑,这可能是知青中某个人在愚人节玩的恶作剧,但转念一想,中国人似乎对愚人节不像对情人节、圣诞节那么热衷。

回到家,原想把大门锁上,转而一想,客人马上就到,跑来跑去开门挺麻烦,就把大门虚掩着。他稍微把前客堂整理了一下,把散乱的报纸归置到一起,然后坐定眼瞧着大门等候着,心里却一反常态地怦怦直跳,仿佛来者不是一个姓谢的小伙子,而是九莲本人似的。如果真的是九莲来了,那场面会是怎样的？激情四射？形同陌路？手足无措？

多少年不见了？哦，已经二十多年了，她会以怎样的模样出现在我的面前？最后一次离开朱溪村时的情景又浮现在脑海——

"走吧，再不走，赶不上今天的火车啦！"是福仔在小木桥对面喊，他的唯一的行李——一只装满书籍的白皮杉木箱已被搬到了拖拉机上。福仔正站在驾驶室边上等他，嘴里叼着烟。一定又是阿尔巴尼亚！

古今一失魂落魄地踏上小木桥。十年了，他几乎天天要走这座桥，有时还不止一个来回，但今天也许是最后一次了。他走到桥中央，禁不住回首，百感交集：十年来，先是抱怨，期盼早日离开这个鬼地方；继而又留恋，决定在这儿扎根一辈子；如今要离开了，却是一腔哀怨，青春与爱情都不复存在了。

他爬进驾驶室，坐在福仔背后的座位上。福仔以胜利者的姿态昂首喊了一句："坐稳了，回家咯！"

古今一侧脸瞅瞅朱溪水，水汩汩流着；瞧瞧小木桥，桥悠悠晃着；望望小山村，村静静睡着。第一遍鸡鸣声刚刚响过，天才蒙蒙亮，只有一户人家在生火做饭，一缕炊烟袅袅升起。好像是九莲家！现在应该说是九莲的娘家。蓦然，在灰蒙蒙的一片木板墙边，闪出一小片醒目的红色——那是个女孩。

不会是九莲吧？是又怎样？还有意义吗？拖拉机渐渐远去，红色越来越小，留下一个谜，一个也许永远也无法揭开的谜。

拖拉机在山道上盘旋着，轰鸣声闹得人心烦。古今一无心浏览两边的山山水水，于是闭目养神……

神思恍惚中,拖拉机突然停住了。古今一看见福仔跳下车,跑到山崖边用手在裤裆一阵紧掏,掏出一根黑不溜秋、丑陋无比的家伙,少顷一股浊水向灌木丛中的一株杜鹃花扫去。可怜的小花禁不住狂风巨浪,颤巍巍地倒伏在地。浊水终于停了,福仔一边晃动着家伙一边往回走,到车门边才将它放回原处。他笃悠悠地上车,掏烟,点火,然后启动拖拉机。一股难闻的烟味呛人心肺。

猛地,一个意念出现在古今一的脑海中:我走了,将来九莲可能每天会被臭烘烘的阿尔巴尼亚烟熏着,每晚会面对这么一根黑不溜秋、丑陋无比的家伙……他的心隐隐作痛。

拖拉机在崎岖的山道上颠簸前行,古今一从不晕车,此时却难受得想吐。他继续闭上眼,任拖拉机时疾时缓地向县城火车站驶去。

恍惚中,他听到福仔说,回到上海快讨娘子噢,有了女人才觉得自己是个真正的男人。嗨,晚上喝点酒,醉醺醺地爬到她身上,她软软的,我硬硬的,真他妈的爽快!喂,上海佬,你千万不要以为女人不喜欢这个,那是装的,第一次开苞后,比男人更惦记上床呢。你知道吗,我帮九莲开苞时,她死活不肯,我想出一计,在水里放了点春药,那是在一个江湖郎中那儿买的,花了我三块钱。三块呐,能买两条阿尔巴尼亚烟呢。不一会儿,她哼哼呵呵地主动凑上来了……

古今一越听越来气,果然是这小子使坏!他瞧瞧两边,见角落里有一把大扳手就悄悄捡起来,瞄准福仔的后脑勺狠狠地砸了下去——唉呀!一声惨叫,福仔脑袋开花,伏在方向盘上不动了。拖拉机失去控制,歪歪扭扭向路边悬崖冲去——

不好！古今一从背后用力拉开福仔，想自己来控制拖拉机。但来不及了，车速太快，拖拉机头已冲出路面，转瞬整个拖拉机腾空飞下山崖……

事已至此，古今一反倒一点也不慌张了，任凭拖拉机轰隆隆向下而去。在朱溪时，他读过不少哲学书，对斯多葛学派津津乐道。一艘船即将沉没，许多人惊慌失措、争相逃命，斯多葛学派的人却不慌不忙，镇定自若地用手指向圈着的一群猪说，命运是无可挽回的，既然知道这点，我们就应该像它们一样，静静地听从命运的安排。此时，古今一就在实践这一人生观，他闭上眼，静静地等待最后的一击……奇怪的是这最后的一击却来得过于绵长而悠久，山崖再高也不至于此吧？

"古今一，古今一……"仿佛有人在喊他。是九莲？不像。他用力睁开眼，看见了福仔的后脑勺——他稳稳当当地驾驶着拖拉机，嘴里嘟哝着："怎么大清早的又睡着了？你们这些上海佬，我是一辈子也弄不懂你们是怎么过日子的。唉……"

拖拉机进了县城，福仔以主人和胜利者的姿态对古今一说："你要走了，今后恐怕不会再到我们这个穷乡僻壤来了，我请客，吃'花枝俏'的炸酱面去！"

"谢谢，不用了，我不饿，还是直接去火车站吧。"古今一无精打采地说。

"那好吧。"

拖拉机沿着县城主干道由西向东而去。熟悉的道路、熟悉的店铺慢慢向后移动，绸布店、理发店、食品店、农具店、五金店……新华书店还没开门，门口有一个梳着长辫、穿着红色连衣裙的女孩等着。古今一看见一个熟悉的动作：女孩抬头用双手搭起凉棚,查看天色。"她一定在估摸还有多长时间开门。"脑海中又出现九莲的身影,他们一起在书店买书;又依稀听见九莲欢快娇嗔的声音:"你是猪啊,就知道吃。""你还会看书,那比猪要聪明多了。哈哈……"

火车站离县城三里地,少顷即到。

福仔卖力地帮古今一搬下沉甸甸的杉木箱,然后抱着晃晃悠悠到候车室放下。他主动伸手过来:"再见,有空回来看看、白相相。"

古今一握住他的手,"好的。希望你有机会也到上海来玩。再见!"

古今一突然觉得自己和福仔都很绅士,像英国小说中的主人公。

"古老师,古老师……"门口有光影晃动,侧脸一看一个人影闪了进来,一边急切地叫道,一边直奔前客堂而来。古今一忙开前客堂房门,"你就是小谢,朱溪村来的?"

来人慌慌张张地说:"是的,是的,后面有坏人追我,想抢我的东西,快把我藏起来吧……"

"拦路抢劫?你别慌,他不敢上门来抢的。"

"他们好几个人呢。"

"等一下,我先把大门锁了。"古今一心里一沉,说道。

"不用了,进来时我已锁上了。"小谢说。

"那你跟我来。"古今一把他领进后客堂,指指靠墙立着的木扶梯,说:"你上阁楼躲着,别出声,他们来了我去应付。"

果然,有人急急敲门;开门结果,却出人意料:不是歹徒,而是警察。而警察说,溜进他家的才是歹徒。古今一糊涂了。现如今,假冒伪劣的太多,谁能保证警察就没有冒牌的?后来,尽管出现了梁振华,一个他认识的正宗的警察,也证明了先前的警察是真的;然而,他不愿意马上改口,毕竟现在披着警察的外衣,干歹徒勾当的人也不是没有。再说,他不能轻易把九莲家乡来的人不分青红皂白地交给警察。

振华他们走后,古今一爬上了阁楼。小谢蹲在角落里瑟瑟发抖。"他哪像个坏人啊?"古今一低声嘟哝了一句。

阁楼是梦桥的卧室,只有一米二三左右高,人行走只能佝偻着身子。古今一到他身边一屁股坐在地板上。

"把我弄糊涂了,到底是怎么回事,你给我详详细细说清楚。"

"我也说不清楚。"

"那、那我问你答,老老实实,别隐瞒什么? 懂吗?和警察打交道,你绝对不能乱来的。"

"嗯。"

"你叫什么?"

"我姓谢,感谢的谢。"

"谢什么?"

"谢鲁,鲁迅的鲁。"

"说是九莲有东西带给我,什么东西?"

"是、是一块手表。"

"手表? 什么样的手表?"

"我还没打开看呢。说是奥——家——米……"

"什么? 奥家米? 还泰国米呢。是欧米茄吧?"

"对,对,奥米家。您等等——"谢鲁慌忙把身后藏着的一只黑色马甲袋拿出来,打开取出一个茶叶罐头,交到古今一手中。

"九莲为什么要送这么名贵的表给我啊?"

"嗯……"

"你如果不想说,或者说不清楚,就拿着手表走吧。"古今一疑心重重。

"嗯嗯,我说得清楚的。这次我和一个老乡一起从樟树过来的。他说,上海的工作很好找,只要有熟人帮忙就行。我说我又没啥熟人在上海。他说你傻呀,以前的知青都回了上海,有些还混得不错,找他们帮忙一定行。我说那找谁合适呢?他说您、说您当初和九莲、福仔的关系都不错,就说是他们托您办这事,您一定不会拒绝。"

"你那老乡叫什么?"

"老乡姓袁,因为又矮又胖,大家叫他圆冬瓜。"

古今一知道,朱溪,不,整个山斜公社(现在叫山斜乡)袁、谢以及陈是三大姓,百分之八九十都是。

"说下去。"

"到了上海,他说不能空手去托人办事,现在到哪儿办事都讲究送礼。不送礼,再好的朋友也不给办事。我说,送啥呢?我又没钱。他说,送手表吧。我说好的手表很贵,国产的又不行。他说他托人买走私手表,既好又便宜。说好今天一手交钱、一手交货,没想到半道冲出一批人。圆冬瓜大喊一声,逃!于是我们分头跑了。"

"你怎么知道我住在这儿呢?"

"福仔把你的地址写给了我,圆冬瓜白天带我到这里来看过了,说买好表就直接送过来,免得晚上不好找。"

自从上回钟自鸣讲述九莲和福仔的事情后,古今一便开始时不时地寄些钱接济九莲。这也是引起丽丽怀疑古今一私房钱不知所终的原因之一。

"哦,是这样。你知道追你们的是什么人吗?"

"抢表的坏人呀,还能是谁?"

"是警察。"

"警察? 警察也抢表?"

"什么警察抢表? 警察是抓你们。"

"为啥?"

"走私手表犯法懂不懂? 当然要抓。"

"那、那可怎么办?"

"好在数量不多,性质应该不算严重。今后别做这种事。你们出来打工也不容易,别惦记着什么送礼。我帮你们想想办法,上海现在确实也需要很多农民工。只要你不怕吃苦就好。找着了,我再联系你。噢,对了,你是几点的火车?"

"火车? 啥火车?"

"嗨,你是被警察吓蒙了吧? 刚才你在电话里不是跟我说,是今晚的火车,要连夜赶回樟树?"

"没有啊? 我从来没跟您打过电话,再说了,我也没您电话号码呀!"

"那、那是谁打的电话呢?"古今一蓦然想起在报社值班时电话那头的声音确实有些怪怪的,仿佛压低了嗓门在说话。

"会不会是圆冬瓜?"

"他为什么要冒充你打电话给我啊？还说要连夜赶回樟树呢？"

"我也不晓得。刚才我还纳闷，怎么我一进门您就知道我是小谢？"谢鲁一脸迷茫，不像是装出来的。

"那你快走吧，我帮你工作找着了再联系你。你在上海住哪儿呢？"

"我另外一个老乡在上海打工，他与其他五六个人合租了一间旧公房，我和他们一起挤挤就行。"

谢鲁留下地址和那里的公用电话号码，匆匆离开了。

古今一随手将茶叶罐往书柜里一放，心想现在的世道真是变了，无论托什么人、办什么事都得送礼。大事送大礼，小事送小礼，没事不送礼送礼必有事。"切，等找着工作了，再将它还给谢鲁吧。毕竟外地人到上海来打工也不容易啊！"蓦然，好奇心油然而生：请人帮忙找工作该送什么样的礼？他打开茶叶罐，想看看是块什么样的走私表——

他吃惊地发现，里面没有什么手表，只有一袋白色粉末状的东西：面粉？白糖？他的脑袋"哄"的一声仿佛要裂开了：毒品！

"这个王八蛋，送我毒品干什么？我又不是吸毒者！更不是贩毒者！他究竟是什么意思？"古今一百思不得其解。

等到梁振华再次返回他家，惊闻小桥被歹徒刺伤后，古今一更是醒悟到问题的严重性。他浑身冒冷汗，断定自己被算计了，既充当了毒贩，又变成了包庇犯，而且是包庇刺伤自己女儿的另一个毒贩！根本就没有什么谢鲁这个人，也不会有什么找工作这种事！难道这就是某个幕后人玩的愚人节把戏？可这种算计是不是太离奇了呢？他们图什么呀？

一连几天，古今一都神思恍惚，无论是陪在女儿身边，还是在报社上班，抑或在家里休息。他不知道怎么跟梁振华说清这件事，太稀奇古怪了，人家会相信吗？

当那天梁振华上门来说出谢鲁这个人名时，古今一明白，再隐瞒下去恐怕凶多吉少。第二天天未亮他便悄悄起床出门，在弄堂口小杂货铺打公用电话，试着联系谢鲁。他猜想，对方留下的地址和电话一定是假的。他不过是证实一下而已，不抱什么希望。之后，自己应该拿着毒品到派出所去向梁振华交代事情发生的前前后后，信不信由他。毕竟，捉拿毒贩，得靠他们；为小桥报仇，也得靠他们。

电话竟然通了，古今一紧张得声音都有些颤抖，"请帮我传呼一下杨柳青路十五号的谢鲁。"

"好的，你等着，别挂了！"一个老大娘的声音。"谢鲁！谢鲁，电话！"

过了大约两分钟，电话里传来了一个低沉的嗓音，但很自然，不像是故意压低着嗓门。"我是谢鲁，请问——"

"我是古今一，我要与你马上见面。对，就在你附近吧，杨柳青路金沙江路口。我半小时后到。"

"这么快就帮我找着工作啦？真是太谢谢您了！"谢鲁似乎很激动。

"他娘的，你想得美！找工作？我帮你找着牢房了呢！"古今一在心里骂道。

挂断电话，古今一跳上了一辆出租车，一路上心里的疑惑始终未解：如果是圈套，为什么他留给我的是真实的信息,让我一找就能找到;如果不是,那发生的一切又该如何解释?

　　及至车从中山北路拐入金沙江路时,他才突然想起应该给梁振华打个电话。

十 八

"对他询问怎么这么客气？你不是审讯专家吗？这回怎么就如此拙劣呢？噢，与其说他是古梦桥的老爸，不如说是你未来的老丈人！下不了手是不是？梁振华，贩毒、杀人，这案子大着呢，你包不了的！"刘克听完梁振华去古家探访的情况，开国语冷嘲热讽道。

"你怎么说话呢？谁想掺和私情？我说了吗？我想包庇古今一？现在我们只有一些模糊的印象和在此基础上的推理。你说，你还掌握什么证据，认定他就是同伙？再说，茶叶罐还没找到，你就能认定里面就是毒品，而不是手表？"梁振华佯装平静，心里却是七上八下。

"卧底说是贩毒，那会有错吗？我们到底应该相信自己人，还是那个多次'进宫'的二流子？"刘克见案情迟迟没有突破，有些沉不住气。

"我只相信证据，相信事实。谁是自己人？那个卧底？那古梦桥的父亲是不是自己人？"

"古今一？太可疑了。其一，那天我亲眼看见高个子逃进古家，古今一就是不承认。你问他，他又推说是我们去后，那个叫谢鲁的才去的。你不觉得奇怪吗？其二，他女儿是警察，有良知和正义感的公民理应配合警察办案,别人不懂他还不懂?而且他还替谢鲁打掩护,说其个子不高。我毛估估有一米八,还不高?其三,如果心里没鬼,他为什么不让我们进去搜查?你问他,而且直接点明了那个茶叶罐,他也一口咬定没见过。他究竟想干什么?"

"你这么凶巴巴的,公民能心甘情愿配合你吗?"

"当时不是情况紧急吗?我怕贻误时机。"

"情况紧急你也不能对普通百姓凶神恶煞的呀!你以为你是洛杉矶警察呐?"

"态度不好我检讨,但你不能因为是梦桥的父亲而对明摆着的疑点不去穷追猛打吧?这好像不是你的风格。"

梁振华自知理亏,无言以对。刘克是他最为得力的一名干将,两人私交甚好,与其说是手下,毋宁说是哥们。古梦桥受伤,他心情不好,但即便如此,也不该把气往刘克身上撒呀。毕竟他没做错什么。

梁振华看了刘克一眼,想说几句道歉的话,可话到嘴边又噎住了。并非不好意思,而是觉得别扭,平时无话不说、随便惯了的哥们,这回一本正经地说几句客套话,即便说者不吐不快,听者也会如芒在背似的浑身不自在。梁振华走到刘克身边干咳几声,拍拍他的肩,权当赔礼了。刘克扑哧一笑,无奈地摇摇头。

"坐下说说吧,我们下一步该怎么办?"梁振华边说边去倒茶。

"情况扑朔迷离,让人摸不着头脑。"刘克边说边摸摸自己剃得短短的板刷头。

"你看这样行不行,我们分头行动:你带些人继续在唐山绿地和成厚里附近的区域内排摸,寻找那个叫谢鲁的踪迹;我呢,继续与古家夫妇做思想工作,排除他们的顾虑;另外……"

突然,电话铃响了。

"是梦桥他爸,快,我们走!"梁振华拿起桌上的警帽往头上一扣,边走边扣上衣的纽扣。

"他爸出啥事啦?"刘克紧随其后。

警车开出派出所后,梁振华兴奋地告诉刘克,刚才是古今一来电话,说他马上要与谢鲁见面,让我们抓紧过去。

"是吗? 我早说的吧,那个叫谢鲁的高个子那晚就是进的古家门,与古今一接头。他们两人就是一伙的。"刘克拍拍方向盘叫道。

"一伙的? 那他为什么现在告诉我们谢鲁的行踪?"

"这还不明白吗? 那小子出错了,把古今一的闺女给捅了! 他得为自己的闺女讨个公道。"

"你别瞎猜了,抓着谢鲁什么都清楚了。"

半小时后,警车风驰电掣般来到杨柳青路金沙江路口。红灯,车停了下来,他们不想搞得动静太大,所以并没有按响警笛。

"瞧,那里!"刘克眼尖,用手指指斜对面。那是个待拆迁的旧式里弄小区,周围已经用巨大的石棉板围了起来,"安全施工,文明施工"的大幅标语分外醒目。门口站着一个人正在四处张望。

"咦,是古今一,可他怎么一个人? 难道谢鲁没出现?"梁振华迟疑片刻,说:"先过去再说。"刘克一个左转弯,猛地停在了小区门口。

一看是警车，古今一忙迎了过来。

"古、古老师，伊还没来？"梁振华觉得在外面执行公务还是这么称呼比较合适，且上海人与上海人之间说沪语也显得比较随意。

"伊没来，过去介许多辰光了，估计勿会来了。我上当了，被伊骗了。"

"见面的地点勿会弄错吧？"梁振华问。

"勿会，电话里我关照得老清爽的。"

"看来那天晚上，你确实把他藏起来了？我没有冤枉你。"刘克用普通话一本正经地说。

"我们上车说吧。"梁振华见古今一有些尴尬，解围道。

刘克咬牙瞪了梁振华一眼，梁振华装作没看见。

"你确实和他是一伙的，是不是？只有这样，那晚发生的一切才说得通。"刚在车上坐定，刘克又单刀直入地发问，只差一句"老实交代，坦白从宽，抗拒从严"了。

坐在副驾驶座上的梁振华不动声色，他从后视镜上瞄了瞄坐在后排的古今一；后者有些手足无措，心神不定。

"我勿是伊的同伙，当然那天夜里的做法确实有些勿妥当。"接着，古今一一五一十地将那晚的情况又说了一遍："值班时接到的奇怪电话"，"回家后与高个子的见面经过"，"警察敲门后的应对"……并且补充了"知道小桥受伤后的心情"，"急切想了解谢鲁的真面目，为小桥报仇的打算"，"与谢鲁通电话安排见面的经过"……可不知是过于紧张，还是疏忽大意，那张写有谢鲁电话号码和地址的小纸片竟然不见了。

回到派出所，做完笔录，梁振华让古今一回家。"古老师，假使侬回去后还想起点啥，就尽快与我联系。"他简短地说了一句。

"你就这么放他走了？"刘克大为不满。

"我还能怎么样？把他关起来？凭什么？"

"凭什么？凭他窝藏毒贩和杀人犯！"

"谢鲁是不是毒贩，现在下结论还早了点；说他是杀人犯，更是没有确凿的证据。据我分析，古今一当时还不知道谢鲁是什么人，更不知道他可能还刺伤了梦桥。后来明白过来，他不是主动提供线索给我们了吗？"

"老实说，我是很怀疑今天的这次见面的，总觉得这是一场演给我们看的戏。他在玩我们呐。"

"为什么呀？"

"排除嫌疑呀！"

"排除嫌疑？他只要一口咬定那晚根本没见过什么人，原先说好要来的人结果没来，不知是谁的一个恶作剧，愚人节嘛，完全可能会发生这种事的；或者说那晚是来了人，送个口信就走了，但根本不叫谢鲁，不就行了？何必承认到过他家的人就是谢鲁？又何必打电话告诉我们要与谢鲁见面的事？那不是越描越黑吗？"

"起先想隐瞒，后来知道自己的女儿被刺了，便为了报仇把他供出来了。"

"如果他们是同伙，他供出谢鲁，不是连自身也难保了？"

"但如果不是同伙，他为什么要声称谢鲁个子并不高？为什么要掩饰说，谢鲁是在我刘克去后才上门的？难道你真的相信,他刚才是要与谢鲁在杨柳青路金沙江路见面,并事先打电话通知我们? 难道你真的相信,那张记录谢鲁住址和电话号码的小纸片会不翼而飞,而且他记不清纸片上写着什么?"

"嗯,你说的也有道理。看来事情不简单呐?"

"不是不简单,而是很不简单!"

"对,对,很不简单。先就这样吧,我去看看梦桥。"

十　九

　　梦桥突然感到腹部一阵疼痛,轻轻咳了几声,疲惫地睁开眼。阿爸坐在床边靠椅上,正打瞌睡。她倏地起了一种冲动,想坐起抱着阿爸痛哭一场。但身体只是稍稍抖动了一下,根本起不了身。

　　她又疲惫地把眼阖上。她努力克制自己,不再昏昏睡去。她得让脑子活动活动,回忆一些让人提神的往事。

　　那也是个周六的夜晚。妈照例到小姐妹家打麻将去了;阿爸到金山采访去了,晚上就住在那里;家里就她一个人。她蓦然想起阿爸那天慌慌张张的神情,以及那只神神秘秘的抽屉。于是,她悄悄在写字桌前坐下,好奇地拉开了它——

　　她沉浸在阿爸的感情世界中,时而会心一笑,时而痛心疾首,时而怦然心动,时而迷惑不解……一篇篇日记,一封封书信,充满真挚情感与文学色彩,且大都与一个叫九莲的女子有关。

　　突然听到大门有响动,梦桥赶紧把东西归整一下,放回抽屉。是妈回来了,见她还没睡,嗔怪道:"介晚了还勿困?面孔哪能红彤彤的,身体勿适意吗?"

　　"没啊。我这勿是等侬回来再一道困嘛。"梦桥看看手表,才发觉现在差不多已是凌晨一点了。

"你们平时勿是十一点就结束的吗?"

"今朝夜里侬老爸勿回来,所以我们就多白相了一歇,嘻嘻。"

"好啊,等老爸回来我讲拨伊听,哼!"

"哼啥?侬讲好嘞,我又勿怕伊的。"

"真的啊?我真的讲噢?"

"尽管讲,伊敢跟我凶,我就勿烧饭拨你们吃了。"这是妈的杀手锏。

腹部又是一阵疼痛,她睁开眼,突然感觉亮光刺眼,于是眨了几下,慢慢地睁开以适应光线对眼球的刺激。她瞧见白白的一片天花板,白白的一盏吸顶灯;试着左右转动一下脑袋,还行,看见白白的墙壁,白白的被褥、床单和枕头。阿爸疲惫不堪地坐在床边打盹。她明白,自己是躺在医院的病床上。她满是爱怜地瞅着阿爸的身影,一颗泪珠渐渐渗出眼眶。

古今一脑袋一歪醒了,眯缝起睡眼,抬头看看女儿——"小桥,侬醒了?"一阵惊喜涌上心头。"终于醒了!终于醒了!"他嘟哝着睁大眼,起身心疼地摸摸女儿的脸。

梦桥微微一笑,轻声问,"姆妈呢?伊好吗?"

"好,好,昨天夜里还是伊陪着呢,现在回自己屋里去歇息了。"

"我肚皮饿,想吃点东西。"

"哦哦,我马上去弄来。"

不一会儿,古今一从营养室弄来了一碗白米粥、一小碟肉松,外加一小盆酱黄瓜。他将病床缓缓地摇起,成四十五度角,然后拿一条毛巾垫在女儿的脖子前,一勺一勺地喂她。梦桥吃得很快,边吃边念叨:"姆妈啥辰光再来?"

"等侬吃好,我就打电话,叫伊马上过来,好吗?晓得侬醒了,伊一定会老开心的。"

三五分钟,一碗粥和肉松、酱黄瓜全吃完了,梦桥满足地舒展了一下身体。

看见阿爸忙着收拾碗筷的背影,梦桥想起了什么,说道:"老爸,九莲姨妈的病会好的,侬放心吧。"

古今一吃惊地转过脸来。"我晓得伊生毛病了,急需用钞票,我已经拨伊汇去了两千元。那是我的私房铜钿,姆妈勿晓得的。"说完,她调皮地做了个鬼脸。

古今一惊骇不已地张大了嘴巴。

"老爸,我怕侬外面出花头,所以一直在偷看侬的日记和书信,侬勿会怪我吧?我勿想失去侬,也勿想失去姆妈,我只想一家三口太太平平、开开心心过日脚。侬跟九莲姨妈做勿成夫妻,也还是好朋友,困难时帮上一把也是应该的。"

古今一完全被女儿征服了,竟然失态地扑在床前,泣不成声。

梁振华正巧来到病房前,听到了父女俩的对话。他为梦桥的苏醒而高兴,同时也为他们的谈话内容感到困惑。他不忍心打断父女俩的情感交流,悄悄离开了。

三个月前,古今一曾收到福仔的一封信,这是第一次。尽管以前也有信,但都是九莲写的,无非是些感谢的话,感谢他时不时地寄钱给她;或者是些问候的话语,报个平安而已。显然这封信是瞒着九莲写的,说在九莲的胃里发现了一个肿瘤,医生吩咐要尽早动手术。但家中实在拿不出那么多钱。他问古今一,是否能帮忙借一些……

古今一的私房钱微乎其微。丽丽把关很严,虽每月给他留下一点钱活络,但还是时不时地会暗中检查他的零用钱是否花了,花在什么地方。要想拿出这么一大笔钱借人,简直是异想天开。直接跟丽丽说,过去插队的老乡开刀要借钱,丽丽也不可能答应。理由很简单,村里那么多老乡有困难都来借钱,你以为我们家是开银行的?除非是有特别的关系。能说什么呢? 说是自己的初恋情人吗?

所以,古今一愁眉不展几个月,到头来还是没敢跟丽丽说这事,也不好意思跟福仔回信。

没想到小桥她……

女儿伸出手,摸摸阿爸埋在被褥上的头,问:"用刀刺我的人捉牢了吗?"

古今一闻听此话,抬起头来,泪眼模糊地看着女儿说:"还没呢。"

"我哪能觉得好像在啥地方看见过伊?"

"侬看见过伊? 勿可能! 伊又勿是上海人。"

"侬晓得伊勿是上海人? 啥人讲的?"

"哦,我、我猜想的,现在在上海犯罪的百分之八九十都是外地人。"

"外地人? 哦,我想起来了,我在江西看见过伊。"

"江西? 小桥,侬糊涂了吧? 侬啥辰光去过江西了?"

"前年休假,我讲去三亚白相,其实我与一个女同学去了江西,去了侬插队的地方朱溪村。"

"啥？侬去了朱溪？"古今一惊呆了，"为啥呀？"

"去了却心中的谜团呀！老爸的日记和书信中多次写到朱溪，写到九莲；我一是去看看老爸当年插队的地方到底是啥样子的，有介优美吗？二是瞧瞧老爸的初恋情人漂勿漂亮，有介迷人吗？"

"鬼丫头！"

"老实讲，朱溪没有侬写得介优美，脏兮兮、臭烘烘的，到处都是垃圾，一勿小心就会踩到牛粪、鸡屎；村里人也是邋里邋遢的。不过，九莲姨妈却是与众不同，虽然穿着朴素，却是干干净净，讲起话来也是勿紧勿慢的，从来勿会喉咙响。讲句老实话，我蛮欢喜伊的。否则，我也勿会寄钞票拨她。当然，也会反对侬隔三差五地用私房钱资助伊。"

"侬这丫头！九莲晓得侬是啥人吗？"

"当然晓得，我跟伊讲了。伊老开心的，请我跟我同学吃饭，做了一台子菜。还带阿拉去看了你们过去住的知青屋。那里现在是学堂，九莲姨妈在里厢教书。白天蛮热闹的，夜里冷冷清清的。伊讲，过去这里可热闹啦，几乎天天夜里听侬讲故事。伊真怀念知青在的日脚。"

"侬哪能从来没跟我讲起这桩事体啊？保密工作做得介好啊！"

"嘻嘻，对！噢噢，老爸，我想起来了，我就是在朱溪看到过用刀捅我的人！"

"小桥！"古今一顿时脸色煞白，心如刀绞。

"难道是伊？侬晓得是伊？伊为啥要做这种事体啊？"

古今一无言以对，掩面而泣。

丽丽在家只睡了两三个小时,被楼上的小孩摔倒后的哭声惊醒,就再也睡不着了,于是又来了医院。瞧见女儿醒了,她惊喜地笑了;转眼瞅见丈夫一副痛心疾首的样子,以为他累了,说:"侬先回去休息,等一歇还要上班的,这里我陪着。"

二 十

古今一神情沮丧地回到家,瘫坐在靠椅上。他不知道自己该怎么办,坦白不是,隐瞒也不是。那天早上在杨柳青路金沙江路工地的一幕又浮现在眼前——

他和谢鲁通了电话后,就急忙跳上出租车赶了过去。在车上,他考虑再三,觉得还是应该让梁振华知道此事,于是到了目的地后,便跑到附近的杂货店打了个电话。"不想再遮遮掩掩的了,把这事做个了断吧。"没想到事情的发展出乎意料。

这里和其他所有的工地一样,脏乱得很,房子拆了一半,到处是碎砖块、烂木头和各种各样的生活垃圾。但环境却比较安静,少有人来。他刚到一会儿,谢鲁就兴冲冲地骑了辆破旧的自行车过来了。

"你小子还有什么事瞒着我?快说!"古今一劈头盖脸地训斥道。

"没有啊?我都说啦。"谢鲁把自行车往边上一靠,战战兢兢地说。

"说啦?说什么啦?手表呢?手表在哪里?"

"哎,茶叶罐里啊,难道里面没有手表吗?"

"有个屁!里面是——"古今一环顾四周,然后压低嗓门恶狠狠地说:"是毒品!你小子不要命啦?"

"毒品?不可能!我要毒品做啥?我送毒品给您做啥?"

如果他是真的不知情,他的困惑与震惊同古今一无异。但他是真的不知情,还是另有隐情?

"你有没有用刀捅了人啊?"

"我、我眼看要被坏人抓着了,发急了,就闭上眼睛刺了过去……"

"果然,是你这混蛋干的好事!"古今一一个耳光扫了过去。顿时谢鲁的左边脸红了出来。

"我也是没办法啊。"谢鲁用手捂着脸说。

"没办法?你说是买走私手表,就算是这样,那带刀干什么?"

"是圆冬瓜在买手表的路上给我的,他说上海现在外地人越来越多,晚上比较乱,有刀有枪的坏人到处都是,让我带着防身。还说,千万别让人抓着,抓着就是生不如死了,一定要懂得自卫。所以我……"

"你这个混蛋,你才是坏人呢。你刺的是警察,懂吗?"

"警察?我刺的是警察?"

"你以为呢?"

"警察为啥要抢我手表?"

"还说什么手表!你们是在贩毒!你以为我是傻子啊?"

"那、那不可能!我不可能买毒品送人呀。"

"你,你就跟我装吧。"

"我没装啊。"

"贩毒是死罪,你就等着上刑场、挨枪子吧。"

"我真的是不知情啊！您救救我吧。"

"看在我曾在你们那儿当知青的分上，看在九莲的面上，我可以救你。"

"谢谢，那我该怎么做？"

"自首。把前因后果，原原本本都告诉警察，争取宽大处理。"

"您还是要把我送给警察啊？"

"不是我把你送给警察，而是你自己去交代问题。这是完全不同的性质，也是你唯一的选择。"

"我不去，不去。我不能被抓住，不能坐牢。我坐牢了，我妈怎么办？她，她还等着我赚钱为她治病呢。医生说了，她生的是肿瘤，越早开刀越好。现在是早期，晚了怕会恶化的。所以我想到上海来打工，赚钱为她开刀。可我又没有关系，所以想给您送礼，请您帮忙。"

"你妈妈是谁？她叫什么名字？"古今一警觉地问道。

"叶九莲。"

他说得很轻，在古今一耳中却不啻是一个晴天霹雳。"你、你是九莲的儿子？"

"是的，我不骗您的。叔叔您应该认识她吧？"

"你走吧，快走吧，马上从我眼前消失，永远别在上海出现！免得我后悔！"

"消失？您说得轻巧。我的工作怎么办？我没工作赚不到钱，我妈的病怎么治？"

"你不马上走，就会被警察抓住，就会去坐牢，还赚什么钱？"古今一边说边环顾四周。

"您向警察告了密？您把我们见面的事告诉了他们？为啥您要出卖我？城里人都是一群自私的家伙,靠不住,哼!"谢鲁气呼呼地骑上自行车飞驰而去。

他刚走不到一分钟,古今一发觉一辆警车已经出现在十字路口……

门铃响了,古今一回过神来,走到天井去开门。

一个看上去约莫五六十岁的老妇人站在门前,见到古今一露出一丝不易觉察的奇异的目光,转瞬间又恢复常态。

"请问,您找谁?"古今一问。

"您是古今一,古老师?"老妇人反问。

"是啊,您怎么知道我名字？我们在哪儿见过?"古今一一脸狐疑。

"能不能让我进去？站在这儿说话不方便。"老妇人有些紧张地说。

"嗯,当然。"古今一心想,既然对方知道自己的名字,且找上门来,一定有什么要紧的事。再则,她穿着虽不高档华贵,却也干净整洁,应该不会有什么危险性,于是放她进门。

老妇人在靠椅上坐定。古今一想去倒杯水,但迟疑了一下,终究没有行动,而是在她对面的靠椅上坐了下来。

老妇人半是好奇半是羡慕地打量起前客堂的摆设,尤其是那幅挂在写字台上方的结婚照,眼光更是停留了好几秒钟。

古今一见其不开口,有些不耐烦地抬手看看手表。老妇人自觉不妥,干咳了几声,歉意地说:"对不起。嗯,古太太真漂亮……"她似乎不知从哪儿说起。

"您到底找我有什么事?"古今一有些心神不定,他还得尽快赶到报社去开编前会。

"我从江西来……"老妇人期期艾艾地说。

"江西?"古今一略微有些吃惊。"这么大年纪还来上海打工? 太辛苦了。"古今一同情地说。

"我从朱溪来……"老妇人补充了一句,并对古今一的误解报以宽宥的一笑。

"朱溪? 您从朱溪来? 怎么不早说? 我在那儿好几年,好像没见过您。您叫……"古今一这才有些激动,毕竟是九莲家乡来的人,正好可以打听一下九莲的情况。"可她怎么知道我的呢? 莫非……"

"我是九莲让我来找您的。"

果不其然。"九莲让您找我? 什么事? 您是九莲的什么人?"

"我是九莲的表姐。我们应该见过的。看来我是老了,您都不认识我了。没关系,您应该还认识它吧。"老妇人从口袋里摸索出一只折叠方正的手绢包,打开——

一根红丝线牵着一颗碧绿的翡翠挂件! 那正是当年古今一送给九莲的信物。古今一用手轻轻抚摸了一下上面那凸起的龙形,柔情地注视了大约有十秒钟。

"您真的是九莲的表姐? 彭,彭秋云?"古今一拼命想把眼前的满是沧桑感的老妇人,与当年演采茶戏《杜鹃山》时的英姿飒爽的柯湘联系起来,但失望了。她们仿佛是风马牛不相及的两个人。

"嗯。小鲁,她儿子谢鲁出事了。她想求您帮帮他。"表姐把手绢包又小心翼翼地折叠好,放进口袋。

"九莲知道这事了?"古今一焦虑地说。

"嗯。有人把谢鲁出事的情况告诉了她。她知道你在上海当记者,应该有办法救他的,所以托我前来。"

"哦,我是想帮他,也正在想办法,但恐怕很难,他的事大了。"

"不是走私吗? 他是初犯,又是从犯,我让他去自首,应该会得到宽大的吧?"

"可他不是走私,是贩毒,而且还是个杀人犯,杀的又是个警察。"

"杀人? 警察? 没有弄错吧?"

"不会错的,谢鲁都对我说了。"

"唉,那怎么办、怎么办呀!"

"我想只有自首才有可能保住性命。"

"又贩毒,又杀人,能保得住性命吗?"

"真像您所说的,他是初犯,又是从犯,而且是在不知情的情况下被人利用才犯了罪。再说,被杀的警察还活着。我想法官会酌情判决的。"

"又是贩毒,又是杀人,法官怎么酌情?"

"事已至此,只能这样了。做最坏打算,尽最大努力。"

"不是每个犯案的人都会被逮住的,是不是? 既然逮住是死,自首也是死,为什么不试试逃跑?"

"逃得过初一,逃不过十五,法网恢恢,往哪儿跑啊?"

"您一定得帮他,也只有您能帮他,我、我替九莲给您叩头了!"

"别,别,千万别这样,我消受不起。——九莲她好吗?"

"她,她病得很重,如果不及时开刀动手术,怕是活不了多久了。"

"……"古今一鼻子一酸,泪水在眼眶里打转。

"不说她了,还是说说她儿子谢鲁吧。我听人说,现在只要有钱,什么都能搞定的,给法官送钱,给检察官送钱,一定有办法的。"老妇人挺理智,也挺现实。

"能帮,我一定会帮,但……"

"九莲可以把家里的房子卖了,把村里分给她家的地卖了,只要能救出儿子,她什么都愿意。求您了,您一定得帮他!您是记者,在上海关系多,一定有办法的。"

像闪电般,一个奇怪的念头出现在古今一的脑海中:这表姐会不会是冒牌的?怎么与当年那个柯湘一点都不像!也许她还是谢鲁的同伙,甚至是头目,与谢鲁串通好了来骗我?也许、也许真是九莲让她来的,否则她怎么会有那颗翡翠挂件?但不管怎么说,干脆与她挑明了吧。

"您别说了,我是想帮九莲,可这次不行,您还是去求别人帮忙吧。"

"为啥啊?"

"因为他杀的是我的女儿!她今年才二十四岁啊!"古今一声嘶力竭喊道。

表姐几近昏厥,喃喃说:"是小桥吗?他杀的是小桥?怎么会这样?天啊,我们到底作了啥孽啊?老天保佑她,小桥她还好吧?"

"还在医院里躺着呢。哎,您怎么知道我女儿叫小桥啊?"

"嗯,九莲跟我说过,小桥前年去朱溪看过她。她非常非常喜欢小桥哦。"

是表姐,应该没错,但古今一脑子乱哄哄的,不知如何是好。"您请回吧。虽说是九莲的儿子,我其实也是无能为力的。对不起。"

表姐泪眼迷蒙地起身走了。古今一起了恻隐之心,送她到门口,劝慰道:"对不起,我不是不想帮九莲和她的儿子,我实在是没有办法啊。您回去跟九莲打个招呼,请她原谅我。"

表姐步履蹒跚地走了。古今一瞅着她的背影,恍惚中又仿佛回到了二十多年前——

古今一与九莲步行三十里山路赶到公社时,大礼堂早已人满为患。为防止意外,大礼堂所有的门都已被关得严严实实。两人悄悄来到僻静的西面的边门,见门紧闭,古今一有些着急。九莲说:"一个大男人怎么这么沉不住气?看来以后不会有大出息。"

她贴近小门,轻轻敲了三下,哆、哆哆,一长两短。里面有人轻声问:"谁?"

"我,九莲。"

门吱呀一声开了,古今一眼前一亮:浓眉大眼,浓妆艳抹,一身红军军装,斜挎着驳壳枪,英姿飒爽,比在书店门口看见的海报更靓丽、更精神。

"这是古今一。"九莲介绍说。

"你好。"柯湘点点头,落落大方地说:"马上开演了,快进去坐吧。第一排中间,我叫人留了座。"

大礼堂闹哄哄的,叫声、笑声、打闹声此起彼伏。两人才坐定,锣鼓便咚咚锵锵地响了起来。待到大幕徐徐拉开,场内才渐渐安静下来。

柯湘上场,一个亮相,全场掌声雷动……

"漂亮吗?"九莲嘴凑到古今一耳边问。

"漂亮!"古今一由衷地赞叹道。

"我给你说媒?"

"我有老婆了。"

"哼,休了她,娶柯湘。"

"娶柯湘?我怕枪。"

当晚,古今一梦到了柯湘。她脱了红军军装,穿着一身洁白、宽大的短衣短裤,正在河边梳洗,看背影恰似九莲。古今一悄悄走过去,一把抱住了她。她也不挣不犟,回过脸来,笑眯眯把红红的唇贴了过来,一个温软的、湿润的吻。令人销魂的气息让古今一呼吸也变得急促起来。

"你不是喜欢九莲吗?"彭秋云娇嗔地问。

"你就是九莲。"他把双手顺着衣服的下摆往上摸索,里面竟然没穿内衣,也没有乳罩。握住两只结实的、小巧的乳房,心脏一阵狂跳。他紧紧抱起秋云,急吼吼往河边的草丛里去……不知过了多久,他突然把持不住,一股热流从底下喷涌而出。这是平生第一次,尽管在梦中,但到底是献给了九莲呢,还是秋云?他也说不清。

第二天一早,古今一神情慌张地跑到河边洗衣服。刚蹲下一会儿,九莲来了。"哟哟,大秀才一清早跑河边洗衣服,难得呀。"

"这不怕晚了影响出工嘛。"

"我来帮你洗吧,看你这样子能洗得干净吗?"九莲说着一把夺过衣服。

"不用,不用!"古今一想拿回来,但已经来不及了。

九莲摊开短裤想涂肥皂,蓦地瞧见了上面可疑的白色的斑点,顿时脸绯红了。她扭头看了古今一一眼,古今一尴尬地做了个鬼脸。

"为谁风流为谁忙啊?"九莲问。

"除了你,还能有谁啊?"古今一壮着胆说。

"哼!说得比唱得还好听。哦,对了,是不是和柯湘好上了?"

"瞎说什么呀!"

"怎么是瞎说?我表姐确实女人味很足的,看见她不动心的男人一万个当中也最多找出一个。"

"我就是那万分之一。"

"哼,瞧瞧,这是什么?别把自己当作坐怀不乱的柳下惠了!"九莲故意把古今一的短裤伸到他眼前晃了又晃。

二十一

　　原以为女儿就此会逐渐好起来，没想到病情急转直下，梦桥又一次陷入昏迷之中，且状况比先前还糟。医生诊断后坦言，恐怕难以维持到第二天。夫妻俩闻听此言，在走廊的长椅上抱头痛哭。

　　当晚十二点差五分，古梦桥走了。

　　第二天一早，古今一在医院整理女儿的衣物时，眼睛突然定格在一张带血的小纸片上：那是邮局的汇款收据！古今一猛地一记耳光抽打在自己的脸上，声嘶力竭地大喊一声："作孽啊！"

　　梁振华一根接着一根地抽烟，烟灰缸已经满满的了，眼睛布满血丝，一是为梦桥的死哭了好几回，二是好几天都没睡个安稳觉，心里一直在琢磨案子的事。只有把凶手抓住，为梦桥报了仇，自己才能稍稍安心。可案子的关键人物——古今一，却是令他百思不得其解的一个谜。照例被害的是自己的亲生女儿，他应该比谁都更着急破案，可他却显得心神不定、支支吾吾。说他怕凶手报复吧，仿佛又不像；自己女儿都身负重伤躺在医院里了，还有什么好怕的！像个男人吗？像个当父亲的吗？说他是与凶手一伙的，又不可能,他有良好的职业和口碑,不可能为了区区几千块钱去与人一起走私或贩毒。

"那他为什么要这样呢？包庇凶手,没有道理啊？"

刘克悄无声息地走了进来,丢了一根烟在桌上,瞅了梁振华一眼,又拿起茶杯帮他倒水。

"你说说看,这有没有道理啊？"梁振华突然一声嚷嚷,吓了刘克一跳。"既然不怕凶手报复,自己又不是凶手一伙的,更为重要的是自己的亲身女儿倒在血泊中,那他为什么还要帮他、包庇他？这不是莫名其妙嘛！脑子被枪打啦？"

"是啊,要么是他脑子出毛病了,要么凶手是……"

"是什么？"梁振华没听清。

"要么凶手是他非常亲近的人。"

对啊,除非凶手是他非常亲近的人！可古今一不可能有一个民工亲戚呀。再说,他还能亲过自己的女儿吗？"不可能？没有不可能。不可能？没有不可能……"梁振华反反复复念叨着。

古今一约谢鲁在宁夏宾馆见面,他在那里预订了一个标准间。宁夏宾馆地处上海西面的普陀区,价格便宜,交通方便,且又比较清静。他喜欢这里,经常会一个人不受干扰地躲在此地写他的小说。

外面下着雨,电闪雷鸣,时缓时急,马路上行人稀少。选这样的时间与地点真是再合适不过。古今一望着窗外,心情与以往在这里写作时截然不同。他从小喜欢雨天,尤其是"斜风细雨不须归"的情景,每每会在他的心头掠过一丝淡淡的哀愁,触发他的创作灵感。他沉湎于这种感觉,每当此时他会静坐窗前,泡一杯咖啡或绿茶,静思冥想或什么也不想,任思绪飞翔。

但他现在坐不住,也无心品茶或喝咖啡,因为女儿死了。除了父母,他一生最在乎的三个人:九莲大病缠身,在偏僻的缺医少药的小山村挣扎;小桥死了,凶手至今逍遥法外,而这凶手偏偏是九莲的儿子;丽丽哭得死去活来,三天没吃一口饭……他今天约谢鲁来,就是看在九莲的分上,想再给谢鲁最后一次自首的机会。不管怎么说,他得给小桥一个交代。

门铃声响,是谢鲁。

他没打伞,沿着路边店铺的遮雨篷和屋檐下,边躲雨边一路小跑而来,到宾馆已是浑身湿透了。

古今一淡淡地说了句"怎么不撑伞",忙去卫生间拿了一条干净的白色毛巾递给他。谢鲁胡乱擦了几下,便在靠窗的圈椅上坐下。

古今一到小圆桌前泡了两杯袋茶,然后站在窗前。

静默。古今一蓦地觉得不知如何开口才好。他望望窗外,窗外依然雷雨交加;他瞅瞅谢鲁,谢鲁还是手足无措。老这么呆坐着也不解决问题,该说的话早晚得说,该了的事早晚得了。

"谢鲁……"古今一转过身,开始字斟句酌地说下去,眼睛死死盯着谢鲁的脸,以便随时根据他的反应来修正语气。"我女儿死了。"

"您女儿死了?"

"你可能已经知道,你那天用刀捅的就是我女儿。我想你妈的表姐彭姨应该告诉你了。"

"啊?这是真的?"

"是的,她是一名警察。"

"怪不得,您那天在杨柳青路工地就想出卖我!"

"如果我想出卖你,我会那么轻易放你走吗?你到底有没有良心啊?要不是看在你妈的面子上,我早把你宰了!"

正说着,叮咚一声,门铃又响了。还有谁会到这里来呢?古今一纳闷地跑去开门——

"您怎么来了?"古今一吃惊不小。

"是啊,说好了不让您来的。"谢鲁更是一副惊诧不已的表情。

来人是"九莲的表姐"。

"畜生,我是为你来求情的。我去过医院了,知道小桥死了。"表姐说着,眼泪禁不住淌了下来。

"求情?哼哼,没用的,我杀的是他的女儿,他怎么可能放过我呢?您就死了这条心吧。"

"那你说怎么办?你做了蠢事,还怎么嚣张!"

"杀一个人是杀,杀两个人也是杀。干脆一不做二不休,如果他一定要告发我,我、我——"谢鲁太阳穴青筋暴突,眼睛充满血丝,完全失去了理智。

表姐突然嗖地挥手过去——啪,一记响亮的耳光,顿时谢鲁的半边脸由红变紫。

"你想干嘛,啊?杀一个还嫌不够,还想再犯浑?"

"不杀他,我肯定死路一条;杀了他,说不定还有一线生机。"

"你的生机在向他求情,让他放你一条生路,你懂不懂啊?"

"凭啥？我杀他女儿，他放我生路。这世上哪有这种事？您向他求情，求得着吗？您是他什么人啊？老情人？"

表姐气得瑟瑟发抖。

古今一冷静地对表姐说："他犯了罪，就应该去认罪。您不应该再抱幻想，靠求情是解决不了什么问题的。"

"求情解决不了，就靠刀子来解决。"谢鲁满脸杀气。

"我已经报警了。之所以请你来，是看在九莲的面子上，给你个投案自首的机会。"古今一镇定自若；他没有说谎，刚进宾馆房间时，他就给梁振华打了电话。

"反正我是死路一条，就杀了你又怎样？"谢鲁从后腰拔出了一把刀。

"住手！你这个畜生，你已经杀了你妹妹，现在又要杀你的父亲，你还是不是人啊？"

一个响雷仿佛打在屋顶，整个宾馆都颤抖了一下。

"我杀了妹妹？哪个妹妹？他是我父亲？哪个父亲？啥乱七八糟的！您气糊涂了吧？"

"我清醒得很。"

短暂的摄人魂魄的静默。

谢鲁张着嘴，痴呆一般盯着古今一。古今一也糊涂了，怀疑自己在做梦，最近发生的一切让他恍如梦中；也许这些都不过是他最近写的小说中的人物与故事吧。过去也时常有这种情况，他会把生活中的现实世界与小说中的虚拟世界搞混淆了，难以分辨。

终于，表姐语调平缓地说："那是上海佬到朱溪插队的第十个年头。在这十年中，他们死的死、走的走，只有一个人还留在朱溪,哪儿都没去,因为他和村里的一个姑娘好上了。那年夏天的一个夜晚,下着暴雨,在山里的一座守夜用的草棚子里,姑娘把自己的第一次献给了他。后来,没想到,这就有了你……"

古今一仿佛在听别人的一个凄美的爱情故事,"您怎么会知道这件事? 九莲告诉您的? 不可能,绝对不可能。九莲绝不会对别人说这件事的?"

"是的,九莲不可能把这件事告诉别人。绝对不可能! 但我是她的表姐,我们从小在一起长大,就像亲姐妹。"

"那您真的是彭秋云? 那个唱柯湘的花旦演员。"

"当然,您还不信? 您最喜欢的书——那套《鲁迅全集》还是九莲托我帮您买的,是吧?"

窗外,又一个响雷,震得玻璃都发出抖动的声音。

"不,不可能,绝对不可能!"古今一死死盯住表姐的脸,想找出哪怕一丝过去的影子,但不能;他无法把眼前这个老态、病容的老妇人与过去哪个浓眉大眼、英姿飒爽的头牌花旦联系起来,与自己曾经的梦中情人联系起来。他看过太多的电影、电视剧,里面的人物从年轻到年迈,只要是同一个演员扮演的,观众绝对看得出来,尽管剧中的其他人"眼浊"会莫知莫觉。但现实生活中,一个偶像会变化到让曾经的崇拜者都浑然不识,真是令人不寒而栗!

"小鲁,叫阿爸吧——他才是你的亲爸爸。"

"不,我没有这样的爸爸! 为啥他的女儿可以在大城市吃好的、穿好的、住好的,有个好的工作;他的儿子却吃不好、穿不好、住不好,种地越种越穷,打工苦死、脏死、累死还赚不到啥钱?"

"那、那也不是你爸的错啊?"

"我有错吗?我有错吗?我想自食其力我有错吗?我想赚钱给妈治病我有错吗?"

"你想自食其力,没错;你想赚钱给妈治病,也没错。但你不能做犯法的事啊!"

"我也不想犯法,我根本就不知道自己在犯法!但这个社会不给我自食其力的机会,不给我赚钱给妈治病的机会,我又有啥办法!为啥你们城里人吃的是我们种的粮,穿的是我们种的棉,活得那么滋润,我们却活得那么难、那么苦?为啥?"

"鸭吃砻糠鸡吃谷,各人自有各人福。这是命,没有那么多为啥。"

"他不能给我好的生活,就压根不应该把我生下来!"

"他根本就不知道这世界上还有你这么个儿子!是九莲自作主张把你生下来的。但尽管如此,他还是很关心你们全家生活的,几乎每两三个月都会寄钱过来。要不是他,你哪有钱读完高中啊?"

古今一哆嗦着从口袋里摸出一张小纸片,带血的小纸片,是那张寄款的收据。

"小桥,你妹妹,知道你妈病了,在你杀她的那天下午刚给你们寄去了两千块钱。"

谢鲁接过收据,脸部抽筋,过了几秒钟,突然号啕大哭起来。"真的是小桥啊!那年她和同学一起来朱溪,妈、我还和她们一起吃过饭呢!我真是个混蛋呐!小桥,对不起,我是混蛋,我是混蛋……"谢鲁瘫倒在地,双手捂住脸,语无伦次地喃喃道。

"古、古今一,他是您的亲骨肉啊!九莲没教育好他,她有罪啊!您失去了一个女儿,不能再失去一个儿子了!古今一,我替九莲求求您啦!"表姐扑通跪倒在古今一跟前。

古今一刚想去搀扶,自己先已跪倒在表姐面前。四手相扶,肝胆俱裂。

窗外,雷声隆隆,雨越下越大。古今一和表姐的哭喊声显得微不足道。

一辆警车飞驰到宾馆门口停下,梁振华和刘克迅疾跳下车,奔进大堂。

二十二

古今一失眠了。眼睛瞪着,却什么也看不清,这是个没有星星、没有月亮的夜晚。一周前,有人到公社把朱溪村的知青给告了,说他们经常唱黄色歌曲,什么《敖包相会》《红梅花儿开》《月亮代表我的心》,还有什么《红河村》《喀秋莎》《何日君再来》,等等,等等。公社指示大队书记要调查此事,并责令唱黄色歌曲的知青写出书面检讨,听候处理。朱溪村九个知青:苏苏无语,不写;阿娟和金伟康害怕,不承认唱过,不写;老肥油滑,说自己不知道哪是黄的哪是红的,也不记得究竟唱没唱过,不写;钟自鸣和刘海平爽快,唱了,不写;唱得最起劲的当然是许义生,他经常是一个人跑到附近的小山岗上,咿咿呀呀地唱个不停,但他和林飞鸿一样犹豫,说唱过都唱过,说没唱都没唱,要写大家都写,要不写都不写……到头来,只有古今一一个人写,但他写的与其说是检讨,不如说是申辩。他承认告状者列举的歌他都唱过,而且唱了不止十遍八遍,他坚信全县一千多知青、全国千百万知青也都或多或少地唱过。因为这是爱情歌曲,美妙动听,年轻人都喜欢。爱情歌曲和黄色歌曲是两码事,不能、也不应该混为一谈。所谓的检讨上交三天了,却如泥牛入海,全没了消息。每当知青聚在一起吃饭时,总有人会问,有消息吗?古今一苦笑一声,摇摇头。没消息到底是好是歹,他吃不准。反正,很长时间,大家再也不敢肆无忌惮地唱歌了。"哎,管伊三七二十一,是祸逃勿过,该吃就吃,该困就困!"

古今一闭眼又睁开,依然漆黑一片,伸手不见五指,睁眼不睁眼一个样。知青屋里静悄悄的;屋外,蛙声倒是越来越响了。这是樟树特有的一种蛙类,呈暗红色,当地人叫赤蛙,生长在山石缝里,其味美无比,但叫声委实有些恶劣。

当古今一想明白,酣然入睡时,他哪里会知道,知青屋里还有一人眼睛瞪得大大的,彻夜难眠,心里惶惶然:我是不是太缺德了?可他们唱的确实是黄色歌曲呀!向领导汇报我有什么错?难道不应该同不良倾向作斗争吗?再说,我和他们不一样,不能再和他们同流合污,我已经是个狗崽子了,再不好好表现,这一辈子就得待在这山沟沟里了。我有啥办法呢?老爸老妈帮不了我,我只有自己想办法离开。这里的生活我实在是受不了,受不了……

但年轻人终究是年轻人,不能唱歌,或只能唱那几个样板戏,生活会觉得了无情趣。情感宣泄的机会来了——

也许是联联经常在知青点跑动,故事多,消息灵,渐渐地其他人也对他有了好感。而每次来,他也确实会带来些新鲜的东西,这对几乎封闭在山沟沟的知青们来说,太需要了解大山外的点点滴滴了。

有一天下午,下着濛濛细雨,联联兴冲冲地来了。尽管没打伞,浑身上下湿淋淋的,但依然兴致很高。知青们都没出工,有的在看书,有的在织毛衣,有的在回忆学生时代的开心往事。见他来了，便一起聚集到厨房里。

"今朝，我要教大家唱一首好听的歌。"联联接过老肥递上的毛巾边擦头边宣布。这倒是桩新鲜事。

厨房里顿时鸦雀无声。少顷，古今一说："停，停，除了毛主席和样板戏，其他的都免了吧。"

"为啥呀？"联联不解地问。

"侬还勿晓得啊？有人拿阿拉告了，讲阿拉唱黄色歌曲。古今一写了检讨书，还勿晓得是否能过关呢！"老肥愤愤地说。

"竟有这种事体？啥人介缺德啊？"联联嚷嚷道。

"就是勿晓得嘛。要晓得，早拿伊弄到忘行山活埋了！"钟自鸣说完，猛地吸了口烟，然后用力狠狠地喷了出来，仿佛要把告密者一下子吹到忘行山去。

"叫侬勿要唱，侬就勿要唱，啰嗦啥呀！"苏苏皱皱眉。

"哎呀阿姐，我这个勿是黄色歌曲，侬听了就晓得了。"

"我勿听！侬能唱得出啥好歌？太平日脚勿要过，出啥花样经！"苏苏转身走了。

联联把毛巾交还老肥；老肥看着苏苏气呼呼离开的背影，想追又有些犹豫。少顷，发现众人都瞅着他，便接过毛巾，尴尬地笑笑说："既然勿是黄色的，那就唱唱试试？"

"唱吧。"古今一说。

"先唱轻点。"阿娟有些紧张。

"对，勿要让别人听到。"金伟康附和道。

"怕啥？江西老表又听勿懂的。"许义生听到唱歌眼睛都发亮了。

"好，你们听着。"联联神情蓦地变得忧郁起来，他清了清嗓子,便幽幽地唱了起来。男中音,虽不很专业,但曲调优美,歌词更是拨动人的心弦——

> 蓝蓝的天上,白云在飞翔,美丽的扬子江畔,是我可爱的南京古城,我的家乡啊。啊……长虹般的大桥,直插云霄,横跨长江,威武的钟山,虎踞在我的家乡。
>
> 告别了妈妈,再见吧家乡,金色的学生时代,已载入了青春史册,一去不复返。啊……未来的道路是多么艰难,多么漫长,生活的脚印深嵌在偏僻的异乡。

所有人都听傻了,眼睛怔怔地盯着联联。

"好听吗?"联联问。

"嗯。跟许义生比,感情色彩还要浓一点。"阿娟评论道。

联联环顾四周,几乎每个人脸上都布满忧愁和伤感。

"再唱一遍,蛮好听的。"老肥鼓励地说。

"等等,这一定是南京知青写的,我想我们可以拿歌词改一改,更适合上海知青来唱。"古今一建议。

"好!""对!"众人附和。于是,联联把歌词说一句,古今一也跟着说一句;该保留的保留,该修改的修改。老肥则拿着纸笔记录着。之后,联联又将上海版本的《知青之歌》唱了一遍。

> 蓝蓝的天上,白云在飞翔,美丽的黄浦江畔,是我可爱的上海滩,我的家乡啊。啊……繁华的南京路,高楼林立,霓虹闪烁,气派的外滩,展现在我的家乡。
>
> 告别了妈妈,再见吧家乡,金色的学生时代,已载入

了青春史册，一去不复返。啊……未来的道路是多么艰难，多么漫长，生活的脚印深嵌在偏僻的异乡。

"嗨，感觉勿错，就这么唱！"

"蓝蓝的天上，白云在飞翔……"联联又继续唱着，逐渐有人在跟着哼。联联唱了一遍又一遍，跟着哼的人越来越多，声音也越来越响，很快变成了大合唱。

天色渐晚，歌声依然，不知身处何方，忘了烧晚饭。村里人收工回来，望望未点油灯的知青屋，听听从里面传出的带着哭腔的歌声，笑笑说这帮上海佬活得还真有趣。九莲撑着油纸伞，手里提着一篮从自留地摘的油麦菜，经过时停下听了一会儿，然后若有所思地回家了。

二十三

　　审讯非常顺利,谢鲁全盘交代,凡是他知道的、他自己做的都供认不讳,就像刁银生一样爽快。然而,梁振华却依然觉得非常窝囊:谢鲁只知道自己是来买走私表,为了给古今一送礼,托他给自己在上海找个工作,赚了钱可以给母亲治病。虽不太合法,却合情合理,倘若不是后来情急之下杀了人,他根本就算不上是罪犯。从某种意义上说,他也是被人玩弄的可怜虫,甚至比刁银生还可怜。他们背后的指使之人究竟是谁呢? 又是出于什么目的和原因呢? 烟灰缸里已经堆得满满的,满屋子像生了煤球炉,烟雾腾腾,梁振华却依然想不出个所以然。

　　刁银生背后的人与其说是神秘,不如说是诡异。他图什么呀? 他说是与人打赌,那可信吗? 吃饱了撑的? 如不是,那他害一个素不相识的人却是为何? 还有那个叫圆冬瓜的人,谢鲁说是他的同乡,他是在县城一个职业介绍所找工作时认识他的,可分局的人却说是他们的卧底。既然是卧底,如果知道对方是毒贩,那他拉一个并不准备进行毒品交易的同乡结伴而去为什么? 而且还口口声声说是去买走私手表! 更为险恶的是,一个公安的卧底竟然唆使别人使用暴力来对抗可能的抓捕行动,并为这种暴力提供凶器!他为什么要这么做?

梁振华靠在沙发上,香烟还在一根接一根地抽,抽得嘴巴都麻麻的。看来不逮着那幕后指使之人,真相永远难以揭开。

这次行动是分局交给他们派出所的任务,显然是这个卧底提供的情报,可他的所作所为太令人生疑了。对,应该再找张健详细了解一下这个卧底的情况,实在不行就直接去找局长。梦桥不能死得不明不白啊!

"振华,到点了,走吧。"刘克轻敲了一下开着的房门,说。

"噢,知道了。"梁振华带上警帽,站在镜子前整理了一下警服。

下午一点,古梦桥烈士的追悼大会在龙华殡仪馆隆重举行。

市局一位副局长出席并致悼词,当然稿子是分局办公室主任张健责成所长、所长又交办给梁振华写的,因为他最了解古梦桥。尽管如此,他还是写写、停停、哭哭,写了三个晚上,数易其稿,才最终让自己感到满意。

报社的领导与同事来了不少。总编辑吴远一向沉默寡言,今天更是一言不发,和古今一握握手、拍拍他肩、走开了,一个人站在左边角落里,呆呆地凝视着大厅中央古梦桥的大幅遗像。倒是副总编辑张理顺握着古今一的手久久不愿放开,一副关切的神情,嘴里一个劲地说:"节哀顺变,节哀顺变,如有什么需要,尽管向我开口,我一定尽力而为!"也难怪,在报社,张理顺的人缘比吴远要好得多。

古今一点点头,说了声"谢谢"。刚松手,又一双手伸了过来——是机动部主任李炜。"古老师,您可一定要节哀顺变!

您可一定要保重身体啊！您是老法师,我们机动部可少不了您啊!"说完,紧赶几步,追上张理顺,汇报工作去了。

机动部的人都来了,一个个与古今一握手,打声招呼便站到了边上。唯有一个人没过来打招呼,而是躲在发黑纱和黄花的人背后偷偷地抹泪,她就是古今一的学生高甜甜。

丽丽虽然伤心欲绝,但依然陪着七八十岁的公公、婆婆坐在休息室。两位老人甚至没有勇气去与自己的孙女告别,只是耷拉着脑袋,不停地擦眼泪。

追悼会庄严肃穆。市局副局长念悼词时,好几次把句子读破,甚至一个明显的笔误他都照读不误。有个小女孩忍不住扑哧笑了,被她母亲拍了一下、瞪了一眼,才愧疚地吐吐舌头,做了个鬼脸,让梁振华很是不爽。你一个当领导的,自己不写稿子倒也罢了,还不能抽点时间把稿子的内容好好看上几遍,熟悉熟悉?

当追悼会结束,人们开始离开时,梁振华随着张健的背影追了出去,在他打开车门将要钻进车里时,叫住了他:"张主任,请留步!"

张健回过身来,见是梁振华,便微笑地说:"哦,找我有事?"

"我有一事不明,请主任指示!"尽管对方和自己的年龄相仿,警龄也绝对不会比自己长,梁振华还是非常客气地用普通话说。

"指示不敢当,你说吧,我知道的就告诉你,不知道的我请示领导后再告诉你。这样行吗?"

"行。我们都知道,在案发现场有三个人,现在两个被抓,而这两个人都不是真正意义上的罪犯。还有第三个人，而这第三个人您却说是卧底。"

"等等，被抓的两个人怎么就不是罪犯？海洛因是刁银生交给谢鲁的，这是你们在现场亲眼所见的；而谢鲁又将毒品交给了古今一，这是古今一本人揭发的。案件很清楚嘛。还有，古梦桥是那个叫谢鲁的人杀的吧？谢鲁自己都供认了，还有什么问题呢？第三个人确实是我们的卧底。再怎么说，他身上没海洛因，人也不是他杀的。有什么不清楚的嘛！"

"我们认为，杀害古梦桥的凶手不是这起案件的始作俑者，或者说不是真正的元凶。连那个刁银生，说他贩毒也疑点颇多。他们的背后还有指使人或者说操纵者。我们想是否能与那个卧底谈谈，看他能不能给我们提供些有用的线索？"

"案件不是很清楚了吗？无懈可击！毒贩被抓了，都说自己是冤枉的、不知情，这很正常。至于那个谢鲁，他都招供了，不管什么理由，杀人偿命，天经地义！你当警察不少年头了吧？老警察了，应该懂的。"

"可我们的警察不能死得不明不白啊！案子破不了，她在九泉之下灵魂都不能安息啊！"

"什么叫不明不白啊？古梦桥是烈士，为抓毒贩光荣牺牲。毒贩抓住了，杀人犯也抓住了，案子破了，古梦桥可以安息了。你不会怀疑烈士的父亲与毒贩是一伙的吧？对不起，我还有事，先走了。"

"你他妈的办没办过案子？怎么就跟你说不清楚呢？"梁振华见张健要钻进汽车走人，跨前一步，揪住他的衣领，气呼呼地说。

"嗨,你嘴巴干净点!怎么能骂人呢?好歹我还是你的领导!"张健脸色铁青,显然,当官的尊严被冒犯了。

"骂你是轻的,我还要打你个蠢官呢!"说完,一个右勾拳噗地打在张健的脸上。

"呜哇——"张健夸张地惨叫一声,踉跄着后退几步,倒在汽车边上。

梁振华看他装腔作势,还想冲过去,被闻讯赶来的刘克一把抓住。"你疯了,想被人剥皮啊?"

"妈的,剥皮就剥皮,这身警服我也穿腻味了!"

"好,好,这可是你说的,你写辞职报告,我立马就批!你不写你是孙子!"张健用手指指对方,然后钻进了汽车。

"他妈的,这公安局是你家开的,说让谁走谁就得走啊?"梁振华冲着扬长而去的汽车大喊道。

"你犯得着与他怄气吗?他不过一个办公室主任,我们老找他干嘛,直接找局长不就完了?"刘克劝道。劝完,想必脑中出现了一个相似的场景——

梁振华急火攻心,朝刘克挥挥拳头吼道:"妈的,全是我的错,我是混蛋可以了吗?追侬的长脚去!附近几条弄堂都去查查,捉勿牢,侬跟沈志军一道滚出唐山路派出所!"

刘克"切"了一声:"侬讲滚就滚啊?派出所是侬开的啊?"

……

这里动静很大,许多人围过来看个究竟。刘克挥挥手说,"没事了,没事了,散了吧。"除了几位同事,其他人一步三回头地离开了。

"刘克,侬哪能介戆?张健的后台就是局长,伊就是局长钦点的办公室主任!"沈志军幽幽地说。

"哎,今朝哪能没看见阿拉李局长啊?"刘克发现新大陆似的说。

"党校学习去了,伊是市局副局长的不二人选。伊走后,张健就是接班人,侬懂吗?"沈志军一向对局里的人事变动颇有研究。

"那我们找巩副局长,或者蔡副局长也可以嘛!"刘克说。

"侬有点政治头脑好吗? 张健的事,巩副局长、蔡副局长会插手吗? 假使他们勿晓得其中的门道,估计这副局长也做勿长的。"沈志军指点迷津地说道。

"我管伊啥人是啥人的后台,只要能破案,捉牢真正的罪犯,找啥人都可以,让我磕头都可以!"梁振华发誓般地大声说道。

"嗨,中国的事讲究的是关系,没有关系,即便有本事也枉然;没有本事,如果有关系也坦然。"沈志军又开起了国语,依然一副不卑不亢的神情。

"他妈的,我就不信这个邪! 刘克,你与沈志军去江西一次,务必要查清圆冬瓜的底细和下落;陆上行,你与宋亮去山西路,一家发廊一家发廊地排查,一定要弄清那个给刁银生下套的人的身份;我直接去找局长谈。区分局没人管,我就直接上市局去。我还不信了呢。大家分头准备吧!"梁振华发布命令一向用标准的普通话,铿锵有力;他认为,沪语只适合谈情说爱,唧唧哝哝;或者上海人之间闲聊,随随便便。

二十四

　　上海火车站候车大厅,人来人往,熙熙攘攘。古今一与九莲的表姐并排坐在一条长椅上,脚边放着一只藏青色的帆布旅行袋。表姐垂头丧气的神情,让人更觉其衰老;古今一侧过头悲伤地看着她。离开车时间还早,两人有一句没一句地说着话。古今一觉得嘴里苦涩,拿出一条口香糖,抽出一支递给表姐。表姐摇摇头拒绝了。

　　"也许,也许我不该报警。小鲁可能还会侥幸逃脱。毕竟他——他真是我和九莲的儿子?"古今一把口香糖塞进嘴里。

　　"你还不相信我?"表姐扭头悲切地盯了古今一一眼。

　　"那倒不是。可九莲为什么不早告诉我?"

　　"她谁也没告诉。告诉你有用吗?你能怎么样?如果不是因为出了这档子事,她也不会告诉我。"

　　"福仔知道吗?"

　　"知道。这种事是瞒不过去的。晚说不如早说,结婚之前九莲告诉了他,让他考虑清楚再答应。"

　　蓦然,古今一想起九莲父母年轻时的遭遇,何其相似!嘴里又泛起一阵苦涩,他拼命嚼了几下口香糖。

　　"他怎么说?"

"他说，尽管如此，他还是一如既往地爱九莲。"

"哦，真是难得。他们相处还好吧？前几年，我听说福仔经常打骂九莲。"

"嗯，还好。夫妻之间有时会有些摩擦，那也正常。在乡下，老公打骂老婆是天经地义的。再说，看着日渐长大的小鲁一点也不像自己，而旁人免不了又会嚼舌头，福仔难受、窝火是一定的。九莲一切都能理解。毕竟他当初收留了九莲，要不然九莲未婚生子，在朱溪的日子会很难过的。"

"九莲没想过打掉这个孩子？"

"孩子是无辜的，他不应该为父母的行为付出生命的代价。"

"……"

"都怨九莲啊，没有教育好儿子。"表姐轻轻地说，依然垂着头。

"这，这不能怪九莲。她哪里会知道小鲁会出这种事啊？再说，小鲁也是被人利用了，他太老实了，不适合在城市里生活。"

古今一瞧瞧窗外，天色已晚，有闪电时不时地把夜空照亮，好像又要下雨了。他的思绪回到了多年前的那个晚上——

下雨了，一个人撑着油纸伞、提着马灯在山间小道上行走。此人穿着白衫，随着闪电身影一闪一闪，半似幽灵半似仙人。途经忘行山时，此人也恰似恐惧似的加快了前行的步子。

离忘行山不远的一个山坳深处，有一点光亮时隐时现，此人朝着它走去。雨越来越大，雷电也越发猛烈起来。小道上都是积水和泥浆,此人跟跟跄跄,几次差点跌倒。

终于走近了,光亮是从一座尖顶的小茅棚透出来的。茅棚只有顶、没有墙,铺着长约五尺、宽不足两尺的一张床,这是守夜用的。每年稻谷成熟之时,生产队的人轮流去值夜班。几个主要的比较大的山坳都有这样的茅棚。值班人只需每隔半个时辰"噢噢"地嚷上几声就行,不是防人偷割,山里人大都淳朴,偷盗之事绝少发生,而是防野猪来踩踏。

今晚,南山坳是古今一守夜,他正就着一盏马灯在聚精会神地读《鲁迅全集》,那是第二十集,鲁迅译的果戈里的《死魂灵》。蓦然,他发现亮光有了异样的变化,除了白色的闪电和自己茅棚内微微晃动的灯光外,又有了第三种光源,他警觉地抄起身边的一根硕大的木棍。

"谁?"他厉声喊道。

"我。"是九莲。

"这么晚了,还下着雷雨,你也敢到处乱跑? 出了事怎么办?"

"我没乱跑,直接跑这儿来了。除非你非礼我,还能出啥事?"

"就别强词夺理啦,快进来躲躲吧,瞧你淋得像个落汤鸡似的。喏,用毛巾擦擦,小心感冒。"

"没事,我们山里人没那么娇气,不像你们城里人。"

九莲把马灯递给古今一,顿时小茅棚亮堂了许多。随后,她把雨伞收起来,躲进茅棚,从肩上取下一只装饭菜的竹筒。"饿了吧,我给你炒了点糯米饭,快吃,凉了会吃坏肚子。"

"唉,你别说,我还真有点饿了。"打开竹筒,一股肉香味扑鼻而来,古今一咽咽口水,急不可待地拿起筷子;九莲一边擦身上的雨水,一边笑嘻嘻地说:"慢慢吃,别噎着了,深山老林的,没医生救你。"

"有你就行。"

"我又不是医生。"

"我噎着了,你可以用人工呼吸法救我啊。"

"哼,想得美,吃你的吧。——守夜还看书啊?"九莲拿起那本《死魂灵》,随意地翻看着。"我不喜欢看外国书,人名太长记不住。"

"一个人龟缩在这山沟沟里,不看书干吗?"

"可以和野猪聊天啊。"

"野猪没文化,聊不到一块儿。"

"嗨,对了,听村里的老人说,这南山坳里有一狐狸精,晚上会变成美女出来勾引有文化的秀才,尤其是大城市来的。她来没来过啊?"

"喔,是吗? 她不是已经在这儿了嘛!"

"好你个没良心的,我给你送吃送喝的,你反说我是狐狸精!"她用《死魂灵》打他的背。

"哎,慢着,声明一点,吃的有,喝的可没有啊。"

"你又不喝酒。"

"除了酒,就没有其他可喝的?"

"水啊? 你出去,仰起头,不就有了吗?"

"水淡淡的,不好喝。"

"哈,臭知识分子,要求还挺高,你想喝蜂蜜啊?"

"我想喝、喝奶。"说完,眼光坏坏地瞄了瞄九莲高耸的胸脯。

"古人说,'饱暖思淫欲',真后悔给你送吃的,哼!"九莲用书在古今一手臂上拍打了一下。

"吆,轻点,你看,这么诱人的一块肉掉地上了。"古今一弯腰在泥地上寻找着。

"别找了,找着了能吃啊?"

"找着了。"九莲低下身子看。古今一猛地返身抱住她。

"嗨,嗨,你看清咯,我不是柯湘噢。"

"我又不是农民自卫军,找她干嘛?"说着,急吼吼隔着白色的连衣裙一口轻咬住她小巧而结实的奶子,贪婪地吸吮了几口。九莲"唉哟"喊了一声,想挣脱,突然痉挛似的双手抱住古今一,仰起头、眯起眼睛呻吟起来。

"旅客们请注意,开往南昌的 K123 次列车现在开始检票登车——"

古今一惊醒过来,觉得脸烫烫的,下腹部竟然有些异动。他侧脸瞄瞄表姐,表姐也正瞅着他。

"想啥呢?"好像看透了他的心思。

"没、没什么。"他的脸越发的红了,像个十七八岁的小青年。

"我该进站了。"表姐提起旅行袋。

"哦。对,我买了月台票的,我送您进去吧。"古今一从她手中接过旅行袋,不由自主想搀扶她一下。迟疑少顷,又无力地垂下。

两人走到车门前停住,表姐迈腿刚想登上列车,古今一情不自禁地说:"表姐!"

表姐退了下来,哀怨地看着古今一。

"拜托您一定照顾好九莲,如有什么需要,尽管写信或打电话告诉我。"

"……"表姐欲言又止。

"您也保重,我一定会来看您和九莲的! 告诉九莲,一定要早点住院手术,钱的事我会想办法的——"

表姐垂头站在古今一的跟前,神情沮丧。

"您走吧,路上小心。"

"您也保重,凡事想开点,一切都是命中注定的。"表姐抬起头,满脸泪水。

"旅客们请注意,开往南昌的 K123 次列车马上就要开车了,请还未检票的旅客抓紧时间检票上车——"

列车咣当一声启动了,古今一朝车窗挥挥手,他想喊一声"再见",却嘴巴动了一下,没发出声来。表姐默默地盯着他,泪眼模糊。车慢慢前行,古今一跟着跑起来;车慢慢加速,古今一渐渐跟不上了。蓦然,车窗被往上打开,表姐探出头来,带着哭声喊道:"古今一,多去看看小鲁!"

二十五

"古今一,古今一!"一阵急促的敲门声响起。

天刚蒙蒙亮,整个朱溪村就被此起彼伏的犬吠声吵醒了。古今一睡眼惺忪想去看个究竟,刚一开门就被一群荷枪实弹的人堵上了。为首的是公社党委书记陈谷雨。

"叫他们马上都起来,到打谷场集合!"他脸冲着知青屋的外墙,看也不看古今一,仿佛对方不存在。

"是不是民兵训练啊?怎么也不提前通知一声?"古今一皱着眉说。

"提前通知?还不跑得一个不剩啊?"说这话的是公社民兵营长陈大力。他眼神有些飘忽,似乎不敢直视古今一。

"至于吗?以前民兵训练,我们哪次落下了?"

"别啰嗦了,走吧,叫他们都起来!"

正说着,其他知青也闻声陆续走了出来。"难得礼拜天想多睡会儿,啥事啊,一大早瞎嚷嚷,缺不缺德呀?"老肥揉着眼睛过来,一看是陈谷雨,马上又说:"哦,我以为是谁呢,原来是公社领导来视察知青点啊。快请进来坐吧。"

朱溪的知青中,大概也就是老肥与这位书记搭得上话,因为他有事没事常往公社跑,与书记混个脸熟,与其秘书小薛倒是成了好朋友。

陈谷雨见是老肥，脸上的肌肉稍稍松弛了点，说话的语气也略见缓和。"今天不是来视察，是来调查。请你们都到打谷场集合吧。"

"调查？查什么？"书记、营长昂首在前面走，知青们环顾四周迟疑地跟着，后面是五六个背着步枪、精神抖擞的民兵。这情景有些怪异，电影里常见。古今一脸色铁青，"他妈的，把我们当汉奸土匪、牛鬼蛇神啦！"

有些被吵醒的村民见状，也好奇地尾随着。

过小木桥，到了打谷场，书记、营长转回身，知青们止步，民兵则半圆形散开，把知青们围住，村民在十步开外驻足观望。

"这是九莲她舅，你们都认识，民兵营长。那是陈谷雨，公社党委书记啊。看来上海佬犯事了，而且不会小。"福仔在朱溪村算是见多识广的人，紧要关头他得显示一下。尤其是九莲也在人群中。

"上海佬能犯啥事啊？你别瞎琢磨。"九莲皱了皱眉，她想问问舅舅，但现在似乎不合适。

"那是，我也希望他们冇事。这些上海佬挺好的，肯定是我猜错了。"见九莲生气，福仔立刻改口。

天气阴沉沉的，山风习习，吹来一股难闻的牛屎味。古今一扭头瞄了一眼边上的知青的自留地，心里嘀咕了一句："昨天在芋艿根上覆盖了牛粪，没想到今天的味还这么大。"

"真是芋艿好吃，味道难闻哦。"他捏捏鼻子，神情古怪地看看身边的钟自鸣。

"没臭哪来香,没低哪来高,没旧哪来新,没坏哪来好,没斜哪来正。同志,这里可是山斜公社,连山都斜了哦!"钟自鸣调侃道。

两人相视而笑。

"今天我们来,是要调查一件事。啊——"陈谷雨双手叉腰,脑袋抬得很高,嗓门也提得很高,仿佛这打谷场上有千军万马似的。

"妈的,是调查还是审判啊?"古今一低声说了句。

"先判后查,或者干脆只判不查;文革一套,侬忘记了?"钟自鸣说。

"听说,在我们知青中,有人竟然唱反动歌曲。这是阶级斗争新动向,我们决不能放松警惕。到底是谁在唱? 是谁在破坏上山下乡,破坏毛主席的革命路线? 请革命小将互相检举揭发!"

"书记啊,啥歌曲是反动歌曲啊?"古今一明知故问。

"你竟然不知?"书记一副打死我也不信的神情。

"我竟然不知。"古今一继续装戆。

"那我明明白白地告诉你、告诉你们,《知青之歌》就是反动歌曲!"

"这歌是有点伤感、有点悲观,但说它反动是否言过其实?"古今一据理力争。

九莲想起那天收工回来知青屋里传出的那带哭腔的歌声。"这世道怎么啦? 连唱歌也这么难。"

"对上山下乡伤感,就是对毛主席革命路线悲观,不是反动是什么?"

"这挨得上吗？"

"怎么挨不上？挨不上，这歌曲的创作者会被抓去坐牢？"

古今一无言以对。前几天，知青中间已经流传，说是某位中央领导亲自点名要把歌曲的创作者抓起来。

"说吧，谁唱了？"

鸦雀无声。

"不说是吧，不说就是默认，全部押送到公社。"陈大力用手指指路边停着的解放牌大卡车和北京吉普车。刚才，他们就是坐这玩意儿来的。

依然无人回话。

"带走！"陈大力大手一挥。部下似乎永远比上级更义正词严，不容讨价还价。

"等等——"古今一往前跨了几步，心里又一阵嘀咕："妈的，怎么弄得像拍电影啊？"

"我唱了，就我一个人唱了。和其他人无关。"

阿娟腿发抖，金伟康脸煞白。"书记啊，老实说，哪个知青点没人在唱啊？那不是以前不知道它是反动的吗？现在您说了，它是反动的，我们今后再也不唱了。就放过我们这一回吧。"老肥赔着笑脸说。说完，又朝书记身后的秘书小薛使了个眼色，示意他帮忙说几句好话。小薛悄悄摇了摇头，一副无能为力的模样。

"谁唱也不行！有一个查一个。这是大是大非问题。"陈大力厉声说道。

"那好吧，我唱了，给我处分吧。"古今一坦然地说。

"带走！"

"舅舅!"九莲忍不住走上前,埋怨道:"事情还没弄明白,就'带走、带走'的,干嘛呀? 人家知青从繁华的大城市到咱这贫穷的小山村来,容易吗? 苦了、累了、想家了,还不许人家唱唱思乡的歌啊?"

"丫头,你不懂,这是思乡的歌吗? 这是反动的歌!"

"哪有那么多的反动? 您这是打击报复,哼!"九莲嘟哝着,撅起嘴,回到人堆里。

"带走!"陈大力知道九莲说的报复的意思,但装作没听懂,大声喊道。

"我也唱了。"钟自鸣走上前。

"也带走。"

"我也唱了。"许义生说。

林飞鸿嘴巴动了下,没敢发出声来,但他低头跟在许义生后面。

"都带走。还有谁?"

阿娟呜呜哭了起来。苏苏低着头,微微在颤抖,吓得眼睛不敢朝前看。

"承认的都带走,到公社开批判大会。"

老肥挪动步子移到陈谷雨身边,求情说:"陈书记,就让他们好好在家写检查,人就不要带走了,行不?"

陈谷雨刚想开口,陈大力回过头,斩钉截铁回答:"不行,这是大是大非的政治问题,唱过的都得带走!"

"那好吧,我也唱过。"老肥说。

"我,我也唱、唱过。"金伟康脸涨成了紫红色,像一下子灌了半斤四特酒,哆哆嗦嗦地说。

突然村民中有人喊了一声："我也唱了！"众人都吃惊地回头去看——是九莲。不知什么时候，村民已闻讯来了好几十个。

"谁？站出来！"

九莲身子刚想动，被福仔一把拉住。"你不想活了！"

"唱歌也犯法，太荒唐了吧！"

"你？你瞎起哄什么？你是知青吗？"

"是啊，九莲，犯不着逞能的。"不知谁也劝道。

"带走，上车！"见没人再吭声，陈大力挥挥手。

男知青们都被押着朝卡车走去。苏苏满脸通红，身体不断在抖动；阿娟早已泣不成声，嘴里还在喃喃自语："哪能办，哪能办？"

卡车紧随吉普车扬长而去，不一会儿下山坡，不见了踪影，唯有浑厚的尘土被山风吹得四处弥散开来。

九莲眼睛一眨未眨地盯着车子渐行渐远，蓦然泪水夺眶而出。

村民们渐渐散开，下地的下地，煮饭的煮饭，九莲仿佛钉在地上似的一动不动。福仔见她不走，也就在边上陪着，却不知说些什么安慰话。好一阵子，九莲转过身来，对福仔说："我想去县城，你能送我去吗？"

"你不是明天才去学校吗？"

"我有事，今天必须得去，行不行啊？"

"行，当然行。我今天正好要到县城拉稻种，吃了早饭我带你去。"

"不吃了，现在就走。"

"啥事,这么急? 也不在乎这一顿饭的工夫吧。"

"走吧,磨蹭啥呢。"

当天晚上,知青们突然被放回来了,既没有批斗,也没让他们写检查,只是由陈大力出面,非常客气地口头劝说了几句,今后不要再唱这种歌曲了。然后,派卡车把他们送了回来,弄得知青们莫名其妙。

一个月后,老肥到公社赶集,才从小薛那儿得知,上回是九莲救了他们。当天她即找到表姐商量,表姐可是县里的头面人物。果然,一听九莲的哭诉,表姐立刻带着她直闯县委大院,找县委书记评理,说如果县委书记不解决,她们就直接到省城告状。县委书记一听这事就火了,马上摇电话到山斜公社,找陈谷雨:"乱弹琴,他们是知青,是毛主席号召他们来的,不是阶级敌人,你懂不懂啊! 你知道全县有多少知青吗? 三千! 三千人都唱过这首歌,你把他们全抓来,我还得新造几所监狱呢?"把他狠狠训了一顿,并命令立刻放人。陈谷雨搁下电话,又把陈大力喊来,训斥了好大一会儿:"乱弹琴,他们是知青,是毛主席号召他们来的,不是阶级敌人,你懂不懂啊? 你知道全公社有多少知青吗? 五百! 五百人都唱过这首歌,你把他们全抓来,公社是不是还得专门造一所监狱啊? 还不快去安抚一下放人!"

听完老肥的叙述,知青们都哈哈笑了。

"只晓得一级一级传达指示勿走样,没想到一级一级训话也勿走样!"古今一连连摇头。

"九莲这丫头还真勿错,阿拉应该好好谢谢伊!"阿娟双手抱拳。

"是啊,知恩图报,古今一,侬就早点讨伊做老婆吧。"钟自鸣大声说。

"讨伊?今世姻缘前生定,侬前生跟伊约定了吗?"老肥不以为然地说。

"难道侬老肥已经跟伊约定了?"林飞鸿调侃道。

"侬跟伊约定了,那苏苏哪能办呢?"金伟康压低嗓门,细声慢语地说道。说完,扭头瞧瞧苏苏,才发现她站在厨房门口自顾自捧着本书在看,并没有兴趣加入到他们的谈话中。

老肥尴尬地骂了句,"赤佬!你们为啥老是盯牢我,是勿是我好吃吃啊?"

"是啊,侬身上的肉多嘛!"

众人都心情舒畅地大笑起来……

"老公,醒醒!"古今一睁开眼,发现自己刚才竟然趴在八仙桌上睡着了。丽丽俯首对他说:"哪能一歇歇工夫又困着了,侬勿是跟梁振华约好见面的吗?辰光勿早了,勿要困了,快去吧!"

"**好梦易随流水去,芳心空逐晓云愁。行人莫上望京楼。**"古今一伸伸懒腰念了几句宋词;丽丽莫名其妙地看看他,伸手摸摸他额头:"勿烫嘛。"

二十六

晚上七点半,星巴克咖啡馆。人不是很多,梁振华找了个靠顶端的小隔间坐下,马上有服务生过来,递上一本价目表,问:"先生,请问喝点什么?"

"稍待片刻,我还在等一位朋友。"梁振华说着,接过价目表,往小长桌上一放。

"是,先生,如需要时,可以拉一下这里的铃绳。"服务生拉拉墙边的一根红绳子,示意道。

"谢谢。"梁振华点点头。服务生一走,梁振华靠在椅背上眯起眼,恰似在悠闲地打瞌睡,其实脑海中在迅速地整理杂乱的思绪——

今天中午,他们开了一个碰头会,分析几天来收集到的相关信息。

刘克与沈志军去了樟树县,查清了圆冬瓜的真实姓名叫陈小山,此人出身良好:父亲是乡长;爷爷过去当过县委副书记,现在离休了。陈小山的公开身份是县公安局刑警。如果上海公安部门有案子让他当卧底,应该也属正常。他与谢鲁不在一个档次,反差太大,不可能有啥冤仇。他害一个乡下穷小子,实在没有理由;最多也就是办案没有经验,或者说做事很愚蠢。他们在县城没见到陈小山,县公安局长说他出外执行秘密任务去了。至于去了什么地方,执行什么任务,不便公开。"其实陈小山的行踪,县公安局长也未必知道。"刘克汇报完,沈志军悠悠地补充了一句。樟树之行,应该说收获不大。

陆上行与宋亮整整花了两天时间,拿着根据刁银生描述的那个神秘人物的模拟像,在山西路一家发廊接一家发廊地排查,都说没见过这个人。就连刁银生被下套的那家发廊,老板也是一口咬定不认识。

发廊排摸,一无所获。

梁振华呢,先是找了巩副局长,后又找了蔡副局长,两人的态度和说辞几乎一模一样:卧底的事知道的人当然是越少越好,我确实不知道,等李局长从党校回来后,我帮你问问。至于张健主任嘛,是有点年轻气盛,但工作能力还是很强的。大家都是为了工作嘛,要多沟通,多谅解哦!

这大概就是领导艺术:话说得一句进、一句出,滴水不漏,无懈可击,且通用性极强。

梁振华不甘心,昨天中午吃饭时间守候在党校食堂,终于找到了分局局长李兵。他把这起案件前前后后的情况跟李局长一说,李局长一口应承下来。

"没问题,你想找那个卧底谈,我让张健安排。但要注意保密,别暴露了人家的身份。另外,还有什么事需要分局出面尽管说。谁敢刁难、阻挠,我来批评他,都是为了工作嘛!"

"阎王好找,小鬼难缠。此话不假。"梁振华在跨出党校大门时,心里嘟哝道。

拜访局长,事半功倍。

果然,昨天下午五点左右,张健领着一个又矮又胖的年轻人,悄无声息地走进了梁振华的办公室。

梁振华一看便认出,他就是那天晚上被他们逮住、又被张健命令释放的矮胖子。"他还真适合卧底,没有半点电影、电视剧中那种孤胆英雄的气概。绝对用不着伪装的。"梁振华心想。

张健像换了个人,全然没有了官架子,对梁振华说话也是客客气气、毕恭毕敬的。"梁警官,这是小陈。哦,请原谅,为了他的安全,我就不说他的名字了。"

显然,局长训斥过他了。梁振华心知肚明,你不说我也已知道他姓甚名谁了。

"理解。那天我脾气暴躁,得罪你了,请原谅。"梁振华说。

"不怪你,那天我的心情也不佳,没好好与你沟通、交流。"张健说。

接着,梁振华问了陈小山那天晚上的情景。

"当时,我接到一个线人的报告,说有个人手里有一批货(就是海洛因)想出手,已经约好了买家,在唐山绿地接头。于是我报告了张主任——"

"我后来把这项任务交给了你们唐山路派出所,因为那里是你们的辖区,周围环境比较熟悉。"张健补充说。

"既然如此,你又为什么会出现在那里?还有,为什么要带一个老乡去呢?"梁振华问。

"我是怕你们执行任务时会有什么意外的事发生,想到现场随机应变配合你们行动。至于为什么带了个不相干的人,我是想把戏演得逼真些,我长得像民工,再带个民工,不会引起别人怀疑。"

"那为什么你们冒冒失失上前去和对方接头呢？"

"我们左等右等不见有人前来接头，怕毒贩不耐烦跑了，于是铤而走险冒充买家去接头。"

"那我们出现时，你们为什么也乱跑？"

"当然得跑，我不能暴露身份啊！"

"是你叫那个谢鲁带刀的？"

"是的。一般毒贩身上都带凶器，我让他带着防身用。"

"你没跟他说是去抓毒贩？"

"那能说吗？说了，还不把他吓着。"

"利用平民去执行这么危险的任务合适吗？而且还不告诉他真相？"

"是有些欠妥。但如果让真正的警察扮演，一是未必逼真，二是我的卧底身份也就容易暴露。"

"可为了你的逼真，一个无辜的人失手成了杀人犯，我的一个战友也牺牲了！还有些欠妥，说得轻飘飘！"

"当刑警被打死的概率很高，这很正常。怕死，别当刑警啊！"

"成事不足、败事有余的家伙，我现在就成全你！"梁振华嗖地拔出手枪，对准陈小山。

"哈哈，你能耐啊，开枪啊，不开，你他妈的是我养的！"

"有什么样的主子，就有什么样的家奴，连说话的腔调也一模一样。"梁振华欲说还休，毕竟今天的张健还是礼貌有加的，不能骂一个还捎带一个。

"你破坏了行动计划，导致一个警察牺牲，还连累了一个平民,我打死你,也是你罪有应得!"

"我破坏了行动计划? 你们自己行动鲁莽,真正的罪犯还没出现就胡乱出击! 一群菜鸟警察,哼!"

"行了,少说两句死不了你!"张健瞪了陈小山一眼,后者拉长脸,不吱声了。"梁警官,看来这里面是有些误会,现在大家说清楚了,就都别往心里去了。今后,我们还是要多沟通,这样工作起来会更顺畅些,你说是吧?"

送走张健和陈小山,梁振华觉得茫无头绪。"他妈的,这算什么案子? 哪儿都不对头,却哪儿都合情合理。"他彻夜未眠,到天明时,耳边又想起张健临走时说的一句话:"现实生活中的案子,绝大部分都与小说或者影视作品中的案子大相径庭,没有那么多扑朔迷离、环环相扣、悬念丛生、情节曲折。其实它们大多很简单,嫌疑人做了就做了,卧底也会时常犯傻,没有那么多为什么。"

"是我拿简单事体想复杂了?"今天中午开碰头会时,梁振华问同事们。

"可能吧。"陆上行没有把握地说。

"勿可能。这个案子绝对勿简单!"刘克嚷嚷道。

"是啊。可啥人会对一个老实巴交的乡下人和一个上海的二流子过勿去,设局陷害他们呢? 有意义吗?"宋亮像是在自言自语。

"陷害他们是没啥意思,可如果这是手段,而勿是目的呢?"沈志军依然一副洞察一切的神情。

"侬是讲,陷害他们是为了达到其他的目的?"梁振华狐疑地凝视着他。

"或者是为了打击其他的人。"沈志军慢条斯理地补充道。

"打击其他人,那得是伊至亲好友才有效果。对谢鲁的父母或者对刁银生的父母?那还勿是一样没意思嘛!谢鲁的父母是老实巴交的农民,刁银生的父母是忠厚本分的工人。"刘克不以为然地说。

"也许有点意思。"梁振华顿悟似的点点头,"我马上找古今一了解情况;刘克,你再提审谢鲁和刁银生,问问他们父母或兄弟姐妹有啥仇人没有,越详细越好。"

"我该问古今一啥呢?伊快来了吧?"梁振华嘴里嘟哝着,抬手睁开眼看看手表,正好八点——不经意抬头,发现不知什么时候,古今一已经坐在了自己的对面。

"哦,困着了?我来晚了吗?"古今一说。

"勿,我特意来早点,想厘清一下思路。"

梁振华拉了下铃绳后,拿起价目表,问古今一,"侬喜欢吃啥咖啡?"

"曼特宁吧。"

服务生很快过来了。

"两杯曼特宁,一份水果拼盘。"梁振华递过价目表吩咐道。

"好嘞,请稍等。"服务生接过价目表转身走了。

梁振华一时不知从哪儿说起,期期艾艾地东扯一句西扯一句:才四月底,天气就像黄梅天一样的闷热;侬夜饭吃了吧,要勿要再叫一份西点;……

咖啡来了,水果拼盘也来了。梁振华说了声"随意",便动手往咖啡里放糖、倒奶。古今一什么也没放,端起来在鼻子边闻闻,随后轻轻抿了一口,说:"这里的咖啡味道勿错。"

"古伯伯,侬经常喝咖啡吧?"

"嗯。嗨,侬哪能晓得?"

"梦桥告诉我的。"

"噢。"一阵难堪的沉默,因为无意中触动了两个人的最痛处。

"侬今朝寻我来,是讲案子的事体吧?"古今一打破了沉默,他很想知道前因后果。

"嗯,我总觉得这案子非常蹊跷。"梁振华接过话茬,把他所掌握的情况一五一十地告诉古今一。"古伯伯,请侬仔细想想,侬有没有啥仇人? 或者侬在啥辰光得罪过啥人?"

"好像没有啊。要么我写的批评报道得罪了啥人,但也勿至于要动杀机呀!"

"因为我总觉得,这案子的幕后推手是冲着侬来的。"

"冲着我? 那要杀我也很容易的,我又没有保镖,随时都可以的。何必杀我女儿? 再者,女儿是被我儿子杀死的,是误杀。"

"侬再好好想想,在江西插队的时候,是否得罪过啥人?"

"江西? 都几十年了,即使有,恐怕彼此也已淡忘了吧。"

"没有无缘无故的爱,也没有无缘无故的恨。一切都应该有原因的。"梁振华坚持让古今一再回忆一下。

"侬刚才讲,那个卧底是江西樟树人?"古今一困惑地问。

"是,是谢鲁的老乡。伊可疑吗?"

"伊叫啥名字?"

"叫陈小山。侬认得?"

"勿认得。我插队都过去几十年了,年纪轻的根本勿可能认得。除非是他们的父母或者阿爷、阿娘、外公、外婆——"

"喔,对,陈小山的阿爷过去是县委副书记,伊阿爸是乡长,叫陈谷雨。"

"陈谷雨?勿、勿可能。"

"为啥勿可能?侬认得陈谷雨?"

"岂止认得,还印象深刻。"

"真的?"

"当然。但伊勿可能是我认得的陈谷雨。我认得的陈谷雨当时是公社党委书记,后来被判了七年徒刑。一个牢里放出来的人哪能可能又当上乡长呢?中国同名同姓的人多得很,事体没介巧吧?"

"为啥?也许伊就是拨侬深刻印象的那个人。人家都讲,知青是中国历史上空前绝后的一个群体,我老想听侬讲讲你们当年的事体,可以吗?"

二十七

以下是古今一讲给梁振华听的故事。很久没讲故事的他,今天讲的却并非是书本上虚构的,而是自己亲身经历的。他那带有磁性的嗓音,加上一口绝对标准的普通话,更是让故事增色不少——

老三届知青注定是中国历史上一个独一无二、最有故事的群体。

火车在漆黑一片的夜空下默默前行。车厢里寂静无声,仿佛空无一人;想哭的人早已哭累、昏昏睡去,佯装坚强的人却趁着夜色偷偷抹泪。蓦然,远处出现了一点亮光,两点、三点……渐渐形成一条线,曲曲弯弯地移动着。我坐在靠窗的座位,为了真切地看清外面的情景,好奇地把窗拉开有三寸宽,低下头去仔细辨别。隐约传来叫喊声,时响时轻。哦,是一支游行队伍。现在已是半夜时分,一定又有最高指示下来了。中国的老百姓永远不缺乏激情。

后来,我才知道,那确实是农民在游行,庆祝九大胜利召开。那天是四月一日,愚人节。为什么挑这么个日子开这么个重要的会议?为什么挑这么个日子,作为我们这一批全国重点中学高材生赴江西插队落户的出发日?我一直都没弄明白，也许是冥冥之中命运的安排吧。

（古今一端起杯子喝了一口咖啡，叹了一口气。）

插队落户的痛苦是双重的，既有物质上的，又有精神上的。而往往后者比前者更令人难以忍受。

有一次，到离我们插队的朱溪村有五里路的上南村知青点玩。在那里吃了晚饭，打了两圈八十分的牌，很晚了才回来。路上黑灯瞎火的，要不是我们人多，肯定不敢走夜路。我走在最前面，左手打着手电筒，右手提了根打狗棍。突然，前边不远处有窸窸窣窣的声响，我急忙关掉手电筒，转身朝后面的人"嘘"了声，轻轻地说："有情况！"

后面有人紧张地问："什么情况？"我说："我也不知道，可能是野猪，也可能是狼？""哇啊，那、那怎么办？"两个女知青惶恐不安起来。我说："你们等着，我一个人先过去看看。"

我猫腰蹑手蹑脚地过去，到发出声响的小路的左边，猛地打开手电筒，同时抢起打狗棍——

眼前的情景让我惊呆了：一男一女两个赤条条的身子重叠在一起。男的就是陈谷雨，当时是我们山斜公社的党委书记；女的叫红珠，是乡村教师袁春生的老婆。两人心急慌忙地拉过汗衫短裤往身上套，我关掉了手电筒。

我思忖了一下，说："你们躲到稻草垛后面去吧。"然后，模仿电影《三进山城》的台词，对自己的同伴说："平安无事咯！"

知青们这才壮胆走了过来，问我是啥东西？我笑笑说，没啥，就是两条狗在交配，让我赶跑了。众人皆笑。一个叫老肥的知青说，狗比人浪漫啊，半夜三更跑到野外来幽会。另一个叫苏苏的说，那你也做狗去呀。

都说山村信息闭塞，其实未必，凡是涉及风流韵事，其传播速度能与县城、甚至省城相比拼。三天里，陈谷雨与红珠勾搭成奸的事在全公社不胫而走。陈谷雨风流成性，姘过的女人不计其数，他是山斜这地块的土皇帝，他想宠幸谁，那是谁的荣幸。但这回是红珠，她是人尽可夫的懒婆娘，给她吃碗炸酱面或者一包香瓜子，你就可以在她身上为所欲为。公社党委书记与这种人来一腿，未免太掉身价了。

　　我敢断定，陈谷雨一定以为是我把这件事抖落出去的。因为没多久，他便带了一大批民兵来我们知青点，说我们唱反动歌曲，把我们统统抓到了公社，关在一个废弃的仓库里。后来，多亏九莲（就是谢鲁的妈妈）和她当演员的表姐一起找了县委书记，他才不得已把我们放了。

　　（"那是不是您抖落出去的呢？如果不是，那又会是谁呢？毕竟当时只有您一个人看见。"梁振华问。）

　　你怀疑得有道理，陈谷雨怀疑我也情有可原。但我确实没跟任何人提起此事。原因有二：一是我有私心。他是公社党委书记，这次我帮了他，希望日后他能关照我，或上调到县办企业做工，或保送上工农兵大学读书。二是我想辟邪。当地人的风俗，谁不小心撞见一男一女在野外交合，是不吉利的。其第一反应是觉得倒霉，会"呸呸"地吐上几口唾沫。振华你说，除了假装视而不见，我还能怎么办呢？

　　那到底此事怎么会传开的呢？很简单，是红珠自己。用现在时髦的说法，她是在给自己做广告呢。

　　这事给我刺激很大，算啥名堂，他玩女人我给他打掩护，到头来还怀疑我泄密。要不是看在他是公社党委书记的份上，我帮他干嘛！当然，也怪我小心眼，结果偷鸡不成蚀把米。也罢，他不仁，我不义，我立即暗中调查他到底玩过多少女人，并一一登记在册。天助我也。不多久发生的一件事，令我立即行动起来：一次，陈谷雨到一个叫上北村的生产队检查工作，吃派饭的那户人家有个女子，虽是哑巴，却颇有几分姿色。陈谷雨垂涎欲滴，趁人不备想调戏那女子。没想到，哑巴女子十分刚烈，坚决不从。挣扎中，她短袖花布衣被扯烂，露出半边雪白丰满的胸脯。陈谷雨欲火顿生，急吼吼想霸王硬上弓。恰巧哑巴女子的哥哥和嫂子回来，制止了这件事。陈谷雨灰溜溜地走了，哑巴趴在床上呜呜地哭。她哥哥虽然气不打一处来，却劝妹妹道：他是公社书记，别说你是哑巴，就是能说会道的，还能告了他不成？哑巴就是不吃不喝，非要告他不可。我闻讯后，跑到上北村，主动提出帮她写状纸。哑巴不识字，我让她按了手印，并让她哥哥、嫂子写上证人证言。另外，我附上自己调查的被陈谷雨玩弄过的女人的名单，准备一并送到县纪委。

然而，此事被九莲知道后，她阻止了我，劝我放弃，理由很简单，民不与官斗。她说："他是山斜的皇上，你一个在此借宿的外乡人，能斗得过他吗？你省省心吧。"我答应"不管闲事了"，然后把材料用旧报纸包好，搁在一只从上海带过去的人造革箱子里。

没想到上天有眼，一个月后，陈谷雨还是被收容审查；两个月后，被开除党籍撤职查办；再后来，因玩弄妇女流氓罪，被判处有期徒刑七年。

他老婆到监狱去看他，问他在这里过得怎么样，他哭丧着脸说,其他还好,就是没肉吃、没屁戳。

多少年过去了,每次回想此事总感到不可思议、不寒而栗,一个公社的父母官就是这个德行,老百姓情何以堪!

("这又是悬案一桩!您既然没有上交材料,那又是谁揭发陈谷雨的呢?"梁振华说。)

是啊,我有时自以为很机敏,有时又确乎很木讷。陈谷雨被判刑入狱后,九莲曾经责问过我,以为我瞒着她把材料交给了县纪委。说我不听她劝,以后会有大难降临的。我信誓旦旦,说我压根没做这事。她不信,让我把材料拿出来。我当着她的面打开那只人造革箱子——嗨,材料已不翼而飞!"哼,你太让我失望了!"九莲转身就走。

这是九莲第一次跟我翻脸。不听她劝倒也罢了,还演戏似的跟她撒谎,她受不了。当然我知道,她是为我好,怕我以后被打击报复。

可我确实没撒谎,更没有演戏,至于材料是谁拿走的,我直到今天也不得而知。

插队八年了,知青们都陆陆续续地离开了朱溪村。有的凭一副好嗓子调入县歌舞团当演员,有的靠父母通关系走路子进了省师范学院读书,有的凭自己的活动能力到县里、甚至省城当工人去了。更有甚者,干脆一走了之,直接回上海了。都走了,朱溪村只留下了我,整个大队五十个知青也已所剩无几。我有许多次机会离开朱溪、离开小山村,但都没有成行,一是舍不得离开九莲,二是有一个非常有权势的人千方百计阻挠我,那就是陈谷雨的父亲,当时的县委副书记陈林生。

他一家对我的报复已经够可以的了,难道这么多年过去了,还缠着我不放? 还不能解气? 应该不会吧。再说,此陈谷雨未必是彼陈谷雨,叫这名字的人多了去了。农村人靠天吃饭,用二十四节气取名的非常普遍,什么袁清明啦、李中秋啦、张端午啦、赵冬至啦……

一句话,可能还是我在上海当记者,无意中得罪了什么人吧?

二十八

"当公权力变得毫无约束时,理应水到渠成的事却偏偏不会出现;而看似荒唐可笑的事却会一而再、再而三地发生。我认为已经很清楚了,唐山绿地案件针对的核心人物不是谢鲁,也不是刁银生,更不可能是梦桥,而是您! 由于机缘巧合,中断多年的对您的报复又开始了!"梁振华在咖啡馆说的话,让古今一不寒而栗。

即便就是当年那个陈谷雨,他的儿子想为他复仇,编排了这么一出戏,可就他一个角色也演不了啊? 对,一定还有幕后人! 然而这幕后人又会是谁呢?

古今一站在硕大的玻璃窗前,离远点,只见办公室里反光的景象,外面黑乎乎的,什么都看不清;贴近点,外面大大小小楼宇被各色灯光点缀得煞是好看,可办公室里的情况则不甚了了。他喜欢处于一个不远不近的距离,既能看清办公室里的人与物,又能隐约瞧见外面城市的灯光,两者交织在一起,别有一番情趣。

"林花谢了春红,太匆匆。无奈朝来寒雨晚来风。胭脂泪,留人醉,几时重? 自是人生长恨水长东。"他又开始默默念诵着李煜的《相见欢》,以排遣心中的不安。

高甜甜在敲打键盘,神情专注;"姥姥"在上网查阅资料,边浏览边嘴里在嘀咕,半是评论半是牢骚;柳小玉心不在焉地翻看今天的报纸,时不时地朝门口瞄一眼,像是在等人;于成龙仿佛很认真地在读奥地利作家耶利内克的《钢琴教师》,他喜欢读小说,嗜好也比较怪异,或者说简单,只要是获得过诺贝尔文学奖的作家,其作品不管何种风格、何种题材都行;李炜和牛达不在,前者不用说,自然是饭局。听柳小玉披露,半年前他喝一小杯啤酒就脸红到脖子,如今半斤水井坊,五十二度的,照样走路不打飘,都说公款吃喝是浪费,其实不尽然,挺锻炼人的;后者到上海大剧院拍剧照去了,今晚美国钢琴大师诺埃尔·班克曼来上海演出,尽管没几个人懂钢琴,尽管票价高得离谱,但照样天天爆满。据牛达说,懂钢琴的大都清贫,没钱买票去听。而有票的大都不懂什么音乐,要么是官员,别人送的票;要么是有钱人,附庸风雅;当然一定还会有第三种人,既非官员,也非有钱人,那就是月光族和啃老族。门口还有黄牛在高价倒票。

于成龙"啧啧"了一声,抬头瞄了柳小玉一眼,像是在自言自语:"到底是得诺贝尔奖的作家,心理描写勿要太细腻噢!"

"这种书侬看得下去,我服帖哦。哎,前两天侬看的叫索尔啥琴的《癌症楼》,我翻过的,勿要太枯燥哦!还介厚一本,我怀疑自己非得用两年时间才能看光。太郁闷了,看光自己也会得癌症了。"

"这是俄罗斯大作家索尔仁尼琴的代表作之一,勿要太有功力哦。人家拿过诺贝尔奖的,普京到美国访问,还专门去拜访过伊呢。"

"好好,侬歇息吧,人家作家都无语了,侬反倒弄得自己像作家一样。"柳小玉用眼瞟了一下古今一。

古今一依然沉浸在似有似无、时明时暗的情景中,眯缝着眼,似醒似梦——

论年龄,她不是最大的;论身体,她不是最差的;论表现,她不是最好的……然而全公社就一个上调省电力公司的名额却偏偏指名给了她:郭苏苏。这让所有人感到既欣喜又疑惑。欣喜的是知青终于可以上调,离开农村了;疑惑的是上调的标准到底是什么呢?

但还是几乎所有人都为她感到高兴,唯有老肥心里有些空落落的:同在一个知青点,他尚且追求得很辛苦,她这一走,简直就是给他的追求致命一击。得知这一消息后,他愁眉苦脸的,工不出,书不读,要么关在房中睡大觉,要么到其他知青点去瞎逛,几天不回来。那是苏苏临行的前一天,知青们都没出工,他们想好好聚一聚,为苏苏送行。

一大早,大家就忙开了。金伟康和阿娟杀鸡,古今一去请九莲的爹帮忙杀猪,钟自鸣和许义生到自留地挑菜去了,苏苏一会儿帮这个递碗茶水,一会儿帮那个点个烟卷,一会儿帮人扇扇风,一会儿替谁擦擦汗。古今一、九莲摁住猪腿,九莲他爹嘴里咬着杀猪刀,示意他俩用力。猪仿佛知道自己的末日已到,嗷嗷乱叫,拼命挣扎。"这个老肥,什么时候了,还不回来帮忙!"古今一抱怨道。

"你就别怨他了,人家心里不好受,出去散散心也是应该的。——快摁住,用力!"九莲善解人意地说。

点灯时分,厨房里忙作一团,烧火的、切菜的、掌勺的、洗碗的……九莲一天都在这儿帮忙。

没人注意到老肥是啥时候回来的,一个人蹲在厨房门口,板着脸死命抽烟。九莲端着一盆泔水出门,蓦地撞见黑地里蹲着一人,吓了一跳,泔水盆"咣当"一声掉在地上。九莲近前一看,"是老肥啊? 蹲这儿干啥呢? 哎哟,还抽上香烟啦? 快进去帮忙吧,想不干活吃白食啊,嘻嘻……"

见老肥没动弹,她关心地问:"是不是不舒服啊? 病啦?"

"没、没事。"

"喔",九莲瞧他垂头丧气的,识趣地捡起盆子回厨房里去。到古今一身旁,低声说:"老肥回来了,情绪不好,在门口蹲着呢,你去劝劝他吧,别因为一个人扫了大家的兴。"

古今一正在剥豆,听九莲这么一说,"噢"了声,立刻走出厨房。见老肥,装着惊讶状,笑嘻嘻地说:"哎呀,侬回来啦,快进去吧! 大家正等着侬开饭呢。侬小子还真有口福,有好吃的总也逃勿脱侬,怪勿得吃得介胖,哈哈——"

边说边把老肥掖起来往厨房里推,嘴里继续嚷嚷:"老肥回来啦! 人都齐啦!"

见老肥回来,几乎所有人都高兴得乱喊乱叫。老肥面部抽筋似的,勉强显现一丝笑意,好在油灯光亮昏黄,也看不真切。各人继续忙自己的;老肥帮古今一剥蚕豆,依然是心事重重、一言不发。

厨房里飘散着久违的肉香味,太馋人了,令人处于亢奋状态。阿娟兴奋地哼起了歌:"*蓝蓝的天上,白云在飞翔,美丽的黄浦江畔,是可爱的上海滩,我的家乡,啊……*"

先是钟自鸣跟着哼,接着是金伟康、许义生,后来连九莲也大声哼唱了起来,气氛异常火爆。如果远处山顶有人,一定会以为这儿在开什么演唱会哩。

"勿要唱了!"猛的一声吆喝,令歌声戛然而止,仿佛高速行进的火车,突然踩了急刹车,让所有人惊恐不已。

"你们真的想去坐牢啊!"这是老肥在咆哮。

空气凝固了一般,大家都停止了手中的活,呆傻地站着一动不动。唯有灶膛里的火,呼呼作响。

老肥本是圆滑之人,发这么大的火,还是第一次。

"老兄啊,侬发啥神经啊?大家开开心心的,侬存心捣乱啊?啥人得罪侬,侬朝啥人发火去,勿要在此地胡闹!"古今一声音压得很低,但很严厉。他明白,知青平日里很苦,难得有这么欣喜的时刻,不能无缘无故就被搅和了。再说,知青就是一大家庭,家和万事兴,团结至关重要。如果知青内部勾心斗角,那漫漫的日子简直就没法过了。

"好,没事体了,大家继续忙自己的,勿要理睬伊。"古今一大声说道。

"侬晓得是啥人告密,讲阿拉唱反动歌曲吗?"老肥凑近古今一,神秘地说。

"啥人啊?随便是啥人,侬也勿能在阿拉知青点乱发脾气呀!再讲了,那是陈谷雨为了报复我拿伊的丑事体抖落出去了。"

"伊报复是勿假,但也得有人给伊提供炮弹啊!出卖侬的、出卖知青的就是阿拉知青!"

"啥意思?"

"侬还勿明白?就是阿拉当中的一个人。"

"阿拉当中的一个人？啥人？"

"还有啥人？"老肥朝灶膛前的人努了努嘴。

"勿会吧？"灶膛前坐着的是老肥心仪已久、日思夜想都想巴结而巴结不上的郭苏苏！

"啊？伊？"古今一嘴张得大大的，良久不能合上，仿佛牙疼。

少顷，古今一把脸转向老肥，心想你这小子是不是追求不成，瞎整人啊？

"侬哪能晓得的？勿会是编的吧？"

"其他的事体能编，这种事体能编吗？真是！今朝中午我赶到公社，请秘书小薛吃饭。喝酒喝到一半，我问伊，是啥人告密揭发阿拉的。起先伊勿肯讲，后来被我三喀两喀，就告诉了我真相。说反正伊也要离开了，讲出来也无所谓。"

古今一脸沉了下来，但心中依然是半信半疑：酒桌上的话能当真吗？老肥会不会爱极生恨，胡乱猜疑？

大圆桌摆上了，菜也上齐了，八个知青加一个九莲，坐得满满当当。

桌上摆满了菜，每个人的大瓷碗里都盛满了米酒，那是九莲从家里拿来的。酒菜香飘散开来，令人垂涎欲滴，大部分人已急不可耐，一手端碗，一手拿筷，口中嚷嚷道："还等啥？吃啊！"

"慢，等一歇吃。让阿拉先敬刘海平一碗酒，让伊在天之灵保佑阿拉大家。"古今一说着，将手中的半碗米酒泼洒在地上。

"嗨，辰光过得真快，海平走了也有两年了。"阿娟感慨地说。

"就是。可惜年纪轻轻,死得一点名堂也没有。"钟自鸣说。

"好了,吃吧。今朝有酒今朝醉,莫管他日是与非。"许义生端起酒碗高声说道。

"吃、吃,就晓得吃,拨人家白相得差点要坐牢了,还兴高采烈地庆祝呢!"

"讲啥呢?老肥,大家都好几个月没舒舒服服吃上一顿了,勿要扫兴好勿好?天大的事也等大家酒足饭饱之后再讲。来,来,大家举杯,为郭苏苏饯行,干杯!"

一阵乒乒乓乓碰碗的声音过后,筷子像雨点似的横扫摆满鸡鸭鱼肉的圆桌,无人顾及说话,缺乏油水的肠胃早已干枯,好几个人已多日饱受便秘的痛苦。

只有两个人例外:老肥沉着脸喝闷酒,苏苏噙着泪不动筷。古今一一块大肥肉下肚,抹抹嘴笑笑说:"苏苏,今朝是为侬送行,侬一定要多吃点噢。阿拉借侬的光——"蓦然瞥见老肥脸色腾地变了,放下酒碗想开口,忙端碗移到他面前,"来,老肥,干一碗,一醉方休,一醉方休啊!"

老肥不情愿地拿起碗碰了一下,仰起脖子一饮而尽。

"给老肥满上,快!"古今一说。

"好嘞,我来!"九莲说。

不到半小时,一桌菜,一钵酒,席卷一空,抹嘴的,揉肚的,大都一副满意的神情。当然,除了老肥和苏苏。

"好像刚刚老肥有啥事体要讲,是吧?"阿娟脸喝得通红,不过心还是一如往常的细。

"有事体？""啥事体？""好事还是坏事？"……大家吃得心满意足，现在才有兴致来听故事。

"对有的人来讲是好事，对有的人来讲是坏事。"老肥一下子不知从何说起。

"废、废话，哪桩事体勿是这样啊？"钟自鸣打了个饱嗝说。

"还是我来讲吧。阿拉唱黄色歌曲被责令写检查，是有人打了小报告；阿拉唱反动歌曲被捉到公社关起来，也是有人告了密。"老肥按捺住怒火说。

"啥人？"阿娟好奇地问。

"啥人，我认为勿重要，重要的是此人为啥要这么做？"林飞鸿接着问。

"到老师或领导那里打小报告、告密，无中生有讲坏别人，千方百计抬高自己，从幼儿园到小学、从中学到大学、从学校到社会，这种人往往会捞到其他人辛辛苦苦学习、工作都勿能得到的好处。这就是为啥！"金伟康像背书一口气说完。

"那老师、领导都是戆棺材吗？良莠勿分！"这是许义生的嗓音。

"俗话讲，千错万错，拍马屁勿错。"老肥气呼呼说。

"嗨，老肥，有事就讲，有屁就放，介黏做啥呀？弄得娘娘腔一样。"钟自鸣不满地说。

"是啊，是谁告的密？快说呀！"九莲也着急起来。她经常与上海佬在一起，听得懂他们在说什么。

"我——我受勿了了——我在这里一天也待勿下去了——"苏苏捂着脸呜呜哭了起来。

所有的愤怒、怨恨，瞬间被凄厉的哭声所消解。唯有老肥还不依不饶："侬受勿了，我也受勿了，在这个山沟沟里啥人受得了？但也勿能踏着别人的肩膀往上爬呀！阿拉都是一只锅里吃饭的，那等于是一家人。侬好意思踏着兄弟姐妹的身体往上爬啊？"

苏苏只是呜呜地哭，间或喘口气嘟哝一句："对勿起，是我勿好。我只是想在领导面前表现好一点，能早点离开这个地方。没想到领导介辣脚辣手，来对付阿拉知青。对勿起，是我勿好……"

"讲啥也没用，情愿把这个上调名额浪费了，侬也勿能走！我明朝就找县委书记去！"老肥满嘴酒气，口齿不清地说道。

终于，古今一拍了桌子，呵斥道："好了，啥人也勿要讲了！刚才老肥讲得对，阿拉既然吃的是一锅饭，那就是一家人。一家人就要互相关心，互相帮助，互相包容。阿拉都是年轻人，啥人还没个缺点错误呢？晓得错，今后改了，还是好兄弟、好姐妹。上调名额对我们来说，太珍贵了，勿能放弃！一旦放弃，以后再也没有人会想到阿拉朱溪了。让苏苏走，希望苏苏引以为戒，到新的地方好好工作、好好做人，为阿拉朱溪的知青——"他停顿了片刻，在沪语中似乎找不出合适的词，于是改用普通话说："长脸！"

"长脸？哼！靠她长脸，长屁股还差不多！"老肥心有不甘，又不敢发作，也改用普通话嘟嘟哝哝说："我做恶人，你他妈的做大好人……"

"说什么呢？大声点！像个男人行不行啊？"古今一酒劲上来了，又拍了一下桌子，脸红脖子粗地叫道。

老肥不敢吭声了，古今一能把人高马大的民兵营长摔个人仰马翻、四脚朝天,对付我这么一个浑身只有肥肉、没有肌肉的老肥,那还不是三个指头捏田螺呐。

"古老师,这篇稿子侬帮我看看,这样写可以吗?"高甜甜轻轻推了一下正在窗前发愣的古今一。

古今一刚刚看了几行字,电话铃响了,是丽丽的小姐妹芳芳打来的,说她们打麻将时丽丽突然晕倒了,让他快点过去,直接到第九人民医院。

二十九

　　梦桥牺牲后,丽丽算是彻底垮了。先是不吃不喝三天,等稍稍缓过些,也只是勉强喝点血糯米粥,吃点太仓肉松。古今一要上班,不能整天陪着她,就劝她还是和以前那样,约小姐妹打打麻将,转移点注意力。

　　毕竟是心绪不宁,打麻将水平也大幅度下降,一会儿被人吃三口,自己手中还是一副烂牌;一会儿"相公"了,还浑然不知。倒是那几个小姐妹确实不错,要胡也不胡她,还时不时地往她那儿送牌,让她吃、让她碰、让她胡。差不多每次都是三输一赢,即便如此,丽丽也是一点高兴不起来。

　　今天本不想去的,小姐妹怕她一个人待在家里胡思乱想,硬把她拖了去。说好只打五圈即散,不料才两圈,丽丽突然倒伏在麻将桌上。三个人慌了神,拼命摇她,她也毫无知觉。一个打120,叫救护车;一个打古今一手机,叫他马上过来;一个则扶着丽丽,不停地叫"醒醒,你快醒醒"!

　　救护车到九院,古今一也几乎同时赶到。

　　急诊室里一阵忙乱后,医生告诉古今一,你太太是脑梗,且部位很不好,恐怕很难撑过今天晚上。古今一顿时脑袋一片空白。陪同前去的小姐妹早已哭得一塌糊涂。古今一坐在病床边，一只手托着妻子在打点滴的手，一只手轻轻地在她手臂上安抚着，眼泪扑簌簌滚落下来。

刚回上海时，古今一没有工作。加上刚失去九莲，痛苦异常，他整天唉声叹气。里弄里三天两头让他们这批大返城的知青开会呀、学习呀、义务劳动呀，古今一总是托病不去。时间长了，里弄里不再来叫他。清闲倒是清闲了，可工作也始终没着落。

一日，二娘舅来了，说他一个同学在袜厂当厂长，让古今一去那儿上班。古今一一去了。说是袜厂，其实就是个加工组，总共才三十多人，十来台织袜机，三班倒。干一个月，连加班费、夜班费才十几元钱。但不干又能去干什么？再说了，多少人想干还进不来呢。

先是无奈，继而麻木，最后归于平静，古今一的适应能力有时连自己也感到吃惊。任何事都一分为二，这是那个时代的时髦说法：适应能力强，不至于在逆境中沉沦，但也因此而不求思变。如果不是因为偶尔遇到了钟自鸣，他可能真的会浑浑噩噩孑然过一生。

那是个周日的上午，古今一睡了个大懒觉起床，懒洋洋地洗漱完毕，扒了一小碗泡饭、半块腐乳，便出门了。漫无目的走了十几分钟，这才问自己，去哪儿？干什么？插队十年后，终于回到上海，却突然发觉自己在这儿好像是个多余的人。

"好久没去书店了，就去那儿吧。"他对自己说。

书店里的人出乎意料的多，乱哄哄地争先恐后往柜台前挤，手里攥着钱，嘴里使劲喊："我要一本！我要一本！"古今一愣住了，书店这么热闹真是前所未有啊。

一个小伙子汗流浃背地从人堆里挤出来,兴奋地涨红着脸。古今一拦住他,问:"同志,买什么书呐,这么多人?"

"《斯巴达克斯》。"

想起来了,前几天报纸上刊登过,说近日要出版发行这本外国的长篇历史小说。没想到这么快。古今一"哦"了声,哧溜一下挤进人堆里,凭借"文革"大串连时练就的挤火车的本事,很快就到了柜台前。

拿了《斯巴达克斯》,出了书店门,听见有人喊他,一看原来是钟自鸣。钟自鸣拎着一大包东西,兴冲冲朝他走来。

"做啥?拾到皮夹子了,买介许多东西?"

"是啊,拾到一只聚宝盆。"

"……"

"勿瞒侬讲,我四爷叔帮我介绍了一个女朋友,有海外关系,阿拉正商量移民美国呢。"

"那盈盈呢?"盈盈是钟自鸣的邻居,青梅竹马,毕业时两人便确定了恋爱关系。虽说盈盈在相隔朱溪三十里地的一个地方插队,钟自鸣隔三差五没少去看望她;盈盈也一年到朱溪来个三五回。

"伊爷娘嫌我穷,勿想让女儿跟着我吃苦——哎,侬晓得吗,我这女朋友家里勿但有电风扇,而且还有电冰箱呢。大热天,冰箱门一开,想吃多少冷饮就拿多少冷饮,实在勿过瘾,拿头伸到冷箱里,哎呀呀,适意啊!"

"伊人长得哪能?"

"人长得漂亮又勿能当电风扇用,也勿能当电冰箱用。再讲了,我也要让盈盈的爷娘看看,没伊女儿,我照样活得富裕、幸福。"

"没有盈盈,侬真的会感到幸福吗?你们从小一起长大,相爱差勿多也有十来年了,十来年的感情抵勿上一只风扇、一台冰箱?"

"伊爷娘勿同意,我又有啥办法?"

"那伊讲啥?"

"伊只晓得哭。"

"侬是男人,应该主动跟伊一道商量,如何去说服伊爷娘。侬以为现在还是梁山伯与祝英台的年代?"

"正因为勿是那个年代,所以我勿会为伊肝肠寸断、抱病而亡。伊也勿会为我……"

"算了,勿要讲了。反正回到上海,我是啥都勿习惯,啥都看勿懂了。"

"是啊,勿要讲我了,还是讲讲侬自己吧。九莲哪能啦?侬拿伊带回上海了?你们结婚了?"

"没有,我们分手了。"

"分手?嗯,明智的选择。如果在朱溪一辈子,那九莲是不二选择;现在回上海了,那就另当别论了。"

"侬倒是老现实啊。"

"嫂子在啥地方工作?家里条件勿错吧?看侬一副笃悠悠的样子。"

"唉,结婚?丈母娘还勿晓得是否出嫁了呢。耐心等待吧。"

"哈哈,开玩笑,讲起来侬还要再等二十几年咯?头发都花白了,啥人要侬喔!——嗨,侬跟其他人有联系吗?他们都活得哪能样？"

"基本上都没啥联系。出去介许多年，老盼望能回来，可一旦回来却发觉上海已经没有我们的立足之地了。"

"勿要那么悲观嘛。面包会有的，牛奶也会有的，凡事要想得开，勿要介顶真。再讲，阿拉早已过了谈情说爱的年龄了，寻一个可以在一道过日脚的女人就 OK 了。"

古今一与姜丽丽的恋爱史，几乎说不出什么浪漫的故事，毫无可圈可点之处。一天，袜厂厂长请二娘舅到家里做客，二娘舅把古今一也拉去了。饭桌上，厂长对女儿姜丽丽说了许多称赞古今一的话，二娘舅对古今一也把姜丽丽大加赞扬了一番。于是水到渠成，话锋一转：你们俩倒是蛮配的，一个有才，一个有貌，谈谈看，可以吗？

古今一清秀、斯文，丽丽很中意；丽丽性格开朗，且颇有几分姿色，古今一也没有拒绝的理由。再者，那天钟自鸣的一番经验之谈，也让古今一"茅塞顿开"。于是，一口应允。

两人约会无非看看电影、逛逛公园，仿佛例行公事。半年后，谈婚论嫁，古今一被提拔为副厂长。一年后结婚，姜厂长准备让贤，让古今一当厂长，自己退居二线当顾问。不想，报社招人，古今一一考便中，当上了记者。

日子过得真是不咸不淡。

婚后半年内还勉强凑合，古今一借助幻想中的九莲，与妻子的性生活算是基本正常。然而自从怀孕，尤其是生下小桥后，丽丽的心思全然转移到了女儿身上。常常发生这样的情况：正当古今一兴趣高涨时，丽丽会突然问上一句，台子上的一碗奶糕盖好了吗？或者提醒一句，勿要忘记明朝女儿要打预防针哦？弄得古今一兴致全无。有时虽不言语，但也是心不在焉，任凭古今一辛勤耕耘、臭汗淋漓，她无动于衷，完了问一句"结束了"？就提上内裤去马桶间。几年之后，丽丽干脆露出厌烦的神情，每每古今一想那个的时候，她会不以为然地说，这种事就这么回事，多来也没啥意思。渐渐地，一个月来一回，一季度来一回……

古今一时不时地会怨恨、苦闷，虽不至于像报社有些同仁一不顺心就离婚、另起炉灶，但精神出轨时有发生。

然而现在，当妻子命在旦夕时，他忽然觉得自己其实早已与她难舍难分了。选择了丽丽，就是选择了一种生活方式，这种方式自己已经熟悉了、适应了。一旦毁灭，自己今后的路真不知该怎么走。

"侬坐在此地做啥？"妻子突然醒了，发觉身处陌生的环境，便问："我哪能了？生毛病了？"

古今一忙抹抹眼泪，故作轻松地说："嗯，是侬小姐妹送侬来的。是勿是输勿起，就装毛病啊？"

"我是勿是毛病老重啊？侬哭了？"

"没啊，我有些困，刚打了好几只哈欠。"

"侬勿用瞒我，我啥都勿怕的。早走，可以早点去陪陪小桥，伊一个人在那里老孤单的。"

"那、那我哪能办？侬就勿管我了吗？我就勿孤单吗？除了侬，我啥都没了！"古今一禁不住泪如泉涌，哽咽道。

"我，好像肚皮有点饿。我想吃点粥。"丽丽说。

"哦，我马上去买。"奔出门，古今一猛地想起小桥临死前的情景，何其相似，心里一阵抽搐。

古今一到医院门口的肯德基买回了一碗皮蛋粥,小心地喂着,"当心,慢点,勿要噎牢了。"

"我老早考虑过了,嘉定那里的墓地勿错,路勿远,交通也便当。侬过来看阿拉也方便。"

"讲啥呀? 勿要乱想好勿好?"

"这勿是乱想。如果我毛病好了,墓地也是要做的。因为小桥勿在了,墓地的事只能我们自己张罗,晚做勿如早做,侬看现在墓地的价格年年在涨,再勿买恐怕以后死了也没地方葬了。就买个三穴的吧。生是一家人,死也是一家人。"

"……"古今一不知说什么才好。

"哎,今朝肯德基的粥味道还可以嘛。"丽丽微笑着说。

当天晚上十二点差五分,丽丽停止了呼吸。与小桥牺牲的日子相隔正好一个月!

三　十

　　冬至，嘉定松鹤陵园。古今一背着挎包，手捧着丽丽的骨灰盒，高甜甜背着双肩包，手捧着梦桥的骨灰盒（**两只骨灰盒上均放着一束百合花**），一前一后来到靠河边的一处墓穴。今天是母女俩入土为安的日子。这是陵园中比较罕见的三穴墓，左边是姜丽丽，右边是古今一，中间是他们的女儿古梦桥。两块石碑上刻着黑字，一块是红字。

　　安葬完毕，陵园工作人员走了。古今一小心翼翼地从挎包里拿出两个塑料盒，分别放在一左一中两块大理石盖板上，里面是克里斯汀的巧克力蛋糕。高甜甜恭恭敬敬地把两束百合花摆放在蛋糕的边上。

　　这是母女俩平日里最喜欢品尝的点心和最喜欢观赏的花卉；她们经常会像姐妹俩一样抢着吃蛋糕，也经常会买些百合花回来插在花瓶里。

　　"古老师，侬跟母女俩讲讲闲话吧，我到那边去看看。"高甜甜知趣地走开了。

　　古今一一屁股坐在右边自己的墓基上。"老婆、小桥，我蛋糕买来了。这趟勿用抢，我都分好了，一人一份！还有你们最喜欢的百合花，我也买来了。你们一边吃，一边观赏吧。"古今一说着、说着,眼泪滚滚而下。

"侬看,老婆,我还跟侬带啥东西来了?"说着,从包里取出一本大红的证书。"侬还记得吗? 三年前,我跟侬一道去参加上海新闻奖颁奖大会。我们报社的老郑也上台领奖了,伊是二等奖获得者。伊老婆和儿子就坐在我们前两排,那个开心的样子真是让侬羡慕啊。侬讲,老公啊,啥辰光侬也能走上台去,我和女儿一定为侬拼命鼓掌。我讲,我要么勿上台,上台就是一等奖。侬讲,老公,侬就吹吧,反正吹牛勿用交税。我讲,我们打个赌,哪能? 侬讲,好啊,啥人输,今后就啥人烧饭拨大家吃。哈哈,我要解放了,可以天天搓麻将,回来就吃现成饭咯。看来,老婆侬输了。愿赌服输,侬勿要输勿起,一走了之算啥名堂?"古今一摘下眼镜,用手掌抹抹泪,又戴上。

"小桥啊,我一定会找到杀害侬的真正元凶,我会找梁振华帮忙,伊一定会帮我的。伊是个好小囡。本来,你们会是很好的一对。可惜,可惜天勿遂人愿呐!"

……

天气晴好,尽管已是冬至,中午的太阳光下依然感觉暖洋洋的。古今一说累了、哭累了,筋疲力尽地靠在墓碑上——

有人推醒了他,"老爸,这可勿像侬哦,写稿子会趴在写字台上困着了!"他抬头一看,是小桥。"我穿警服好勿好看啊?"小桥立正、敬礼,飒爽英姿,看得古今一心花怒放。

"好看! 精神!"

"老爸,侬在写啥啊? 是勿是特别没劲啊?"

"是啊,老总布置的任务,写新时代的马天民,写公安干警如何与困难家庭帮困结对,如何护送来勿及赶赴考场的考生,如何帮居民捅马蜂窝……"

"这勿是蛮好的吗？警民一家嘛！"

"是啊，蛮好。可他们忘记了，警察的本职工作到底是啥。偷盗、抢劫层出不穷，杀人像杀鸡似的，为了几十块钱或几句听勿入耳的闲话，就拔刀相向。一年的案子成千上万，可公安局破了多少？恐怕连百分之十都勿到吧。他们有那工夫去管张家长李家短的事体，为啥勿多去破些案子呢？"

"老爸，侬这闲话勿对啊。老百姓的事都要管，这勿是闲事，是民警应尽的义务。当然，案子也要破。侬以为破案介容易啊，百分之十已经很勿错了。哼，真是看人挑担勿晓得重！"

"真是屁股决定脑袋，现在自己是警察了，便帮他们讲闲话。"

"本来嘛。不过，再哪能讲，我还是帮老爸的，对勿对？"

"那倒是。只是勿晓得以后嫁了人，还会勿会向着老爸啊？"

"当然。如果老公勿听闲话，我就修理伊，哼！"小桥假装从腰间拔出手枪，用手指比划着，"砰，砰——"

"砰——啪——"一阵鞭炮声惊醒了古今一，不远处一户人家也正在为亲人入葬，不过动静要比这里大得多。高甜甜不知什么时候已站在身前，"中国人真是缺乏想象力，结婚放鞭炮，死人放鞭炮，过年放鞭炮，搬场放鞭炮……凡是有点动静的一律用鞭炮解决问题。"

"是啊。老习惯，老风俗啦。阿拉在江西插队时，那里的老表家里来客人也放鞭炮，送客人也放。我一直在想，放鞭炮的习俗真应该改一改了。一是制造噪音，二是污染环境，三是浪费钞票,四是引发火灾。简直一无是处。"

"那勿是中国人喜欢热闹吗?"

"要热闹也可以啊,把劈劈啪啪的鞭炮声录音下来,需要的时候拿出来一放,勿就 OK 了。声音还可以是立体声的,音量也可以自由调节。多赞啊。"

"侬这主意勿错,可以申请专利的。"高甜甜刚才返回时,看见有两个形迹可疑的人在周围转悠,眼睛时不时地瞄向正在打盹的古今一。她没跟古今一说,怕他担心。他够痛苦的了,再增添一份恐惧,还活不活啦? 她抬手看看手表,说:"哎,辰光勿早了,阿拉回去吧。"

他们像墓区外走去。高甜甜蓦然回首,吃惊地发现那两个可疑的人竟然尾随而来! 高甜甜不动声色,继续与古今一说着什么,出园区登上了回来的班车。车开出好远,高甜甜才敢回头察看,见后面没有车跟踪,她才松了口气。

三十一

　　一向喜欢睡懒觉的高甜甜今天起了个大早,坐上第一班开往郊区奉贤县的长途汽车。她一边啃着肯德基汉堡,喝着巧克力奶茶,一边欣赏着车窗外的风景。冬去春来,寒暑交替,一转眼几年过去,上海又平地起了许多高楼,马路上多了许多私家车,人们的衣着打扮光鲜了不少,五星酒店、品牌商店又多出好几十家,似乎天下太平,一派盛世景象。但正如老爸说的,人们的思想观念、行为举止,尤其是道德水平不但没有提高,反而是不断下滑,仿佛成了负相关关系,经济越发展,道德水平越倒退。问题到底出在哪儿呢? 老爸让她好好想想,她才懒得想呢。要想的事情实在太多了,比如自己那只"手机中的战斗机"老是死机,是不是应该换成诺基亚了? 家里那台海尔台式电脑已经用了五年了,内存太小,运转太慢,是否该换台索尼笔记本了? 报社差不多所有的年轻女孩子都背名牌包了,自己是否也应该托人去巴黎买一个 LV 回来? 还有她的师父——古今一,什么倒霉的事都找上他,妻子死了,女儿死了,刚刚得知自己有个儿子,却转眼被判了无期徒刑。她总觉得噩梦好像还没有完,还有揪心的事在等着他。究竟是为什么? 自己是否应该帮帮他? 怎么帮? 让父亲出面吗？毕竟他的资源远比我一个小记者多得多。今天到郊县采访回来后，是该好好想想这事了。还有，她和古今一的关系，她有时把他看作师父，有时把他看作朋友，但似乎更多时候把他看作自己的恋人。而古今一呢？除了把自己看作学生和朋友之外，仿佛没有别的意思。自己也老大不小了，必须找个方式向他摊牌，何必弄得那么死板、那么矫情，非他不嫁似的，哼！对了，他有一次还煞有介事地说要跟我介绍对象，说是什么派出所的警官。不知是什么意思？探我口风，还是真心实意？

一个人气急败坏地冲进唐山路派出所，"梁警官，我要找梁警官！"刘克下楼正要外出，忙拦住了他，厉声说道："啥事体啊？乱叫啥呀？"来人喘口气，说："哦，是刘警官，侬勿认得我啦？"

"侬啥人呀？我做啥要认得——刁银生？"刘克突然认出来人。

"刘警官好记性！"刁银生讨好地说。

"侬勿是吃官司去了吗？哪能跑到此地来了？越狱啦？"

"刘警官真会开玩笑。侬借我十只胆，我也勿敢越狱呀！我刑满释放了，上个月。"

"哦，蛮快的嘛，里厢适意吗？"

"刘警官，侬就勿要拿小的寻开心了，坐牢又勿是去旅游，在监牢里厢那可是度日如年啊！孙子王八蛋想进去。"

"那侬好好做人，没人会请侬进去的。"

"对，对，侬讲得对。"嘴上这么说，心里却嘀咕，这次坐牢还不是被别人设局给害的，哼！总算老天有眼，让我有报仇的机会了。"哦,勿打扰侬了,侬忙侬的,我找梁警官报告点事。"说完,绕开刘克的身体,嘭嘭地跑上楼去。

"伊在所长办公室!"刘克对他背影喊了一声,然后笑笑下楼出门走了。

梁振华几年来经常陷入一种既无奈又无助的境况中。明明知道围绕古今一的案件其中必有猫腻,却无法施展拳脚来破案。两个神秘人物,一个还没找到(*也许并不存在,是那个刁银生为摆脱嫌疑而虚构的*);一个主动上门却奈何他不得。也许正如张健所说的,整个案件原本并不复杂,不过是一系列巧合产生的结果,而其中某些巧合也就是刁银生安排的。也许真是自己把问题想复杂了。如今,谢鲁早已被判无期徒刑,刁银生被判三年徒刑。案子就这么了结了。他梁振华也因为破案有功,被李兵点名提拔为唐山路派出所所长。自己还有什么可以纠结的呢?

"阿加莎小说看多了的缘故吧。"梁振华自嘲地嘀咕了一句。"不过,那个古今一似乎也太倒霉了,真是前世作孽啊。"脑子里居然冒出母亲经常挂在嘴边的话,自己也不觉哑然失笑。

有人急促地敲门。梁振华喊了声"请进",便回过头来——

"什么事?——噢,我以为是谁,你出来啦?"真是想到曹操,曹操就到。

"还是梁警官火眼金睛,几年没见,还能一眼认出鄙人来。怪不得当上所长了呢,恭喜您呐!"刁银生生性活络,对方说上海话,他就用上海话回答;对方讲普通话,他就用普通话对付。

"别说那没用的,今天来有什么事?"

"您还记得当年我犯的那案子吗?"

"当然。怎么,你想翻案?"

"没有啊,您办的案子,我哪敢呢。我是说,当年我在发廊被人设局骗了。"

"是啊,就算那是真的,怎么啦?"

"什么叫就算那是真的? 那就是真的。因为设局骗我的人我找着了!"

"找着了? 在哪儿呢?"梁振华顿时精神为之一振。

"小肥羊火锅店,就是昆明路上的那家。我刚才看见他和一个男的在吃火锅呢。"

"快,领我去!"梁振华边急速跑出办公室,边掏出手机给刘克打电话:"马上带几个人到昆明路小肥羊火锅店!"

近几年上海的餐饮业非常兴旺,可谓一波未平,一波又起。先是粤菜风靡一时,后是杭州菜闪亮登场,继之四川菜、东北菜、贵州菜等轮番上阵;不知不觉,内蒙古的小肥羊火锅店也已在此地开了不下十家连锁店。真是不出上海,也能遍尝天下美味佳肴。

梁振华推开小肥羊火锅店的玻璃门,里面人声鼎沸,到处弥漫着升腾的水蒸气,能见度很低。他悄悄问:"他们在哪个方位?"刁银生用手指指左前方,"走到底,靠窗边。"

梁振华嗯了声,给刘克发了个短信:到后立刻包围火锅店,任何人不得进出。

"收到,五分钟后即可到达。"很快,刘克的回音就来了。

梁振华对刁银生说了声"跟着我",就向目标走去。

快接近最里面的一桌了，梁振华回头看看刁银生；刁银生点点头，压低嗓门说："是他。"

面对着他们的那个人一筷羊肉塞进嘴里，蓦然发现情况不妙，筷子停在嘴边不动了。

梁振华怕他逃跑，一个箭步上去，"噌"地坐在他边上，封住了他的出口；刁银生反应也不慢，"嗖"地坐在对面的座位上，堵死了另外一个人的逃跑路径。

梁振华哈哈一笑，"你他妈的还真难找啊！都找了我好几年呐！今天跟谁在这儿享受美食啊？"他抬眼瞅了一眼坐在对面的那个人，不觉大吃一惊——

"怎么是你？"

三十二

午夜时分,张健酒气熏天地刚回到家,电话就响了。他接起电话,嘟嘟哝哝说:"妈的,说呀,半、半夜三更打电话,还让、让不让人睡觉啦?"

"你小子是不见棺材不落泪啊,都火烧屁股了,还有心思去娱乐城玩啊?"来电者口气强硬。

"我、我没有啊。就几个老同学一起聚聚而已。真的,没去娱乐城。"张健顿时酒醒了大半。

"别以为全世界就自己最聪明,还设局玩别人,当心别到头来把自己玩死了!陈谷雨的话你也能听?一个土流氓,仗着手中的一点权力,在乡下或许可以胡作非为,但这是在上海,大城市,懂吗?也别以为几年过去了,没露馅,就永远没有危险了!"对方在电话里滔滔不绝地说了十来分钟,张健唯有点头称"是"的份。

挂断电话,张健的酒全醒了,一身冷汗。他瘫坐在大红色牛皮沙发里,闭上两眼,脑海中像放电影一般,将近几年发生的事又重新展现了一遍,看看究竟哪儿出现了纰漏——

那是几年前的一天黄昏,家里来了一对父子,从江西来的。老爸情绪有些激动,对他说:这是老爸当年插队时的结拜兄弟陈谷雨，你就叫他陈伯伯吧。那是他的儿子陈小山，比你大，也是干公安的，你就叫他陈哥吧。并吩咐老妈马上去张罗晚饭。

　　好兄弟久别重逢，自然有说不完的话。几杯酒下肚，更是喋喋不休。回忆当年是少不了的。当得知如今兄弟的儿子也在公安局任职时，陈伯伯醉醺醺地说："我有一个仇人，一直找不着机会狠狠地教训他一下。古人说得好，君子报仇，十年不晚，我他娘的都二十多年了，还冇冇怎么地。简直是一把年纪活到狗身上了。嗨，你是我们结拜兄弟中最会动脑子的，你帮我想想。你在宣传部，你儿子在公安局，一定有办法的嘛。"

　　"你说的谁啊？我认识吗？"

　　"你是桃园大队的，他是凤岗大队的，不一定认识。他叫古今一。"

　　"啊，世界也太小了吧？他在我那儿呢。"

　　"他也在市委宣传部？"

　　"不是，在报社。我最近调那儿去了。"

　　"是吗？真是天助我也！"

　　"他怎么你了？几十年前的破事，还耿耿于怀的？"

　　"老弟，你是不晓得哦，我被那姓古的整得好惨啊。在牢里冇肉吃，冇女人玩，还要到田里去做事。牢里也分个三六九等，杀人越货者最狠，绑架抢劫者其次，小偷小摸者靠边，玩女人者最被人瞧不起。那些个混球，听说我是玩女人被抓的，经常冇事找茬，讥讽我，嘲笑我。而当得知我曾经是个当官的，更是对我咬牙切齿。有一天晚上，我睡着了，突然被人捂住被子一顿暴打，而且恶狠狠对准我下身乱踢。我被打晕了，第二天狱警发现后送我进医院。他娘的,杀千刀的,打坏了对我来说身体上最要紧的两样东西,一是肠胃,二是鸡巴。现在是一吃肉就胃疼,对女人更是心有余而力不足。要不是我老爸救我,说不定我就死在牢里了。"

"你是公社书记,还能被一个知青害了?我怎么不知道这事啊?"

"你当兵去了嘛。"

"我们不是隔三差五通信了吗?怎么没见你提过?"

"提啥呀,又不是啥升官发财的好事!"

"他整你什么呀?那是你的地盘,谁会听他的呀?"

"这小子真能整,写了一大叠材料,说我道德败坏、玩弄女人。上面还有女人名单,有证人证言啥的,直接送县纪委去了。"

"你爸不是县委副书记吗?他见死不救?"

"救啥呀?纪委书记不敢办,汇报给县委书记,县委书记直接抓这事。我爸还能咋的?"

"你也真是的,玩女人还这么招摇干什么?给人抓着把柄了不是?"

"我哪招摇了啊。每次都是你情我愿的,那些个女人沾上我,还不是想我给她们一些甜头。谁会想到栽在一个哑巴手里,她死活不从,还正巧给她哥哥嫂子撞见。那人总有个嗜好不是?我这人吧,也就是两个嗜好,一个是肉,一个是屄。"

"谷雨啊谷雨,你,你干下这等丑事,还恬不知耻!"

"理顺兄弟啊,别这么说,你就有个嗜好?"

"嗜好当然有啊,但我的与你不同,我的上台面,你的不上台面。我喜欢看书,喜欢研究人。"

"差不多,差不多的。我吃肉,你啃书;我玩女人,也是研究人啊。"

"你是研究作为动物性的人,我是研究作为社会性的人。"

"呀呀,兄弟,啥动物性、社会性的,人活着就是要享受。"

"不说那没用的,当时在农村你怎么没想到报仇?你是山斜公社的土皇帝,要风有风、要雨有雨的。"

"报了,尽管我被关在牢里,但要收拾一个知青还是不在话下的。我先不让他上调,后来又逼他的相好离开了他,要不是知青大返城,他一定会在江西生不如死,哼!"

"够缺德的。那既然大仇已报,现在又来说这陈年旧事干吗?"

"不解恨呐!我在牢里的遭遇和他的结局相比,简直相差十万八千里!每当瞧见大块的肉和漂亮的女人,我就狠命地咬自己的手指,我恨啊!"

"那你还想怎么着?吃了他?"

"你是文人,当然你出主意咯。再说,他还是你手下,你想办法治他,还不是三根手指捏田螺,十拿九稳?"

"我刚去那儿,人生地不熟的,治啥呀?报社的水深着呢,别没呛着谁,自己倒先淹死了。"

"那、那咋弄呢?你倒是想个办法呀!"

"急什么呀?几十年都不急,怎么现在急成这样了?"

"我想这样行不行?"张健看父辈一筹莫展的样子,觉得好笑,便出主意道:"我们来做个游戏玩玩。"

"白相,白相。"陈谷雨想起当年跟知青学的上海话,生硬地说。

"对,我们来白相一下古今一:找两个互相不认识的人,一个做买家,另一个做卖家,去做毒品交易;然后,让其中一人逃到古今一家里,等他还没反应过来,我们就进去抓个现行。"

"他会让一个陌生人进屋吗?再说了,那天他会不会在家,万一不在家,岂不是弄巧成拙?"陈谷雨表示怀疑。

"我已经物色了一个绝佳人选,他叫谢鲁,是古今一插队时相好的儿子。他急需找工作,因为母亲病了,动手术需要钱。我可以带他到上海来,完成这项任务。我会引导他往古今一家里去。至于古今一会不会在家,只要事先了解一下就可以了,应该不难的。"一直只顾自己啃鸡爪的陈小山此时才开口说了这么一番话。

"看来陈哥也是有备而来?但你说贩毒,那个叫谢鲁的敢吗?"张健问。

"当然不敢。我自有一套说辞让他确信无疑。这小子老实,从冇见过世面,容易哄。"陈小山胸有成竹地挥挥手中的鸡爪。

"我不想有我们自己人出面,到时怕引火烧身。"张理顺提醒道。

"没关系,我会撇得干干净净的。"张健轻松地回答。

"那好,我们是下家。上家呢?得另外找人。"陈小山吐掉鸡骨头,抹了一下油晃晃的嘴。

"容易,我派人到山西路发廊随便找个冤大头即可。"张健自信地说。

"兄弟啊,我们都老了,你看两小子,做事比我们干练多了。"张理顺一口茅台酒下肚,脸顿时红通通的。"但我的意思是,也不用太过火了,让古今一难受一下,让陈伯伯出口气就行了。毕竟那是陈年烂谷子的事,多倒腾没啥劲呐。"

"那哪儿行啊?非得好好教训他一下不可!君子报仇,哪能心慈手软啊?"事已至此,陈谷雨哪里肯善罢甘休。

"君子?你算哪门子君子啊?好好,不说也罢。"张理顺突然觉得这个结拜兄弟不像以前那么讨人喜欢了,他邋遢、猥琐,说话粗俗,没有教养,与上海这个大城市格格不入。原先插队时,在他心目中,陈谷雨可是呼风唤雨、雷厉风行的汉子。也许,他只属于那个时代、那个乡村。

"哈哈,张老弟啊,过去我的两大嗜好是吃肉和戳屄,现在改作复仇啦。与天斗,其苦无穷;与地斗,其累无穷;与人斗,那才真是其乐无穷啊!"陈谷雨说完哈哈大笑。

张理顺苦笑着,如芒在背。

张健和陈小山恰似贪玩的顽童得知马上要去香港迪士尼一般,蠢蠢欲动,兴奋异常。

为了把这场戏演得逼真,张健剑走偏锋,捅信息给辖区内的唐山路派出所,让他们守候伏击。

计划可谓滴水不漏。当知道这天晚上古今一值班时,张理顺马上告知陈小山。陈小山即刻假冒谢鲁的名义打电话给古今一,让他回家,使计划更臻于完美。

真是老天帮忙,歪打正着:虽然没抓住古今一贩毒的把柄,却让他老情人的儿子杀了自己的女儿,而自己又落入嫌犯的尴尬境地。这个游戏太刺激、太出人意料了,着实让张健和陈小山喜出望外。陈谷雨却觉得还不解气,因为古今一的嫌疑很快被排除了。他责怪张健前怕虎后怕狼,如果自己带警察去,就能抓古今一一个现行,陈小山也不会被抓住,差点弄巧成拙。只有张理顺觉得,这戏演得过了:一个无辜的人死了,还有一个无辜的人被判了无期徒刑,让他觉得心有不安。他原来的想法只是教训一下古今一即可,虽然他曾经得罪过自己,但也毕竟不是什么杀父仇人。而陈谷雨的事,也是他咎由自取,实在怨不得古今一的。他想制止两个年轻人再继续胡闹下去,但似乎为时已晚。他们仿佛是越玩越来劲。

张健确实有些忘乎所以:游戏玩得太精彩了。过去在电脑里玩的是虚拟游戏,哪有现实中的游戏刺激啊! 陈小山一被抓,他就以卧底的名义把他救了出来;尽管那个梁振华三不罢四不休,但他跟局长说陈小山是局里安排的卧底,局长当然深信不疑。刁银生虽然被抓,但他并不认识指使自己的人姓甚名谁、在哪儿安身,他那一套说辞也就根本没人会相信,所以还是以走私罪被判三年徒刑。那个谢鲁,也活该倒霉,竟然杀了人,最终被判无期徒刑。尽管疑点重重,该判的还是判了。

今天上午,张健正在单位上班,来了个电话,一听是那个叫史军的老同学,不觉吃了一惊,忙问:侬勿是去深圳发展了吗? 哪能又回来了?

"勿谈了,我做了点投资,失败了,身无分文,想请张兄侬帮忙再寻个生活做做。"

"寻个生活? 侬能做啥?"

"做啥都可以,有钞票赚就 OK 啦。"

都说军队是个大熔炉,但出来的并不全是好钢。史军算是个典型。复员后，有关部门给他安排了个不错的工作，他嫌收入低，三个月就辞职，与人合伙做生意。卖假货，被查封；走私烟，被收缴；因为他长得一表人才，很能骗取他人信任，所以机会不少。一次同学聚会，得知张健如今是区公安分局的办公室主任，便与他格外热络。几次走动后，张健觉得他可以信任。因此当陈、张两家合计给古今一设局时，张健便想到了他。事成之后，陈小山从他父亲那里拿来三十万元，一表谢意。张健给了史军十万，自己留下二十万。就在山西路发廊演了一场戏就得十万，钱来得太容易了，就不懂得珍惜。说好到深圳发展，其实也就是在那边花天酒地。钱没了，就又回到了上海。

"好吧，中午十二点在昆明路的那家小肥羊火锅店碰头。"

虽说那件事平息了，没有露馅，但史军离上海越远越好，万一被人发现自己与他的关系，就会把自己置于非常危险的境地。对，必须让他尽快离开。

一杯石库门下肚，两人开始涉及关键话题。张健劝他离开上海，史军不乐意。"除非……"

除非什么，张健很清楚，再拿钱，让他再去做什么永远云里雾里的生意。但没钱，他是无论如何也不愿离开的。

"我帮侬做的那些事体确实老危险的，我也想跑得远远地，永远也勿回上海了。"

"那好吧。看在老同学的面子上，我再给侬十万。请侬马上就走。"

"二十万，算我问侬借的。等我发达了，连本带利都还侬！"

张健笑笑说:"二十万? 真是狮子大开口! 这样,再加侬两万吧,十二万,我勿指望侬还,只要侬活得好好的,就可以了。"

"张兄啊,侬哪能介小肚鸡肠? 侬也勿想想,钞票少了,我生意做勿成,还勿是又得回来找侬帮忙吗?"

"要死啊,侬以为我是开银行的,输了就跟我来要? 开银行也得看看侬的信用如何。老是有借没还的,银行愿意吗?"

"还是嘛,侬勿是银行,侬是我大哥。哪有大哥看见兄弟倒霉,勿帮衬一把的。"

正说着,史军突然脸色大变,仿佛看见了什么惊恐景象。还没等反应过来,一边一个人嗖地扑过来,坐在他们身边。对方抬头,张健傻了——是梁振华!

"张主任,好心情啊。陪朋友吃饭呐?"

"哦,是、是梁所长,幸会、幸会,一起吃点?"

"是你朋友? 不介绍一下?"

"是我一同学叫史军。在深圳工作,很久不见,在此聚聚。"

"哦,是这样。那么请张主任与我们一起到派出所做个笔录可以吗?"

"什么意思? 我是嫌疑犯?"

"当然不是,但你那位同学是。做完笔录你就可以回家了。这是例行公事,你是知道的。"

"他犯什么事啦?"

"对不起,现在还不能告诉你。等我们查清楚了,自然会向你汇报的。"

张健与史军被带到派出所后，两人就再也没见过面。他简单地陈述了与史军的关系，然后在笔录上签了名，就回家了。梁振华并没有为难自己，更没有怀疑什么。应该不存在任何漏洞吧？刚才电话里的一顿训斥，未免太小题大做了。嗯，管他呢，该吃吃，该喝喝。天塌下来，老爸会帮忙顶着。

三十三

"老古董,吃饭咯!"高甜甜的声音。

"哪能介没礼貌?唉,养不教,父之过。"古今一一边说,一边关掉电脑,跟着出了办公室。

"快快,拖拖拉拉做啥呀,电梯来了!"

古今一急急地奔了几步,电梯门刚要关上,甜甜一只白白嫩嫩、纤细修长的手伸出来,挡了一下,门又开了。

报社大楼当年设计就存在严重滞后的问题,尤其是电梯,每当上下班或吃饭高峰时,那个挤劲就让人想起 20 世纪六七十年代乘公交车。

电梯门刚要关上,叮咚一声又开了,挤进一个人高马大的汉子——是摄影记者牛达。"嘟嘟",电梯超重,门半开半合。

"超重了!"不知谁喊了一声。

"勿会吧,是超时吧?"牛达不想轻易退出。电梯依然"嘟嘟"地叫着,门还是关不上。"哪能就差我一个人呢?我又勿重的。"

古今一见状,说:"侬还勿重啊?一头牛要顶好几个人的重量,光一根牛鞭子就几十斤。侬勿相信称称看?"

电梯里一阵哄笑。

"啊哟,大哥,小弟勿晓得侬老人家在里厢,早晓得我就勿进来了,免得让侬嘲笑。"说完悻悻地退了出去。

高甜甜假装没听见,脸却绯红了。"大名鼎鼎的记者、作家,没想到还有这么粗俗的时候。哼!"转念一想,又原谅了他:"小桥和妻子相继去世,小鲁又判了重刑,对他的打击够惨的;他能挺住,没有发疯或倒下,已经很不容易了。是的,他变了,变得玩世不恭,一副什么都不在乎的神情。这也是现实给逼的。换了谁,能像他那样就算不错了。"

古今一中午照例是二两面条,雷打不动,今天吃的是咸菜肉丝面。高甜甜则是一份咸肉,一份青菜,一两饭,外加一个鸡蛋汤。两人坐定。高甜甜把咸肉推到古今一的面前,说:"今朝咸肉太咸,我吃勿了介多,帮忙吃点吧。"

古今一喜欢吃咸肉,不客气,夹起一块就往嘴里塞。香香的,酥酥的,"唔,味道蛮好。哎,勿是老咸的嘛。"

看看高甜甜,她自顾自夹青菜吃,"勿咸那侬就多吃点吧。"

"侬还减肥啊?都介瘦了,小心减到后来寻勿着侬咯。"

"本来侬就看我勿顺眼,寻勿着才好呢,眼勿见心勿烦。"

"哈哈,侬这家伙介记仇啊?"蓦地,觉得这话挺熟。哦,想起来了,吴老总也曾经这么说过自己的。

"嗨,老古董,报告侬一个好消息,下个礼拜报社要分批组织编辑记者去度假村办学习班了!"

"这算啥好消息?"

"白天免费好吃好喝,晚上有免费电影看,住宾馆也勿要自己掏腰包。最重要的是,还勿需要做生活,吃吃白相相,勿要太开心噢！侬晓得吗？就这一次学习班，报社吃用开销就是五十万啊。"

"是吗？啥人讲的？"

"是李炜告诉我的，说是内部消息，让我勿要外传。"

"这家伙，老是神神叨叨的。那侬告诉我勿是泄密了吗？"

"侬是我师父呀，我们这是内部传达。"

"伊没讲学啥？"

"讲是行风建设，现在拿红包，搞有偿新闻、虚假新闻的事体太多，勿抓勿得了了。"

"是啊，真是勿得了。但是我想，五十万块钞票分成五百只红包，每只红包有整整一千块，发给编辑、记者，让他们识相点，外面少出花头，可能效果比现在大张旗鼓办学习班要好多了。"

"亏侬想得出！报社发红包，编辑记者外面要拿的还是照拿不误。"

"大家住在宾馆，听听报告，吃吃喝喝，就从此廉洁自律，立地成佛了？又勿是幼儿园小朋友！大家都是成年人了，关于思想道德方面，教育也好，学习也好，如果没有法制作后盾，肯定会流于形式；效果差，或者根本没有效果，甚至适得其反。"

"哎哟，领导讲形式，群众讲实惠嘛。侬又勿是官，瞎操心啥呀！再讲了，效果勿大，或者没有，那是有可能的，适得其反未必吧？"

古今一笑笑，将最后一小块咸肉塞进嘴里，放下筷子，心满意足地说："无官一身轻，有肉万事足啊！"

"开会咯！所有人到谷仓开会咯！"生产队长袁国光扯开嗓子喊道。大白天开会，而且是农忙时节，在朱溪村的历史上并不多见。

"开会？记工分吗？"不知谁问了一句。

"废话！当然记工分。""就是嘛，干部三天两头开会都记工分，群众难得开一次还不记工分，也说不过去呀！""肯定出啥大事了，是不是开十大了？""你吃多撑着了？九大才开两年多，就开十大，可能吗？""哎，他们开九大的人记工分吗？"……众说纷纭。

"国光啊，听说晚上有暴雨，北山坳的稻子如果今天不去收割，那就全完了。"九莲他爹说。

"你讲不讲政治啊？国家的前途、党的命运重要，还是小小北山坳的十几亩稻子重要啊？"袁国光神情严肃。

"都重要啊。要不，我们白天抓紧把那稻子割了，晚上开会可以吗？"九莲他爹脸涨得通红，还坚持着。

"不可以！上级领导要求，马上传达！"袁国光挥挥手，斩钉截铁。

"我们的会这么重要啊？到底出啥事啦？""不重要会大白天开会吗？你就别伤脑筋乱猜了，过一会儿不就晓得了？"……又是一阵窃窃私语。

林彪死了！

坐得满满当当的谷仓，先前还是叽叽喳喳的嘈杂声，被袁国光突兀地一声吆喝，电着了似的，刹那间鸦雀无声。

大家惊恐地左顾右盼，之后又把疑惑的眼光齐刷刷投向袁国光。

袁国光扫视了整个谷仓，所有人的目光都盯着他。蓦然，他发现横梁上也有一双眼睛似乎在笑眯眯地瞅着他——是一只肥嘟嘟的仓鼠。

"他娘的，不是前两天刚放过灭鼠药吗?"他低声骂了一句。然后丢掉烟头，清清嗓子，一本正经地说:"现在传达中共中央文件……"

古今一原本带着《宋词三百首》，想会议无聊就背几句宋词，没想到会议还真是出乎意料、撼人心魄。于是和大家一样认真听完了文件传达。

老规矩，传达完毕，是讨论，或者说是表态。每个人都必须发言。这是古今一听到过的最有趣的讨论。

"坚决拥护党中央，坚决拥护毛主席。祝毛主席万寿无疆，祝林副主席——哦，不对，林副主席已经死了，再怎么祝永远健康也不行了。为啥? 因为他反对毛主席，反对毛主席就不能永远健康!"

"你怎么还叫他林副主席呢? 应该叫林贼。"

"哦，对，叫林贼。林贼同志太不像话，毛主席对他那么好，都把他作为接班人了，毛主席万寿无疆后，他就是毛主席了。结果呢，狗咬吕洞宾，不识好人心，他耐不住性子了，搞起了政变。"

……

上午批林彪，下午批孔子;晚上果然如九莲他爹说的下了一场暴雨，第二天到北山坳一看，稻子都倒伏在积水的田里。村民们都心疼得直摇头。袁国光义愤填膺地说:"嗨! 都是林彪和孔子给害的啊!"

"古老师,请您谈谈体会可以吗?"

"每个人都要说吗?"古今一这才回过神来。

"当然,人人都要说。您是老前辈了,您先说。"

学习班在西郊的奥林匹克度假村举行,两天一期,一共十六期,每期五十人。古今一被安排在第一期。上午听总编辑吴远作报告,下午分三个组讨论,古今一被分配在第一组。组长是党群部主任葛大林,才三十出头,有些压不住阵脚。大家只顾窃窃私语,有的商量晚上到哪儿去玩,打保龄球还是去唱卡拉 OK;有的在分析股市行情,近期应该关注什么板块;有的则在传播小道消息,说是张理顺提议在此地办学习班的,因为奥林匹克度假村是他一个战友开的……葛大林见状,灵机一动,搬出古今一,想让他将大家的注意力集中起来。

"我准备了两套讲话提纲,一套可以说是正面报道,冠冕堂皇,很中听,完全达到发表的要求;另一套则属于负面报道,也许不顺耳,但都是大实话。你们想让我说那一套呢?"古今一欲擒故纵地问。

"那还用说,当然是实话实说咯。"众人附和道。

"那好吧,我说实话,我坦白,争取宽大处理。"

众人皆笑,唯有他一脸的严肃。他喝了口茶,清了清嗓子,开始发言。

"新闻界的行业之风确实存在很多问题,不抓不行;但我们也不要妄自菲薄,以为只有这里一塌糊涂,其他行业都一身正气、两袖清风。银行好不好?好多地方的行长被抓进去了。医院好不好?都是白衣天使啊,可现在的天使也爱钱,想开刀,先拿钱来！为什么本市那么多的好药不用,偏偏用外地的,那里的回扣给得多呀！学校好不好？都是人类灵魂的工程师啊,可现在的工程师莫说人类灵魂,自己的灵魂也一塌糊涂,你想进好点的学校,拿钱来！国企好不好？许多工人都下岗了,效益一塌糊涂,企业领导照样活得很滋润、很潇洒;领导与工人的收入差距悬殊得让人咋舌,领导想给谁多少钱就多少钱,谁要提意见,轻者换个更差的活,重者干脆叫你下岗！上市公司好不好？那可是中国企业中的精华部分啊,然而做假账、虚报利润、大股东挪用资金动辄几千万、几个亿的案例层出不穷;企业效益滑坡没关系,亏损也无妨,每年几百万的年薪照拿不误,手绝对不会抖一抖……还要举例吗？媒体近年来是存在一些问题,但与其他行业相比,那还算是比较干净的。"

一片鼓掌声！

"这是我们应该有的基本的认识。现在再来分析一下存在的问题,它的原因和我们应该抱的态度,而不要说些口是心非、自欺欺人的话。跑条线的记者心里都明白,你是某个圈子里的人,你得遵守这里面约定俗成的规矩,一旦违反了,你就再也甭想在这个圈子里混了。这是潜规则,可有时候比明文规定还具有约束力。科教部的曾洁为何辞职？大家恐怕只知道她是因为嫁了个杭州的老公,所以走了。其实不然。有一次,某家医院请本地各大媒体去采访,每人给了一个红包,三百元钱,说是车马费。曾洁推辞不掉,回报社后上交了。填单子说明情况时,当然写了是哪家医院。问还有谁拿了红包,她推说不太清楚。报社向宣传部行风办公室汇报;行风办公室派人一调查,一网打尽:所有记者退还红包,写出书面检查,停发一个月奖金。打那以后,曾洁被封杀了,凡这一条线的任何采访报道活动都与她无关。没人来请她,她上门人家也是爱理不理的。她没法干下去了,只得选择离开。"

"那请问古老师,要是您,您会怎么做?"不知是哪个部门的一个年轻记者发问。

"我会和其他记者一样处理。"古今一不假思索地回答。

"那不是收红包吗?"

"是啊,有什么问题吗? 或者说,你还有什么更好的办法,既不收红包又不因为触犯潜规则而无法干这一行?"

"上交,符合职业道德;但不说出来源,又避免触犯潜规则。这样可以吗?"

"完全可以。但领导那儿通得过吗? 他会容忍你这么做吗?"

"那是领导的水平问题,他不应该这么处理的。现在好了,谁还敢上交红包呢?"

"那是谁干的? 堂堂大报,竟然还有这么没有水平的领导!"

古今一稍稍侧过脸,瞄了瞄到第一组来旁听的张理顺。张理顺佯装非常投入地在看文件没听见,脸上却是一阵阵地发烫。

三十四

　　史军虽说被拘押了,但似乎很安心,因为在他与张健被带走的一瞬间,张健悄悄用两根手指在嘴唇边一靠。史军是个聪明人,知道只要他挺住不招,就可以得到二十万。而张健也一定会设法救自己出去,因为在这儿多待一天,张健就危险一天。他想好了,一百个不承认。尽管有证人,但没有证据啊。我说他认错人了可以吧?再不行,我说他诬陷行不行啊?毕竟这是我和他一对一的事,只有天知地知了。

　　张健简单地写了个口供,说是老同学从深圳回来叙叙旧,仅此而已。梁振华明知不是那么简单,还是客客气气让他走了。

　　张健回家后,盘算了一下,觉得无论从哪个角度看,史军都没有招供的可能。招供贩毒,那是重刑,这小子没那么傻。挺住不招,几天工夫出来就可以拿二十万。哪个该做,哪个不该做,明明白白。所以张健并不着急想办法去捞人,静观其变是最佳选择。

　　一连三天都没有消息,既没放人,也没有史军招供的信息,张健开始坐立不安起来。他犹豫良久,还是决定探探虚实。他给梁振华打了个电话,寒暄一阵后,问:我那同学怎样,是否真犯事了？如真的犯事,就不要顾及他是我同学这层关系,该怎么办就怎么办。我绝对不会怪罪你的,云云。

梁振华的回答让张健如释重负："不好意思,张主任,我们弄错了,你的同学没事,已经释放了。"

晚上,张健兴致盎然地来到衡山路一家酒吧喝酒。

一场虚惊过去,他想给自己放松一下。他坐在吧台前,点了杯"龙舌兰"酒,一口灌下去,仿佛吞下一团火,"哦哦,爽!"此时,身边走来一个穿着暴露的妙龄女郎,暧昧地微笑着,说："大哥,一个人喝闷酒多没劲啊。"

"嘿嘿,行,你喝点什么？"

"鸡尾酒。"女郎优雅地一扭腰,坐在了他边上。张健随意地将手搭在她肩上。幽暗昏黄的灯光,舒缓动听的音乐,这里的一切让人放松、让人惬意。

突然,手机响了,一个神秘的声音让他惊出一身冷汗："你小子还有闲情花天酒地！有人已经把你供出来了。恐怕谁也保不了你了,自己想辙吧。要么自首,要么逃跑。"

张健慌张地对身边的女郎说声"失陪",便捂着手机,跑到门外。

"不会吧？他干嘛承认呀？承认对他有什么好啊？"

"不承认就万事大吉了？亏你还是干公安的！就这样,你好自为之吧！"

"别,别,您不能见死不救啊！您得帮帮我呀！"

"帮你？难道我帮你还不够吗？要不是我帮你,你早就东窗事发进牢房了！你小子做事过脑子吗？你不是挺聪明的吗？这么大的事做完后也不懂得做善后,亏你做了这么多年警察,纯粹一个菜鸟!"

"我、我原本也只是想玩玩而已,没想到会出纰漏。他真的招供了? 怎么可能?"张健用手掌使劲揉搓着脸颊和双眼,想清醒一下,脑子却晕晕乎乎,乱成一团。

"你以为我跟你开玩笑呐? 准备退路吧,谁也救不了你!"

张健神情慌张地回家,和衣躺在床上,良久理不出个头绪。

"会勿会是梁振华用的疑兵之计,让我自己跳出来? 勿对,如果用疑兵之计,伊应该告诉我,史军已经招供了才对啊? 为啥讲伊没事体已经释放了呢? 这个梁振华,早就听说伊鬼,莫非伊……

"自首? 我大好前程岂勿是全毁了? 逃跑? 岂勿是做贼心虚,明确告诉梁振华我就是案件主要的幕后人?

"对! 勿能自首,更勿能逃跑。赌一把,即使史军招了,我也完全可以推得干干净净。伊有啥证据证明是我指使的? 讲伊是疯狗乱咬人,想推卸责任,也是说得通的。

"自首是输,逃跑也是输,唯有等待,还有赢的机会和可能。搏一记!"

张健还是如往常一样上班下班,像没事人一样,但眼睛却像鹰似的,关注着周围的点点滴滴变化。突然,他灵机一动,整理出上周准备的一份关于协同工商、城管、卫生等部门整顿乱设摊的报告,来到局长室观察动静。他知道,如果问题确实暴露了,局长的言行举止一定会表现出来的。

蔡局长见他来,神情似乎有些异样,说不清是厌烦、冷漠还是生气,只说了声"报告放这儿吧",就自顾自审阅文件。

原先的蔡局长可不是这样的,当时他是副局长,知道自己是李兵局长一手提拔的大红人,凡事都对他客客气气的。后来李兵调到市局当副局长,蔡当了分局局长,对张健依然不会说个"不"字。

临出门前,蔡局长头也没抬,说了句:"该做的事体就勿要拖了,抓紧。"

"啥是该做的事体?整顿乱设摊,还是交代自己的问题?今朝哪能啦?难道……"张健有种不祥的预感。"但闲话又讲回来,如果我真有事体,为啥组织上没人寻我谈话,更没有把我捉进去呢?"

张健到现在才有一些懊悔,"我还真是戆到根了!老一辈的恩恩怨怨跟我有啥关系呢?我犯得着帮他们强出头吗?我图啥?我他妈吃了迷魂药了,没事体寻事体!还是老爸讲得对啊,还白相人家呢,这次拿自己的身家性命都可能白相完了,活该!"

下班后,他直接驱车去父母家,想与老爸商量一下该如何是好。

车刚开出大门,手机响了,是老爸打来的,声音听上去有些焦躁不安,让他马上过去一次。张健顿时神经抽紧,脸色煞白。

一推开门,父亲就急不可耐地说了句:"勿好了,你们做的事体穿帮了!"

三十五

　　清明前几天,山沟里还是寒风习习、潮湿阴冷,气温在零度左右。但快到撒谷播种的时分了,先得把水田的堤坝筑好。这是男人干的活,得赤脚在冰冷的水田用钉耙把稠似面糊的泥浆堆砌在堤坝上,真是又冷又苦又累。但苏苏和阿娟也来了。上个月知青们因为工分的事与袁国光大吵了一场。在朱溪村(其实在山斜公社以至整个樟树县都如此),男劳力农闲时干一天记十个工分,农忙时记十五个工分;而女劳力只是男劳力的一半。社会主义按劳分配、同工同酬的原则,知青们耳熟能详,朱溪村还是不是社会主义新农村呀? 古今一一大套理论铺天盖地朝袁国光砸过来,砸得他一愣一愣的。多少年了,都是这么做的,习以为常,理所当然,如今这上海佬农活是不会干,道理却是一套一套的。袁国光是朱溪的绝对权威,从来没有人敢跟他叫板。可知青天不怕、地不怕,他不敢发作,一是知青人多心齐,二是他们是毛主席派来的,三是话在理上,没法反驳。这天,要修堤坝,袁国光让女知青一起去。开始古今一据理力争,说村里的女劳力都不用去,为什么女知青得去。袁国光丢下一句话把古今一噎着了:男女都一样,同工同酬嘛。苏苏说,算了,勿要跟伊争了;阿娟也说,是啊,别人吃得消,阿拉一定也吃得消！啥人怕啥人啊？

走了三里地的山路,来到一个背阴的山坳。农民原本就是赤脚的,到了便纷纷挽起裤腿下田;而知青都穿着鞋,有的是布鞋,有的是跑鞋,一看这阵势,便从脚底凉到心底。农民见知青迟疑着不敢下田,嘻嘻哈哈说好凉快啊,像大热天吃冰棍似的。

古今一和几个男知青笑笑,脱鞋,咬牙,把脚伸进田里。刺骨的冷,霎时遍及全身。

"哇啊！"阿娟一只脚刚一伸到水里,便像被什么东西咬着了一般尖叫起来。苏苏马上把脚缩了回去,泪水在眼眶里打转。

古今一说:"是有点冷,要么你们回去吧,这工分就勿要赚了。"

袁国光说:"女人就是女人,能跟男人一样吗？都一样,还要我们男人干吗？还男女都一样,同工同酬,扯淡！"

"都一样,我们一天下来累得屁打滚,晚上搂着谁戳啊？"不知哪个老表插了一句。

"你冇关系,你们家不是有两头老母猪嘛,一天一个轮流来,比现在还强呢,有三个老婆啦。"另一个老表笑笑说。

"你们家里都有母猪,我可惨了,就一头公的,非把我憋坏了不可。"

"你就别装可怜了,你们家那条母狗现在也没消停过啊？"

"是啊,是啊,上个月它产下那小狗仔,我怎么看都觉得像一个人。哦,原来是你的种啊！"

……

山里人说起这种事来，浑身是劲，也不觉得冷不觉得累了。

那边几个人在互相取乐，这边苏苏和阿娟听得面红耳赤，早已咬咬牙下了水田，笨拙地挖泥筑堤，装作什么都没听见。

回到知青屋，便裹着被子，躺在木板床上，筋疲力尽；尽管肚子饿得咕咕叫，但不想动弹。阿娟呜呜地哭了："这个鬼地方我是再也待勿下去了，我要回上海！"苏苏头朝里没声响，仿佛睡着了，其实眼睛里满是泪水。这两天正来月经，不该下到冰冷的水田里，但她顾不了那么多，都说表现好的知青能早点上调到工厂去工作，甚至保送到大学去读书。她得给领导留下一个好印象。她，一个走资派的女儿，如果没有突出表现，想跳出农村想也别想。

第二天，阿娟没去水田筑坝。她劝苏苏也别去了，"阿拉勿拿这个工分总可以吧？"但苏苏还是去了，一连五天，与其他男知青一样，长时间把一双腿浸泡在冰冷的水里，最终落下了在当时难以启齿的病根。

许多年过去了，古今一一直死守着一个秘密：世界上的人，其实许许多多都不是我们看上去的那样好或者坏，也不是我们听人说的那样优秀或者不堪。郭苏苏采用的手段是卑劣了些，但她其实也是被逼无奈，她实在适应不了山沟沟里的生活。要么离开，要么死去，那是她当时的心境。如果当时其他知青也看到这一幕，那么就不会在苏苏离开的那个晚上义愤填膺，恨不得活剥了她——

那天，古今一到公社赶集，顺便到邮局去取父母亲寄来的包裹，里面有辣酱、咸肉、香肠、紫菜等食品。当经过公社卫生院时,好奇地发现一群人争先恐后地簇拥在一个窗口前,踮起脚,又是神秘、又是兴奋地往里看。他走了过去,拉住一个十五六岁的中学生模样的人,问道:"看什么呢?这么带劲。"对方脸红了,慌张地说:"我,我也不晓得。我刚来。"说完,转身走了。

好奇心驱使古今一挤进人群凑热闹。窗玻璃反光,他便在额头搭起手掌,踮脚往里一看,顿时血往头上涌——两条白白净净的大腿张开着,中间的部位被一种仪器扩张着。乌黑的耻毛、粉红的穴肉,清晰可见。这是古今一第一次看见女性的隐秘之处,而且是以这样荒诞的形式看见,给他的震撼难以言表。原本应该坐在前面做检查的医生跑开了,原本应该拉上的窗帘打开着。躺着的女子发现有些异样,双手支撑着抬起上半身——哇啊!一声撕心裂肺的尖叫,吓得趴在窗台上的看客纷纷退后。古今一看清了她的脸,是苏苏!他早听阿娟说起过,因为来例假还下冰冷刺骨的田里干活,苏苏患上了妇女病,一直想到卫生院去做检查。

古今一一转身,直接来到院长室,对着院长一顿咆哮:"你他妈的医院是不是人开的,这是兽医院还是给人看病的。"骂得院长张大嘴巴半天说不出一句话。及至明白事情缘由,来到检查室时,苏苏早已拉上裤子哭哭啼啼地跑了。古今一不由分说,对着那个说是上厕所的女医生又是一顿臭骂:"你有没有一点职业道德啊?你以为你人老珠黄,那东西不值钱没人想看,人家黄花闺女也像你一样啊?"

事后,古今一听人说,那个医生是故意的,因为她的丈夫与一位知青有染,令她对知青、尤其是女知青恨之入骨。

三十六

晚饭后,古今一懒散地靠在布艺沙发上,玻璃茶几上放着一杯清淡的哥伦比亚咖啡;思绪在漫无目标地飘浮,蓦然停留在下午的报社中——

又是每周一下午部里的例会。先是传达市委宣传部、市新闻出版局的有关精神,表扬了最近一个阶段一些媒体刊登的好文章,而对一些错误的、低俗的报道则进行了通报批评。并对今后一段时间的宣传报道作了非常具体的布置,什么什么不做报道,什么什么应该低调宣传,什么什么必须大张旗鼓地隆重推出……然后是报社领导的讲话精神,虽然每次传达对本报来说都是表扬多批评少,但还是要继续努力,贯彻落实好上级指示和精神,增强大局意识、责任意识、政治意识,云云。

李炜传达得唾沫飞溅,好多人却并不在听,差不多有一半人在看报,一半人在聊昨晚的中韩足球赛。古今一暗自好笑地瞧着李炜的表情动作,心想:同样说一件事,有的人说大家爱听,有的人说却谁也不当回事。这其实和做广告一样,请个名人几十万、几百万甚至几千万也舍得,因为有效果;如果是普通人,倒贴钱人家也不愿意呢。

会议一开就是三个多小时,李炜还在没完没了地谈理念、谈设想、谈措施。不少人已昏昏欲睡。古今一的手机响了,打开一看是高甜甜发过来的短信:**开会再开会,不开怎么会,本来有点会,开了变不会,有事要开会,没事也开会,好事大家追,出事大家推,上班没干啥,一直忙开会,大会接小会,神经快崩溃。**

古今一笑了,抬头看看高甜甜;她也正朝自己瞅着,调皮地一笑。

这鬼丫头也老大不小了,自己虽然蛮喜欢她的,但和她做夫妻却总觉得不合适。现如今社会上时兴老夫少妻,许多人认为那是成功男士的一个标志。古今一却不这么认为。他更乐意把她当作小桥,当作自己的女儿。哎,不知梁振华怎么样了?如果他还没有方向,把甜甜介绍给他,倒不失为一个好主意。自己倒是与甜甜提过这事,被她一阵数落:"老古董,现在啥年代了,我要嫁人勿会自己去寻吗?"

"老古就老古,加个董做啥?"

"老古以为自己啥都懂,所以叫老古董!"绰号不知什么时候留下的,古今一几次想推翻,甜甜毫不动摇。"有事没事背宋词,还不是老古董啊?哼!"

门铃响了,思绪断了,梁振华突然造访。

"古伯伯,我今朝来想吃侬烧的咖啡。"梁振华抑制不住兴奋的心情说。

"好啊,当然。"古今一看见他,自然还是把他看作准女婿,心绪顿时好了许多。"清淡的,还是浓烈的?"

"浓烈的,庆祝一下!"

"庆祝？又破了啥大案子了？"

"边吃边聊嘛。"

"这小鬼，还卖关子！"

两杯摩卡很快端了过来。"味道哪能？"

"嗯，好！比星巴克的还好吃！"

"没想到当警察的嘴巴也介甜。八零后，真叫人看勿懂。"古今一觉得精神振奋了许多。"甜甜其实与振华真是蛮配的一对。一个像自己的女儿，一个像自己的女婿。"古今一心里突然冒出了这么一个奇怪的想法。

抿了两口浓烈的咖啡，梁振华放下杯子，"啧"了声，说："古伯伯，报告侬一个好消息，谢鲁一案总算告破了！"

"真的？"

"真的。"

"幕后人是——？"

"伊叫张健，是阿拉区分局的办公室主任，那天小桥的追悼会上侬应该看见过的。"

古今一不置可否地"哦"了声，确实那天人很多，且他的心情也不可能去注意来者都有些谁。"理由呢？伊的目的是啥？"

"伊是你们报社副老总张理顺的儿子。"

"张理顺的儿子？我跟张理顺虽然勿投缘，但也无冤无仇的，与张健更是素昧平生，伊为啥要害我呀？"

"侬跟这父子俩是没啥冤仇。但侬还记得吗，当初我跟侬谈起的一个叫陈谷雨的人？"

"陈谷雨？当然记得，伊是公社党委书记。"

"拉谢鲁去唐山绿地的那个人就是伊的儿子,叫陈小山。"

"上次侬勿是讲伊是卧底吗?"

"陈小山确实是江西樟树县公安局的刑警。可我们一直不晓得的是,伊根本就勿是啥卧底。"

"张健与陈小山又哪能会搞到一道去的呢?"

"当初张理顺在樟树插队,与陈谷雨是结拜兄弟。"

"伊也在樟树插过队? 一个知青哪能可能跟一个公社书记结拜兄弟呢?"

"张理顺可勿是一般的知青。伊的父亲是当时区里的革委会副主任,自己也是学校红卫兵的头头。本事勿要太大喔!伊到江西三年勿到,就被公社推荐参军去了。"

接着,梁振华将张健和陈小山如何设局害人的经过详细叙述了一遍。

"噢,怪勿得。上次冬至,我跟我的学生高甜甜为小桥母女落葬,有两个可疑的人一直在跟踪阿拉。当时伊怕我担心所以没声张,两天后才告诉我。之后,我好几次都感觉有人在盯我的梢,他们还想赶尽杀绝啊。"

"噢噢,自从出了那桩事体,我就担心侬再遭不测,所以派人一直在暗中保护侬。"

"是侬派人……侬真是个有心人呐。"古今一心里一动,又想起了小桥。

"这是应该的。我总在想,说勿定能抓他们一个现行。但一直未能如愿。没想到,几年后,以为一切都销声匿迹时,突然以一个非常偶然的方式破了案。真是应了那句老古话,天网恢恢,疏而不漏啊。"

"哦,他们都认罪了? 小桥和伊母亲可以安息了;小鲁虽然杀了人,罪有应得,但毕竟不是罪魁祸首啊。"古今一不知怎么,却一点高兴不起来。毕竟他和九莲两家人的生活全给毁了。古今一猛地灌了一口咖啡,满嘴苦味。往日的感觉不复存在。

梁振华说:"张健开始时勿想认罪,但证据确凿啊。不过,闲话讲回来,这些人还真勿好对付——"他习惯性地掏出香烟,突然醒悟到身处何方,不好意思地笑笑,想重新放回口袋。古今一见状,说:"吃吧,没关系。只是我屋里也没备香烟,勿能招待侬。"说完,到厨房取来一只印有"上海市委党校学习留念"字样的搪瓷碗,权当烟灰缸。

梁振华今天抽的是中华烟,他美美地吸了一大口,说:"人逢喜事精神爽,我自己犒劳自己,买了一条好烟,哈哈。"

古今一一手托着盘子,一手端着咖啡,听梁振华讲述他的破案故事——

我们抓到了那个叫史军的人,开始他死扛着,就是不招供。我拿出了那个放有毒品的茶叶罐子,说:你见过这个东西吗? 他说从未见过。我说,你知道里面放了什么东西吗? 他说,茶叶罐还能放什么,茶叶呗。我说,这里面放的是毒品,不多,但也有三十克,可以判七年以上、十五年以下徒刑。他说,那与我有啥关系呢? 我说,这就是你当初在山西路发廊交给刁银生的东西。他还想抵赖,说:我不认识什么姓刁的。我说,但姓刁的认识你,而且一口咬定是你在山西路发廊威胁他,让他去贩毒。

梁振华端起咖啡,喝了一口,润润嗓子,继续往下说;古今一饶有兴趣地看着他,眼前浮现出当时的情景——

"我根本就没说是毒品!"史军一急,说漏了嘴。

"那你说的是什么呢?是走私手表吧?"梁振华话锋一转。

史军还是想负隅顽抗,说:"我什么也没跟他说,我根本不认识他。他要么认错人了,要么是故意要陷害我。"

"既然你与他素不相识,他为什么要陷害你?"

"这得问他呀?"

"哦,那么我换个问题问你,既然你说从未见过这个罐子,那为什么上面有你的指纹?"

"啊?"史军一愣。

"你忘了?刚进来时,我请你留了指纹。我们和茶叶罐上的指纹比对过了,完全吻合。你怎么解释啊?"

"我,我……"史军慌了。

"是谁指使你干的?说吧。"

"没人指使。"他低下头,一副打死我也不承认的腔调。

"那好,我喜欢讲义气的人。好汉一人做事一人当。那你说说如何威胁刁银生,让其贩毒的事吧。"

"我,我自己出面怕有危险,于是就抓住姓刁的弱点,让他去接头。"

"哦,看来你并非是个贩毒者那么简单,还是个组织者。说说你的上家和下家,你的毒品从哪儿来的,又是怎样联系下家的。"

"我,我……"史军抓耳挠腮,结结巴巴。

"没关系,不说没关系。一个人兜着吧,如果不是被人利用,而是组织者,看来死刑是一定的了。牺牲自己一个,保护一大批,是条汉子。相信那些朋友会照顾好你的家人的。当然,得保证他们自己不被抓住。"

心理防线被攻克了,史军战战兢兢地问:"如果我是被人利用,会不会死啊?"

"会不会死,那得法官说了算,但据我的经验,你如果认罪态度好,会从轻量刑的。"

"那我说,我全说了。我根本就不知道里面是毒品,他只是说走私手表……"

"他是谁?"

"张健。"

"哪个张健?"

"就是你们区分局的办公室主任呐。我问他,这是帮你做,还是帮公安局做。张健说,为我做事,就是为公安局做事。你去物色一个对象,让他带着这个茶叶罐去交易。我说,这不是倒钩吗?他说,只要能破案,什么手段有效,就用什么手段。"

说到这儿,梁振华笑了:"没信仰的人之间哪有什么真正的义气!"

"精辟!后来呢?"古今一喝了一口咖啡,意犹未尽地问。

"要抓张健并不是那么容易的,至少得跟我们分局的蔡局长打声招呼吧。我跟蔡局长一说,蔡局长迟疑了一下,毕竟谁都知道,张健是我们市局副局长李兵一手提拔起来的。他至少得与李兵通报一声。两小时后,蔡局长果断地说,证据确凿的话,就抓。不过,可以给他个投案自首的机会。我想这也是他与李兵商量的结果吧。三天后,张健打电话探听虚实。如果我说史军招了，他可能的选择是自首，但也可能逃跑。我采取了疑兵之计，说史军没事，已经释放了。我得给蔡局长或者李局长劝张健自首的时间。"梁振华端起咖啡不慌不忙地喝了一口，仿佛在等张健来自首。

"他来了吗?"古今一好奇地问。

"他到底还是没来自首，我就把他请进了派出所。还是由我和刘克来审，我们配合一直很默契。"

"一个唱红脸，一个唱白脸，是吧?"

"侬哪能晓得?"

"嘿嘿，我勿是也领教过了嘛。"

"哦，古伯伯，勿好意思。"

"伊招了?"

"除了承认史军是伊同学之外，其他的事张健一概勿承认，还讲我公报私仇、白相阴谋。前几天还讲史军没事体被释放了，现在又讲有罪、证据确凿。"

"蔡局没找你谈话? 当然，你可以不相信蔡局，但李局你总不会不相信吧? 难道他也认为我是公报私仇，玩阴谋?"当时的情景让梁振华刻骨铭心，说出来也让古今一兴趣盎然——

"找我谈也没用，我没做过，承认什么呀?"张健是铁了心搏了。

刘克虚晃一枪，说:"你交给史军的茶叶罐子留下了指纹，要不要比对一下呀?"他想用梁振华对付史军的招数来依样画葫芦。

"好啊，没问题，马上就比对。对不上，你们必须马上向我赔礼道歉,并写出深刻检讨。"

"我们写检讨,写什么?"

"写什么? 诬陷自己的同志和战友!"

梁振华笑笑说:"你我都吃这碗饭十几年了,应该知道没有百分之一百的把握,不会请你到这里来的。即使蔡局同意,李局也不会同意的,是不是?"

"他们同意抓我? 不可能! 什么证据都没有,不可能同意的。你们快比对指纹吧。"

"哈哈,笑话,一个在公安系统干了多年的人会傻到在重要物证上留下指纹?"

"既然如此,没有证据,我就应该可以走了。"

"史军这人怎么样?"梁振华突然话锋一转。

"虽是同学,其实我跟他接触不多,因此并不很了解。"

"我想也是。要不然,你一定会提防他会不会留下对你不利的证据。"

"什么意思?"

"可以永远靠你吃饭呐!"

"靠我吃饭,他吃得着吗?"

"吃得着。只要囊中羞涩了,就把对你不利的证据拿出来,你不就得乖乖地供他吃、供他喝呀?"

"那他也得留得下证据呐。"

"如果他没有把对你不利的证据拿出来,你想想,我们会请你来吗? 李局会挥泪斩马谡吗?"

长达三分钟的沉默。

梁振华很有耐心地微笑着,能洞察对方心底的双眼不动声色地盯着张健;他琢磨:张健的脑袋里一定在飞快地旋转。"史军是留了照片?不可能。照片说明不了问题,我们是同学,在一起很正常。难道他录音了?抑或是用针孔摄像机进行了拍摄?妈的,这小子,王八蛋,一定是的。"

"我们都知道,你是分局的得力干将,如果没有证据,领导会同意我们'请'你吗?话说回来,有关领导倒是说过,让我们给你自首的机会。当然就看你是否还最后听一次领导的话了。"

张健到底还是撑不住,老老实实地招了。他是如何与陈小山设局,为陈小山的父亲报仇的,一五一十都作了交代。当然,他把自己的父亲和陈小山的父亲撇得干干净净,仿佛他们对此事并不知情。

"振华,我服帖侬哦!看起来,侬比我刘克到底要高明一点。侬诈史军,一诈就成功;我诈张健,却拨伊一眼识破。这就是侬好当所长,我却当不了的原因。"等张健被押走后,刘克自嘲地说。

"对象勿同,诈术也要有所勿同嘛!"

"唉,侬刚才没讲清爽,史军到底留下了啥证据,张健会乖乖招供?是录音带还是录像带?"

"张健认定,勿是录音带,就是录像带。"

"那是勿是啊?"

"哈哈,兵不厌诈嘛!"

"那蔡局那里,还有李局那里,侬是勿是也……好啊,振华,侬竟然诈到领导头上去了。"

"张健是领导的亲信,我勿使用非常手段,能行吗?领导勿是经常教导我们,要勿断创新破案手段吗?"

……

"祝贺侬,终于破了案子。"古今一笑笑,拿起咖啡杯说,"干杯!"

"好,干杯!"

两只咖啡杯"叮"地响了一声,脆脆的。

"哎,可惜。案子是破了,但嫌疑人并没有全部落网。当天,我就与刘克赶赴江西樟树,想把陈小山抓捕归案。但我们扑了个空。"

三十七

　　夜晚,黄河路上一家小酒馆的包房里。两个男人正在喝闷酒。圆桌上,空酒瓶横七竖八,有茅台酒的、法国干红的,更多的则是青岛纯生的;满满的一桌子菜,却几乎没有动过。

　　"啥结拜兄弟?这么点小事都不肯出手,算啥兄弟?谷雨兄,你是大哥,刚才你为啥不说说他呀?"

　　"我说他啥呀?他还是你二哥呢,是你硬拉上他的,你难道忘记了?我一开始就认为他不是个仗义之人,能利用你时说得天花乱坠,一旦没有了利用价值在他眼里你就啥都不是。理顺,你说,我是不是当初不想与他结拜来着?你说,你们从小一起长大,又是小学同学、中学同学,现在又插队在一个生产队,可谓亲兄弟。现在怎么样,看走眼了吧?"

　　脸面一个比一个红,嗓门一个比一个大;一会儿同仇敌忾,一会儿又互相埋怨。

　　"陈谷雨啊陈谷雨,我说啥来着,那个古今一教训一下就可以了。可你们偏偏不听,弄出这么大的动静,这下好了,害人也害己,连儿子都赔进去了。妈的,我们的后半辈子指望谁呀?你说,指望谁呀?"

　　"张理顺,你别他妈的眉毛胡子一把抓。这馊主意还不是

你那宝贝儿子出的? 还找了个那么不靠谱的同学,叫啥
来着?"

"史军。"

"对,就是他。十足一个蠢蛋,被警察一忽悠,就啥都说
了。还白相别人呢,把自己白相死了。"

"别光说别人了,你那宝贝儿子呢? 谢鲁不是他请来的
吗? 还自作聪明,给人一把刀。傻了吧? 杀人啦! 玩大了,把
自己都玩得亡命天涯了! 中国的事你又不是不知道,没死人
啥都好办,死人了就麻烦啦!"

"咳,理顺啊,你说咱们的儿子会判多少年呐?"

"你儿子不还没被抓吗?"

"逃得过初一,逃不过十五,被抓那是迟早的事。"

"哎,十年也好,五年也罢,坐过牢这辈子就算完了。"

"啥话? 我不也坐过牢,后来不照样当了乡长,戳。"

"你不有个腐败的爹吗? 亏他想得出来,说儿子是被上海
知青冤枉的,是冤假错案。他妈的,还平反呢。他没少花钱打
点吧? 居然又当上了乡长,他妈的,这县委组织部是你家开
的? 腐败啊!"

"不要说得那么难听嘛。现在办啥事不要钱来打点啊?"

"咳,我们那个二哥不是刀枪不入吗? 你五十万,我五十
万,我们刚才可是拿给他整整一百万呢。他倒好,如数奉还。"

"刀枪不入? 说得好听。他是怕引火烧身。啥老同学,啥
结拜兄弟,到事情危及自己的官位,一切都免谈。"

"谁不知道谁啊? 装什么圣人! 现在当官的,有几个屁股
是干净的。不抓你,你就是干净的;抓你,你裤裆里一定全是

屎。还结拜兄弟呢。他不仁,我们也不义。他的软肋在哪里,我会不知道? 大哥,我们商量一下,下一步怎么做——"

一天上午,张理顺一个电话把李炜叫到了自己的办公室。他神情严肃地向李炜交待了采访任务:接到群众举报,周家嘴路上的不夜城娱乐总会涉嫌黄、赌、毒,现在派你悄悄前去采访,争取写出一篇爆炸性的新闻来。希望你不辜负领导的信任,深入采访,用心写作,争取拿个全国新闻一等奖。这样,你才能在机动部真正建立起威信来。

李炜兴奋地涨红着脸,一个劲地表态:"请领导放心,我一定圆满地完成任务!"

李炜做梦也不会想到,两天前张理顺已经把同样的任务交给古今一去完成。当然,古今一也不知情,自己接受任务的两天后,领导竟然会另外指派人去做同样的事! 领导葫芦里究竟卖的是什么药,李炜和古今一都莫知莫觉。

回到办公室,瞧见高甜甜正在电脑前写稿子,李炜乐呵呵地过去打招呼:"甜甜,忙着呢? 好,敬业!"

甜甜不以为然地抬头,瞧见对方喜形于色的样子,问:"双色球中大奖了?"

"没有啊。"

"那你一大早的乐呵什么呀? 又要提拔你了?"

"别寻我开心了。是刚才张老总找我去了他办公室,交给我一个重要的采访任务。张老总说了,这篇报道题材重大,估计会引起轰动效应。我们是冲全国新闻一等奖去的,他让我好好干。"

"好啊，预祝你马到成功。"

"我想邀请你一起参加，怎么样？"

"哦，不了，这是张老总特意留给你的机会，我无端沾你的光不合适。再说了，我这里正在赶一篇关于上海沪剧院改革的报道，恐怕没时间。但还是要谢谢你的好意。"

不夜城娱乐总会门口，硕大的霓虹灯广告箱闪闪烁烁，缠绵悱恻的音乐令人销魂。李炜刚踏入富丽堂皇的大厅，便有一个穿着暴露、性感诱人的小姐笑吟吟地迎上来。人未靠近，一股香气扑面而来。"先生，欢迎光临。请跟我来，好吗？"说着，便挽起李炜的手臂，头靠在他肩上，像热恋的情人般朝左边一条走廊过去。李炜吃惊地发现，自己从未见过这么美艳、可人的女子。她倘若提任何要求，是男人都不可能说个"不"字。李炜一阵晕乎，身不由己，梦游似的乖乖跟着她走，完全忘记自己今天到这儿来的任务。

两人来到走廊尽头的一间小包房，里面只开着一盏勉强能看清东西的乳黄色的壁灯。一张三人沙发，一只茶几，一面墙上挂着一台电视机，边上小方桌上是点唱机。

"大哥，我们先唱几曲，行吗？"女子娇滴滴地说。

"哦，听你的。"李炜不敢正眼瞧她。

"那好，我点歌；大哥，您先喝点红酒吧。"女子从茶几下取出一瓶酒、两只高脚杯。酒倒满，歌点毕，女子坐到李炜身边，一手拿话筒，一手勾住他的脖子，丰满而柔软的乳房有意无意地触碰他的身体，令他心神荡漾。李炜手足无措，少顷，迟疑地伸手端起酒杯灌了一口红酒。女子柔情似水的声音在他耳边响起：

如果没有遇见你，我将会是在哪里

日子过得怎么样，人生是否要珍惜

也许认识某一人，过着平凡的日子

不知道会不会也有爱情甜如蜜

任时光匆匆流去，我只在乎你

心甘情愿感染你的气息

人生几何，能够得到知己

失去生命的力量也不可惜

所以我求求你，别让我离开你

除了你，我不能感到一丝丝情意

如果有那么一天，你说即将要离去

我会迷失我自己，走入无边人海里

······

　　湿润的嘴唇，迷离的眼神，妖娆的神态。突然，一只手像蛇一样滑向他的下腹部，按住了那早已不安分的部位。

　　刹那间，李炜变得凶猛异常，他撕开女子的衣衫，一把紧紧搂住她的腰，低头朝她丰满的胸脯咬去……

　　她告诉他，她叫小美；他告诉她，他叫大强。两人都心照不宣：彼此都是"化名"，好听点叫"艺名"。

　　古今一的长篇通讯《不夜城探秘》横空出世，在整个上海滩引起了轰动。李炜顿时有一种被张理顺白相了一把的感觉。只是他不明白，自己像狗一样忠心地围着张理顺转，却落到这个下场;而古今一明明是鄙视张理顺人品和能力的人,为什么这回却在张理顺庇护下风光了一回?

事情远不止如此,张理顺在党委会上建议,由古今一替代李炜担任机动部主任,让所有党委委员感到诧异。当初是他力挺李炜,而差点把古今一弄到发行部去的。如今却乾坤大挪移,说李炜不适合当记者、编辑,更不要说部主任了,让他到广告部拉广告也许更合适;而古今一是部主任的最佳人选,云云。

这究竟是怎么一回事呢? 有人猜测,许是他儿子出事了,怕吴远趁机找理由排挤他,所以主动提出重用吴远的爱将以示好。也有人估摸,许是李炜见他仕途不畅,想改换门庭,所以他先下手为强。只有总编吴远心里明镜似的,但他公开表态,不同意张理顺的提议。这让所有的党委委员再次感到困惑不已。

三十八

　　电梯上升到十八层停下，门开了，进来一个看上去还斯文的青年男子。他用眼光很快扫了一下里面的人，五六个、清一色全是二十多岁的女孩子。现在才上午九点多，对报社来说，并非上班高峰时。他漫无目标微笑地"嗯"了声，算是打招呼了。然后，转过身，面对着电梯门。一个穿着时尚、但稍嫌妖艳的女孩子过来拍拍他的肩，咋咋呼呼地说："哈哈，李炜，一大早就到中南海汇报工作啊？"李炜稍稍别过头，还未让对方看清他半个脸，便神情不屑地"嗯"了声，头又别了过去。他知道她是柳小玉，刚才进电梯时就看清了，但他不想搭理她。柳小玉故作神秘把头发染得金黄的脑袋凑了过来："告诉你一个特大新闻，刚才听党群部的记者说，古今一嫖娼被警察抓了！"李炜似乎并不吃惊，脸上露出一丝不易觉察的幸灾乐祸的笑容。少顷，他转过脸，又装作打死我也不信的神情说："可能吗？古今一是何许人？他身边还少女人啊？真是，别听人瞎说！"电梯到了二十二楼，李炜和柳小玉一前一后走出电梯。

　　"今天表现不错嘛，这么早就来上班？"李炜头也没回，官腔十足地说。

　　"今天约好去南汇采访，他们等会儿派车到报社来接。

哎，那儿挺远、挺入乡的，你陪陪我吧。"柳小玉热络地拍拍他的肩。

"哦，不好意思，今天报社还有个会要开，不能陪你去了。"李炜平淡地说。

这条爆炸性新闻在报社里迅速蔓延：大名鼎鼎的机动部记者古今一因嫖娼被公安机关刑事拘留！中午，同是机动部的记者劳胜利（因牢骚满腹，绰号"姥姥"）在食堂吃饭时听说此事立刻辟谣说，古今一现在千里之外的江西采访，哪可能有这种事，笑话！下午，澄清的消息尚未完全成为主流声音时，又一条证据确凿的消息像潮水般再次涌现：这是上个月发生的事，昨晚一个卖淫女被抓后把古今一供出来了。警察问她有何证据，空口无凭的。卖淫女有板有眼地回答，她把古今一那东西含在嘴里时，发现左边根部上有一颗小红痣。现在只等古今一回来，一检查便知消息真假。晚上，有人发现新大陆似的嚷嚷，今天是四月一日愚人节，肯定是有人恶作剧，无事生非。不过这玩笑也开得太大了些，古今一完全可以告他诬陷、损害名誉。但话音未落，又有人不以为然地反驳道，古今一也不是省油的灯，被他捉弄过的人还少吗？

高甜甜晚上采访回来刚进门，李炜便迫不及待地把今天报社里流传的丑闻告诉她。高甜甜瘫坐在沙发上，一边用手梳理着挑染成暗红色的长发，一边不以为然地嘟哝着："瞎七搭八，今朝是勿是精神病医院放假啊！"高甜甜是报社第一号大美人，身材高挑，皮肤白净；小时候学过芭蕾，高中时发表过小说，进报社虽说时间不长，但显示出来的才能却不能不让人有几分敬佩、几分嫉妒。最近几年，报社招人的标准和要求与过去大相径庭。过去讲究文章写得好不好？已经发表了多少文章？现在讲究文凭硬不硬？是什么名牌大学？是硕士还是博士？所以，报社新进了一大批名牌大学的硕士、博士研究生。而高甜甜是个例外，只是个本科生。但她采写新闻的能力和水平，用吴远的话说，"抵得上十个硕士、十个博士"。

李炜是机动部主任，对别人要么爱理不理，要么盛气凌人，对高甜甜却没有半点官架子。他殷勤地递上一瓶可乐，郑重其事地表示：上午柳小玉跟我说时，我也不相信，还狠狠批评了她一顿。古老师哪会做这种事？不过你还别说，制造新闻者还颇有一套，五个 W 一样不缺，有时间、有地点、有人物、有事件、有背景，而且还有细节描写！

"什么细节描写，下流！"高甜甜接过可乐，猛灌了几口，拧上盖，用手臂擦擦嘴，将瓶往办公桌上一扔，头又靠在了沙发上，双目紧闭。

李炜尴尬地嘿嘿一笑，嘴上说：是啊、下流、下流；心里却在嘀咕，哪有不吃腥的猫啊！要么你不去那地方，去了有几个能坐怀不乱？哼，你还真当他圣人啦。蓦然想起不夜城里那个叫小美的女子，浑身顿觉燥热起来，自己的童男子的"初夜权"竟然交给了一个风月场中的女子！但想想那晚惊涛骇浪般的狂欢，让他觉得自己一下子成了真正的男人，变得成熟、自信。然而作为男人的自信却是用作为记者的不自信换来的，又令他觉得窝囊：在他穿戴整齐将要离开小美的时候，包房里进来一个脖子上挂着粗大金项链的光头男子，小美战战兢兢叫他"金老板"。金老板一开口，露出一左一右两颗大金牙："兄弟，我知道你是干什么的，但我不想为难你，你也是为了工作嘛。但也请你不要为难我,我也是为了自己的饭碗。大家各为其主,与人方便自己方便,是不是?"李炜不知所措地点点头。金老板又客气地说:"这次消费我请客。欢迎你以后再来玩,相信我们会成为好朋友,而不会是冤家对头的。我这人一向恩怨分明,你看得出来吧? 好了,你们再玩会儿吧。"金老板走了。小美神秘兮兮地告诉李炜,金老板一定在这间包房里装了探头,刚才他们的风流事全录下来了。她劝他不要莽撞行事,免得金老板把录像放到网上去。李炜吓得只有点头的份。

回来后,他曾经跟张理顺汇报过,说不夜城经营正常,还是市里的文明单位,没有发现什么不当行为。张理顺笑笑说,那就算了,可能是举报有误。没想到,古今一的文章见报,让他吃惊不小。刚才,张理顺把他叫去,狠狠地训斥了一番,还有意无意把他和古今一作比较,与以往不同的是说他处处不如古今一。

刚才柳小玉的话语让他幸灾乐祸,也为自己早先的荒唐找到了借口:看来,古今一也难过美人关呐。尽管稿子写成了,但荒唐事被人揭发了。古人怎么说来着,祸兮福所倚,福兮祸所伏。真是的,老天爷太公平了! 我没得没失,古今一有得也有失。权衡一下,他觉得还是自己划算。

往常高甜甜采访回来累了,总能在沙发上小睡片刻,然后起来擦把脸,吃包方便面,便精神抖擞地坐在电脑前写稿子;可今天不行,李炜说的事老在脑海里转悠。尽管她一百个不相信,但那个细节、那个要害部位的红痣,简直如同霍桑笔下女主人公胸口佩戴的红字触目惊心。想累了,自我宽慰道,古今一是我什么人啊,值得我如此牵记? 对,他是我的师父、带教老师,但仅此而已。徒弟还能管师父的私生活啊! 不过,古今一啊古今一,你虽然妻子过世好几年了,一直单身,但也不该猴急地去嫖娼呀。你是何许人,大名鼎鼎的记者,还是个作家,竟然和妓女鬼混,妓女多脏呀。更可气的是那个李炜,你一个部主任,好歹也是个领导,手下人出了这等事,你不着急、不痛心也就罢了,竟然还幸灾乐祸、津津乐道。还把那颗红痣的部位,用眼神移向自己的小腹,明白无误地告诉我,仿佛我们已经是百无禁忌、无话不谈的老朋友了。也难怪,他奔三十的人了,女朋友谈了不少,但最长的没超过三个月;不是他嫌对方档次不高、缺少共同语言,就是对方觉得他人品有缺陷,领导面前卑躬屈膝、唯唯诺诺,群众面前一本正经、装腔作势。自从自己到了机动部,李炜便利用一切手段向她发起攻势。平心而论,他对自己还是温柔有加,长得也有几分帅气,可对他就是不来电。他理所当然地认为是因为古今一挡在了中间,所以迁怒于他。

"小高,小高,"有人在耳边柔柔地叫她,"该起来了,我帮你买了碗焖肉面,凉了不好吃。"

要在平时还不觉得什么,可今天,烦! 她佯装睡着了,一动不动。"啊呀,面凉了吃了会拉肚子的,叫又叫不醒,这可怎么办呀?"她能感觉到,李炜在不知所措地干着急。她没心情吃东西,尤其是李炜为她准备的,她更是难以下咽。她明白,李炜巴不得古今一出事,他可以乘虚而入。突然她觉得他很可怜,一个三十不到的小伙子竟然与一个快五十的老头子争风吃醋。

"啊哟,李炜,到底是哥们,晓得我回来,把点心都准备好了,真是贴心。"听得出,这是于成龙的声音。

"你想得美啦,这是我托李炜帮我买的。李炜对不?"嗓音有点嗲,是柳小玉,早晨的不快早已不复存在。

今天柳小玉去南汇采访,想让李炜陪她去。李炜推托说要开会,陪不了。柳小玉沉着脸把手提电脑装入包里,闷闷不乐下楼,在大门口遇上了于成龙。

"美女,上哪儿蹭饭去啊?"于成龙嬉皮笑脸地说。

柳小玉就喜欢有人叫她美女,顿时心情好了许多。"去南汇,嘴馋一起去?"

"好嘞!今儿正巧没啥事。"他是哪儿有饭局就往哪儿去。

李炜一定脸涨得通红,他很不情愿地说:"你们谁饿,就谁吃吧。我要写稿子了,没时间和你们聊家常。"

于成龙本没想真吃,不过是闹着玩的,再说采访结束后,人家乡长、书记作陪在富豪大酒店美美地吃了一顿,吃完就派车送他们回来的。一肚子的山珍海味、鸡鸭鱼肉,还来不及消化呢。"柳小姐,你还能吃就吃吧。"说完,拿起脸盆,放进毛巾、洗头膏、沐浴露、拖鞋和换洗的内衣内裤洗澡去了。临出门前在李炜的耳边嘀咕了一句:"天吃星下凡,谁娶她当老婆,肯定被她吃成穷光蛋。"

李炜"嘿嘿"一笑,说:"我可不想娶她,是她一厢情愿罢了。"

柳小玉当然也不饿,但这碗面是李炜专门为自己准备的,她怎么能不吃扫他的兴呢?于是很幸福地端起了碗,津津有味地吃了起来。她也知道于成龙的嘴里吐不出象牙,一定在糟践自己,但她无所谓。

见于成龙走了,高甜甜躺着,柳小玉端起碗走到李炜办公桌旁:"开会说啥呢? 有什么好消息,说来听听。"

"没啥好消息。"他一边打字,一边爱理不理地回答。

"小高今天怎么啦? 躺着不动,病啦?"

"嘘——"李炜突然像被什么东西蜇了一下似的,顿时兴奋起来。他侧过头看看高甜甜,见她一动不动,便悄悄地对柳小玉说:"古今一看来是真出事了!"

"嫖娼? 你早晨不是还说不可能吗?"

"他被人家供出来了! 证据确凿哦,哼!"

"证据? 啥证据? 捉贼拿赃,捉奸拿双,当场逮住了吗? 没逮住就是谣言,就是诬陷!"

"你知道个啥? 瞎帮衬! 人家作鸡的都招了,说古今一身体上有一颗小红痣。"

"哈哈,有小红痣就是嫖娼啊? 我看你左臂上也有一颗小红痣,你也嫖娼啦?"

"你懂什么? 他小红痣长得地方不一样。"

"这不废话嘛,都长一个地方,那是克隆人!"

"它长在要害部位,懂吗?"

"要害部位? 哪里算要害部位?"

"儿童不宜,等你长大了就知道了。"

"去! 去!"柳小玉这才发觉自己有些犯傻,嘻嘻一笑,又问到:"如果真有此事,那可怎么办?"

"双开。"李炜冷冷地答道。双开就是开除党籍、开除公职,这可不是小事。

高甜甜腾地从沙发上跳起来,拉过双肩包,从里面掏出手机,一转身奔出门,到走廊尽头急吼吼地打电话。

　　"古今一——"这是她第一次直呼其名。

三十九

"古今一，你到底是去还是不去？痛快点！"吴远说的话犹在耳边。

"我到底是去，还是不去呢？"古今一靠在布艺沙发上，手里端着一杯咖啡，眼睛瞅着电视机。里面正在播放王志文、李幼斌主演的电视连续剧《刑警本色》，他却什么也没看进去，脑子在痛苦地作选择。今天他喝的是埃塞俄比亚哈拉尔。凡是要作选择的时候，他都喝这种咖啡。哈拉尔有一种混合的风味，味道醇厚，带有奇妙的黑巧克力味，非常具有侵略性，随时准备战胜你的味蕾，让你难以忘怀。它原始而简单，古今一认为它适合在这时候喝，它会让自己变得果断。古今一不抽烟、少喝酒，他唯一的嗜好就是喝咖啡。他家里常备的咖啡不下五六种，且经常轮换；他几乎每天都喝，至于喝什么咖啡，大都根据自己的心情来决定。刚才在报社，古今一接到吴远亲自交办的任务，赴江西省樟树县采访。

樟树县，古今一对它可是太熟悉了，他在这儿整整生活了十年。说来也是怪事一件，许多知青都或早或晚、或多或少回去过，追忆青春岁月，追忆人生往事。唯有古今一数十次地犹豫，哈拉尔喝了一杯又一杯，到头来也未能成行。他想去，梦里早已去了千百回;他又怕去,生怕看见她,九莲……九莲,这个名字已经不能用清纯两个字来形容、来概括了。自从五年前发生那件轰动一时的案件后,他再也没有联系到九莲。他写过几封信,但都石沉大海。

这次,他喝不喝哈拉尔恐怕都得去了。他是记者,吴远介绍的情况让他怦然心动,一个记者一生能遇上几个这么出彩的选题呢。

樟树县电力公司党委书记李晓清被人杀害了。全县数万人自发从四面八方赶来为她送行。显然她是个好书记,一定有许许多多的感人事迹值得书写。然而奇怪的是,李晓清死了好几个月,既没有被评为烈士,媒体上也没有关于她的报道。原本这外省市发生的事他们也管不着,但李晓清原先是上海知青,她把自己的青春年华都贡献了,现在明明是壮烈牺牲,却成了不明不白地死亡,连个说法都没有,太不正常了。

"当许多不正常成为正常时,必定有许多正常成为不正常。"古今一若有所思地说。

"绕口令说得这么有深度,不容易啊。"吴远调侃道。

"这不是好玩的绕口令,而是让人啼笑皆非的现实。"古今一本想给吴远讲一桩在樟树发生的事情,来佐证自己的观点。转念一想,罢了,因为他不想让对方知道,那里曾经是他留下太多回忆的地方。

古今一还清晰地记得那是他们去江西插队的第二个夏天。连续几天大暴雨,致使山洪爆发,原先清澈见底、蜿蜒流淌的朱溪河,顿时变得浑浊不堪、水流湍急,村前的小木桥也被上游冲下来的原木、毛竹撞击后,轰然倒塌,随流而去。沉浸在英雄主义情结中的知青，纷纷表示要跳进滚滚洪水中抢救生产队的毛竹、杉木和村民们的猪呀、鸡呀什么的。古今一没下水，一方面他不会游泳，另一方面是他觉得人的生命比那些竹子木头、鸡鸭猪牛要宝贵得多。于是，古今一极力进行劝阻，但还是有三个知青跳进了汹涌的波涛中。钟自鸣抱着根杉木，林飞鸿夹着根毛竹，先后筋疲力尽上了岸；另一位名叫刘海平的知青死命推着头猪往岸边游，猪上岸了，他却体力不支，被洪水卷走了。

公社在礼堂开追悼大会，追认刘海平为烈士。公社党委书记陈谷雨慷慨陈词，说他的死比泰山还重，号召全体知青向他学习。

知青们也纷纷登台，表达对刘海平的深深敬意和向他学习的决心。恨不得再来一次洪水，自己也能像他一样英勇就义。

古今一本不想发言，但犹豫再三还是走上台去。

"山洪无情，夺去了我们一位知青的性命，可哀可痛；卷走了公社和村民的许多财产，可惜可叹。痛定思痛，我个人觉得，我们应该好好向贫下中农学习，当洪水来临时，他们依然保持着清醒的头脑，首先考虑的是自己和家人的生命安全。当然，还有同村老乡的安全。生命是最要紧的，其他的能救的则救，不能救的暂且放弃。没有一个贫下中农冒冒失失地扑进滔滔洪水中去抢救什么竹子、木头，什么猪呀牛呀。难道一个人的生命还不如一根竹子，不如一头猪吗？我们不应该向刘海平学习，而应该向贫下中农学习。人的生命比什么都重要！如果连命都没了，那些个木头、竹子，那些个猪呀牛呀留着有啥用呢?"

会场顿时一片哗然。

"是啊,这个知青说的话实在。人冇了,啥都冇了;猪冇了,还可以养,木头冇了,还可以去砍。"村民们窃窃私语。

"古今一的话说得在理,但不应该在这种场合说。说话得分场合,再正确不过的话,也许在某个场合说出来就是找死。"知青们忧心忡忡。

果然,陈谷雨脸色阴沉:"一派胡言!照你这么说,黄继光就不该去堵敌人的枪眼,董存瑞就不应该去炸碉堡。人的性命比枪眼、比碉堡重要多了。你叫啥名字,你怎么能代表知青讲话?"

"我叫古今一。我只代表自己,其他知青怎么想的我不知道,也不想动不动就代表谁。"

如果不是出现戏剧性的一幕,古今一恐怕这一关很难闯过去。正当陈谷雨准备将古今一作为反面典型进行批判时,一个学生模样的女孩站起来,大喊了一声:"刘海平救起的那头猪是地主家的!"

是九莲!

"你怎么知道? 你是哪里的?"

"我是凤岗大队朱溪生产队的,您不信可以问我们的生产队长袁国光。"

事情变得异常棘手。已经追认刘海平为烈士,要撤销,刘海平的父母不答应:我儿子只知道抢救生产队和农民家的财产,猪身上又没写字,谁知道它是贫下中农家的还是地主家的? 不撤销,让大家学习他什么呢,奋不顾身抢救地主的猪？

公社党委召开全体会议,专题讨论此事;刘海平父母住在招待所,非要讨个说法才肯回上海。

经过反反复复的认真讨论研究,最后决定:维持烈士称号,但撤销向他学习的决定。公社党委专门拨款两百元,帮刘海平买了一身呢子中山装和一口杉木棺材。

地主识趣,把猪宰了,说猪啊猪是你害死了知青,你就为知青偿命吧。把全村知青都请来,还有村里几个有头有脸的人物作陪,算是为他"做七"。过年至今都快半年没闻着肉香了,一帮人嘻嘻哈哈饱吃了三天,把头猪吃完才散。古今一没去,推说身体不适。一想到这桌上的猪肉是知青的命换来的,他就想吐。仿佛在吃刘海平的人肉。

"我把这个事情说给吴远听,他会信吗？ 他一定以为我在虚构一个不可能存在的荒唐可笑的故事。"古今一心想。

"别作思考状了,回去准备一下,明天就出发。"吴远拍拍古今一的肩膀说。

"我,我——"

"我什么？哎,你是不是记者啊？ 这么好的料,曝给谁,谁都屁颠屁颠地跑得快呢!"

"我不是这个意思。我是怕……"

"啊？堂堂古大记者还有怕的事？ 怕啥呢,跟我说,我帮你搞定。"说完又加了一句多少有些莫名其妙的话:"这次采访是为你好,对你很重要,我觉得你去比较合适。"假如他认真听,一定会听出吴远话里有话,假如他追问吴远话里的真意,而吴远又忍不住和盘托出,古今一一定会断然拒绝这次采访。

然而,古今一当时脑子里盘旋的全是九莲,没有去很好地理会吴远的话。

"回去准备吧。"吴远不由分说地朝他挥挥手。

"看来,真的是别无选择,我不能说怕见她而拒绝去采访吧？再说,采访是在县城,她在朱溪村,离县城八十多里地呢。"他自我安慰道:"真是,世上哪有这么巧的事,我去她也正好在县城？即使,万一真遇上了,又有什么好怕的呢?"古今一将哈拉尔一饮而尽,马上给摄影记者牛达打了个电话,让他准备行装,明天一早就出发。

当他和牛达在一万米上空漫不经心瞅着机窗外蔚蓝的天空和浓厚的白云时,他哪里料想得到,在晴空和白云底下的一幢蓝白相间的高楼里,关于他嫖娼被拘留的信息正势不可当地四处蔓延。而今天恰巧又是一个愚人节！

四 十

"哦,哦——"古今一与牛达一下了飞机,便感觉浑身上下都被刺骨的冷空气困住了,动作、说话也变得迟缓起来。上海已是暖意融融,南昌却依然冷风嗖嗖,令他很难适应。牛达更是一个劲地叫唤:"哦,哦,冷,真他妈的冷!"

接机口有许多人举着大大小小、各色各样的牌子在接客。其中一人举着一块硕大的木牌子,上面白纸红字写着:古今一。古今一笑笑对牛达说:"这块牌子插在我头颈后面,可以拉出去斩首喽!"牛达也笑笑说:"哎对啊,侬快插上,我帮侬拍一张。"两人一边说笑,一边向接机人走去。

接站的是樟树县电力公司工会主席,姓汪,叫汪建民,很年轻,也就二十多岁。但人挺和气,一口一个"古记者",一口一个"牛记者",说大上海记者能到我们小县城来,那是樟树人的光荣。汪建民客气地要帮古今一提挎包,古今一谢绝了;又要替牛达背摄影包,牛达"不"字刚出口,包已到了他肩上。

他们上了一辆豪华的凯迪拉克,这车在省城南昌也不多见。牛达是一个爱车族,艳羡地用手摸摸这摸摸那,悄悄告诉古今一,这辆凯迪拉克少说也要一百多万。古今一感叹,没想到穷乡僻壤的樟树如今还有这么阔的主。

汪建民觉察到客人的惊讶,不无自豪地说:"樟树是比较穷,可我们电力公司效益不错,算得上是全县的首富吧。谁能进电力公司工作,那就算是捧了个金饭碗喽。"

车在轻快地行驶,路两边排得整整齐齐的杉树嗖嗖地往后滑去。牛达兴致勃勃地东看看西瞧瞧,一会儿说这里景致太美了,一会儿又说以后我一定要再来一次专门拍些风景照,还时不时用双手的食指和拇指搭成方框比划着取景;古今一则感情复杂地一边瞅着车窗外既熟悉又陌生的风景,一边与汪建民有一句没一句地闲聊。

"哎,汪主席,都说江西樟树多,这路两边是不是樟树啊?樟树县是不是樟树特多啊?"牛达突然扭过头来问。

"那是杉树。"大城市的人连杉树都不认识,汪建民觉得不可思议。"江西是樟树特别多,但唯独樟树县冇有樟树。"

"那为啥要叫樟树县呢?"

汪建民狐疑地看了牛达一眼,心想大城市的人怎么啥都要问呢?

"谁晓得为啥呀?反正我生下来懂事起就一直这么叫着。"

古今一说:"我倒是知道的。"

人说樟树县怪事多,确实如此。樟树县土地肥沃,却是个穷县。全县没有一颗樟树,这是江西唯一一个没有樟树的县,却用樟树命名。搞不明白的事多如牛毛,古今一十年都还没完全弄明白呢。

"勿会吧,侬晓得?讲讲看——"牛达惊疑地盯着他看。

"说来还有个典故呢。中国原先有两个奉化县,一个在浙江，是蒋介石的老家；一个在江西，就是这里。蒋介石当了总统，为避讳得把江西的这个县名改掉。一日，一个国民党高官来到这里，看到这里到处都是杉树，他和你一样以为是樟树，于是就说既然此处多樟树，就改作樟树县吧。作陪的县长大人不敢纠错，怕高官下不来台，更怕自己因此得罪高官而位子不保，于是将错就错连连赞叹：既朴实又确切，妙，妙！然后又媚态十足让高官赐墨。高官假意推辞了几下后，便提笔不伦不类地写了两句诗：樟树县里樟树多，不如樟树百姓福。高官走后，也有一些官员甚至普通老百姓提出疑义。但县长力排众议，于是一错就是几十年。"

古今一苦笑一声，又说道："这也算是中国的一个特色吧。杭州有个灵隐寺，当年康熙下江南到了那里，酒醉后为寺院题了一块匾额，竟然是'云林禅寺'。老和尚一看不对呀，灵隐寺怎么写成云林禅寺呢？他结结巴巴问皇帝是不是落笔错了。康熙大喝一声：'放屁！'老和尚哪里还敢开口。康熙接着问当地的官员，这地方天上有云、地下有林，你们说说，把它叫做'云林禅寺'好不好？官员们七嘴八舌地奉承道：好呀，好呀，皇上圣明！从此，灵隐寺的山门上就稀奇古怪地挂着'云林禅寺'大匾额，一挂就是三百多年。"

"到底是大上海来的大记者，我们这小地方里的事您都明白，了不起！"汪建民恭维道。

"您不知道，古记者可是我们上海赫赫有名的大人物啊！"牛达半开玩笑半认真地说。

车拐了个弯，沿着清水河一直往前开。此时正是初春时节，偌大的田里只有几个老农在忙碌。牛达又问道："这里的地不可谓不肥,可为啥农民还那么穷？是不是因为懒啊？"汪建民笑笑答道:"农村的事我也不太清楚,不好说。但有句话我敢说,子不教,父之过;民不富,官之过。农民懒,说明官员不勤政;农民穷,说明官员太无能。"

凯迪拉克突然减速,慢慢滑向路边,牛达高兴地问:"到了啊？蛮快的嘛！到底是高级车,跑得快！"

汪建民瞅瞅窗外,说:"没呢,还早呢。"

"那怎么回事？"

车刚停稳,司机不好意思地笑笑说:"我尿憋得慌,立马就回来。"说完,跳下车,边往路边走,边在裤裆前摸索。

一个身穿红衣的年轻女子轻盈地从前方走了过来,身影和步履仿佛熟悉的一个人——九莲！古今一的心一阵狂跳,不会那么巧吧？他手足无措,不知是应该开窗喊她,还是低头不见。女子走近了,发现在路边解手的司机,便难为情地把头侧向汽车这边——

古今一的心霎时停止跳动——

他终于看清了她的脸。

她不是九莲。

也不可能是九莲！

古今一自怨自艾地叹了口气。离开朱溪已经二十多年了,几年前见过的九莲的表姐,尚且已苍老得没有半点青春的踪影,与她年纪相仿的九莲又能如何？可自己依然如同过去一样,梦中的九莲、想象中的九莲依然是那么年轻、那么充满活力！

他有些惆怅地闭上眼,不再想说话,只想静静地歇息一会儿。

凯迪拉克又启动了。突然,车陷进路中的一处坑洼地,尽管避震性能不错,还是上下颠簸了好几下。恍惚中,古今一感觉自己正坐着福仔的拖拉机进县城——

九莲举头用双手搭凉棚状,察看太阳的方位;古今一则四处张望,看哪儿有钟。

"不到十一点呢,还早。"九莲确凿无疑地说。

"不会吧?我肚子早已饿得咕咕叫了。"古今一眯眼抬头瞧瞧天。

"你是小猪啊,光惦记着吃。"

"九莲同志,我可是早饭都没吃呢,还猪呢,冤不冤啊?"

"没吃,为什么?哈哈,又睡大懒觉了,还是猪啊,要么死吃,要么死睡。"

"瞎说什么呢?我昨晚看《安娜·卡列尼娜》看到鸡叫才睡的。猪会看书吗?"

"哦,冤枉你了,看来你比猪乖多了。"

"那当然——嗨,我怎么觉得这表扬有些不对劲啊。又损我了不是?"

九莲得意地笑了,古今一也扑哧一声笑了。

"笑啥?做梦拾到金元宝啦?"是牛达在推醒他,"是勿是坐凯迪拉克特别适意啊?勿要困了,快到樟树县城了。"

四十一

　　三个小时后,凯迪拉克开进了县城。牛达感觉腹饥,摸摸肚子,看看窗外,轻声嘀咕了一句:"还没到啊,勿会吧,我肚皮都饿扁脱了。"

　　古今一推推牛达,说:"侬是牛啊还是猪啊? 侬飞机上可是吃了两盒饭,才一歇歇就饿了?"

　　"哎呀老兄,侬又勿是勿晓得,我老牛整天背着几十斤重的摄影包跑来跑去的,消耗大呀!"

　　汪建民听不懂上海话,但猜得出两人说的意思,忙打招呼:"快了快了,樟树县城豆腐干一般大,五六分钟就可以吃到饭了。我们老总、副老总也有吃,都等着你们呢。"

　　汽车途经新华书店,古今一瞥见一幅巨大的海报:一个性感、妖艳的大美人手握话筒,扭着肥臀……

　　"汪主席,你们县里有采茶戏剧团吗?"古今一装作懵懂的神态问。

　　"还有采茶戏? 我只听说有采茶歌。"牛达说。

　　"采茶戏是江西的地方戏,过去很红火,现在早已关门大吉了。谁还看那玩意儿。"汪建民说。

　　"那些演员呢?"古今一问。

"年纪轻的,改唱流行歌曲了;年纪大些的,有的改行当教师,有的开个小店维持生计,有的干脆退休了,反正采茶戏是唱不下去了。"

车终于停在电力大酒店的门口,旋转门里的一大拨人见状都满面春风地争相迎了出来。

下车后,汪建民先向他的领导介绍上海的两位记者:这位姓古;古今一点点头,说:"古怪的古。"这位姓牛;牛达招招手,说:"牛羊的牛。"

领导们都大笑,其中一位高高胖胖的说:"姓古、姓牛的确实也不是太多。"

古今一自嘲道,"我们都是珍稀动物。"

一位带着宽边眼镜的中年人说:"哎,哪里,稀奇古怪的姓还多着呢。我过去读的大学里,有姓猪的,猪八戒的猪;另外还有姓滑的,滑冰的滑;姓饱的,吃饱的饱……"

牛达冷不丁插了一句,"有没有姓扁的,饿扁的扁。"

对方不知他话中有话,答:"那倒有有。"

"怎么有有? 古代有一个大医学家,叫扁鹊。"古今一笑笑说。

牛达无可奈何摇摇头,瞥了他一眼,轻声用沪语说:"侬胃口蛮好哦,还扁鹊呢。"

然后汪建民一一介绍起他的领导,这是王总,这是张总,那是许总,那是陈总……古今一频频点头,微笑;牛达一脸无奈,浑身无力。

终于,他们坐进了一楼的一间豪华包房。冷盆早已摆满一圈,色香诱人。一位纯朴但漂亮的女孩手里拿着一瓶五粮液笑吟吟地过来,先给古今一斟上。古今一想推辞:"我不能喝酒,我有心脏病。"这是他的一贯伎俩,凡社交场合或采访时对方招待,他一概推说有心脏病,医生关照不能喝酒;何况今天是在哪儿啊?他太清楚了,樟树人劝酒,那可是人不倒席不散啊。

女孩手脚利落唰地夺过酒杯,边斟酒边柔柔地说:"哪有到樟树来不喝酒的?有事,大哥,少喝点,这里属山区,气候潮湿、寒冷,喝酒有百利而无一害。"女孩大约二十来岁,穿了一身紧身的牛仔服,更是衬托出她优美的体形;加上举止优雅、落落大方,着实让古今一为之心里一动:樟树这么偏远的不太为人知的小地方,如今依然还有这么惹人爱怜的女孩。他想起了当初第一次见到九莲时的情景……

"二十多年了,不管怎么说,都应该回朱溪村去看看了。"他在心里嘀咕道。

等到所有人的酒杯都斟满了酒,戴宽边眼镜的王总举起酒杯祝酒时,古今一才回过神来。"欢迎大上海的大记者来到我们这个小地方,大家先干一杯!"说完,咕咚咕咚几口就杯底朝天了。其他人也争相将酒一饮而尽。只有古今一和牛达目瞪口呆的。古今一心想,按既定方针办,坚决不喝;牛达则面露怯意,说这杯酒少说也有二两,得慢慢来。不用算,一桌十个人,边上站着两个空酒瓶;当然还有六瓶满满的,未开封。都说江西人喝酒厉害,一点不输给东北人,看来名不虚传。

"不行,我真是不行。"古今一知道,只要自己滴酒不沾,那就是神仙也奈何我不得,没事;一旦喝上了,非被灌醉了不可。

"哎,男人怎么能说不行啊?你说不行还有哪个女人会喜欢你啊?"这也是件怪事,再陌生的人,只要端起酒杯就仿佛瞬间变成了无话不说的老朋友。

"你不喝,那牛记者你总得喝哦。该不会你也不行吧?"一阵哄笑。

"我慢慢喝可以吗?保证喝完!"牛达知道躲不过,只得找个权宜之计。

"那冇有意思啊。"主人好生没劲,一个个拿起筷子夹菜吃。

"你们有意思了,我们恐怕要没意思了,一个个躺倒在地像死猪似的。"牛达在心里嘀咕,没说出口。

这时,那女孩走了过来,见酒桌上了无生气,便转身拿了个空酒杯,斟满酒,走到古今一跟前。"你们大老远地来一趟不容易,我从来都不喝酒的,为表示我们这小地方的人的一点诚意,我敬两位老师一杯。"

"是啊,人家小女孩敬酒不喝,咱大老爷们的面子往哪儿搁呀?"立马又有人跟着起哄。

古今一起先就觉得扫了主人的兴不妥,毕竟人家没有恶意,再说对接下来的采访也不利,现在正好有补救的机会,何不赶紧利用?再则,他也确实不想让这么一个可人的小女孩下不了台。于是他站起来端着酒杯,牛达见状知道逃不过,也乖乖端起酒杯起身。

女孩皱着眉,分好几口才勉强把酒喝下去,喝完咳嗽了好一阵。古今一看看牛达,牛达无奈地做了个鬼脸;两人一口一口,像小孩吃中药一般紧皱着眉头,当中还呛了好几口,总算将杯中酒喝完。女孩说声"谢谢",转身走了。

"好,好!"酒桌上又热闹起来。

高高胖胖的张总拿了酒瓶过来,要给古今一他们倒酒。古今一双手合十,哀求一般地说:"真不行了,张总您千万包涵,要不然倒下了没关系,怕耽误了采访无法向领导交代。"

张总倒也通情达理,说:"那你们随意,多吃点菜,我们这小地方也有啥好招待的。这酒店倒是我们公司开的,想吃啥尽管说,别客气啊。"

古今一和牛达总算逃过一关,两人放心地挑自己爱吃的菜大嚼起来。主人们也算尽到了地主之谊,自己人开始对酌狂饮。一派皆大欢喜的大好局面。

酒宴完,王总醉醺醺地对汪建民说:"安排他们到歌舞厅放松一下吧。"

汪建民说"行",古今一说"不"。

"王总,谢谢您这么客气,我们又是坐飞机、又是坐车的累了,想早点休息了。"

"那行,以后再找时间玩吧。工作要紧,休息好了,明天采访才有精神嘛。"握手告别时,他又说:"明天起,由我们的工会主席汪建民负责陪同你们采访,我和几位副老总就不陪了,我们还有几件工作要做。当然,如果遇到啥麻烦事需要我出面,尽管找我,不用客气。"

他们由汪建民陪送到十楼的豪华套间。放下行李,汪建民告辞,并爽快地说:"只要你们在这儿一天,这车和我就归你们使唤一天。"

房间里暖气很足,古今一和牛达只觉得有一股热气直冲脑门,累了,也醉了,脱掉外套往沙发上一扔,四脚朝天倒在床上。

《回家》的乐曲声突然响起，那是古今一的手机铃声。他非常喜欢这个曲子，觉得它像知己、像爱人一样，很会迎合自己的心情：他高兴时曲子听起来欢快，他悲伤时曲子听起来忧郁……

"喂，谁啊？"含含糊糊，晕晕乎乎。

"古今一！"振聋发聩，如雷贯耳。

"你谁啊？这么大嗓门，家里着火啦？"

"是着火了，烧死你才好！"

"你到底谁啊？闹什么闹！"

"你、你当然听不出来我是谁咯，我又不是 KTV 的小姐。"

"噢，小高啊，什么事这么不开心啊？KTV 小姐得罪你了？跟她们一般见识干嘛。"

"不是得罪我了，是得罪你了！"

"得罪我？你知道我从来不去 KTV 唱歌的。"

"你去 KTV 又不是为了唱歌。"

"哎哎，这话说的，你以为我去 KTV 玩小姐了？"

"你就别装了，人家小姐把你供出来了。"

"……"

"你怎么不说话？你不是挺能说的嘛！"

"……"

"古今一，你、你太让我失望了。"

电话猛地被挂断了。

"小高，小高，高甜甜……"没有回应。古今一慢慢合上手机,一种不祥之兆瞬间笼罩在他的心头。酒顿时已醒了大半。

牛达醉眼眯着,嘟嘟哝哝问了句:"高甜甜怕侬去 KTV 白相小姐啊?嗯?老关心侬的嘛。嗨,我命苦啊,从来没有一个小姑娘关心我。"

四十二

　　高甜甜确实很关心古今一，因为他在她心目中几近完美，哪里容得下这等龌龊之事。她辗转反侧、胡思乱想，一会儿把他想得是个十足的流氓、色狼，一会儿又找出种种理由为他开脱，一个单身男人免不了会做出些荒唐的事。

　　第二天高甜甜即去找吴远，她要弄清楚事情的真相，老总不会不知道，也不会添油加醋乱说一气。她想起几年前发生在古今一身上的种种倒霉事，会不会又有人想陷害他呢？这到底是些什么人？为什么对他穷追不舍呢？

　　报社领导的办公室在十八楼，编辑记者都管那儿叫"中南海"。大楼共有四部电梯：一部货梯，三部客梯。客梯中，一部单层停，一部双层停，一部层层停。只有一个例外，五楼的食堂和十八楼的"中南海"哪部电梯都得停。说是小小的特权吧，其实也不尽然，因为每天去十八楼的人，委实不比去五楼的人少，区别只在后者大批人是定时去的，而前者是化整为零陆陆续续去的。高甜甜怕别人说她"与领导凑近乎、拍马屁"之类的闲话，于是坐单层梯到十九楼，然后走下一层。

　　经过张理顺办公室的时候，房门开了，李炜兴冲冲地从里面出来。真是怕鬼遇到鬼！"哦，甜甜啊，你找张总啊？他在呢。"

"嗯，"高甜甜不置可否应了声。张理顺听见了，客气地招呼道："小高吗？进来吧。"

高甜甜见状，只得往里走；李炜讨好地把门带上。

李炜刚才告了吴远一状。也确实，吴远直接派古今一去外省采访的做法不够规范：他起码得先跟机动部的部主任李炜打声招呼，说明自己考虑让古今一去完成这次采访比较合适，再让李炜去通知他。不知是吴远疏忽了，还是压根就不想与李炜商量。

两天后，部里几乎所有人都知道古今一带着摄影记者牛达到江西采访去了，唯有李炜还蒙在鼓里。因为两天都没看到他俩踪影，李炜不敢问别人，怕别人嘲笑他是傀儡一个，于是悄悄地去问柳小玉。柳小玉见机讨好地说："李主任，我还以为他们跟您请示过呢。他们去江西采访了。那古今一和牛达胆子也太大了，竟然不把主任当领导！等他们回来好好批评教育一下。要不然，您的权威会受到影响的。"

李炜尴尬地涨红脸说："哦哦，去江西了，是是，我想起来了，吴总跟我商量过这事。你看，我一忙，就把它给忘了，嘿嘿。"

"李主任，忙什么呢？是不是有女朋友啦？"

"没有啊，整天忙得晕头转向，哪有时间谈恋爱噢！"

"就在报社找一个嘛，省时省力，而且工作、恋爱两不误，多好啊！要不，我给你介绍一个，成不？"

"哦，再说吧。"李炜离开柳小玉后，马上来到十八楼，到张理顺这儿来喊冤叫屈。他没敢提牛达的名，他知道牛达脾气暴躁,弄不好挨一顿骂是轻的。

"这是吴总安排的,你就不要再抱怨了。做好自己的工作,要善于团结大多数同志嘛。"话虽这么说,张理顺的心里也满不是滋味:好歹机动部也是我分管的,至少跟我打声招呼吧。这个吴老头,也太自说自话了。想想自己的儿子犯事被抓,要搁从前,他的乌纱帽早就会被撸了,现在到底还是比过去开明多了。不过,自己还是识相点比较好。

张理顺的办公室布置得很气派,与其说是一个报社的老总,不如说是一个大公司的老板。

张理顺和蔼地说:"小高,坐吧。我很少和你们年轻人谈心交流,这是我的缺点,希望你们能原谅。当然工作忙是一个原因,但主观上缺少这个意识。今后我一定会好好改进的。"

高甜甜没想到,一个副老总刚一见面就向她作检讨,她有些不适应。"张总,您别这么说。我不是来给您提意见的。"

高甜甜尽管进报社时间不长,但已有所耳闻。张理顺是搞政工出身,在部队时当过连指导员、营教导员、团政委,转业到地方,先是在一家国有企业做党委书记,后到市委宣传部某处当处长。他是几十年秉性不改,无论在企业还是机关,一概看作军营,听命令、服从是底下人的天职。不管他说得对错与否,谁敢说个不字,以后绝对没法在他手下混了。他会在大会、小会、公开、私下等所有场合指名或不指名地说说你的毛病,敲打敲打你。现在的人到底还是乖巧的多,三五个月过后都知道了他的习性,于是只要张书记、张处长说的,都马上会群起而附和:"嗯,嗯,太对了,我们过去之所以止步不前,就是因为没有想到这一点;太深刻了,真是找到了问题的关键……"

市委宣传部的一位老领导毕竟眼光犀利,洞察了张理顺的致命弱点,所以他在宣传部多年,一直未能提拔。后来,老领导到年龄退下来了,来了位新领导。新领导的习性与张相近,你有没有能力、水平不重要,重要的是你是否听话。一般来说,要求下级绝对服从的人,其对上级也大致唯唯诺诺、大唱赞歌。半年后,张就被派到报社当副总编辑,尽管之前他从来没办过任何一份报纸。这大概也可算是中国的一大特色,只讲级别,不讲能力和特长。高甜甜在家也是经常与老爸争论。老爸的观点是,领导干部到多个岗位工作,能培养综合素质。她的观点是,不具备综合素质的人就不应该放到领导岗位上去。父女俩看问题的角度不同,得出的结论自然也大相径庭。

到报社后,张理顺还是这一套。古今一看不惯,在私底下调侃了几句,被李炜捅到了张理顺那儿。于是古与张结了怨。成立机动部时,几乎全报社的人都坚信,部主任非古今一莫属,而结果却让人大跌眼镜,李炜当上了部主任。管你多有才气,社会上多有影响,要不是吴远出面说话,古今一恐怕连普通记者都当不成了。张理顺曾放话,明褒实贬:古今一社交活动能力很强,社会关系也多,让他去主管报纸发行工作一定很恰当。

张理顺见高甜甜有些手足无措,笑笑说:"当然。那你有什么困难尽管说,我能帮忙的一定不会袖手旁观。"他喜欢部下在他面前一副张皇的样子;如果再恭敬一些、谦卑一些,那就更喜欢了。

高甜甜迟疑了一会儿，终于开口道："张总，您听到谣言了吗？是关于我们机动部古今一的。"

张理顺烦人说起古今一，但今天例外。"哦，是这事啊。我听说了，但是不是谣言，还不能肯定。"

"您是说这可能是真的？"

"小高啊，虽然我现在还不能肯定是真是假，但有一点你应该清楚，无风不起浪。古今一业务上是很强，但政治上对自己要求不严，经常会说些怪话，做些出格的事。他是你的老师，在业务上你确实应该多向他学习，但在政治上你应该有自己的立场、观点和方法。要与党中央保持一致，与市委保持一致，与报社党委保持一致。他有什么言行出现问题，你应该提醒他、帮助他，也应该及时向领导汇报，与领导沟通。在这方面你还真应该多向李炜同志学习。"

"那他这次到底是有事还是没事啊？"高甜甜有些着急，张总说半天都让她摸不着头脑。

"公安局正在调查，有了结果自然会向我们报社通报的。"

"那真有事怎么办？报社能不能出面保他一下啊？毕竟他是报社的记者，是我们市里的作家。要不，他这一生就毁了！"

"真有事的话，谁也保不了他。"张理顺最容不得别人替一个胆敢与他作对的人说情，他冷冷地说；高甜甜不禁打了个冷战。

高甜甜走出张理顺的办公室，心里一直在嘀咕："当领导的怎么能那么没人情味？还以人为本呢！古今一啊古今一，你这个混蛋，这回你算是彻底玩完了。你还有心思采访啊？"

四十三

当得知上海有记者来采访时,樟树县城顿时热闹起来,谁都想对李晓清的家乡人说道说道她。

采访在电力公司的一间小会议室里进行,形式颇像医院看门诊,闻讯而来的人坐在走廊的长凳上,说完一个再来一个,由汪建民负责联络接送。古今一和牛达都觉得很新鲜,渐渐地他们激动不已。尤其是古今一,他无论如何没想到在樟树竟然会有如此令人不可思议的好官!现如今,好官不好找啊!而这么个好官,又竟然和他一样,曾经是个知青。

年近八十,老眼昏花的退休工人万志强无儿无女,和老伴相依为命。十多年来,李晓清年年都把过冬的煤炭买好送到老人家里,节假日还买上东西登门看望,帮着洗衣洗被、买米买菜。每年除夕,老人生日那天,她都送去寿糕、点上蜡烛,唱支歌高高兴兴为老人祝寿。之后,才赶回家与家人吃年夜饭。线路检修工赵迪生患肺癌,需要住院观察治疗。临行前,李晓清担心他钱不够,赶紧回家拿出两千元钱让爱人送去。职工范国海的爱人单位效益不好,开不出工资,她想到街上摆摊卖烧饼以补贴生活。摆小摊缺个食品柜,李晓清听说后,马上把自家的一个长方形大玻璃缸换上新玻璃,洗刷得干干净净,亲手送到范国海家中。职工卢琳的母亲年老体弱、走路困难,李晓清看在眼里、记在心里,回上海探亲时,特意买了一根手杖带回樟树送给老人家。

男儿有泪不轻弹,然而提起李晓清的事,偌高偌大的汉子禁不住热泪流淌。孙国庆对古今一说,我都五十开外的人,要让我佩服谁不容易,李书记是个例外。孙国庆是巴山公社的党委书记,他说那年公社发生数起山洪爆发和泥石流,很多房屋被冲垮或掩埋。老百姓纷纷到公社寻求帮助。巴山公社本来就是全县有名的穷山沟,实在没有资金和能力来帮扶。正在这时,李书记带队开来了两卡车救援物资,并代表县电力公司与巴山公社签约,结成帮扶对象。签约刚完,李书记便晕倒在地。听随行的人说,李书记知道巴山公社有难时,一连几天召开公司高层会议,统一大家思想,然后又到处奔波购置救援物资。她是累倒的啊!

"哦,李书记当年一定是你们公社的知青了。不管怎么说,总是有感情的嘛。"古今一赞叹地点点头。

"嗯,这我倒是不晓得,她插队时我还在一个大队当支书呢。"

孙国庆出去了,不一会儿,汪建民领进一个三十多岁的女子。他一边示意她坐下,一边介绍说她叫施孝华,是抄表工。

"李书记的大恩大德,我要说声谢,她也听不见了呀!"施孝华未坐定眼泪已哗哗流了下来。施孝华因住房拆迁租用了一间临时房,房子破旧不堪、四面透风,六岁的孩子手脚都冻肿了,疼得嗷嗷直哭。当母亲的不知所措,只会陪着孩子一起流泪。李晓清闻讯此事,立即腾出自家的一间房让施孝华全家搬过来同住。施孝华知道，有人曾经想租李晓清的房，愿意每月出五百元，被李晓清拒绝了。于是她拿出五百元钱给李晓清作为房租。李晓清笑笑说，你见外了不是？咱们在一起工作，你有困难我能看着不管吗？这钱我不能要。李晓清住房并不宽敞，小施感到过意不去，几天后又送钱给她："我租谁的房都得给钱，何况现在租房难，您能让我住，我已感激不尽了，哪能白住啊？"李晓清假装生气地说："你要给钱我就不让你住了。"施孝华见拗不过她，只得作罢。李晓清非但一分钱没要，还时常替她照看孩子，孩子有个头疼脑热的，也是李晓清帮忙求医抓药。这一住，就是两年多。

　　"现在社会上还有这么好的官啊？要不是亲耳所闻，我还真不信呢！"每当采访完一个人送出门时，牛达都要感叹一句。

　　这是樟树县首富单位一把手的住房：一间十五六平方米的平房，外墙已斑驳陆离，简陋的家具黑糊糊已不辨原先的颜色，一张四尺大床、一张三尺小床，使不大的房间更显局促。还有一间八、九平方米的小间，早先借给施孝华居住，后来成为客厅。客厅里没有沙发，只有一张杉木方桌，四周围着四条杉木长板凳。古今一坐在一条长凳上不敢动弹，想稍稍变换一下坐的姿势，凳子便会不满地吱吱乱叫。牛达站着，这是他的职业习惯。李晓清的爱人刘承宇几次站起身想让他坐，他都谢绝了。他局促地摆弄着相机，从房间的这头走到那头，又从那头走到这头；不用广角镜，拍不下比较完整的画面，用广角镜画面变形又太厉害。

　　之前，古今一已经应邀到几位老总、副老总家去做客。那是他们新搬的楼房，小的三房两厅，大的四房两厅，清一色崭新的家具,那个气派与大中城市的高档商品房相比也毫不逊色。原以为,党委书记的住房不比他们更豪华,至少也不会相差太远。没想到,展现在眼前的景象竟然会如此不堪。

"我喜欢实事求是,不要因为是英雄了,而忌讳什么。这是你们过去的住房,我信;现在呢? 你们现在还住这儿吗?"这是古今一采访的风格——对采访对象有意或无意让你看的东西,让你听的话语进行不留情面的质疑。

"我们结婚时就住在这里,现在女儿已经读大学了,也一直冇离开过。"刘承宇说的是普通话,但夹杂着当地口音;看他的长相,没有半点省城人的模样,虽有几分清秀,却也有几分土气。

"为什么? 电力公司不是没有钱,再说其他几位老总也确实已经搬进了新盖的楼房了。她可是党委书记,一把手啊。"

"我,我也把这话跟她说了好多遍了,可她不听。她说,过去多少年,我们干部都和工人住一栋楼,现在就不行了吗? 等过几年工人们都住新房了,我们再搬也不迟嘛。说到一把手,她说现在干群关系那么紧张,干部们全住新房,工人们全住旧屋,我这个一把手不搬,他们心里会好受些。"

"哦,我们准备写一篇通讯,想配发几张照片,能不能借一些李书记的工作照和生活照呢?"

"当然可以。不过,清清很少拍照,怕一时半会儿找不到。我得好好找找,找到后给你们邮寄过去行吗?"

"好,那麻烦您啦。哎,顺便问一下,您爱人过去是在巴山公社插队吗?"

"这、这我倒不是太清楚。她可能说过,我冇往心里去。

要么,我去公司人事部门问问,她的档案里应该会有的。"

"哦,也好,不着急。反正我们采访的内容主要是在电力公司,插队时候的事文章中也不会涉及太多。"

四十四

黄昏时分,高甜甜拖着疲惫的双腿走进办公室时,于成龙、柳小玉等都在津津有味地听"姥姥"神侃,不时还爆出阵阵笑声。

见高甜甜进门,"姥姥"似乎有所指地、不以为然地说:"啊哟,是人呀,没有七情六欲那是死人。我家隔壁的阿明,老婆死了两年了,他每隔一段时间都会去一次发廊,找个发廊女解决一下生理需要也是人之常情嘛。有什么大惊小怪的。有需要就有市场,明的不允许,暗的就会产生出来。比如赌博吧,这是人的天性,要不然澳门的赌场也不会这么红火。你不让赌,别人就不赌了吗?照赌不误。因为是地下的,弊端就很多,出老千,打砸抢,层出不穷。又比如嫖娼,有些人长期出差在外,有这方面需要不能去强奸良家妇女吧?有些人夫妻性生活不和谐,不能都离婚了事吧?还有些人婚姻问题迟迟得不到解决,有需要怎么办?如果有红灯区,一切就都迎刃而解了;既解决了这部分男人的生理需要,又缓解了一部分女人的就业压力;既稳定了社会、稳定了家庭,又大大减少了患性病、尤其是艾滋病的可能性。而我们现在不允许,于是明的不行,暗的盛行;有需要就有市场嘛。"

高甜甜不屑地"哼"了一声，反驳道："奇谈怪论！照你这么说，我们又何必去查毒禁毒呢？公开开大烟馆得了，有需要嘛。真是一派胡言！"

"姥姥"哪会轻易服输，又狡辩道："哎，你这话不对。性是人的生理需要，赌是人的天性使然，吸毒可是有害人的身心健康。两码事，不能混为一谈的噢。"

"男人都不是东西，这句话本来我还不信，现在听你一说，我不得不信。喜新厌旧去玩女人，想不劳而获去赌博，不以为耻，还搬出一大套理由，振振有词。哼！"说完，撅着嘴，虎着脸，径直走到自己的办公桌前，坐下发愣。

"哎，好心当作驴肝肺，我冤不冤啊？""姥姥"双手一摊，哭丧着脸。

"人家心情不好嘛，可以理解。"于成龙善解人意地说。

"蛮好的一个女孩子，干嘛和一个老头子弄得像师生恋似的啊？真是想不明白。崇拜和爱情是两码事，怎么能混为一谈呢？"柳小玉惋惜地叹了口气。

高甜甜前天原想找吴远打听消息的，却不料碰上了张理顺；本来不甘心，想再找吴远核实、确认一下，不想吃了个闭门羹：吴远没在办公室。刚要离开，碰上总编办公室主任谭石生。谭主任笑眯眯说："找吴总啊？他出国访问去了。有啥事吗？跟我说也行。我能解决的就解决，我不能解决的，你还可以找找张总嘛。"

"哦，没啥要紧事，等他回来再说也不迟的。谢谢谭主任。"

高甜甜灰头土脸的，沮丧到了极点。这两天采访也没心情。她靠窗坐着，木然地看着外面。尽管机动部在二十二楼，不算低，但周围都是鳞次栉比的高楼，还是挡住了视线。

李炜兴冲冲从"中南海"开会回来，"姥姥"见状忙说干活咯！众人作鸟兽散，只有柳小玉笑嘻嘻问："李主任，开完会啦？辛苦啦！"李炜嗯了声，朝房间的尽头——他的办公桌走去。突然，发现高甜甜无精打采地呆坐着，便凑过去，讨好地说："我手头有两个不错的线索，古老师不在，我陪你去采访吧。"高甜甜稍稍侧过头，面无表情地说："不用了，我手头一个稿子还没弄完呢。"

李炜见她情绪低落，又关心地问道："是不是身体不舒服啊？要不要看医生啊？"

高甜甜淡淡地回答："不用了，歇歇就好了。"说完，脸又朝着窗外。一群信鸽呼啦啦地飞过。

李炜"哦"了声，转身走开，没走几步，又回过来，"如果想吃点啥药跟我说，我帮你去医务室拿。"

"嗯，谢谢。"高甜甜依然望着窗外。有一只掉队的鸽子，白色的，孤单地、懒懒地飞着，似乎很不情愿地尾随着刚才那群信鸽而去。

等李炜离开后，高甜甜又懒洋洋地坐了一会儿，然后起身出了办公室。她漫无目的地从消防梯一层一层转下楼，到了十二楼停下脚步，自言自语说："去哪儿呢？对，到党群部问问郁思思，看她知道些什么。"

郁思思不在，出去采访了。高甜甜扫兴地出了党群部，到电梯口站住，却不知自己是往上还是往下。电梯门开了，正当她犹豫着是否要进去时,里面有一人招呼她,"小丫头,快进来呀,愣着干嘛!"是吴远。

高甜甜禁不住大喊了一声"吴总",然后,"嗖"地窜了进去。

"动啥脑筋啊,等电梯还那么投入?"

"嘿嘿——"高甜甜不好意思地笑笑,然后寒暄道:"吴总,您出国回来了。"

"是啊。哎,你怎么知道我出国了? 找过我?"

"嗯。"

"什么事啊?"高甜甜瞟了瞟四周,电梯里还有其他人,"唔,唔——也没啥事。有一个采访线索我没把握,想请教您。"

"好啊。我现在要到市委宣传部开会,回来我给你电话。"

"哦。晚上还开会啊? 那我等您电话。"

这时,底层到了。电梯门一开,高甜甜便拉着吴远的胳膊,把他引向大厅的一角,边走边悄悄地说:"我现在就想知道,古今一到底怎么啦?"

吴远迷惑地看着高甜甜:"你想知道古今一什么啊?"

"还有啥事,就是报社传得沸沸扬扬的、说他嫖娼的事,真的假的?"

"谣言,不可信!"

"真的啊?"

"当然。"

"谢谢吴总,您快去开会吧!"

"古今一啊,侬迭只老古董还算识相,没做啥下作的事体,否则我勿会放侬过门,哼!"等吴远的车消失在圆明园路的尽头,高甜甜心情舒畅地自言自语。

此时的上海,华灯初上。

四十五

　　整整两天的"门诊"结束了,采访对象将近五十人,他们众口一词:"李晓清,一个好官。你们能来采访、报道她的事迹真是太好了。唉,早就应该来宣传了。"古今一无数次地问,你们这儿就没有媒体记者来采访? 得到的回答千篇一律,有有啊,从来有有。如果说,过去是因为李晓清为人低调,拒绝别人采访;那现在呢,她已经被人杀害了,还有什么人为了什么目的在阻止媒体宣传或介入? 他问过汪建民,回答是不晓得;问过电力公司的几位经理,回答是不清楚;也问过其他受到她关心帮助的人,回答是弄不懂。

　　这天晚上,电力公司的几位经理又要请记者们吃饭。说是采访辛苦了,放松一下。地点当然还是在电力大酒店,毕竟是县城最高档的饭店嘛。古今一说了一大通客套话,想免了这顿饭,但到底还是拗不过主人的盛情,只得乖乖从命。

　　照例又是一通觥筹交错、大呼小叫,热闹自然十分热闹,古今一却觉得十二分的无聊。然而不能拂了主人的面子,于是赔着笑脸,喝喝喝,吃吃吃,跟着一起嚷嚷。

　　还是那位女孩前来端茶、倒酒、上菜,大家都她叫小林;还是那样的周到体贴、不卑不亢,而又楚楚动人;还是那天的感觉,仿佛是自己的女儿小桥。幸亏有她,要不这饭吃得太没劲了。一种为父的感觉油然而生。

菜上了十几道了,似乎还没完的意思。桌上好几个人已经晕晕乎乎,胡话连篇。一会儿,端上一只硕大的瓦罐来。古今一照例回头问一句,"啥菜啊?"顺便瞄瞄那女孩,心里闪过一个念头,认她做干女儿倒是不错嘛。这回瞅见的却是另外一个女孩。她比小林稍稍矮些,但同样发育得体形健美,很健康,也很漂亮。"赤蛙花菇瓦罐汤。"女孩轻轻报一声菜名,转身就走了。

餐桌上的人光顾着喝酒,也没注意上菜的人换了,反正条件反射似的喊几句:"吃啊,吃啊。"赤蛙生长在山间的石头缝里,形状类似上海的田鸡,但个头大许多,且呈深红色。花菇也是山里野生的,比上海能吃到的香菇肉质更厚实,也更香更鲜。古今一知道这道菜是樟树县的名菜,因此拿起了勺子,连汤盛起一只蛙腿、几片花菇,放入自己的碗中。他用筷子刚要夹起蛙腿往嘴里送,猛地有人在他肩上轻轻地拍了一下,回头一看是那刚才上菜的女孩。古今一疑惑地看着她,觉得有些眼熟。女孩低头在他耳边轻声地说:"瓦罐汤,别吃!"古今一刚要问为什么,女孩已经伸手拿起桌上的一只空碗走了。

古今一瞅瞅筷子夹着的蛙腿,自言自语道:"没见过的东西,我可不敢吃。"说着放在了骨盆里;然后又悄悄对牛达耳语道:"刚上的那罐汤勿要去吃伊。"

牛达问为啥,古今一回答:"我也勿晓得为啥。"

牛达嘟哝了一句:"侬是勿是吃醉了?"说完伸手拿起勺子,盛了满满一碗。转眼间,满满的一瓦罐赤蛙花菇汤就被一扫而光。

古今一到底还是忍住了没吃，女孩提醒他不能吃，总有不能吃的道理，她与他素不相识，不可能和他开玩笑。

当晚，因为连续的采访感觉有些累，古今一洗了澡就睡了，不一会儿就发出了轻轻的鼾声。牛达虽然不太累，但玩又没处可玩，事又没事可干，于是他蹑手蹑脚走到卫生间，关上门给摄影界的朋友打了一通电话，约好下半年到江西来采风。之后，他躺在了床上，幻想着采风回来后办个小型摄影展，好评如潮，大获成功。蓦地，肚子一阵抽紧，像绞毛巾似的疼痛难忍；少顷，一股气慢慢向下移动——不好！牛达赶紧下床，直奔卫生间。

回到床上，稍稍觉得轻松了点，想早点睡吧，睡着了就没事了。刚迷迷糊糊要进入梦乡，突然腹部又不安分起来，先是叽里咕噜地闹上一阵，紧接着疼痛就袭来。没办法，赶快又奔卫生间。

这一晚牛达究竟起来几趟，他自己也记不清了。

古今一睡得很踏实，一觉到天亮。起床后，他轻松地边刷牙边背起了宋词：微雨后，薄翅腻烟光。才伴游蜂来小院，又随飞絮过东墙。长是为花忙。

整个采访过程中，古今一一直很感动，真是没想到现在竟然还有这么一位感天地、泣鬼神的"官"。但职业的敏感性似乎告诉他，还有几个疑点不能不予以关注。其一，凶手是个四十多岁的女人，单单为了女儿能进电力公司工作就不惜以生命相搏，似乎说不过去；其二，就是吴远交办任务时特别指出的，李晓清被害已经好几个月了，她口碑甚佳，又是以身殉职，为何迟迟不能被评为烈士？其三，凶手关在牢里几个月，为何一直不公开审判，更不要说判处死刑？

蓦地，古今一还发觉了一个更为可怕的情况，整个采访仿佛都有一双无形的手在暗中掌控。被采访人说李晓清怎么怎么好无妨，一旦涉及上述的有关问题则顾左右而言它。

一天的采访又结束了，晚饭还是在电力大酒店吃。大家的兴致仿佛都不高，纷纷表示"素净点，素净点"。酒也很少有人喝了，只有汪建民和牛达两个人说了一句"拉归拉，喝归喝，怕啥呀"，开了一瓶泸州老窖。从他们的言谈中，古今一猜出了个大概：他们与牛达一样，都拉稀了。这桩事那个女孩肯定知情。可为什么呢？古今一却是一头雾水。

吃可以素净点，舞还是要跳的。乐曲响起，餐厅中央陆续有几对男女翩翩起舞。小林瞥见古今一坐着发愣，便站起身走到他跟前，说："可以请您跳舞吗？"

古今一回过神来，爽快地回答："当然可以。"

她不怎么会跳，而古今一也是前几年在党校参加学习班时学会的，两人旗鼓相当，简单地跳跳三步、四步。本来，古今一也是醉翁之意不在酒，他还有要紧的事要办。

"哎，小林，我能问你一些问题吗？"刚问完，古今一就有些后悔，搂着一位漂亮的女孩跳舞，说话竟然如采访一般一本正经。小林倒也不在意，笑笑回答："当然。"

"你认识李晓清吗？"

"当然认识，她是电力公司的党委书记、樟树县的名人呀。"

"你觉得她这人好不好？"

"当然好。像她那么好的人现在真的还不好找。"

"那为什么还有人要杀她呢？"

"凶手杀错人了。"

"杀错人？"

"是啊。连她家里的儿子和女儿都埋怨母亲,说这县城里,杀谁也不该杀李书记呀。"

"为什么呀？"古今一惊愕不已。

一曲终了,不便再搂着女孩问这问那,古今一只得说声"谢谢",然后优雅地一摆手,示意小林回到吧台边去。自己也满腹疑虑地回到餐桌边坐下。

汪建民醉醺醺地嘟哝道:"跳得好,很好……"后面说的什么听不清。

牛达也有几分醉意,调侃道:"老兄,那小林不错,可以考虑哦。"

莫名地,古今一心里荡起一丝涟漪。很快,他就又恢复了平静。他有太多的疑点需要去寻找答案。稍顷,又一首乐曲响起,古今一朝吧台那儿望去,小林的目光也正好移向这边。古今一悄悄用手示意了一下,小林轻轻点点头。于是他走向她。

"你看见那屋那个女孩吗？"古今一刚搂上小林的腰,对方便神神秘秘地用眼神示意东边那个小包房。

"嗯,她是谁？"

"她是凶手的女儿。"

"啊？"古今一惊诧不已,再定睛一看,昨晚端上瓦罐汤的不就是她吗？ 小包房的门半掩着,有两个人正在说话,一男一女,年龄相仿,都是二十来岁。那男的穿了一身崭新的军装。

"那是她男朋友?"

"不,是她弟弟,凶手的儿子。"

"啊!"古今一再次感到震惊。

"你想采访他们吗?"

"他们会愿意接受采访吗?"

"我去说。"小林松开手,转身走去。

古今一自嘲地嘀咕道:"我枉为大报的记者,采访意识还不如小地方的一个小女孩,咳!"

古今一看见小林进去后不知说了些什么,少顷便笑吟吟地回了出来,边走边用右手隐蔽地在胸口做了个 OK 的手势。古今一赶忙迎了过去,多余地问了一句:"行不行?"小林说:"同意了,快去吧。"随后引领古今一进了小包房,很随意地介绍道:"这是小王,这是上海来的记者古老师。"

古今一佯装狐疑地瞄了瞄那个男青年,小林轻声一笑说:"哦,那位是小王的弟弟。你们谈吧,我还要去外边张罗呢。"

古今一坐定后,先打量了一下被采访对象。小王大约二十岁左右,文静、清秀、有气质,怪不得昨晚觉得眼熟,她确实有点像自己心仪的电影演员徐静蕾;她弟弟则同样英俊、潇洒,有点像当年的唐国强。凶神恶煞的杀人犯竟然有如此可人的一双儿女! 古今一概叹造化弄人。

"我们随便聊聊,你们觉得不便回答的可以不回答,你们觉得不该见报的可以明说,好吗?"

"嗯。"小王怯生生地点点头;她弟弟落落大方地说:"行。"

"你什么时候入伍的?"古今一很随意地先问她弟弟。他不急于切入正题,这样对方不会感觉突兀而紧张,影响采访效果。

"去年。"

"在哪儿呢?"

"山东济南。"

"现在回来是出差?"

"不,探亲。"

"你呢? 在哪儿工作?"古今一话一出口便知不妥,但为时已晚;她母亲杀人不就是因为她吗? 都是徐静蕾给惹得,古今一面对像她那样的女孩竟然有点慌乱。

"在电力公司。"轻声的一句回答如冬季里的一声响雷,震得古今一莫名其妙。凶手的女儿到底还是进了电力公司,那李晓清死得算啥名堂呢? 也许真是李晓清工作上有问题,才导致这一悲剧的发生,而这也成为她迟迟不能被评为烈士的原因?

"你觉得李晓清这人怎么样?"

"李书记是个好人。"

古今一以为自己听错了,又问了一遍:"李晓清这人怎么样?"

"李书记是个大好人。"

"她不是不让你进电力公司吗? 你为什么还说她是大好人呢?"

"不是她不让我进电力公司。"

"那是谁呢?"

"规定。"

"规定？"

"对，我本来是电力公司的职工，因为出了差错，按照规定就是要被开除的。"

"那你母亲，你怎么评价她呢？"

"母亲很好，非常疼爱我和弟弟。但她不该杀人，尤其是李书记。说得极端一点，杀谁都可以，就是不该杀李书记，像她这样的大好人现在真的不多见了。我刚被除名的时候，母亲找过总经理和几乎所有的副总经理，他们都说自己没啥意见，就是李书记那里不好办。所以母亲最后就去找了李书记——没想到结局会是这样。"

"你真的不怨恨李书记吗？毕竟是她最终拒绝让你回电力公司的啊？"

"你不知道，我出差错后，自己也很后悔。那时，李书记把我找去，狠狠批评了我一顿，然后很诚恳地说，依依——依依是我的小名——不是我跟你过不去，是电力公司有规定啊。如果这次我不处理你，以后我还怎么做工作呢？如果大家都松松垮垮，再好的公司也折腾不了几年啊。你还年轻，不要灰心丧气，谁还不犯点错啊，跌倒了再爬起来嘛。像你这么年轻的时候，我也犯过错，而且是大错。但大家原谅了我，我也认识到自己的错，以后老老实实地改正就是了。放心吧，我会想办法帮你找份工作，好好干。过个一两年，如果电力公司招人，你还可以来应聘，我们一视同仁欢迎你。——哎，李书记，说的话句句都是掏心窝的啊。当时我就哭了，李书记的眼睛也是红红的。"

说着，依依的眼睛又湿润了。"都怨那些不负责任的经理,如果他们和李书记一样坚持原则,我母亲也不可能把一肚子的怨气都冲向李书记了。您说对吗?"

"难怪你要让他们都闹闹肚子、拉拉稀。"

依依倏地脸红了,难为情地问:"您不会告我吧?"

"不会,权当让他们减减肥吧。再说,我对樟树的赤蛙也没兴趣。"

"对不起,起先我并不知道你们在座,还以为都是电力公司的那帮昏官呢。到后来才发觉不对,所以……"

"谢谢你的警告,要不然我也要和他们一样,一夜不得消停啦。"

"其实我这样做是不对的,起不了任何作用。"

古今一突然想听听凶手子女的看法,李书记应不应该评为烈士?

"完全应该。"依依十分肯定地回答。"当然。"她弟弟也毫不含糊地说道。

"那你母亲可能就……"

"李书记不评烈士,樟树县的老百姓不会答应,民心不服啊!不瞒您说,我弟弟这次回来就是为了看母亲最后一眼。尽管我家有许多亲戚、朋友在县里、甚至市里当官,而且是不小的官,他们在到处活动,指望案件会有转机。但不会有什么好结果的。民心难违啊!您是知道的,小小的樟树县有数万人为李书记送行,这就是民心啊!"

有这么明事理的儿女,母亲咋这么糊涂呢?古今一想,也许母亲原本也是明事理的,就是因为遭遇了太多的昏官,慢慢自己也就糊涂起来了。

在樟树采访的最后一个早晨。古今一与牛达说笑着去吃早点,刚踏进电力大酒店餐厅,就被从厨房端着油条出来的小林叫住了,"古老师——"

"哦,你们聊,我肚子饿,先去吃了。"牛达识相地朝古今一眨眨眼,直奔自助餐的长条料理台而去。

"你们今天要走了。"

"是啊,采访完了。"

"不到其他地方去转转、玩玩吗?"

"嗯,不去了。以后有机会再来吧。"

古今一终于还是决定不去朱溪村了,他怕看见九莲。而高甜甜那番莫名其妙冲动的话语也让他有一种不祥的预感,更为他临时变卦有了一个托词。

"噢。"小林似乎有些遗憾和不安。

"谢谢你这几天对我们的关照。"

"应该的,谈不上什么关照。"

"以后有机会到上海去玩。"

"嗯。"

"我能知道你的名字吗?"

"当然,林怡,树林的林,心旷神怡的怡。——我、我怎么联系您呢?"

"哦,这是我的名片。"

林怡看了看,露出一丝微笑。

"名字是不是有些怪啊?——你年纪还轻,为什么不继续读书呢?"

林怡脸色微微一沉,说:"家里穷,没钱上学——快去吃早点吧,别误了上飞机。"说完转身离开了。

刚吃完早点,一帮子经理都来送行。还是那辆凯迪拉克,还是那个汪建民负责送他们到机场。坐上车,礼节性地朝车窗外频频挥手。车启动了,缓缓离开电力大酒店,驶上了公路。古今一蓦然回头,远远地、孤零零地站着一个女孩,还在看着他们,是林怡。古今一心里涌起一股暖流,他又想起了九莲……他朝她挥挥手;她迟疑了一下,也抬起了手,轻轻地摆摆……车拐了个弯,彼此都看不见了。古今一想,这辈子还会不会来樟树呢?九莲如今到底怎么样了?今生今世也许再也看不见她了。他的心里充满伤感。

四十六

吃过午饭，吴远点燃一支敦煌牌香烟，身体放松地靠在单人牛皮沙发上，脑子却一点也不轻松。古今一是他手下的一名得力干将，文章写得好，人也正直，且不死板。虽然有时说话有些出格，但绝对是真话。他的心里很矛盾，按才能和水平，古今一当个部主任绰绰有余，但他怕自己因此失去了一位顶级的记者。而当这么一位记者遭遇困难和挫折时，他当然不可能坐视不管。他心里清楚，古今一被人诬蔑为嫖娼，源于上月发表的一篇关于不夜城娱乐总会涉嫌色情活动的报道。而谣言的源头恰恰来自那家夜总会，说什么古今一是因为想对一名KTV小姐非礼遭到拒绝才制造假新闻的。不夜城绝对干净，从来没发生过诸如赌博、色情活动的事情；曾经也有人举报不夜城，公安局出动去查了几次，都没查出什么问题。不夜城已连续多年被评为市级文明单位。正当古今一一不做二不休，在外围继续进行调查，准备作连续报道时，关于古今一嫖娼的传言不期而至；吴远立刻给党校同学、市公安局副局长李兵打电话。李兵答应帮忙，如古今一没有此事最好，万一真有此事，考虑大报的影响低调处理，教育一下就行了。李兵还语重心长地提议，为了上海的对外形象和投资环境，负面报道一定要慎重,像类似不夜城的报道就不要再搞了。另外,他还有一个私人的事情请吴远帮忙。吴远尽管有被人裹胁的感觉,但还是爽快地答应了。同学关系异化成了利益关系,能互相利用便永远是同学,一旦你不能为同学所用,就是你退出同学圈的时候了。

吴远谢过李兵之后,心里终究不爽,媒体、尤其是省市级大报,倘若失去舆论监督功能,它在读者的心目中还有公信力吗?

但为了保住古今一,暂时停止对不夜城的跟踪采访也是值得的,等风声过去后再说吧。至于李兵的私人之事,倒也可以去做,并不有损他为人的原则和办报的宗旨。李兵说,江西樟树县电力公司党委书记被人杀害了,整个县城数万人自发地为她送行,显然她是个像焦裕禄一样的人物。奇怪的是,她既没有被评为烈士,那个凶手也迟迟没有被审判。原本这是发生在外省市的事情,上海媒体不方便出面,但这个书记是曾经的上海知青。吴远问,你怎么知道此事的呢? 李兵说,她是自己的一个亲戚。于是他决定让古今一赴江西采访,一是避避风头,二是完成对老同学的承诺,三是暂停对不夜城的调查采访。

只是他真的不知如何对古今一提起此事。最多一两天,古今一就要回来了,他怎么跟他说呢?

下午两点左右,古今一回到家;家里那个乱呐,到处是换下的脏衣、脏裤、臭袜子,用过的餐巾纸团、未及清洗的咖啡杯子,还有随处可见的报纸杂志,和大学生宿舍差不多。俗话说,无妇不成家,这话再确切不过。他无心收拾,扔下行李后的第一件事就是给高甜甜打电话,那天说的话到底是啥意思,他想弄弄清楚。高甜甜不在报社,也不在家,手机关机。古今一无奈地脱去衣裤,疲惫地走进浴室。

他的家如今在离成厚里不远的欧阳新村,那是报社分的福利房。原先的石库门旧屋保持原样关着,并没出借。他时不时会回去看看,开窗通风,除尘清扫,然后呆呆地坐在椅子上追忆过去丽丽和小桥的点点滴滴。

他躺在浴缸里,暖暖的,很舒坦,神经放松,闭目养神,让思绪随着乳白色的水蒸气慢慢飘散……

古今一前后带过五个学生,其中两个已经当上了部主任,一个在一家小报当总编辑,一个成了签约作家,另一个移民到加拿大去了。去加拿大的那个学生是他最看好的,事业心强、有思想、很正直,没想到她会选择出国。本来她对出国的人也是不屑一顾,认为现在机会那么多,只有没本事的人才会选择离开。有一次评职称,名额有限,她与部主任二选一。无论是发表文章的数量、质量(包括获奖的等级与次数),她都远胜于后者。结果,部主任评上了,她落选了。她怒气冲冲去找吴远,问评职称到底看什么。吴远说,你的英语考试没通过,上面规定的,一票否决,报社也没办法。后来有同事提醒她,即便你英语考试通过,还是评不上,因为你的竞争对手是部主任。她灰心丧气地对古今一说:"我要走了,移民加拿大。我酷爱记者这一职业,但这里到处都有潜规则,我不想顺从,但违抗又力不从心。我在这里成不了一个好记者的。"古今一劝她一切都在变化,慢慢会好起来的。什么事都有一个过程,尤其是中国这么一个大国。潜规则也是会被慢慢消解的,我们要有耐心。她说她等不及了,怕到那一天,自己已经老得无力采访了。古今一火了,说:"我还没说老了,你个黄毛丫头,就敢说老?"

两人不欢而散。古今一把杯子摔在了地上,嚷嚷道:"老子再也不带学生了!"

一个月后,吴远来找古今一,让他继续带学生,理由很简单,你是本报第一写手,号称总记者,你不带谁带?

"我老了,心力不济啊。"

"老什么,四十多岁正当年呢! 再说了,是你总记者大,还是我总编辑大啊?"古今一拗不过吴远,只得笑笑答应。

古今一一向桀骜不驯,曾有同事开玩笑说你的学生都成高级编辑、总编辑了,可你还是记者一个,怨不怨啊? 他回答,总编辑怎么啦? 他只能管编辑;我是总记者,记者都归我管。我们报社是编辑多,还是记者多啊? 于是,他的总记者的"封号"算是自己给自己定下了。

吴远问他有什么要求,古今一回答,一不要女生,二不要新闻系毕业的。去加拿大的学生伤透了他的心,他为此设定了一个择徒标准。

"行,"吴远诡秘地笑笑说,"明天下午就来。"

第二天上午,古今一将自己对面的那张空桌子仔仔细细地擦洗了一遍。下午,他一边赶写一篇新闻稿,一边在等自己的新学生。办公室就他一人,其他人都外出采访了。两点左右,有人敲门。"请进。"

一个女孩,身材高挑,长发披肩,穿着很时尚,也很得体,皮肤白白的,眼睛大大的,一个美人坯子。

"请问找谁?"

"古老师,您好。"

"你是谁啊,找我有事吗?"

"我是您的学生。"

"我的学生? 我的印象中没你这么个学生。"

"印象中是没有,我是刚分配进来的,吴总让我跟您。他说您已经答应了。"

"答应是答应了,可他没说是个女生呀。"

"啊? 古老师不会也性别歧视吧?"

"噢不不,男女都一样、都一样的。你叫什么?"

"高甜甜。高兴的高,甜甜蜜蜜的甜甜。"

"哦,真幸福。又高兴,又甜蜜。那你先坐吧,这里——"古今一指指自己对面的那张椅子。

"你哪个学校毕业的?"

"交大。"

"哦,交大不错。什么专业?"

"新闻。"

"什么? 新闻? 不会吧?"

"怎么? 学新闻不好吗?"

"哦不,挺好的。我一直以为交大是没有新闻专业的。"

"这死老头子,还真会作弄人。"当天晚上,在回家的路上,古今一给吴远打了个电话,用上海话恶狠狠地说:"我一生一世认得侬!"

吴远哈哈大笑起来,然后不紧不慢地说:"总记者没有总编辑厉害吧?"古今一也忍俊不禁笑了起来。"不过闲话讲回来,高甜甜这小姑娘蛮有灵气的,好好带,一定会鹤立鸡群的。"

"我自己都是一只斗败的公鸡,哪可能带出白鹤来呢?"

"哈哈,侬这家伙介记仇啊?"

《回家》的音乐蓦然响起,古今一赤条条爬出浴缸,一溜小跑到客厅拿手机。"喂,啥人啊?"边接听边又跑回浴缸躺下。

"老古董,侬在啥地方? 回上海了吗?"是高甜甜。

"我在浴缸里,刚到屋里。"

"回来也勿报告一声,太没有组织性、纪律性啦。"

"想报告,可找勿到方向呀;报社勿在,家里没人,手机关机。"

"哦,手机没电了,我也是刚发现的,勿好意思。"

"唉,前几天我在江西采访,侬像训灰孙子一样地在电话里训我,究竟是啥事体啊?"

"哦,没事体了,过去了。"

"侬倒是活得潇洒,想训人就训,说没事体了就没事体了。侬总得拨我一个说法吧?"

"侬是秋菊啊?"

"勿是秋菊,可侬也勿能随便冤枉好人啊。"

"侬还想打官司呀? 告诉侬,无风勿起浪,虽说这桩事体过去了,但并勿表明侬清白得让人可怜。我还要进一步调查呢,侬好自为之吧。——哦对了,侬今朝夜里有空吗?"

"啥事体啊?"

"请我吃饭。我写了一篇关于中小学乱收费的报道,侬帮我看看。讲好了啊,晚上六点,在顺风大酒店。拜拜!"

"现在的八零后勿得了,白相老师就像白相猢狲一样。切,我老师还是侬老师啊?"古今一嘟嘟哝哝地爬出浴缸,用浴巾身上一裹,到客厅沙发上坐下。

四十七

从樟树回来一周后,古今一的长篇通讯《情洒红土地》见报了,六千字,满满地占了一个版面。它恰似一颗催泪弹,令许许多多的读者一边看一边直掉泪。当天报纸的发行量也因此而大增。

五天后,《江西日报》的老总给吴远寄来了一封言词恳切的信,说他最近召集所有编辑记者开会,学习贵报记者古今一的那篇充满激情的文章。他说他们早先也派记者采写了有关李晓清的事迹,但抽象、概念,结果都压着没见报,云云。

几乎同时,李晓清的丈夫打来电话,告知两大喜讯:一是李晓清被评为了烈士,二是凶手终于伏法了。他再三谢谢古今一,说是他的文章伸张了正义。他还说,他找到了几张李晓清的照片,已经通过邮局寄出,估计几天后就能收到。

此事在报社传开后,有人高兴,有人妒忌,有人怨恨。

古今一则是甜酸苦辣咸,五味杂陈。他在文章中隐瞒了一些东西。还有,吴远在给他报喜讯的同时提醒他,关于不夜城的后续报道暂时搁置,不要再去调查采访了。他给出的理由是,还有更重要的任务等着你。另外,本市的负面新闻不宜过多,会影响投资环境的。市有关方面已经打招呼了。古今一当了十几年记者当然明白,不听招呼是不行的。还有那个叫林怡的女孩,让他总想起自己的女儿小桥,而牛达在江西时半真半假的调侃,又多多少少让他生出几分遐想。

中学同学聚会,照例又是吃一顿。今年地点放在干锅居。现在的人也真是,不管春夏秋冬,都会有许多人跑来这里排队,围着炉子吃苗岭干锅鸡。来了十个人,清一色女同学,当时她们十人学习成绩好、长得漂亮、彼此之间关系又最铁,号称"上海中学十姐妹"。上海中学是市重点中学,她们又都是学习尖子,因此毕业后除了一人报名参军当了文艺兵之外,其他九人全都考上了全国重点大学。

尽管各奔东西,一年一次的聚会却似法定的一般,六年了从未间断过。

干锅鸡还未端上来,场面却早已沸腾了,毕竟又是一年未见,有多少话要向姐妹们倾诉,又有多少事要向姐妹们打听?高甜甜更是心情舒畅,围绕古今一的谣言终于不攻自破。报社都在流传一个消息:张理顺即将调走,什么原因知道的人似乎不多,好像是说他儿子出事了。儿子出事了,为啥要连累到父亲?谁也说不清。毕竟不是老子英雄儿好汉,老子狗熊儿混蛋的年代了。至于谁来接他的班,不得而知。管他谁呢,当记者写好报道是第一位的。这是古今一经常挂在嘴上的一句话,如今也成了高甜甜的口头禅。

阿敏又跳槽了,因为老板见她长得俊俏,总想骚扰她;小芳宣布明年硕士研究生毕业,不想再读博士了,要不然就再也嫁不出去了;琳琳大谈最近去法国、意大利旅游的所见所闻,感慨自己这回算是开了眼界,真正懂得了什么叫生活。

高甜甜和她们一起说、一起笑,其乐融融。阿敏突然想起了什么,神秘地对甜甜说:"听说你们报社有好几个人嫖娼被逮住了?"

"是啊,是有两个。这些男人也真是的,为了那些个肮脏的妓女,自己大好的前程给毁了。"

"不止两个吧? 据说其中有一个是给你们的老总给保下了。"

"哎,你怎么知道这些的?"

"甜甜,你不知道吗? 阿敏新交的男朋友是市公安局的警官。是吗? 阿敏,你男朋友有没有说,他叫什么名字啊?"

"好像是姓古,我男朋友说他蛮有名气的。不过,我不大看报纸的,报纸那是办给当官的看的,我又不想当官。"

高甜甜突然脸涨得通红,仿佛酒喝多了似的。全报社就一个姓古的,除了他,还有谁呢。

她犹豫了一下,然后装作若无其事地说:"那是谣言,开头报社也流传开了,后来就销声匿迹了。我为这事还问过老总,他说没这事的。"

"哈,你只知其一,不知其二。你们的老总和公安局一个局长是老朋友,他求他帮忙,他肯定得答应。再说,又没当场抓住,是一妓女和其他人做时被抓,然后把姓古的咬出来的。"

"那妓女的话能信吗? 逮着了就胡乱咬人,争取宽大处理呗。"甜甜继续辩护道。

"是啊,是啊。就是,就是。"众姐妹附和道。

"哈,你们只知其一,不知其二。"阿敏说。

"你哪来那么多'其二'呀!甜甜就是报社的人,她会没你清楚?"琳琳说。

"因为这案子是我男朋友亲自审的,那妓女指认姓古的可是证据确凿啊。"

"啥证据啊,说说看。"小芳说。

"其一,有名有姓有单位;其二,有具体作案时间和地点;其三,也是最最关键的,她说他——"阿敏突然语塞了。众姐妹以为她卖关子,都起哄道:"说他啥了,快说,都'其三'了,别再卖关子了。"

阿敏环顾四周,然后压低嗓音说:"她说他那东西上有颗红痣。"边说边用手指指自己的下腹。

姐妹们哄地笑了。

琳琳问:"这也是你男朋友亲口告诉你的?"

又是一阵哄笑。

小芳又问:"你有没有检查你男朋友,看他有没有红痣啊?"

阿敏脸色绯红,嚷嚷道:"你们这些女人,真是不得了!不和你们说了!"

高甜甜没笑,她的眼里噙满了泪水。

键盘敲了最后一个句号,古今一长长舒了口气。关于不夜城娱乐总会涉毒、涉赌的特别报道脱稿了,题名《不夜城再探秘》。吴远说暂时不搞,不等于说永远不搞。领导说话具有艺术性,你得细细琢磨、品味才行。"趁热打铁,先把稿子弄出来,至于什么时候发表,等与吴远商量后再说吧。实在不行,退而求其次,发内参也可以的。"这是古今一的如意算盘。

古今一点开电脑里的音乐播放系列,萨克斯管演奏的《回家》悠然响起。德龙牌咖啡机上煮着咖啡,犒劳自己,今天喝的可是九百元一斤的顶级牙买加蓝山咖啡。这是唐山绿地案子破了后,他破天荒买了二两,以示庆贺。平时他喝的大都是一两百元一斤的。

顿时,咖啡香味在客厅弥漫开来,古今一做了个深呼吸。

品尝了几口蓝山,古今一神清气爽,想起从报社带回家的报纸和信件还未拆看,便打开上班用的"外交官"牛筋背包。

突然,目光在一封牛皮纸信封上停住:"樟树内详"——"会是谁呢? 九莲?"

信封拆开了,不是九莲,而是李晓清的丈夫寄来的。信里夹着几张已经泛黄的老照片,显然是李晓清。可古今一看着竟然觉得有些眼熟,一时却又想不起来在哪儿见过。

> 古老师:万分感谢您伸张了正义,凶手终于伏法,我妻子李晓清在天之灵也能安息了。另外,我在清理妻子的遗物时,发现了一份奇怪的材料,上面的署名竟然是您古今一! 我知道,世上同名同姓的人是不少,但您无论是姓也好、名也好,完全相同的概率小之又小,而且又有机缘撞在一起,更是不大可能。所以我认为这份材料就是您的。但它为什么会在我妻子的手里呢? 我实在想不明白。现随信附上,您看看,也许您能找到答案。又,我妻原来插队的地方查到了,是凤岗大队朱溪生产队,她原来

的名字不叫李晓清，而是叫郭苏苏。

······

"郭苏苏?"古今一瞠目结舌，"怎么可能? 怎么可能?"

他百感交集地打开那份署名古今一的材料——

它就是当年躺在那只人造革箱子里却不翼而飞的揭发陈谷雨玩弄女性的举报信!

四十八

　　这是一幢上世纪六七十年代建造的老式公房,五层、平顶、水泥外墙、长方形,毫无个性。和那个年代出品的所有东西一样,简陋、便宜、低档,没有特色,了无生气。高甜甜从口袋里掏出一张小纸条,低头瞧瞧,又抬头看看门牌,低声咕哝着:"不错,就是这儿。"

　　水泥楼梯脏兮兮的,烟蒂、纸屑、菜皮、泥巴,比比皆是。高甜甜小心翼翼地爬到了五楼,房门冲楼梯口的就是她要找的五零三室。她想找门铃,没找着,于是轻轻用手指敲了敲污秽不堪的门。

　　没动静,她又伸开巴掌用力拍了三下;依然没反应,她干脆握紧拳头重重地捶了起来。

　　"谁呀? 来啦,来啦!"传来一个女子的声音。

　　门开了,出现在高甜甜面前的是一张年轻女孩的脸,漂亮却显疲惫,长发散乱,穿着一身轻薄的丝质睡衣。显然,她刚刚还在睡觉。大白天的还睡觉? 高甜甜心里在嘀咕,嘴里却说:"对不起,影响你休息了。我想找张红美,她在不在啊?"

　　女孩打了个呵欠,一只手搭在门框上,一只手把着门,睡眼惺忪、口齿不清地说:"哦哦,她不在。"

"你知道她去哪儿了？我有要紧事找她。"高甜甜着急地伸着脖子往屋里瞧。

"我不知道她去哪儿了。"女孩移动脑袋挡住高甜甜的视线，有些慌张地回答。

"我能进去看看吗？看完就走，行吗？"说完，意欲跨门而进。

"哦不，不方便。"女孩把身子往外挺挺。然后又补充了一句，"我不骗你的，她真的不在这儿。"

"那你知道她大概啥时候回来吗？"

"她不回来了。"

"不回来？不回来是啥意思？"

"她已经不住这儿了，搬走了。"

"啥时候搬的？搬哪儿去了？"

"搬了大概有一个月了，现在住哪儿我也不清楚。好像是在清裕路。——哎，你是谁呀？是她什么人啊？找她什么事啊？"轮到她提问了。

"我是她亲戚。"说完，高甜甜转身就下楼了。

"亲戚，啥亲戚，找她啥事呀？"那女孩还在一个劲地问，高甜甜早已拐弯，无心回答她的问题。

如果高甜甜下楼后，又想起什么反身上楼（而她也确实应该再次上楼，比如留个电话号码，又比如问问女孩是否曾与张红美同住，张的为人如何等等），来到五零三室门口，一定会听见房间里的打骂声，一个男人骂骂咧咧地说："你脑子进水了是吧，阿美的事一个字也不能说，就是亲娘老子来问，也是一概不知道。老板关照过的，你他妈的除了发骚、挑逗男人，怎么啥都不懂啊？"

现在大约下午三点钟，天阴沉沉的，乌云密布，看上去恰似五六点钟的光景。清裕路是一条城乡结合部的小马路，并不长，大约也就两百多米，可两边老式的新村公房有好几十幢。一幢一幢地找，一家一家地去敲门，似乎不现实，怎么办？高甜甜从东到西，又从西到东，走了两三个来回，边走边朝两边张望，"张红美，你到底在哪儿呢？"

那天同学聚会后，高甜甜悄悄把阿敏拉到附近的麦当劳坐下，求她帮忙。她说，古今一是她师父，嫖娼这事到底是否属实，让阿敏问问他男朋友。第二天，阿敏给她来了电话，说，确有此事，是不夜城娱乐总会的一个坐台小姐告发的。这个坐台小姐叫张红美，暂住地是闵行区的一个老式小区。高甜甜记下了详细地址。阿敏随后再三关照，千万不能说出消息来源哦，要不然我男朋友会有麻烦的。高甜甜信誓旦旦地说："打死我也不说。"

没想到，张红美已经搬走了。现在人的流动性太大了，要找个人比过去困难十倍。高甜甜心想，老这么走下去也不是办法，再说也吃不消。万一她半夜才回来，我岂不要走好几个小时？还是找个视线好点的地方坐等吧。往西面去，越来越冷落；估计张红美要回家应该从东面过来。对，主意已定，于是高甜甜快步来到路的东头，走进了一家苏州人开的小面馆，找了个靠窗的位子坐下。

"小姑娘，侬吃点啥？"一个女服务员过来递给她一张菜单。

"现在就吃，是勿是早了点？"高甜甜掏出手机看看时间，才四点十分。

"那侬是等人？可以，我等一歇再过来。"女服务员转身想走，高甜甜叫住了她。"我先吃点吧，给我菜单。"

高甜甜接过菜单，粗粗浏览了一下，说："来碗蘑菇菜心面吧。"说完，脸又冲向窗外，生怕一个疏忽，张红美走过了。

外面开始下雨了，淅淅沥沥，行人紧张地奔跑起来。天也比先前黑暗了许多。往这儿来的人，要么是本地的老头老太，要么是年轻的外来打工者。本地的年轻人是不愿在如此陈旧的老公房里结婚的。

一条棕色的狗嗖地横穿马路，几秒钟后，一条黑色的狗狂吠着紧随其后。在马路对面的梧桐树下，它们嬉戏着。棕色狗时不时地在地上躺倒，或打个滚；黑狗在边上来回转悠，神情亢奋。不一会儿，渐入佳境，黑狗趴在棕色狗的背上，一阵狂顶。

"小姑娘，侬的蘑菇菜心面来了。请慢用。"

高甜甜回头，瞧见女服务员笑嘻嘻看着她，有些尴尬。显然，她也看见了马路对面那浪漫的一幕。高甜甜抿抿嘴，说："谢谢哦。"

面条色香味俱佳，本无食欲的高甜甜蓦然胃口大开，不到十分钟，一大碗面就连汤汤水水全部下肚。期间，她还趁女服务员没注意自己，又睥睨了两眼宠物狗正在上演的雨中情。

女服务员又过来了，问："小姑娘，侬还需要点啥？"

高甜甜本想再点些什么，转瞬一想，再吃别人会不会以为我……于是便摇摇头，说：勿必了，谢谢。说完，从挎包里取出一只红色的钱包，抽出一张十元的钞票。女服务员接过，说声

"正好啊",顺便收拾碗筷、擦擦桌子,离开了。

外面的雨越下越大,两只狗还在那儿大大方方、旁若无人地忙乎。

马路上行人也渐渐多了起来,高甜甜睁大眼睛紧张地搜寻着。

突然挎包里的手机响起,高甜甜不敢疏忽,手摸索着从包里拿手机,眼睛却还是死死盯住马路上来来往往的行人。

"喂,谁啊?"

"是我,古今一。我有一个绝对震撼的消息要告诉侬。"

刚巧,一辆垃圾车隆隆地飞驶而过,高甜甜没听清声音。"侬啥人啊?"

"连我的声音都听勿出来啦? 侬是勿是在忙啊? 是男朋友?"

"哦,是侬啊。刚刚有车子开过,我没听出来,啥事体啊?"

"我有一个绝对震撼的消息要告诉侬。"

"是吗? 震撼? 侬就勿要震撼啦,我吃勿消。"

对方沉默了,少顷,又说:"侬现在是勿是老忙啊?"

高甜甜把手机移到眼前瞄了下时间,然后又急忙把视线转向窗外,"没有啊。"

"侬现在在啥地方,要勿要我去侬那里?"

"我在清裕路办事体。"一个在城市的西边,一个在城市的东头,路上没个把钟头不行。

"我在家等侬吧,侬也勿要急,事体办好了再过来。"古今一既体谅人,又很执着。看来确实有什么事想让她再震撼一下。

"我看今朝就算了吧,我也勿晓得啥辰光才能办好事体。"高甜甜心神不定。

"我晓得的,那里老偏僻的,要么我现在过来陪侬,等办好事体我送侬回家。"

"噢,勿用了,我自己会当心的,侬勿要操心了。"

一个女孩走过,昏暗的灯光下,看不清她的脸;甜甜凭直觉猜想,她就是张红美。

"我挂了哦,拜拜!"说完,高甜甜心急慌忙地冲出店门。

"喂,小姐,等一等!"高甜甜冒雨大约跑了二三十米才追上那个女孩。"对不起,您是张红美吗?"

那个女孩撑着伞回过身来,"你找我?你是谁?"

"我、我是记者,我想采访张红美。"

"哦,我不是张红美,你认错人了。"

高甜甜失望地从原路返回,当重新走进小店时,全身都已湿漉漉的。女服务员正拿着她的挎包在账台前和老板模样的人说什么,见高甜甜回来,她忙跑了过来,说:"这是侬的包吧?喏,拨侬。"

高甜甜这才发现自己跑得匆忙,连包都忘拿了。

她又到刚才的位置坐下,从包里拿出餐巾纸,边擦脸上的雨水,边继续观察路上的行人。

雨下个不停,空旷的马路上行人又开始稀少起来。高甜甜发觉店里除了她已无客人,女服务员在做下班时的清扫工作,便沮丧地起身出门,叫了辆出租车直奔古今一家。

见高甜甜一副疲惫不堪且湿漉漉的模样,古今一笑笑说:"采访至于把自己弄得介狼狈嘛,真是韬奋奖提名的最佳人选啊!"

"古今一,我求求侬,侬能勿能太平一点?"高甜甜说完,突然"哇啊"一声,委屈地大哭起来。

古今一不明所以,手足无措地盯着她看。"啥人欺负侬了,讲,我寻伊去!"

"侬,是侬!"高甜甜咬牙切齿地叫道。

"乖乖隆的咚,我又哪块得罪你了? 你说,我改,行不行呐?"古今一递上纸巾,哄小桥似的用洋泾浜的苏北话说道。过去,女儿"作"起来,古今一也是一副"千对万对是你对,千错万错是我错"的姿态。与家人闹什么呢? 尤其是妻女,让着点,哄着点,天下太平。家庭从来就是讲情的地方,不是讲理的所在。

"改? 我看难。"

"不难,还要我们这些大老爷们干啥? 再难,还能难过天去吗?"

"是啊,难勿过天,色胆可以包天嘛。"

"色胆包天? 啥人欺负侬了? 告诉我,我替侬伸张正义! 侬讲的是啥人?"

"侬!"

高甜甜从头到尾把关于古今一嫖娼的事叙述了一遍,说完大大吐了一口气,仿佛把几个月来所有的怨气都吐了出来。

古今一时而严肃,时而苦笑,听完后的第一句话是:"何必呢?"

高甜甜问道:"是我何必去打听此事,还是侬何必去做此事,或者是他们何必编造此事? 侬倒是讲呀,到底侬做没做过此事?"

"弄得像黄永生唱《金铃塔》一样,编此事、听此事、做此事,做此事、听此事、编此事……吃力吗?高甜甜啊高甜甜,其实天下有许多事侬讲伊有,伊就有,侬讲伊无,伊就无。"

"天下就没有是非、对错之分咯?连存在与否都勿敢下结论咯?"

"是非、对错,侬尽管分,存在与否,侬也尽管下结论。只要自己相信就可以了,勿要指望别人也相信,或者强迫别人一定得相信。"

"勿要兜圈子,讲些勿着边际的闲话,讲具体的,侬到底有没有去嫖娼?"

"我讲有,侬相信吗?我讲没有,侬又相信吗?换个角度讲,嫖娼了又哪能呢?这就和到酒店吃饭有啥区别呢?不过是一个出钞票满足食欲,一个出钞票满足性欲,仅此而已。总比那些有权有势的人,利用手中的权力今朝困这个女人、明朝困那个女人,勿用付钞票,即便付钞票也是公款,要好多少倍呢?为啥嫖娼者就那么不堪,又是罚款、又是劳教,用公款包养二奶、三奶、N奶者,就风光无限,令人羡慕呢?"

"晓得侬受委屈了,发发牢骚也情有可原,但勿要太离谱好吗?用公款包养情妇和嫖娼相提并论,是否有点滑稽?还讲啥风光无限?查出来勿照样撤职、开除党籍吗?"

"查出来的有几个?如果一万个用公款包养情妇的官员,查出来的只有寥寥两三个,那查与勿查有何区别?"

"照侬这么说,嫖娼捉牢的又有几个?比例勿是也很低的吗?那就勿要去查、去捉了吗?既然都是错误的,甚至是违法的,就一律要去捉、去管。不过,那是司法部门的事。侬只要做好侬自己就可以了,如果连自己也做勿好,还去管别人的事,勿是很可笑吗?"

古今一还想说什么,手机响了。

"谁啊?哦,你在哪儿呢?"

"啥人啊?"高甜甜隐约听出是个女声,不安地说:"是勿是那个 KTV 小姐找上门来啦?"

"啥呀?勿要疑神疑鬼的好勿好?"

"侬勿老实交代,我就疑神疑鬼。——嗨,侬刚才说有事体要震撼我一下,啥事体啊?"

四十九

　　一向畏畏缩缩的郭联联突然像换了个人似的,变得趾高气扬起来,过去每每到朱溪来,无论遇到谁都是客客气气的,见着老肥更是一口一个大哥。那是插队三年后的某个秋天的傍晚,他打扮得山清水绿、干干净净,肩上挎了个草绿色军用背包,雄赳赳、气昂昂地来了。

　　知青们正在厨房吃饭,有的坐在桌边,有的站在墙边,也有的蹲在门口,反正桌上仅仅只有一碗青菜,大家都千篇一律地夹些放在碗里即可。尽管如此,还是有说有笑,非常热闹。九莲也端着碗饭来串门,趁人不备,悄悄往古今一的碗里放进一条干煸的泥鳅。

　　阿娟说:"在上海的辰光,我姆妈常烧红烧鲫鱼,我最喜欢吃了,吃勿完第二天就吃鱼冻,味道更是鲜美。"

　　老肥说:"鲫鱼骨头太多,一勿小心就刺喉咙。我阿爸烧的红烧狮子头才好吃呢,肥而不腻,酥酥的,酥酥的,太好吃了,我一顿能吃三只。"说着,偷眼瞧瞧苏苏。

　　"哎,你喜欢吃啥呀?"九莲忍不住问古今一。

　　"我喜欢吃鱼。"

　　"侬也喜欢吃鱼啊。"阿娟找到了口味相同者高兴地说。

"是啊,但我对红烧的不感兴趣,我喜欢清蒸的,那才叫一个纯,那才是真正的鲜美。"

精神聚餐正如火如荼的时候,联联来了。

"你们好啊,哈哈,吃饭呢?"联联一只脚刚踏进厨房门便大声喊道。

"侬哪能又来了? 吃饱饭没事体,东奔西跑做啥?"苏苏生气地扒拉着碗里的饭嘟哝着。

"阿姐,阿姐,侬先听我讲好吗? 绝对是一桩好事体,侬听了一定会开心的。"联联喜形于色地说道。

"侬能有啥好事体,我还勿晓得吗? 勿是地上拾到一块铜钿,就是啥人请侬吃了一顿肉,拉倒吧。"苏苏不屑地说。

"苏苏,侬就让伊讲嘛,讲勿定真有天大的喜事呢。阿拉也一道沾点光。"老肥嬉皮笑脸地劝苏苏。

"是啊,是啊⋯⋯"其他人也一起附和道。

联联扫视厨房里的每个人,蓦然他的目光在九莲身上停住了。"伊、伊好像勿是朱溪的知青吧?"

"伊是朱溪的,但勿是知青。"老肥解释道。

"有事体快讲,勿要瞎打岔。"苏苏白了联联一眼。

"噢,噢,阿姐,报告侬一个好消息,"嘴里叫的是阿姐,眼睛却分明瞄着九莲,"林彪倒台了,阿拉阿爸姆妈都平反了,又出来工作啦!"

"真的? 是侬做梦吧?"苏苏急切地盯着联联,怕他不过是想入非非。

"千真万确! 今朝阿拉知青点的小顺子,就是住在阿拉弄堂二十六号里的,侬认得的,伊阿爸跟阿拉阿爸是一个单位的,刚从上海回来,就是伊告诉我的。我想,再过三五天,阿拉屋里的信就该到了。哈哈,阿拉也解放了!"

"是吗?真是特大喜讯,太好了,太好了!"老肥的神情仿佛是他爸平反了。

"哦,哦……"苏苏哽咽着说不出话,泪水潸然而下。

其他人只是出于礼节,敷衍地祝贺:噢噢,蛮好蛮好。有的心想,我老爸老妈都是工人,光荣得很,但也穷得很,哪像郭家有权有势,虽会有些坎坷,可终究是大户人家;有的心想,我一家倒是历次运动都太太平平,但也注定一辈子清清苦苦,哪像郭家受难时虽说惨不忍睹,可享福时却风风光光……

"哎,侬阿爸姆妈以前是哪一级干部啊?以前从未听苏苏讲起过。"老肥起劲地询问。

"我爸是局级,我妈是副局级。两个人都参加过抗日战争和解放战争。"联联突然改口用普通话自豪地说,说完又笑眯眯朝九莲瞥了一眼。他怕九莲听不懂。

"啊,蛮高级的哦。"老肥羡慕地喊道。

"局级算哪一级啊?"九莲问古今一。

"你们樟树县委书记、县长只不过是处级干部,苏苏、联联他爸比他们还要高两级。这么说吧,相当于你们抚州市的市委书记或市长。"未等古今一回答,老肥抢先说道。抚州是地级市,管辖包括樟树在内的四个县和中心城区。

古今一笑笑,说:"你就别你们、你们的,别忘了,你现在也是樟树县山斜公社凤岗大队朱溪生产队的一个农民。"

"对,对,我们都是樟树的农民。"老肥说。

"你应该说,我们是中国的农民、世界的农民。农民还往大里说,真是。"古今一嘲讽地说。"都当农民了,就低调点吧。"

"是是,我们不过是朱溪村的一个农民。"老肥乖乖讨饶。

"农民怎么啦,朱溪村怎么啦,我觉得这儿比世界上任何地方都美、都好;农业比任何行业都重要,没有农业你们早饿死了。"九莲红着脸争辩。

"喔,对不起,我不是这个意思。"古今一连忙解释说。"我只是与老肥开玩笑嘛。"

九莲顾自低着头扒拉着碗里的饭,不吱声。

见机会来了,联联卖弄地对老肥说:"我最近拜师在苦练记忆力,一个月下来成效显著啊。"

"都二十来岁的人,记忆力都很强的,还需要练吗?"老肥脱口而出,说完又觉不妥,尴尬地笑笑,偷瞄了苏苏一眼。她还在吃饭,脸上闪着泪光。

"哦,是吗? 不用练? 那好,我这儿有今年的一张年历片——"联联边说边从包里掏出一个烟盒大小的硬纸片,正面印着舞剧《红色娘子军》的剧照,反面则是年历。"你仔仔细细看,要多长时间能够把它统统背下来?"

"背下来?"

"背下来。"

"那,那得花好几天呢。"

"不行,最多五分钟。"

"五分钟? 不可能! 你能背下来,我请你吃炒糯饭。"炒糯饭是樟树这一带农民家里招待贵客的一种饭食,用生糯米和生咸肉放在油锅里慢慢地炒熟而成,香糯可口。

"好，一言为定。你开始问吧，随便几月几号，我会在十五秒之内回答你是星期几。"

老肥把年历放到眼前看了一眼，问："十月十三日。"这是他的生日。

联联掰着手指，口中念念有词。

"还有啥事体吗？没了就早点回去吧。"苏苏怕弟弟出丑，不冷不热地说。

大约十秒钟后，联联肯定地说："礼拜三。"

"对不对啊？"厨房所有人都被吸引了过来，只有古今一有些不屑地继续吃饭。

"对，是礼拜三。八月十一日。"那是苏苏的生日。说完，瞄了她一眼；苏苏的心情似乎好了许多，毕竟阿爸姆妈平反了，对他们这个家庭来说意义重大。她朝他抿嘴微微一笑，老肥顿时心花怒放。

"礼拜三。"

"对，礼拜三。"这么巧啊，都是礼拜三。冥冥之中，老天为我和她安排好了姻缘。老肥突发奇想，走神了。

"他原先就背熟了的，不稀奇。换一张老的年历让他背，我就不信他有这么好的记性。"九莲对老肥说。

"好，你们等着，我那儿有最近五、六年的年历呢。"阿娟放下碗筷，兴冲冲走了；几分钟后果然手拿几张陈年年历又进厨房。

"喏，这是前年的。"她递给老肥一张印有舞剧《白毛女》剧照的年历片。

联联接过来，盯着年历片嘴里不知在嘀咕什么，未满五分钟便信心满满地说:"可以,我已经全部背下来了。"

"这么快啊?"老肥满脸疑惑。

"试试? 十月十三日。"

"礼拜六。"

"八月十一日。"

"礼拜六。"

"对不对啊?"

"哎,哎,神啦! 完全正确!"老肥叫了起来,沙哑的嗓门似乎也清亮了许多。

"我让他猜猜。"九莲从阿娟手中挑了张京剧《智取威虎山》,那是大前年的年历片。"十一月二十九日。"

古今一朝九莲看看,那是自己的生日;九莲神情严肃地瞅着联联。

"礼拜二。"

"嗯,十二月九日。"那是九莲自己的生日,古今一又看看她,依然神态认真。

"礼拜五。"

"喔,厉害!"九莲惊叹道。

"了勿起,苏苏,侬弟弟真了勿起!"老肥趁机用沪语讨好地说。

"哎呀,有啥用啊? 伊就欢喜学些花里胡哨没用的东西。"苏苏不以为然地说。

"话可不能这么说,有用没用,至少说明你弟弟他人聪明啊。"老肥又改用普通话说。

"就是,我在我阿姐眼里从来就是一无是处。"

"本来就是一无是处嘛。"

"阿姐,你还别小看我,你还能找出第二个能背下来的人,我、我就跑到猪圈去睡一晚上。"

"哦,别发誓了,你聪明,你聪明。"老肥说,他怕人家提猪。

"哈哈,别看你们这儿都是市重点中学毕业的,论聪明未必比得过我。"

"你聪明,你聪明咋连区重点都考不上呢?"

"我是没认真考罢了,要是认真些,别说什么市重点了,考个全国重点也不在话下。"

"你就吹吧。"

"虎父无犬子嘛。"老肥又力挺道。

"好啦,见好就收吧。你们还吃不吃饭了? 这不过是雕虫小技,是联联和你们做的游戏,仅此而已。瞧你们还当真了。"古今一已吃完,把碗放锅里,然后舀了两瓢水进去浸泡着。

"怎么是游戏呢? 你做得来吗?"老肥抱不平。

"别嫉妒别人嘛,你会讲些个破故事,我嫉妒过你吗?"联联不服气。

"我讲的是破故事,你别听啊。"

"我玩的是雕虫小技,你来试试?"

联联得意地扫了厨房里所有人一眼,最后停在九莲的脸上,抿嘴微笑着。

九莲忙打岔道:"破故事,它也是故事,有人爱听;雕虫小技,它也是技艺,有人爱玩。"

"破故事就是破故事,稍微看几本书,谁都能说;雕虫小技可不是谁想玩就玩得了的。"联联带着强调的语气说道。

"哦,那我就玩给你们看看。"古今一从老肥和九莲手里拿过年历片全交给阿娟。"你来挑吧,随便哪一年都行。"

"你行嘛,别硬撑啦。"九莲用胳膊肘顶了古今一一下。

古今一轻松地说:"哎呀,游戏嘛,白相相而已,何必那么在意。赢了,不会明天就上调到工厂去;输了,也不会不让我种地吧?"

"那,我来让你猜。"九莲说着,伸手去抽阿娟手里的年历片。

"不行,鉴于你与古今一同志的特殊关系,为防止作弊,还是我来。"老肥一把夺过所有的年历片。

"你这个肥——"九莲急了,杏眼一瞪,"猪"字差点脱口而出。

老肥煞有介事地把年历片来来回回翻了几次,最后神情严肃地挑出一张京剧《沙家浜》递给古今一,仿佛这是最难记的一张。他并非一定要让古今一难堪,再说他与古今一也是相当要好的同学,但他必须让联联赢,以求博得他的好感,因为他是苏苏的弟弟!

"认输吧,免得出丑。"老肥在古今一的耳边嘀咕道。"阿拉毕竟是一个村的知青,我会帮侬下台阶的。"

"用勿着,谢谢啦。"古今一淡淡一笑。

"那、那好,给你背五分钟。"老肥大声宣布。

"五分钟哪够啊,十分钟。"九莲说。

"没问题,给他十五分钟。"联联很大度。

"我来看表。"阿娟自告奋勇。"预备,开始——"

"到底算几分钟啊?"金伟康问。

"五分钟。"老肥答。

"十五分钟,联联都已经同意了的。"九莲争辩道。

"那也太长了,就七分钟吧。"老肥说。

"那也太短了,你来试试？哼!"九莲继续讨价还价。

"好好,再加一分钟,八分钟,行了吧。"老肥无可奈何地。

……

到底给几分钟的争论还没结果,古今一把年历片递还给老肥,说:"行了。"

"什么行了,是不是选择放弃了?"老肥问。

"没出息!"九莲脸沉了下来。

"嘿嘿,也不要太难为古今一了嘛,毕竟不是阿狗阿猫都会玩这个的。"联联说。屋内的气氛顿时冷了下来。

"我说放弃了吗?"古今一笑眯眯瞅了老肥一眼,"开始吧!"

"好好,马上开始。"

"真的,决定搏一记啦?"

"唉,要搏嘛,稍微再多背一会儿,你刚才还不到两分钟呢。"阿娟提醒道。

气氛转瞬又活跃起来。

"好,听好了,十月十三日是星期几。"

屋内鸦雀无声,只见古今一掰着手指,嘴里默默念着什么。"星期五。"

老肥诧异地瞅瞅古今一,又似乎不相信地瞅瞅年历片。

"对不对,对不对啊?""老肥,你倒是说话呀!"九莲和好几个人着急地发问。

"对,蒙对了!"老肥说。

"什么叫蒙对了? 你蒙一个试试?"九莲说。

"八月十一日。"老肥继续提问。

"星期五。"

"对不对啊?"阿娟小声地问。

"那肯定对的,还用问嘛?"九莲自信地说。

"你对古今一这么有信心呐?"阿娟笑笑说。

"不是我有信心,是你们犯傻。刚才给联联出的题中,十月十三日与八月十一日都是星期六。那么现在肯定也是一样的星期五咯。"

"老肥,你算了吧,出题都不会,还是我来吧。"钟自鸣一把夺过年历片。

"四月一日。"

"礼拜六。"

"七月八日。"

"也是礼拜六。"

"十二月十七日。"

"礼拜天。"

……

"了不起,真聪明!""天才,过目不忘!"褒奖之词铺天盖地。九莲高兴地转过脸,如果油灯光线足够亮,大家一定能瞧见她的脸绯红得像漫山遍野盛开的映山红。

如果古今一不说以下这些话,也许原本就是百无聊赖闹着玩玩的这件事就这么嘻嘻哈哈过去了。但气盛永远是年轻人的特点。

"我们这么个不起眼的小木屋能出两个天才？那还能叫天才吗？这世上原本就没有什么天才，不过是自欺欺人罢了。"

"哎哟，大家一道白相相的，介顶真做啥？"联联不以为然地用沪语争辩。

"君子一言，驷马难追。今夜准备睡哪家的猪圈啊？九莲家的不错，新盖的。"古今一穷追不舍。

"好了，好了，得饶人处且饶人。"九莲见联联下不来台，苏苏和老肥也不知所措，忙劝古今一。

联联感激地看看九莲，突然想起了什么，说："阿姐，我差点把正事忘记了。阿爸平反了，我家现在有钞票了。这次姆妈让小顺子带拨我俩一百块钱，一人五十。"说着从军用挎包里摸索着掏出一叠十块一张的人民币，数了五张递给苏苏。

"哇，介许多钞票！够我五个月的生活费！"老肥夸张地嚷嚷。

"够我买一套《鲁迅全集》的。"古今一在心里嘀咕了一句。

正当众人在心底默默盘算如果自己有这笔钱能干些什么的时候，九莲悄悄走到古今一边上，低声说："假如我有这笔钱，就帮你买一套《鲁迅全集》。"说完，端着碗走了。古今一一股暖流涌上心头，有几分欣喜，又有几分伤感。

"哎，侬刚才讲的都是真实的吗？没有虚构的成分？写小说的人我晓得，他们讲的闲话勿能全信，有一半是真实的就勿错了。"

"讲话要有根据,请举例说明。"

"好啊,今朝就要让侬口服心服。"高甜甜环顾四周,瞧见写字台上一本台历,便拿过来交给古今一。"让侬背十分钟吧。"

"哈哈,侬以为我刚才讲的这一段是虚构的?"

"难道勿是吗? 侬以为自己是神童啊?"

"那好,看起来勿露一手,侬还勿晓得马王爷有几只眼。"

"马王爷是啥人啊?"

"看来阿拉之间就是有代沟。"

古今一边说边翻看着台历,仅仅一分钟,便合上台历交到高甜甜手中。

"拆穿了吧? 我就晓得侬这一段是添油加醋瞎编的。"

"讲啥? 开始吧——"

"啊哟,还嘴巴硬,真是勿到黄河心不死。听好,四月一日是星期几?"

"星期六。"

"嗯?"

"勿对?"

"蒙对了。十月十一日星期几?"

"星期六。"

"九月八日。"

"星期六。咳,侬哪能介喜欢周六啊?"

"这也勿懂? 可以白相,勿用做生活呗。看来,侬这个人蛮能蒙的。"

"啥叫蒙啊? 这是超能力懂勿懂啊?"

“切，还超能力。——哎，有啥诀窍啊？讲出来听听。”

“哈哈，其实戏法人人会变，只要晓得窍门，连小学生都会。”

“介简单啊？”

“当然。拿任何一张年历，侬只要按顺序记牢十二个数字就可以了。”古今一从抽屉里翻出一张旧年历。“侬看，一月一号是周四，记牢一个三即可，凡是一月的任何一天，只要加三等于几，就是星期几；如果加起来的和超过七，就去除以七，余数几，就是星期几。二月一号是周日，记牢一个六字，三月一号也是周日，也记牢一个六字；以此类推，这一年你只要记牢：三、六、六、二、四、零、二、五、一、三、六、一。记牢十二个数字，要花多少辰光呢？”

“哦，该记牢的就是每月一号星期几减去一的数字。嘿嘿，蛮好白相的，回去让老爸老妈也见识一下我的超能力。”

“侬输了吧，哪能个罚法？”

“那，那侬就请我吃一顿饭吧。”

“侬输了，我请侬吃饭？那我输了呢？”

“那得请我吃两顿饭了呀！”

“好、好，侬是马王爷，侬狠，我请侬。”

“吃啥呀？”

“烘山芋、柴爿馄饨，随便侬挑选，挺吃勿动气！”

“侬派头大哦。”

“我又勿是当官的，没公款请侬来吃生猛海鲜。”

“哎哟，啥人稀罕吃喝呀！咳，后来苏苏跟伊弟弟又哪能了？”

五　十

　　大清早起床,男知青们便都与男村民耘田去了,而苏苏和阿娟也与女村民一样煮饭烧菜、喂鸡喂猪。知青也算是一户人家,原先九个人,刘海平死后剩下八个,在山村也算不上大户人家。山里人白天干农活,晚上干人活,哪家都有六七个孩子,加上老爹老妈,甚至还有爷爷奶奶健在的,三代四代同堂,超过十口人的不在少数。知青户里人不算多,可猪和鸡都一样没少养,五头猪、二十多只鸡呢。

　　"吃饭咯。"又一块田耘完,袁国光喊道。

　　今天早工收得早,因为这个山坳田不多,再去其他山坳还得走一段路,划不来。于是众人都到路边的小溪旁草草地洗了洗脚,便往村里走;少数几个勤快的村民弯道去砍柴或割猪草了。古今一等知青跟随大部队回来了。

　　春天的阳光晒在身上暖洋洋的,山坡上一个孩子在放牛,还咿咿呀呀地唱着山歌。走上小木桥,瞅见三两个孩子在一块空地上嬉闹;过桥一看,原来是两条狗在交尾。任凭孩子们如何吆喝、打骂,它们就是不分开,但逃又逃不快,只得屁股对屁股,且战且退。袁国光对着孩子笑骂道:"去去,缺不缺德啊?等你小子长大了,我也不让你打炮,看你小鸡鸡受得了受不了!"

苏苏在灶膛前烧火,阿娟在煎泥鳅;泥鳅是刚刚古今一他们耘田时抓来的。一股香味扑鼻而来,几个人都围在灶台边,一边"香、香"地赞叹,一边咽着口水,肚子叽里咕噜响个不停。

"煎泥鳅最好放点辣椒。古今一,侬跟九莲借一点可以吗?"老肥说。

"借?侬啥辰光还啊?"古今一说。

"就是,老肥借东西,那可是日本人借山海关,有借没还。"

"没良心!我借东西还勿是为了大家,啥辰光我一个人独吞了?"

"勿要瞎争了,我去。再争下去,泥鳅都烧焦了。"古今一转身朝九莲家跑去。

九莲家离知青屋不远,也就十几步路,在西南边。古今一直奔厨房,没人,但灶膛有火,锅里煮着饭。他突然想起,九莲她爸妈今天一早赶集去了,说要去买两只猪仔。今天就九莲一人在家,她不会走远的。可能在收拾房间吧?古今一走到九莲的房门前,推推,门紧闭。大白天的,把自己关屋里干吗?

"莫非病了,躺在床上没起来?不可能,灶台上不是煮着饭吗?"

古今一刚要敲门,只听里面传出声响。他把耳朵贴近门缝仔细听。仿佛里面有人在搏斗、挣扎的声音。"你再不松手,我就要喊人啦!"显然,那是九莲的声音。

"我喜欢你,我会娶你的,一定!"一个男子的声音,似乎很熟,但古今一一时没反应过来。

"臭丫头,你怎么不知好歹呀! 我老爸是局级干部,现在解放了,你跟着我就不用在山沟沟里受苦受累了。你、你怎么就不明白呢?"

"我在山沟沟里习惯了,谁爱享受你找谁去。放手! 我、我要喊人啦!"

古今一明白了,狠狠一脚,踹开了木板门——

联联慌乱地从九莲身上噌地跳到地上,尴尬地笑笑说:"我、我和九莲闹着玩呢。你、你别乱想,也别乱说,别让我姐知道……"

"你,流氓!"九莲下床拉直了衣裳,脸因为羞愤而涨得通红。

"我不想、不说,也不告诉你姐。这是为你好,你还年轻,还有几十年得活。"古今一出奇地平静,一时让联联和九莲都有些纳闷。

"那好,你们聊,我先走了。"

联联走到古今一跟前,想侧身过去时,古今一突然甩出一个右勾拳,只听"噢"的一声惨叫,联联应声倒地。

"但我没说不打你。这也是为你好,要不然你永远不懂得尊重别人,到头来吃亏的还是自己。把血擦干净,走吧。"

联联整个下巴僵硬了,说话也含含糊糊的。"算你狠,君子报仇,十、十年不晚。"说着,"唉哟,唉哟"捧着下巴跌跌撞撞走了。

"他会不会找人报复你啊?"九莲担心地问。

"还君子报仇,十、十年不晚呢。他是君子吗? 小人一个。"

"小人更得当心啊。"

"别管什么君子小人了,你怎么样?没伤着你吧?"

"没。"

"幸亏我来得及时吧,要不然——"

"呀呀,想充当护花使者啊?"

"难道不是吗?是我救了你啊。怎么不知好歹?"

九莲转身走到床头边,掀开枕头,很得意地摆摆手,让古今一看。

一把已经出鞘的匕首。古今一拿起来,用手试试,锋利无比。

"如果,你再晚来一步,这小子恐怕要遭殃了。你不是救了我,而是救了他。"

"没想到,你还有这么一手。"

"你以后可不能欺负我哦。"

"那是,那是,小的不敢。"

九莲哈哈笑了。

"这是我爹过去打猎时候用的。我长大后,他就送我防身用。上学时我藏在书包里。晚上睡觉就放在枕头底下。"

"好,好,那我就放心了。"

"你还有啥不放心的?躺下打呼,起床看书,饭来张口,衣来伸手——"

"打住,打住。饭来张口,我们那儿还正烧着泥鳅呢,老肥让我来借点辣子。"

"不好,我的锅里也煮着饭呢,一定糊了。"

古今一回到知青厨房时,他们早就吃上了,满屋子飘香。

老肥边吃边咕哝着："侬迟迟勿来,阿拉以为侬一定在九莲屋里吃了,所以就勿等侬了。"

"没事,你们吃吧。"看了一眼房内,没见联联的踪影,心想一定是没脸见人、没牙吃饭,所以走人了。

"有时候想想真是滑稽:永远健康的林彪却早早地死了,与林彪浑身不搭界的朱溪村却因此损失了好几百斤稻谷;而同样与林彪不相识的郭家却脱离了苦海,父母解放,苏苏拿到了全公社第一个上调名额,联联也参军走了。那时,上调或参军是逃离农村的最佳通道。"

"嗨,唱反动歌曲的始作俑者是弟弟,而且还是个调戏妇女的流氓,告密者是姐姐,表现也并不比别人好,他们却高高兴兴离开了农村? 这也太荒唐了吧。"高甜甜忍不住大声说道。"你们知青中就没人想到要去揭穿这个真相?"

"弟弟是弟弟,姐姐是姐姐。谁错谁承担。再说了,谁也不错啊?《知青之歌》是反动歌曲吗? 显然不是。那联联是始作俑者只能说明他勇敢,无所畏惧。至于想对九莲动粗,那也说明他确实喜欢九莲,只是表达方式、方法上有些问题。姐姐其实也没错,当有人的言行与老师、领导多年来所教导我们的相违背时,她难道不应该制止,不应该向领导或老师汇报吗? 其中也许有想好好表现,争取早日脱离苦海的意愿,但恐怕更多的是多年来学校教育培养的结果啊。要不然,她悄悄拿走我藏着的揭发陈谷雨的材料,复制一份交到县纪委,这种行为作何解释呢? 她多次放弃回上海的机会,坚持留在江西,做了那么多感人肺腑的事,又作何解释呢? 所有这些说明她本质上还是一个非常好的人。"

"嗯,你的,倒是良心大大的好。"高甜甜模仿电影中日本人说中国话的腔调。

"任何事都是有原因的。没有绝对的好人,也没有绝对的坏人。我老爸说得对,对人还是宽容点比较好。"

"你当时就没想办法上调或参军? 是因为九莲吗? 她有那么大魅力吗?"

"怎么说起九莲,你就酸酸的?"

"去,去! 说自己的事,别打岔!"

"想,怎么可能不想? 但上调可望不可即,唯有参军似乎还有一线希望。于是我付诸实施了。早在去江西插队前,在中学毕业时,我就报名参军了。身体检查都合格了,我和其他几个同学为表决心,还咬破手指写了血书,坚决要求参军。结果,其他同学都批准入伍了,只有我榜上无名。"

"为什么呀?"

"政审通不过。"

"政审? 什么叫政审?"

"过去很时兴的,就是政治审查。我舅舅在台湾,所以什么好事都轮不上我。"

高甜甜似懂非懂地"哦"了声。

"到樟树后,我又报名参军,心想这里离上海几千公里,又是偏远山区,该不会知道我舅舅的事吧? 结果,体检合格,政审依然不及格。"

"你舅舅在台湾是干啥的?"

"你问我,我问谁去? 他去台湾时我还未出生。听老妈说,他是轮船上的厨师,正巧船到台湾,大陆解放了。于是他留在了那里。是死是活几十年都音信全无。"

"那伊跟侬有啥关系呢?还能影响侬参军?难怪有代沟,你们这辈子人做的事体哪能介荒诞啊?滑稽咯!"

五十一

周六,天气不错,古今一决定去看看父母,因为自己忙,再加上乱七八糟的事,已经差不多有一个月没去了。

古今一小学时的同学、邻居小六子在弄堂口摆了个水果摊,好几年了,只要古今一回父母家,都会在他的摊位上买点水果。一是图方便,二来也是想多少帮同学一把。小六子原先也是知青,在黑龙江农场,返城回来后找不到合适的工作,家境又困顿,只得在弄堂口卖水果。

今天苹果卖相不错,很光鲜,古今一想买些。小六子劝别买,说里面已开始烂了,外表是加工过的。完了还嬉皮笑脸地加了一句:"这就像你们搞宣传的一样,社会都这个样子了,乖乖隆的咚,你们还把它吹嘘得那么美。我的经验是,越是漂亮、鲜艳的东西,越是可疑。真是好东西,它还用得着涂脂抹粉嘛。"他的上海话带有浓重的苏北口音。

古今一不置可否地笑笑,说:"那就买点并不光鲜的荔枝吧。"古今一的苏北口音上海话比苏北人说得还要抑扬顿挫。

古今一用钥匙开门进去时,客厅没人,主卧室门开着,父亲在低头读《圣经》,很投入。每次去都是如此。信仰真是具有一种魔力啊,古今一心里嘀咕了一句。

"老爸，我来了。"古今一轻轻喊一声，怕吓着他。

父亲"嗯"了声，回过头，摘下老花镜，严肃的表情顿时化作慈祥的笑容。

"忙吗？"

"还可以，老样子。老妈呢？"

"买菜去了。"

"侬继续看吧。我倒点水吃。"古今一到厨房倒水后，拿着杯子来到过去小俩口和女儿小桥住的次卧室。

他们都搬出去二三十年了，但次卧室的布置一如往常，仿佛他们从来不曾离开过。书橱里的书，搬家时古今一只带走了一部分，那些最触动他伤心往事的还留在这里。当然包括《鲁迅全集》。它仿佛被冷落地丢弃在无人知晓的小岛，纸质变黄变脆了，光鲜不再。蓦然转身，瞥见墙上挂着的那支竹箫，像个古董似的，孤零零地，沾满灰尘，显得黑不溜秋。

他心血来潮过去把它摘下，跑到厨房的水斗边洗了又洗。终于竹箫又显示其本来的古铜色。他回到卧室坐下，拿起箫，凑到唇边。熟悉的曲调悠然而起，思绪随之飘扬——

炎炎夏日终于熬过去了，天气开始转凉，田里的稻子已收割了一大半，丰收定局，村里人的心情就显得比较轻松了。干一天农活下来，洗脚吃饭后，便三三两两往生产队队部走。队里的知青已所剩无几，故事会早已寿终正寝。因此队部又像以前成了村里人唯一的聚会场所。大家聚在一起，张家长李家短地聊天，男的悠闲地抽烟，年长的大致抽长杆的旱烟，年小的大都抽纸烟，只有九莲他爹例外，一个人咕噜噜、咕噜噜地抽水烟；女的或织毛衣，或哄孩子，还有年轻的敞开衣襟给孩子喂奶,任凭洁白、肥硕的乳房展示在众人面前,馋得那些后生有意无意偷偷瞄上一眼。古今一、林飞鸿、阿娟和九莲围在一台收音机前,这是全村唯一的一台收音机,像往常一样,时而偷听台湾电台播放的邓丽君的歌曲,时而偷听"美国之音"里的新闻报道。

"袁队长来了。"九莲紧张地说道,古今一连忙换台。突然,哀乐声起,一条消息让所有人大吃一惊:中国共产党中央委员会主席、中国共产党中央军事委员会主席、中国人民政治协商会议全国委员会名誉主席毛泽东,今日0时10分在北京逝世,享年83岁……

"不好了,毛主席冇有了,毛主席冇有了!"九莲情不自禁轻声喊道。

"不会吧,敢情又是坏人造谣。"不知谁这么一说,其他人就都不敢再言语。古今一干脆把收音机关了,免得无事生非。

袁国光来了,便开始算工分。工分算完,众人也就陆陆续续回家。袁国光临走,见还有五六个人没走,笑笑说老婆都躺在被窝里等着打炮呢,还不快去。众人哄地一笑,散了。

九莲随着古今一他们来到知青屋。几个人坐在木板床上,挂在板壁上的马灯发出的光闪闪烁烁、忽明忽暗。他们悄悄议论着,心里盘算着:一个时代即将过去,是好是坏,不敢评说;一个时代又将来临,是福是祸,不敢想象。

"我们知青大概可以回城了吧?"林飞鸿瞅着古今一,像在自言自语,又像在对他提问。

"回去又能怎么样? 我们这一代人的青春算是彻底毁了。"阿娟说。

"是啊,什么事都是如此,包括最好的事、最坏的事,它总归有始有终。"古今一词不达意地说。同样,像是在自言自语,又像在回答林飞鸿的问题。

"如果能回去,青春是毁了,但至少还有中年、老年啊。如果不能回去,一生就全毁了。"林飞鸿激动地说。

"没有青春的中年、老年会幸福吗?恐怕一生都会沉浸在痛苦的回忆中,不能自拔。"

"经历二战痛苦的人,一生一世都会做噩梦,经常半夜会被噩梦吓醒。经历知青生活的人,恐怕也会留下后遗症。这种精神与心灵的痛苦是旁人无法想象的。"

九莲的目光始终盯着古今一,心情也恰似灯光时明时暗。

不是谣言,毛主席真的没了;同样不是谣言,上海市的领导高调表态:知识青年上山下乡,一辈子不动摇。

林飞鸿突然失踪了。两天后,九莲他爹在上山砍柴时发现他吊死在一棵松树上。于是,他把他背了回来,放在打谷场边上的谷仓里。

胆小的阿娟悄悄往自己的大腿使劲拧了一下,一阵疼痛蔓延开来,她皱着眉,嘀咕道:不是梦,这可怎么办;不是梦,这可怎么办?

古今一从林飞鸿那件打了补丁的旧军装的口袋里发现了一封遗书:

> 八年了,抗日战争也不过八年就胜利了,我们为什么还在遥遥无期地痛苦挣扎?原以为苦尽甘来,终于熬出头了,可以回到朝思暮想的故乡,和爸爸妈妈生活在一

起,共享天伦之乐。昨天,去公社邮局领取家里寄来的月饼,心想这是最后一年在异乡过中秋了,虽然有些感伤,但终究看到了希望。没想到听到一个悲惨的、让人绝望的消息:我们的市领导公开宣称,尽管伟大领袖毛主席离开了我们,但我们市的知识青年要听他老人家的话,坚持上山下乡,一辈子不动摇。如果他们的儿女、所有干部子女也和我们一样,一辈子插队落户,我还不至于这么痛苦和绝望。但他们早就跑光了! 完了,与其痛苦地活一辈子、无望地活一辈子,还不如早早结束自己的一生。我一直在想,如果我是省委书记的儿子、市委书记的儿子,或者厅局长的儿子,我可能至今还在这穷山沟种地吗? 对不起,爸爸妈妈,我不是责怪你们,这不是你们的错。当然,这也不是那些干部的错,因为换了你们,也一定会动脑筋把你们的儿子早早从农村调出来。也许这正如一位哲人所说:谁也不错,错的是人生……

阿娟号啕大哭,九莲也哭成了泪人儿,古今一表面上平静得可以,心里却苦涩难忍。

"与其痛苦地活一辈子、无望地活一辈子,还不如早早结束自己的一生。"林飞鸿的声音仿佛在他耳边一遍遍回响。

幽幽的箫声隐隐地传来,如泣如诉。

插队八年了,知青们都陆陆续续地离开了朱溪村。先是刘海平因为抢救地主家的猪被洪水冲走了;一年后,苏苏上调了;同年,许义生被调到县歌舞团;又过了几年,钟自鸣的父亲为了儿子主动要求去四川大三线工作,把钟自鸣带了过去;没多久，金伟康的老爸通过关系，花了大把的钱，让自己的儿子进了省师范学院读书；当然，还有老肥，凭着自己的活动能力，上调到县百货商店当了营业员。接着，林飞鸿自杀身亡。阿娟整天哭哭啼啼，古今一劝她，没用；他让九莲劝她，也无用。不得已，他给阿娟的父母亲写了一封信。没过几天，她父母赶来江西，把阿娟接走了。她母亲临走时，对古今一和九莲说，就是在上海饿死，也绝对不让阿娟再回江西了！

都走了，朱溪村原本九个知青，现在只留下了古今一一人；整个凤岗大队五十个知青也已所剩无几。

虽说唱黄色歌曲、反动歌曲知青都有份，上面也不再追究，但古今一总归是挑头的，在公社领导的心目中此人桀骜不驯、思想落后，有啥好事不可能想着他。而古今一也不是没动过脑子、想过办法。

上大学是保送的，虽说也考试，那是象征性的，什么一棵秧与一棵秧左右、前后间隔五寸，一亩地能插多少棵秧；一辆拖拉机一天能耕二十亩地，六百三十亩地用三辆拖拉机，要几天才能耕完；诸如此类，反正都与种地有关，且又与会不会种地无关。还没听说谁保送，却因为考试不及格而去不了的。

九莲曾经托表姐彭秋云想办法，让古今一去县农机厂当工人，被古今一婉言谢绝了。一个月赚十几二十块钱，必须得几点上班、几点下班，一点都不自由，犯不着。还是在这儿好，想干活就出工，不想干就呆在屋里看看书、写写东西，多自在，没人管头管脚的。

虽说一个个先后调走了，除了金伟康，古今一有些羡慕之外，对其他人的好运非但没有一点向往，而且还有点可怜他们:为了那几十元工资,牺牲宝贵的自由自在的生活,太不值了。他曾对阿娟声称,要么上大学,要么回上海,要么就在朱溪村过一辈子。其他去处一概不予考虑。阿娟苦笑着说,上大学难,难于走蜀道;回家乡难,难于上青天;在朱溪村嘛,也难,难熬一辈子啊!

……

阿爸也曾想走钟自鸣父亲的路,但刚与古今一说,古今一便一口否决:就我一个人在外地可以了,没必要再让老爸也跟着离乡背井,勿值得。

有其父必有其子。若肯求人,古今一早在郭苏苏上调或郭联联参军时,就同样可以选择离开。

其实,阿爸完全用不着牺牲自己在上海的工作,也能救儿子于穷乡僻壤。他曾经在上世纪三四十年代资助过一个在上海搞地下工作的人,那人因为叛徒出卖险些被日本人抓获。阿爸几乎把家里所有值钱的东西都拿了出来,怕不够还把手上的一枚戒指也给了他,让他作盘缠,逃往苏区投奔新四军。

全国解放后,那人回到上海,当上了区委书记。后来又担任市委副书记。虽然"文革"时受到冲击,但随着大批干部平反昭雪,他也重新走上了领导岗位。几十年了,父亲从未去找过他。父亲万事不求人,而别人有求于他时,却会毫不迟疑伸出援手。

"人家落难时,能帮就帮一把;人家得意时,能避就避开些。与其求人,不如求己啊。"这是父亲为人处世的座右铭。

古今一似乎也赞同父亲的人生哲学。

竹箫名曲《胡笳十八拍》,古今一吹来委婉悲伤、撕裂肝肠,尤其是在这样清朗的月夜。

一曲吹完,刚欲抬头,发觉身边多了个人。"噢,你还没睡啊?"

刚才九莲去知青屋,大门紧闭,便往村前的小木桥走来。她明白,古今一也和阿娟一样,精神的压力和痛苦到了难以承受的地步。她缓缓地移步向桥上走,心情十分矛盾。

"嗯,睡不着。"

"想我啦?"古今一不想让九莲觉得自己很软弱,很悲观。

"嗯。"九莲没心情说笑,轻轻把头靠在古今一身上。

一轮明月孤独地停泊在像海一样空旷的天空,银色的光凄清地洒遍起伏的山峦、沉睡的山村、汩汩而流的朱溪水和隐隐晃动的小木桥,还有这一对心事重重的恋人。

"唉哟,儿子来啦。"不知什么时候,母亲买菜回来了,"这个老头子,儿子来了也勿晓得陪伊讲讲,只顾自己一个人读《圣经》。真是的。嗨,儿子,哪能了? 忙勿忙啊? 年纪大上去了,应该考虑再讨个老婆了,也好有个人照顾侬啊!"

母亲一回来,家里顿时显得生气勃勃、热闹不少。"我猜到今朝侬一定会来,侬看我买了侬最喜欢吃的羊肉跟黄鱼。"

"好,好。"古今一遇到母亲,只有说好的份了。

"我觉得,小高倒是勿错的。"

"哦,是蛮好的,写点文章蛮等样的。"

"侬跟伊差几岁啊?"

"唉哟,老妈呀! 侬讲的是这种事体啊? 免谈,伊还是个小囡,啥都勿懂的。"

"啥小囡勿小囡的,现在的小囡比老早的小囡成熟多了。"

"是啊,侬老妈蛮领世面的。现在的讲法叫做身高勿是距离,年龄勿是问题。"父亲不知什么时候也来到了次卧室。

似乎很久没吃母亲做的菜了,古今一狼吞虎咽。母亲在旁边说:"慢点好吗?又没人跟侬抢着吃。"

"嘻嘻,习惯了,插队落户时,啥人手脚慢半拍,啥人就活该吃白饭。"

"是啊,人多抢着吃,才有味道啊。以后,经常回来吃吧。"

"嗯,嗯。"古今一嘴一抹,"任务完成。"

"要命啊,吃饭弄得像打仗一样。"

电视机里正在播新闻节目,市委副书记兼纪委书记李思松正在作廉政报告。

"这个小李还没退休啊?"母亲问。"算算年纪也勿小了。"

"伊这一级干部可以做到六十五岁呢。"父亲说。

"哈哈,弄得好像自己亲戚一样,还小李、小李的。"古今一拍拍母亲的肩膀。"现在恐怕是侬认得伊,伊勿认得侬咯。要是当年伊刚回上海时,老爸就去寻伊,伊可能还会认侬。现在嘛——"

"现在哪能啦?侬老爸拿我这枚戒指给伊看,伊肯定会认得。那是跟侬老爸送伊的戒指是一对的。"母亲扬扬左手,自信地说。

"是啊,勿要拿人都想得介坏。伊过去叫李长生,后来改名叫李思松。单凭这一点,就晓得伊勿会是忘恩负义的人啊。"母亲坚持着自己的想法。

也许,母亲说得在理。父亲的名字叫古松。

李思松又在说他的革命斗争史。

他在上海进行地下抗日活动，后被通缉逃进教堂，被一位叫松哥的人救下。松哥送给他五块大洋、一块翡翠和一枚戒指作盘缠逃去苏北参加新四军。解放后，他回到上海，当上了区委书记。他四处寻找松哥，想报答他的救命之恩，但始终没找到。结论是，老百姓是水，我们是鱼，没有老百姓我们一天也生存不下去。我们怎能用人民给的权力、甚至生命，为自己谋私利呢？

现身说法，故事又很有感染力，获得了雷鸣般的掌声。

"教育的确老有说服力的，但是贪官污吏还是像雨后春笋，有用吗？"古今一嘟哝着说。

"春笋？有啊。侬想吃春笋，我明朝去买。再买点咸肉，烧腌笃鲜吃。对啊，侬还欢喜吃咸肉，我哪能忘记了？"

古今一蓦然发现，母亲老了，耳背了。

五十二

偶然地,高甜甜发现古今一的心情好了许多,不用说又是那个叫林怡的江西女孩打来的。"哼,还干女儿?没女儿就不能活呀!"她嘀咕了一句。

古今一确实在与林怡打电话,眉飞色舞,笑声朗朗。

那次采访回来后不久,古今一就给她寄去许多高考复习资料,劝她继续读书,并承诺所有的学费和生活费都将由他提供。林怡确实也争气,一考即中,进了江西科技大学。为了庆祝她马到成功,也为了联系方便,古今一在寄出学费的同时,又寄去了一部诺基亚手机。之后,两人经常互通电话。古今一除了每月寄些生活费之外,还时不时地买些上海的零食邮寄给她。"女孩子嘛,有事没事喜欢嘴里有东西嚼嚼。"几月下来,两人真像父女一般亲近。

高甜甜一会儿朝他白眼睛,一会儿故意有事没事找他"请教"。"古老师,这个标题你看行不行?""古老师,这个题材我们做不做?""古老师,明天什么时候去采访啊?""古老师,你喝不喝咖啡呀?"嗓门挺大,还带点嗲声。

"高老师,求求你,等我打完电话,你再问行不行啊?"古今一终于无奈地回答。

"噢，不好意思。"高甜甜委屈地撅着嘴。只不过一会儿，又忍不住问这问那。

古今一瞧她那样也没辙，用手捂住听筒，无奈地说："说是甜甜，其实一点都不甜，一天到晚酸叽叽的。从今天起，我帮你改名了，叫酸酸吧。"

"我酸？你才是大酸枣一个呢，有事没事念宋词，哼！"

那边林怡也好生没劲，说着说着就没了兴致。"你忙，我们改日再聊吧。"

还没等古今一搁电话，高甜甜就悄悄溜到文艺部她同学那儿"避风头"去了。一两小时后回来，古今一的郁闷早已过去。

如此这般几次，古今一也学乖了，只要高甜甜在，他就不给林怡打电话。但问题是，你不打，她要打，林怡又不知道你这边的捣蛋鬼在不在。再则，她有时也希望捣蛋鬼在，让其知道自己与古今一关系非同一般，你再怎么掺和也无济于事。

说来也是怪事一桩，林怡虽说比高甜甜小几岁，但似乎显得更成熟。也许这就是农村女孩与城里女孩的差异吧：农村女孩十七八岁都出嫁了，为人母了；而城里女孩，尤其是大城市的，二十七八还和老爸老妈发嗲呢。当然，农村女孩淳朴、善良，不像城里女孩心思活络、感情善变。虽然高甜甜绝对不会是势利小人，但林怡肯定是自己喜欢的那种类型。

刚才，林怡在电话里说，有个小姐妹到上海度假，我让她带点土特产给你。古今一说，不必了，挺麻烦的。林怡说，不麻烦，只是你要当心哦，土特产收下，人可不能收下，我这个小姐妹很漂亮的噢。古今一说，比你还漂亮吗？林怡说，那当然,比我漂亮多了。古今一说,那你别让她带东西了,我意志很薄弱的。林怡说,不行,我就是要考验考验你。古今一说,万一我经不起考验呢?林怡说,那你就死定了。

"好了,别说了,她火车中午十一点三十五分到,估计十二点一刻能到报社。你快下楼到门口去接她呀!现在已经十一点十分了,快!"

挂了电话,跑进电梯,古今一才想起没问她长得啥模样,连她叫什么名字都没问。"管她呢,到时再说吧,万一认不出,就喊一声林怡不就行了?"

报社靠近外滩,门口人来人往,很热闹,古今一用眼光在搜寻着。瞧,那边有个女孩背对着报社大门静静地站立着,乌黑的头发梳成两根齐肩的短辫,上身是绛红色休闲衫,底下是浅黑色牛仔裤,脚上穿着红白相间的运动鞋,脚边是一只醒目的橘黄色拉杆箱……是她吗?古今一迟疑了一下,慢慢走了过去。离开三五步远的时候,女孩悠然地回过身来——是林怡!

古今一又惊又喜,迎了上去;林怡倏地扑过来抱住了他。

"哎哎,别这样。"古今一吃了一惊,理智地劝她注意影响。但心里却莫名地怦怦直跳,很久都没有这种感觉了。

报社招待所就在马路对面,他们进去时前台小姐看看林怡,诡秘地朝古今一笑笑。古今一装作很坦然的样子,说:"哎,你的身份证呢?要登记的。"

"一个人吗?"前台小姐明知故问。

"一个人。"古今一一本正经地回答。

关上房门,林怡把手里的拎包往床上一扔,紧紧抱住古今一。

古今一措手不及，脸上顿时感到火烫一般。他急忙挣脱，说："这样不合适，不合适。"

"我就要这样，一直抱着你。"

"林怡啊，我都快五十的人了。我们俩不合适的。说句老实话，我是把你当作自己的女儿的。真的，看见你我就觉得女儿在我身边了。"

"我有一个爸了，不需要第二个。"

"你对我其实还不了解，我这人身上毛病很多的。"

"谁也不是圣人，我爱你，就能包容你身上所有的优点和缺点。"

"我们一共才见过几次面呐？先别急着下结论，好吗？"

"我会等你，一直等你。"

古今一原以为城里的八零后让人难以捉摸，没想到乡下的也那么令人诧异。

"你的书读得怎么样了?"古今一感觉在此事上纠缠会没完没了，便转移话题。

"有点难，毕竟那么多年没碰课本了。"

"慢慢来，别着急。万事开头难嘛。哦，对，是不是又该交学费了。"

"嗯。你上次给我买的手机被人偷了。"林怡哭丧着脸说。

"明天我陪你再去买一个吧。没有手机，生活、学习都不方便。"

"谢谢古老师。"林怡甜甜地笑了。

"今天坐车累了，早点休息吧。明天我抽空陪你到处转转。"

"哦。"林怡撅着嘴,仿佛有些不高兴,"人家大老远来的,你就不能多陪我一会儿?"

"时间有的是,休息好了,才有精神在上海好好玩呀,对不对,傻丫头?"古今一习惯叫自己的女儿为傻丫头。说完,转身拉开房门走了。他明白,此地不宜久留。他喜欢林怡,但只是作为女儿,他不想有个与女儿年龄相仿的妻子。虽说现在老夫少妻多得是,但古今一不想这样。

五十三

中午,吃过饭,古今一像往常一样斜靠在一只单人沙发上,双腿搁在一张转椅上休息。眼睛朦朦胧胧,似开似闭;思绪飘飘荡荡,半沉半浮。一会儿仿佛林怡躺在他边上,纤细的手指轻轻地抚摸着他的胸膛;一会儿好像丽丽站在他面前,一个经典的调皮的微笑,那是恶作剧之后的幸灾乐祸……

"侬还有心情困觉啊?"一个气愤的声音打断了他的思绪。在报社,能用这种口吻和古今一说话的只有高甜甜。

"啥事体啊?咋咋呼呼的,还让勿让人活呀?"古今一睁开眼,身子没动弹。

"我让侬活,可别人勿让呀!侬看看——"高甜甜将一叠《东方 21 世纪》丢到古今一身上。

"哎,勿晓得侬还有雅兴看《东方 21 世纪》。有啥好气急败坏的,勿去看伊勿就省心了嘛。"古今一从来不看《东方 21 世纪》,他印象中高甜甜也是,今天怎么啦?

"啥破报纸,我是情愿没事体坐着发呆,也勿会去看伊的!"高甜甜愤愤地说。

"哦——那侬为啥把我从美梦中拉回来看侬的破报纸?"古今一悠悠地说;这是他的风格,高甜甜越是心急火燎,他越是笃悠悠,一副玩世不恭的神情。

"勿看哪能晓得伊荒唐啊!侬的那篇《不夜城探秘》发表后,不夜城被停业整顿半个月,之后一点事体都没有,又大张旗鼓重新开张了。接下来,这张破报纸竟然连续五天报道了不夜城娱乐总会的事情,全是正面稿,吹得跟花一样,简直成了上海企业的楷模了,跟侬揭露的从事色情卖淫活动完全是风马牛不相及。哎,侬勿晓得,不夜城为了对付侬的批评报道,在《东方21世纪》身上花了五十多万呢。"

"是吗?"古今一吃惊地坐起来,立刻翻开报纸。

连续五天,每天一个整版,从发展思路到经营理念,从规模效应到资源整合,从物质文明到精神文明……可谓全方位、立体式的一番狂轰滥炸。

"上个月还是一堆臭狗屎,转眼就变成了玫瑰花!钞票这东西还真是有用。让读者相信啥人呢?"

古今一"哗啦"一声,把报纸扔到了一边,"指鹿为马,这世上还有真的东西嘛!"

高甜甜"噌"地一脚,把报纸踢得老远,"这个事体要向市委宣传部汇报"。

"哎,免了吧,汇报啥啊?侬有啥证据?伊拿钞票侬看到了?"

"我一个远房亲戚在不夜城做财务,我一个同学在《东方21世纪》当编辑。哼,这是板上钉钉的事,他们想赖也赖勿脱?"

"板上钉钉又哪能啦?侬亲戚敢当面作证吗?侬同学肯举报揭发吗?算了,只要有钞票,板上打洞了也能补得煞平。"

"勿会吧？那还有没有王法了？现在可是法制社会。"

"……"

"侬哪能勿响了？听之任之，无所作为？"

"等等再讲吧。看看他们还会出啥绝招？"

"他们已经大获全胜了，等着看侬笑话呢。"

"嗯，但愿如此。"

古今一的疑虑是对的，三天后不夜城的法律顾问直接来到报社找总编辑，要求对名誉损害进行赔偿。他们开出的价码是一百万。吴远义正词严吐出四个字："法庭上见！"

当晚，报社召开党委会，吴远将情况作了介绍。向来与其意见相左的张理顺却在会上力挺他。

"关于不夜城的报道是我根据读者举报而安排古今一去采访的。古今一不愧为资深记者，采访深入，掌握材料翔实，文章更是写得精彩，有理有据，无懈可击。不夜城的问题我们党委会应该出面，向市有关领导和部门专门汇报。吴总的态度就是我们报社党委会的态度！"

第二天一早，吴远把古今一和高甜甜叫了去。

吴远的办公室朝南，大约五六十平方米，不算小，但因为书啊报啊堆得到处都是，所以显得有些局促。仅有的两个单人沙发，一个上面坐着一位戴着深色镜框眼镜的中年男子，斯斯文文的；另一个上面堆着许多报纸杂志。见古今一和高甜甜进来，吴远神情严肃地说：把报纸放地上，坐吧；小高，你就那边搬个折椅过来吧。

显然，吴远是很少在这里接待客人的。

等他们都坐定了，吴远才开始介绍：这位是桑律师；这位是文章的作者古今一,那位是他的学生高甜甜。党委会的态度有了,我们应该商量个具体的对策,来应对不夜城对我们的指控。

"应该不会有问题的,我带着录音笔的,当时与不夜城员工交谈时,都偷偷录下来了。"

"待会儿你把录音笔交给桑律师吧,看有没有用。"吴远说。

"嗯,在办公室呢,我过一会儿就拿来。"

"除非你能证明这支录音笔里的内容确实是在不夜城录下的,否则恐怕法院不会采信。"桑律师神情严肃地说:"而且,被采访者出庭作证的可能性非常低。"

"那怎么办? 什么事都要让证人来作证,舆论监督还能搞下去吗?"高甜甜说。

"媒体的监督当然应该受到保护;但另一方面,媒体的监督也有被人滥用的可能,所以……"律师就是律师,他必须不停地换位思考。

吴远眉头紧锁,他起身踱步到窗前。投射灯将浦西一排法式建筑映衬得高贵典雅,而霓虹灯又将浦东错落有致的幢幢高楼打扮得繁花似锦。黄浦江上,几艘豪华游艇在快乐地前行,隐隐传来游客的叫声和笑声。外滩美景一览无遗。

桑律师还在滔滔不绝地陈述着自己的观点。吴远蓦然回首,双眼直直地盯着古今一说:"你怎么看? 说说——"

"他们打他们的官司,我们写我们的报道。喏,这是我采写的关于不夜城的第二篇报道。"古今一从随身携带的一只牛皮信封里拿出了一份已打印出来的文稿,递给吴远。

《不夜城再探秘》！吴远接过来一口气看完，便如获珍宝般大喝一声："好，明天见报！"

"这样行吗？"桑律师担心地问。

"有何不行？你准备应诉，我们继续揭露，分头准备吧。"

《不夜城再探秘》又一次在上海滩引起轩然大波。上篇报道重点揭露不夜城的涉黄问题，而这篇报道重点则是不夜城涉赌和涉毒的问题，而且还配发了牛达偷拍的几张现场照片，显然分量更重。

当天中午，吴远即接到李兵打来的电话，语气很委婉，但明显是在兴师问罪。

"老同学啊，你现在牛啊，坚持原则，六亲都不认呐。是不是？即便他们真有什么问题，你跟我说呀。我会去调查，会去帮助他们整顿。毕竟，他们不说是上海的纳税大户，那也是虹口区的一个标志。我是虹口出来的，你是知道的。我这么一点小事都搞不定，以后还有什么面子到虹口去呀。再说了，你们这么一闹，能有啥用呢？从大里说，破坏了虹口的投资环境；从小里说，减少了虹口的财政收入。"

等他一顿数落完，吴远才不紧不慢地说："李局啊，不是我不给你面子，是他们不想让我安顿呐。先是诬陷我手下记者嫖娼，后又声称要上法庭告我们诽谤，索要一百万名誉损失费。明明是鸡，就不要假装良家妇女、名门闺秀了，还名誉损失费，切！"

"哎哟，老同学，你为什么不先告诉我呢？什么诬陷，什么赔偿，我可以拉他们一起坐下来谈的嘛！现在不是很被动吗？"

"事已至此，那你说怎么办吧？"

"和为贵嘛。你们登报致歉；他们不再告状，也不再索要什么损失费。就当什么事都没发生过。"

吴远刚想说"可什么都发生了呀"，转瞬又觉得多余。

"再给你一个星期考虑考虑吧。"傻子都听得懂，这是最后通牒。

最后通牒的时限过去一个月了，既没有法院方面的传票，也没有索要损失费的电话，吴远以为天下太平，这事就这么过去了。突然有一天，在市里召开的宣传工作会议上，表扬了一批出彩的报道，也批评了几篇存在明显缺点错误的文章，《不夜城探秘》和《不夜城再探秘》赫然列在其中！

古今一又闯祸了，吴远又得写检查了。这是第几次，古今一和吴远都不记得了。古人的话是不错的，要不也不会流传至今：福兮祸所伏，祸兮福所倚。每当报纸的发行量因为有古今一的精彩文章而猛增时，市有关部门的批评、通报也接踵而至。每当报纸的发行量在低位徘徊，或干脆不断下跌时，也会时不时地受到上级领导的表扬甚至奖励。这是个怪圈，古今一和吴远都想走出来，把报纸办得读者爱看、领导也满意。但似乎不行，这成了规律，要么读者爱看领导不满意，要么领导满意读者不爱看，鱼与熊掌兼得简直是妄想。

吴远不怕写检查，电脑里存着呢，只要稍加改头换面即可。古今一是债多不愁、虱多不痒，他调侃地对吴远说："又给您老添麻烦了，不好意思。我请您去星巴克喝咖啡吧？"

吴远苦笑着说："习惯了，没事。又没反党反社会主义，怕什么？不过话又说回来，领导批评也是一种提醒嘛，有好处。咖啡就不喝了，还是绿茶清心爽口哦。"

五十四

高甜甜急匆匆地奔进办公室,气急败坏地叫道:"不好了,不好了!"

"怎么了? 出啥事了?"所有的人都把目光转向了她。

"牛达,牛达他……"高甜甜气喘吁吁地话也说不完整。

"他也给抓起来了? 他也嫖娼?"不知谁问了一句。

想想也是,一个摄影记者想贪污没处下手,想受贿没人给你,想偷盗胆小,想打劫不敢,除了嫖娼大概也没有什么坏事能干。

"狗嘴里吐不出象牙! 他被人打了,手指也被剁了,很吓人的,现在医院躺着呢。"

"在哪家医院,我们去看看。"

"在市六医院。"谁都知道,断肢接植是该院的强项。

"不要一下子去那么多人,乱哄哄的,医生护士会反感的,这样也不利于牛达的治疗。还是我一个人先去看看再说。"古今一镇定地说。

"那要不要向领导汇报一下呀?"拿不定主意时李炜向来喜欢用问题来代替答案。

"废话! 领导第一时间就已经知道了。我也是听总编办的小刘说的。"高甜甜口无遮拦地冲了李炜一句。也就是她，换个其他人，李炜早就不客气了。毕竟他是部主任，不是阿狗阿猫都可以言语冒犯的。

病房的门口坐着一个警察，看来牛达还须保护，以防再遭人暗算。古今一给警察看看记者证，推门走了进去。

牛达醒着，眼睛呆呆地盯着天花板看，仿佛那里写着凶手的名字。床边木靠椅上坐着他的母亲，正在削苹果。古今一走近他的床边，他才回过神来，朝对方点点头。他母亲赶忙起身让座。

古今一说声"侬坐"，从对面床头拉了张椅子过来坐下，皱皱眉头，问："哪能桩事体啊？我看侬勿像是个有冤家的人。"

"就是讲呀，阿拉牛达戆嗨嗨的，只有人家得罪伊的份，勿可能是伊得罪人家的。"

牛达叹口气说："开始我也莫知莫觉，后来才晓得，是我拍的照片得罪了人。"

"伤得重勿重啊？"

"肋骨断了两根，右手手指被切了一根。哼，讲我勿适合搞摄影，断指就是为了断我的念头。戆棺材！伊勿晓得，摄影是我的命根子，勿让我摄影，干脆拿我弄死算了。嘿嘿，没关系，食指没了，我还可以用中指摁快门。"

"晓得是啥人吗？有没有向警方提供些线索？"

"我拍的批评照片勿少，自己也勿晓得是啥人介穷凶极恶。"

昨天晚上，牛达采访结束准备回家，刚拉开车门坐了进去，副驾驶室的门突然开了，坐进一个彪形大汉。他头戴黑色面罩,手里握着一把匕首,明晃晃地对着牛达,恶狠狠地用苏北话说:"少啰嗦,快开车!"

牛达根据他的要求向偏僻的郊外开去。车走了一个多小时,终于驶进了一条小而窄的岔道,他命令牛达:"停车!"车刚停稳,从一棵大树后面又跳出一个人来,瘦瘦长长的,同样带着黑色面罩,手里握着一根木棍。他拉开驾驶室这边的车门,很客气地说:"牛先生,请吧。"

牛达下车后,彪形大汉推推搡搡,把他带进附近的小树林中。拿木棍的人一直跟在后面。到了一块空地,停下。彪形大汉恶声恶气地问:"你是干什么的?"牛达说:"我是记者,摄影记者。"

"噢,记者,妈了个巴子,你以为你真是无冕之王啊?想出谁的洋相就出谁的洋相?告诉你,现在的社会他妈的是谁有钱谁就是天王老子!记者他妈的算哪根葱啊?"

牛达说:"这是我的工作,好就说好,不好就说不好,不存在和谁过不去的问题。"

"咚"的一记,木棍打在他的身上,没想到瘦高个力气还挺大,下手挺黑。一阵钻心的疼,他躬着腰倒在地上。"这么禁不住打啊,文人就是文人。既然如此,嘴巴子就不要硬咯。"彪形大汉嘲弄道。

"那你们说吧,什么该拍,什么不该拍?是不是以后拍什么,我还得先请示你们呐?"

"嗨!你小子是不见棺材不落泪啊?长脚,在他身上留点纪念,看他以后还狂不狂。"彪形大汉话音刚落,叫长脚的人又是一记闷棍打在牛达后脑勺,然后猛地扑上来摁住牛达。彪形大汉抓住他的右手,扳开手指;牛达死命挣扎,右手在剧烈颤抖。终于,匕首恐怖地慢慢移动过来——咯噔一下,食指被切割下来。

牛达疼得昏死过去,等醒来已经躺在了医院的病房里。后来医生告诉他,是一对约会的恋人发现后,把他送到了这里。

"那侬估计是啥人呢?"

"警察也问过我这个问题,但我实在猜勿出来。"

"阿拉来排摸一下,看看有啥疑点可以提供给警察。"

"我拍了十几年照了,照片不计其数,啥人晓得是哪一次得罪了这帮子戆棺材!"

"当然是从比较重大的、批评性比较强的事件入手咯。"

"好吧。"

是利新造纸厂排污一事?当时牛达是拍了照,可没上版面呀。倒不是他手下留情,而是被老总压下了。这事一旦曝光,一是会影响投资环境。不管内资外资,瞧瞧你们连自己的母亲河都不懂得爱惜,他们还敢来吗?二是会影响市民情绪。近几年经济是发展了,可生态环境日益恶化。每年的"两会",代表关注的焦点之一就是如何改善环境。市里、区里的领导也确实花了大力气,在人力、物力、财力上对治理环境予以倾斜。如果现在突然将造纸厂的事公之于世,影响实在是太坏了。因此,老总只是把这件事发了个内参。虽然造纸厂罚了点款、限期整改,但到底没有造成恶劣影响,更没有被勒令停产。领导就是领导,看问题比较全面宏观。

是市立一中乱收费一事?是上报纸版面了,可那篇东西是以文字为主,牛达配发的不过是一张市立一中的校门的照片,校长、书记都没露脸;再说乱收费的学校不在一二,而且每年都有,所谓见多不怪,之所以每年这个时候拿出来说事,不过是有关方面有这个要求,还有那些经济条件拮据的家长的激愤情绪需要安抚。

是南汇县海滨乡海天村村长贿选一事?似乎也不能啊。虽然这事见了报,牛达拍的那个村长在竞选演说时的照片也刊登了,但丑闻非但没使那个村长出丑,反而使他成了有争议的好村长,知名度急剧上升。第一次选举作废,择日再选,老百姓还是选他:他每家每户送了一袋米、一桶油、两百块钱,并许诺只要他当上村长,每年他都送,除了米和油之外,钞票一年增加一百。老百姓图啥呢?说得花好桃好,不如米油钞票,不选他选谁啊?

……

古今一和牛达一件件地分析可能造成雇凶伤人的报道事件,但毫无线索。虽然牛达发表的批评性的新闻照片不少,但还不至于让当事人愤怒到丧失理智。毕竟是市里的大报,老总水平高,审稿要求严,凡事都会从稳定的角度来思考,不会刊登太过激烈的文章,更不会刊登哗众取宠的照片来吸引读者的眼球。

但现实情况是牛达确确实实受到了严重的伤害,而且又肯定是因为照片惹的祸,而不是什么个人的恩恩怨怨。他得罪了人,却不知道是谁;他在明处,人家在暗处,太可怕了。

"在国外,记者的危险性仅次于警察;在我国,好多了。没关系的,怕啥!真要遇上啥不测,倒可以青史留名咯。"牛达似乎很乐观,古今一也就不再说什么宽慰的话。倒是他母亲埋怨地嘟哝道:"十三点! 青史留名有啥用? 侬死了,阿拉老头老太哪能办?"

走出医院大门,古今一突然醒悟到什么,拍了自己一个耳光,嘀咕道:"要死啊,我年纪勿大,却像老年痴呆一样,这还用瞎猜吗? 除了不夜城,还会有啥人呢?"

五十五

　　张理顺脸色红通通，端了杯醒酒的龙井茶，边喝边盯着五斗橱上的一张早已泛黄的老照片：三个身穿旧军装的男青年，勾肩搭背，嬉皮笑脸。"嘿嘿，什么新版桃园三结义！"张理顺皮笑肉不笑地嘟哝道。

　　"戳，别、别提他、他这个王八蛋了！"陈谷雨已烂醉如泥，躺在沙发上，穿着枣红色意大利爱步皮鞋的脚搁在茶几上，双手胡乱挥舞着。

　　仿佛电影的淡入，照片中的三个人影蓦地活动起来，他们齐刷刷跪倒在地，面前插着三炷香。他们都不是军人，却全都穿着旧军服，那是那个年代最时髦的服装。

　　"天地作证，今天我三人在桃园大队结拜兄弟，效仿三国时刘关张桃园三结义，有难同当有福同享，如有二心天地不容！"

　　接下来是杀鸡，滴血在盛满江西四特酒的海碗里；然后叮叮当当碰了一阵碗，吼一声"喝"，咕咚咕咚一饮而尽……

　　"待会儿他过来，您说话别太重了。他毕竟是我二哥，是您二弟嘛。"张理顺回过神来转身瞅瞅醉态百出的陈谷雨，颇为无奈地说道。

"啥二哥二弟的,他就是一白眼狼。兄弟有难,他见死不救。莫说兄弟,他爸妈被打倒时,他连忙改了姓氏;爸妈解放了,他又改了回来,甚至把名字都改了。连老祖宗定了的姓氏、老爸取了的名字都能改来改去的,冇有骨气的家伙!"

"哎哟大哥,你又不是没经过文革,那时为了避嫌,改姓换名的人还少吗?那还算是好的,有些人干脆公开声明与父母断绝关系呢。历史原因嘛,怪不得的。"

"我呢,我冇经过文革?老爸被打倒了,我照样行不改姓坐不改名!这叫啥?仁义!人品!道德!"

"哎哟大哥,您就别顾着夸自己了,忍一忍吧。我儿子还指望他搭救呢。上星期我去探监,我儿子一看见我,就一个劲地哭,什么话都没说,哭得我心似刀绞呐,大哥!还有您儿子,也得求他想办法把那通缉令撤了。"

"你是见了儿子伤心,我是他妈的看不着儿子揪心啊!还不知这小子在外面过得啥样。不过,话又说回来,逃亡的日子不好过,牢里的生活也苦啊。幸亏当时有个好心人偷偷打电话告诉我,让我赶快叫儿子逃跑。哎,要知道是谁呀,还真的好好谢谢他咯。"

"牢里的日子苦,但那有盼头,三年就三年,五年就五年,过去了就能出来。可逃亡的日子,东躲西藏,提心吊胆,出头的日子遥遥无期,更是不好受呐。我看,还是请二哥想想办法吧。"

"三弟呀,你还指望白眼狼发善心呐?他要是还念我们兄弟情分,当初就不会袖手旁观。"

"大哥,您放心。这回他不发善心不行,他也有事求我呢。"

正说着,门铃响了,来人正是李兵。

李兵朝张理顺满脸堆笑,客气地说:"三弟你好。"见沙发上还躺着一位,便过来打招呼:"大哥您什么时候过来的?怎么也不招呼一声,我可以为您接风洗尘呐。"

"哦哦,我一个乡下土包子,哪敢劳驾您大上海的局长大人呐?"

"嘿嘿,大哥真会说笑。"

"二哥,您坐吧。咖啡还是茶?"

"茶吧,谢谢。"三人围着茶几,在沙发上坐定。

"嗯嗯,好茶,好茶。一定是顶级的龙井吧?"李兵品了几口茶,赞叹道。

"二哥喜欢喝,改日我送一些给您。"

"好呀,我先谢谢啦。"

一阵寒暄过后,竟然冷场了,三人都不知从哪儿说起。

电视里正在播放连续剧《三国演义》。

"二哥,今天请您来,一是向您赔罪,您大人不计小人过,原谅小弟这一回。这二来嘛……"终于还是张理顺打破了沉默。

"戳,谁向谁赔罪呐?"陈谷雨突然嚷嚷道。

"大哥,您听我说完嘛。"张理顺着急朝陈谷雨使眼色,后者依然声高脖子粗:"谁大人谁小人啊?"

"大哥,我小人,我有罪,行了吧?"李兵用一种不屑与人争辩的口吻说道。说完,斜瞄了陈谷雨一眼。

"二哥,大哥喝多了,您别在意。听我接着说,这二来嘛,也想请二哥能念旧情，看在我们结拜兄弟的分上，出手帮小弟一把，救救我儿子。拜托了！"张理顺谦恭地说。

"既然三弟说开了，我也在此表个态。我也有做得不到位的地方，也请你原谅。"

"戳，放个屁的工夫你们都成谦谦君子了，只有我一个是做尽坏事的混蛋！"陈谷雨腾地站起来，歪着脸，瞧瞧李兵，又瞅瞅张理顺。"噢噢，还有个混蛋，我儿子，正亡命天涯呐。嘿嘿——"

"大哥，您冷静点，我们现在不正是在商量如何搭救那两个孩子嘛。"张理顺耐心地劝说道。

"你手里有筹码，当然你儿子有救；我手里有啥呀，一泡牛屎，谁肯伸手来搭救呐？本来嘛，你们玩得多转呀，你的儿子在他那里高就，他的儿子在你这里谋职，双方都有人照应。高，实在是高！"陈谷雨模仿电影《平原游击队》里的人物台词。

"二哥不是那不念旧情的人，大哥。您得容二哥谋划谋划啊。您老是这么不依不饶的，还想不想让二哥救小山啦？"

陈谷雨终于不再吭声，闷头坐下。李兵喝了口茶，润润嗓子，开始了准备良久的一番讲话。

"我们既然是兄弟，我就有话直说了。当初，你们玩的那一出，太出格了。要复仇，也得好好计划，不能想当然。更不能把自家性命都赔进去。你们可能怨我见死不救。但你们换位思考替我想想，在这种情况下，我能怎么办？其实我已经是非常尽力了。开始小山被抓，张健说是卧底责令唐山路派出所放了他。派出所有人来找我，我明知这是张健捅的娄子，但还是帮他掩饰过去了。后来东窗事发，本来他们是要立刻逮捕他的，也是我提出宽限几天，说是让他有自首的时间，并打电话提醒张健，要么自首，要么逃走。你们想想看，还有更好的第三条路吗？没想到，张健是心存侥幸，结果是聪明反被聪明误。小山现在不是逃走了吗？大哥，如果没有人通知您，您会让小山跑吗？"

"难道是你叫人打的电话？"

"我们不是兄弟吗？能帮我会袖手旁观吗？如果不是兄弟，您拿再多的钱给我，我也不会冒这个险哦。"

陈谷雨此时方才有些愧疚，拍拍自己的脑门，想起自己和张理顺曾经拿钱去贿赂对方的往事，朝李兵又"嘿嘿"傻笑了几声。

"小山逃亡尽管会很苦很难，但他毕竟不是杀人犯，不是罪大恶极，所以追捕也不会那么铺天盖地。大哥，您放心，一有机会我会想办法解救他的。"

在陈谷雨眼里，李兵突然成了好兄弟，他感动得有些不知所措。

"当然，你们爱子心切，以为我见死不救，想报复我，我也能理解。你们知道不夜城真正的大老板是我，于是心生一计，让我儿子李炜去暗访，想一箭双雕，结果未能如愿；一计不成，你们又想通过古今一一次次揭露不夜城的丑闻来搞垮我，我也都知道。现在让我们既往不咎、捐弃前嫌，毕竟我们是结拜兄弟。行不行？"

这回轮到张理顺愧疚难当了。原本是陈、张两家父子干了蠢事，却怪罪李兵不仗义，太不应该了！

"行，行！我们都听二哥的！"张理顺激动地说。

"其实，不夜城的事我、我一点都不知情，是三弟——"陈谷雨尴尬地想为自己辩解。

"嗨,大哥,您可不能这样啊……"张理顺把茶杯往茶几上一放,用手直指陈谷雨的鼻子。

李兵见状忙打圆场:"三弟,什么都别说了,多说伤和气。我答应你,会想办法让张健保外就医,不会再让他受牢狱之苦;大哥,您也放心,小山的通缉令我也会想办法撤销的。现在,你们也得帮帮我的忙,不能再让古今一这么闹腾下去了。你们知道不夜城是我的,你们要想办法制止他,或者不再让他当记者,或者干脆把他弄出报社。一句话,只要我们三兄弟精诚团结,一切困难都可以克服的。"

"好好,拿酒来! 我们三兄弟好久冇在一起喝酒了!"陈谷雨高兴地喊道。

"有茅台吗? 我除了茅台,其他的都觉得没味!"李兵也兴奋异常。

张理顺说声"有,我也是茅台爱好者",便走到酒柜前,打开门——

酒柜有三层,里面满满当当全是茅台!

"哇塞,没想到三弟家里也藏有这么多茅台!"

"怪不得,我本来想空手到上海来不好看,买几瓶茅台吧,结果哪儿都买不着,说是脱销好久啦。"

张理顺挑了一瓶一九五八年的,说:"这瓶我一直舍不得喝,现在三兄弟都在,就把它灭了吧。"

古今一起床后发觉自己神清气爽,丝毫没有往日刚醒时那股懒洋洋的感觉。阳光明媚,走在去报社的路上,空气仿佛也格外新鲜,每每吸入都有一股甜丝丝的味道。他像小青年似的身穿耐克T恤衫、李维斯牛仔裤、脚蹬耐克运动鞋,身姿轻盈矫健,宋词脱口而出:"白发戴花君莫笑,六幺摧拍盏频传。人生何处似尊前。"

蓦然,发现前面路边有人排队,长长的,他好生奇怪:过去是短缺经济,排队不稀奇;如今差不多是剩余经济,除了老大房的鲜肉月饼时不时地会出现排队的情况之外,还有什么商品会如此走俏? 职业的敏感性驱使他紧走几步。啊,队伍的尽头是南京东路上的工商银行?

"先生,你们排队做啥?"他问排在末尾的一个中年男子。对方偷偷地斜了他一眼,别过头去。

"请问,买啥东西啊? 生意介好。"他放软了口气,又去问另一个中年男子。

"哦,没啥。"那男子苦笑了一声说。他还想接着问,对方已把头低下,仿佛为自己刚才的多嘴而懊丧不已。

"哎哟,做啥呀,弄得介神神秘秘的?"古今一的好奇心被彻底激发起来,他又跑到队伍的前面,物色了一个面貌平和的中年女子。"请问,这里排队做啥? 是勿是买基金?"

女子摇摇头。

"买债券?"

女子又摇摇头。

"那买啥?"

女子似笑非笑,轻轻说了句:"勿要问了,跟侬勿搭界的,走吧。"

古今一还不甘心,又去向一位穿着中山装的老者打听。

老者见有人朝自己走来,赶紧手足无措地扭头就走了。

正在疑惑不解之时,古今一发现不远处有一个熟悉的背影。他刚要上前,还来不及喊出声,那个背影正巧转身也看见了他,便低头急匆匆走了。是张理顺。

队伍在慢慢地行进,但还始终保持着一定的长度;有人办完事走了,又有人不断地加入进来。古今一呆呆地瞅着,一时没了主意,好像狐狸遇到了刺猬,想吃却无从下口。

突然,他扑哧笑了,"我脑子是勿是进水啦,进去问一声勿就晓得了嘛。"

他三步并两步向银行大门跑过去,一边一个保安拦住了他。"请你去排队!"神情严肃,口气不容置疑。

"干什么我都不知道,我排什么队啊?"

"不知道干什么,你还往里闯啊?"

"那,他们干什么呢?"

"他们干什么与你无关,你不知道干什么还是回家去吧。"

"那我进去看看不可以吗?"

"银行又不是游乐场,没啥好看的,回家去吧。"

"我是记者,我要进去,我有采访的权利。"

"你是记者,请问你要采访什么?"

"我要采访、采访你们的行长,请他谈谈你们业务如此火暴的原因。"

"对不起,行长不在,他出去开会了,你明天再来吧。"

"那我找你们的副行长。"

"副行长出国考察去了。"

"那办公室主任呢?"

"他生病了，在医院躺着呢。"

"那你们今天谁负责？"

"今天我们俩负责，但我们很忙，没时间接受你的采访。"

"老天啊，我采访你们？你们懂什么啊？"奇怪，要在以往，古今一早就光火了，但今天却只是觉得琢磨不透、满腹疑惑。

他不得不选择了离开，走了老远，还禁不住回头看看那一支长长的队伍。

到了报社，古今一径直去找了吴远，一见面便把刚才在路上遇到的怪事一股脑儿地告诉了他。

没想到，吴远哈哈大笑了起来，"大快人心事啊！上面发文了，所有识时务者都上银行排队去了。"

"发什么文呀，上银行干吗？"古今一云里雾里。

"坐下，听我慢慢道来——"吴远京剧念白似的说道。

他笃悠悠地抽出一支中华牌香烟，点上，很享受地深深吸了一大口，眼睛也眯成了一条缝。

"啊呀吴老总啊，您老人家一直是敦煌牌香烟的忠实信徒，数十年如一日，今天怎么抽上中华了？是不是我们的城市又诞生了一个腐败分子？"

"哦哦，刚好相反，不是诞生而是消灭，从今天起腐败分子将惶惶不可终日，要么脱胎换骨重新做人，要么被挖出来进行审判。我这是庆贺呢，我们党有希望了，我们国家有希望了，我们民族有希望了！"

"您老人家别讲大道理了，快说说，今天到底出啥事了？"

"不瞒你说，上星期上面发了个内部文件，发到处一级，说腐败不尽早铲除，党将不党，国将不国。从下周一起，一月内，领导干部凡贪污、受贿等违法得来的钱物,立刻主动充交国库:现钱存入廉政专用账户,同时物品(**包括房产**)登记在册,听候处置。凡照此办理者,根据情节轻重,或降级使用,或免职,但一概不追究刑事责任;逾期不办者,一旦查实将从重处罚。十万以下,开除党籍,开除公职,处十年以下徒刑;十万以上、五十万以下,开除党籍,开除公职,处十年以上、二十年以下徒刑;五十万以上、一百万以下,开除党籍,开除公职,处无期徒刑;一百万以上,一概死缓或死刑。前者似乎是轻了点,只要悬崖勒马,贪污再多也不再追究刑事责任,这是因为考虑到他们的胡作非为固然有主观原因,但我们体制、机制的缺陷也是造成他们堕落的一个重要原因。后者似乎重了点,但要知道他们手握人民赋予的权力,享受比一般民众高得多的福利待遇,却不思为人民服务,而一味以权谋私;如今给了他们幡然省悟的机会,可他们拒绝改过自新。这样的人不严惩,人民的怨气难以平息啊。”

“这么大快人心的事,为何不好好宣传一下,让老百姓也高兴高兴。”

“那不是为了给那些贪官留点脸面嘛。”

“那倒也是,治病救人,愿天下从此不再有贪官。大家齐心协力,党群一致,官民一致,把我们国家建设成国力强盛、人民富裕、社会和谐的人间天堂。”

正说着,不知哪儿传来一阵鞭炮声。古今一奔到窗口去看,突然腾空而起的一个高升在距离他不到一米的地方炸响,砰——

他一个激灵,醒了——原来是一场梦。

五十六

　　古今一与林怡的关系似乎越来越热络,但渐渐地,他发觉林怡在纯情的外表下,似乎藏有一个不为人知的秘密。古今一先支付学费供其在江西科技大学读书,又帮她买了许多生活用品。为方便学习和生活,他帮她买了个诺基亚手机。上次来上海时,她说手机被偷了。古今一又帮她买了个同样牌子同样型号的手机。两个月后,林怡在公用电话里哭丧着说,手机又丢了。古今一安慰了她几句,当天又到国美买了个一模一样的手机寄了过去。一星期后,古今一打她手机,突然没了音讯,始终是关机状态。一天,林怡给他打来了电话,吞吞吐吐说,她倒大霉了,新手机才用了一周,就又被人偷了。古今一苦笑着说:看来你不适合用手机。林怡说:也是,我现在买了个小灵通,现在就是用它给你打的电话。小灵通挺便宜的,即使再丢失了,也不会心疼。

　　之后不久,林怡来电话说其父生病住院了,古今一马上汇去五千块钱。还不到一个月,林怡又来电话说家乡发洪水,把老宅给冲毁了……古今一终于清醒地认识到,林怡清纯背后的贪婪与势利,决定与其分手。他整整两个月未给她打电话,即便她来电话,他或者不接,或者冷淡地说些不着边际的话。

林怡显然是个聪明人,明白古今一的心思。一天,她说自从认识古今一之后,得到了他许许多多的帮助,自己却无以回报。她决定不再拖累古今一,但请古今一务必答应,最后再见一次面,"让我为自己的恩人过一次生日。之后,两人各分东西。"

　　古今一答应了。十一月二十九日,林怡特地从江西赶了过来,为古今一过生日。

　　汉庭连锁酒店内。一盏红红的心形蜡烛灯,一只诱人的心形雀巢蛋糕,一瓶法国波尔多红葡萄酒。简单而不失温馨。

　　古今一又一次扮演了类似支部书记或者说牧师的角色,他边喝酒边教导林怡要如何做人。他说,农村女孩的资本是什么?是淳朴、是善良、是吃苦耐劳,这是现在城里女孩最缺乏的。是的,城里女孩有她们的长处,她们受的教育多些,文化水平高些,比较会打扮自己,人也比较机灵。但如果你丢掉自己原本好的东西,去效仿城里女孩,一定会得不偿失……

　　古今一边说边喝,不由说到了自己的初恋,说到了九莲。当时那么多人,包括不少上海知青都对她心仪许久,即便回到上海多年,每每提起还是对她赞叹有加。或许是酒后吐真言,提到了别的女孩,林怡的脸上露出怨恨的表情。"九莲,她真有那么好吗?你是不是一直在我和她之间作比较?觉得我不如她?"

　　"当、当然,无人能及。九莲……"恍恍惚惚之间,古今一眼前出现了九莲的身影。"来了,终于又见着你了!"

　　"酒量不行,就少喝点,失态了不是?快躺下,睡一觉就好了。"

"我没醉。我还能喝上个半杯。你不信,我喝给你看。"

"好,你喝。"

又是半杯下肚,"怎么样? 我说的、说的吧——"

迷迷糊糊,脑袋生疼,不知过了多久隐隐传来抽泣声,就在身旁,古今一晕晕乎乎摸索着,一具温软的肉体,"九莲——"用力睁开眼,发现是林怡在哭。

这下吃惊不小,酒醒了大半,说:"你怎么会睡在这儿?"

"你欺负了我,不让我走。呜呜……"

古今一惊愕不已。人们常说,酒能乱性,他从来不信,认为只对那些意志薄弱者是如此。没想到自己今天也会如此不堪。

"我、我会对你负责的,一定。"听着林怡呜呜的啼哭声,古今一心烦意乱。

林怡起身穿好衣服,默默地整理自己的东西。

然后,出门走了。

古今一不知所措,良久才慢慢起来,拉开被子看见被单上有股股血迹。想想自己酒后干的荒唐事,他用双手在自己的脸上啪啪地扇了十多下。短裤不知丢哪儿了,他直接将棉毛裤套上。

穿好衣服,他瘫坐在靠窗的圈椅上,努力回想昨晚到底发生了什么。但只想起醉酒前的一些零星片断。该如何了却此事? 难道只能与她结婚了? 这是爱情吗? 嗨,什么爱情不爱情的,既然找不到自己所爱的人,就找个爱自己的人吧。这话怎么这么熟悉? 哦,哦,九莲嫁给福仔的时候说过。看来,我和九莲是一个命。不,我比九莲更惨,我堂堂一个大城市的记者,却被一个乡下的丫头片子给耍了。看来,林怡的所作所为都是有预谋的。

突然,手机响了,有短信:"我再也没脸嫁人,只想一个人了此一生,请您赔偿我青春损失费五十万元。我的银行账号在宾馆写字台的抽屉里。限期一周。"显然是林怡发来的。可她现在不是没有手机,用的是小灵通吗?

古今一似乎什么都明白了,这不过是有人为他设下的又一个局。"谁呢? 不夜城的那帮子人? 不可能。林怡和我是在江西认识的,她来过上海也就是两次,怎么可能与他们搭上关系? 是先前害他的那帮子人? 也不可能啊。张健在牢里,陈小山在逃亡,即使陈谷雨想出手,他也不知道我与林怡的关系呀……"

古今一想得脑袋快炸裂了,也是茫无头绪。这一周内,他什么都没做,既没有答应付钱,也没说不付钱。他心存一丝侥幸,不管怎么说我对林怡还是相当不错的,在她身上花的钱少说也有二三万。如果她的本性不至于坏到翻脸不认人的地步,说不定她会良心发现而拒绝设局者的安排,中止这种忘恩负义的举动。

又是一周悄无声息地过去了。古今一稍稍心宽了些,毕竟世界上恩将仇报之人少之又少。

于是,他定下心来,又开始继续他的小说创作。自从不夜城的两篇报道受到市有关部门通报批评后,他很少写新闻稿,而是把主要心思放在了他的第四部长篇小说上,书名叫《九莲》。

五十七

　　白天去一家养老院采访，古今一突然走神，想父母了：父亲多少年纪了，八十四，还是八十五？母亲也该有七十七了。

　　上次去看他们竟然是两个月前，太不应该了。父亲说他年纪大了，眼神越来越差，看《圣经》很吃力。"啥辰光有空，帮我去请一本字体大点的《圣经》。"父亲抬头看看儿子，见他点头答应了，又低头读《圣经》。

　　古今一劝说："年纪大了，就少看看吧。耶稣勿会怪侬的。"

　　"腿脚勿方便，礼拜没去做，假使连《圣经》也勿读，那我活着做啥？侬是勿是没空啊？没空我让小桥帮我去请。"父亲有些生气，说完才明白过来小桥早已经不在了，又无奈地摇摇头，叹了一口气："唉！"

　　古今一忙解释："我勿是这个意思，我是怕侬身体吃勿消。好好，我尽快抽空去买，好吧？"

　　"是请，勿是买。"

　　"请，请。"

　　古今一踏进教堂，在最后一排坐下，往日的情景又浮现在眼前。

古今一刚结婚那几年,因为住房紧张,他们与父母住在一起。

父母是虔诚的基督教徒,数十年如一日,耶稣在他们的心目中是至高无上的;丽丽信佛,逢年过节烧香拜佛,对善恶有报、轮回转世,对释迦牟尼笃信不疑;古今一是马克思的信徒,几乎读遍了这位共产主义导师的全部著作;小桥则是个动画片迷,先前是喜欢变形金刚、一休和尚,后来又对奥特曼如痴如醉……

三代人虽然信仰不同、秉性各异,但并不影响彼此和睦相处。

父母早先是想把古今一培养成小基督徒的。他很小的时候,父母做礼拜总不忘把他带上。教堂内庄严肃穆,大人们神情严肃,礼拜结束时几乎每个人都要往一只大木箱里塞进一些钱,少则几毛,多则几元、十几元,甚至更多。记得三年自然灾害时期,家中常以南瓜、山芋煮汤充饥,可每次父母还是毫不犹豫地往那只木箱里塞钱。古今一不懂为什么,但他知道这对父母来说很重要。

男大当婚,娶妻进门,形势起了微妙的变化。父母婉转告知,在古家是不准烧香拜佛的,也不允许吃供奉过的食品……丽丽当初心里大为不悦。但父母也以身作则,不再在家里举行祷告、讲经等宗教仪式,除了阅读《圣经》之外,一切与宗教有关的活动均在"家"以外的场所进行,而丽丽也完全可以到外面寺院去烧香求佛,父母无意干涉。于是丽丽也就不觉得太委屈。

家庭是讲情感的地方,不是政治或宗教的讲坛,父母早已不再向古今一输出基督教义,古今一也没义务向他们灌输马列主义,而丽丽的阿弥陀佛也只是在心中默默念诵。

终于,家庭的这种平衡状态被一个人肆无忌惮地打乱了。那个人就是小桥。先前的变形金刚、一休和尚大家还勉强能接受,后来的奥特曼简直让人受不了。奥特曼每星期出现三次,他在电视里一露面,父母便过不了戏曲瘾,丽丽的连续剧就得中断,而古今一也只能跑到隔壁邻居家去看足球甲 A 联赛。令人啼笑皆非的是,女儿独自津津有味地欣赏,却要求别人都安静地呆着,不许大声说话,甚至不许在她面前走动。

小桥是全家的中心,所有的一切自觉不自觉都得围绕她转。但大家私下里却在嘀咕,盼望早日从奥特曼的专制下解放出来。然而,似乎存心和全家人作对似的,塞文·奥特曼走了,杰克·奥特曼又来了,杰克还未消失,爱斯·奥特曼又出现了……

终于有一天,奥特曼飞离了地球,全家欢欣鼓舞,当时滴酒不沾的古今一破例买了一瓶绍兴花雕酒,与父亲对酌起来。小桥好奇地问:"爷爷、爸爸,你们怎么喝酒了?"

古今一幸灾乐祸地说:我们欢送奥特曼回老家。小桥眼里闪现泪光,气呼呼地说:"奥特曼还会回来的,哼!"

果然,没隔多久,一次小桥放学回家兴冲冲地宣布:奥特曼又回来了!

全家震惊,丽丽担心地问:"乖囡啊,奥特曼到底有多少个?"

小桥自豪地说,千军万马数不清! 接着她拿出了一大叠文字和图片资料,如数家珍地介绍道:这是雷欧·奥特曼,这是爱迪·奥特曼,那是葛雷·奥特曼,还有五星·奥特曼、佐菲·奥特曼……

母亲问:"乖囡,奥特曼有完没完?"小桥答:"没完。"全家人都装作恐惧的模样,随后又笑作一团。

如今,奥特曼还时不时地在电视屏幕上出现,然而小桥已经不在了;即使在,她也断然不会去看的了。小桥读一年级时,报社分了一套旧房子,就是成厚里石库门房子的一个通客堂,他们与父母分开住了。父母还是一如既往地每星期去做礼拜,平时在家喜欢看戏曲;丽丽也习惯了到寺院烧香拜佛,在家只是看看电视连续剧,时常一把鼻涕一把眼泪的。古今一看书越看越杂,政经文史哲,古今中外,看得越多,越觉得自己浅薄。

小桥最终选择了谁呢?马克思?释迦牟尼?耶稣?古今一心里清楚,小桥至死还没作出任何选择。也许,不作选择就是她的选择。

牧师在布道。教堂里静静的,没有人交头接耳,也没有人开小差打瞌睡,只有轻微地翻动《圣经》时纸张的沙沙声。所有人都全身心地沉浸在其中。既庄严、神圣,又温馨、和睦。蓦然,古今一觉得这里的氛围真的很好。难怪,他曾经看到过一份资料,说中国每年大约新增一百万人信奉基督教。

坐了一会儿,古今一悄悄起身,推门出来到旁边小书店挑选了一本最大字号的《圣经》,"请"下了。

出教堂,古今一又坐车到三阳南货店,买了两斤父母最喜欢吃的三北麻酥糖。

到父母家时,已是晚上十点钟了。古今一没按门铃,而是直接用钥匙开门进去。心想,如果父母睡了,放下东西就走,不会影响他们休息。

客厅是暗的,卧室门缝却还透出一线光亮,显然父母亲还没睡,兴许坐在床上看电视吧。古今一轻轻推门进去——母亲倒是靠在床背上看电视连续剧《还珠格格》;父亲竟然戴着老花镜坐在方桌前写东西!他非常投入,不知儿子来看他了。古今一怕吓着父亲,轻轻干咳了一声。父亲抬起头,脸上露出了笑容,"今朝哪能想到过来?"

"写啥啊,介晚了?"

父亲有些怪异地笑笑,难为情地怔怔地瞅着儿子。"没啥,没啥。"父亲用报纸盖住了所写的稿纸。

父亲不会也想写小说吧。当今世界精彩纷呈,只有最无聊、最没事可干的人才会想着去写小说。

"噢,阿爸,我帮侬把大号字的《圣经》请来了。"古今一从黑色的牛筋包里取出书和麻酥糖,轻轻放到桌上说:"还有你们喜欢吃的点心。"

五十八

《不夜城再探秘》在整个上海滩又一次掀起了轩然大波，报纸加印了二十万份，也转瞬售罄。许多有识之士把它看作是市委加强舆论监督的信号。却不知，报纸的老总和文章作者被通报批评，还责令写检查呢。

正当报社上下在热议古今一的大作时，突然风云突变，传言似冬天的寒风窜进大楼的角角落落：古今一被警察带走了，因为有人告他强奸。

"木秀于林，风必摧之。与其有那么多磨难，我情愿什么也不做，默默无闻、平平淡淡过一生啊。""姥姥"依然是一副洞察世事的神态。

"这叫有得有失，有舍有得，老天爷很公平的。"李炜还在为张理顺对自己干的缺德事耿耿于怀。

"炜哥说得对，古今一文章写得再好又有何用？一副玩世不恭的样子，把什么都不放在心上，尤其是不把领导放在心上，早晚得出事。"柳小玉讨好地看了李炜一眼。

"哎哟，什么时候这么近乎，叫上炜哥啦?"于成龙不无醋意地说。

"现在的八零后女孩真是不得了，大庭广众之下，伟哥、伟哥地叫个不停。""姥姥"说。

"切。什么话到了你嘴里,都变成黄色的了,下流!"柳小玉红了脸,转身走开。

"你想要伟哥,却说我下流,这世界还有公理吗?""姥姥"依然是一副慢条斯理的表情。

闹钟响了,应该是上午十点了,可高甜甜浑身无力,头疼得厉害。

"好好的,怎么就感冒了呢?"她心里在犹豫,"怎么办?是起床继续去查找张红美,还是到医院看望牛达,抑或是到报社去转转,或者干脆什么都不干,继续躺着?"

大概九点的时候,她接过一个电话,是牛达从医院打来的。他焦急地问她:"晓得老古董啥地方去了吗?手机关机,报社、家里都没人。"

"是吗?我过一歇歇去看看。有啥事体啊?"甜甜的声音有些疲惫。

"侬勿适意?"

"哦,没啥,大概感冒了。侬好点吗?还痛吗?"

牛达说声"我没问题了;侬好好休息,勿要忘记吃药",就挂了电话。估计他还会给他认识的人逐个打电话询问古今一的下落。

"古今一又怎么啦?千万别再出啥事了。"一会儿她又迷迷糊糊睡着了。

闹钟定时在十点,她想不管有事没事老躺着总不行,应该起来干些省心省力的事。

刚穿好衣服,电话又响了。"难得生一次毛病,烦心的事体哪能介许多啊？"

"喂,甜甜吗？勿好了,古今一出事体了!"还是牛达的电话。

"伊又哪能啦？"

"我刚才跟伊打电话说稿子的事体,屋里没人,报社也勿在。我又给'姥姥'打电话,伊告诉我,古今一被警察带走了,全报社都传开了。"

"为啥呀？"

"强奸,人家拿伊告发了。唉,这男人没有老婆,在中国是绝对会弄出许多问题来的。"

高甜甜一阵晕眩,她扶着墙壁、闭上眼睛,一分钟后才慢慢张开双眼,到卫生间洗漱。

她毫无食欲,但想到还有许多事要做,才勉强吃了一碗康师傅红烧牛肉泡面。

她先打了个电话给吴远。吴远说:被公安局带走,确有此事。但是不是强奸,现在还不得而知。我恐怕他还是被人冤枉的。我们现在也做不了什么,相信公安局会调查清楚的。

她打的到阿敏的单位,托她让自己的老公打探消息。

阿敏一口答应,问:"侬介关心伊,三番五次的,你们到底啥关系啊？"

高甜甜"呜"了声,眼泪扑簌簌滚落下来。

阿敏做了个鬼脸,说:"勿问了,我马上让我老公去打听,一有消息马上告诉侬。侬身体勿适意,就勿要上班了,在屋里好好歇息。"

高甜甜没回家,在一个僻静处给梁振华打了个电话。唐山路派出所的刑警中队撤销了,归并到区分局,梁振华如今是区分局刑警中队的政委。梁振华一声不吭,及至高甜甜讲完了,他才平静地说了声,"我知道了。"

"毕竟不可能是未来的老丈人了,办事也没那么起劲了。"高甜甜心里嘀咕了一句,决定再找找党群部的同学,看看他有没有办法。

所有能想到的关系她都一一打了招呼。当然,她也可以恳求自己的父亲出面帮忙。但父亲肯定不会答应。"一本正经来兮的,侬求伊,伊就给侬上课。烦死了,还勿如求别人呢。"

一个星期过去了,期间报社的传闻一天一个样。前天说,古今一一进去就统统招了,说自己禁不住诱惑,借酒强奸了对方,据说他认罪态度好,可能会被从轻处罚;昨天说,那个女的和古今一相好半年了,古今一不想和她结婚,她就诬告古强奸,古今一根本没事,马上就能出来了;今天说,古今一进去后,任凭人家怎么审讯,他就一句话:这是诬陷,我是被冤枉的。说他抗拒从严,一定会被重判。

不知什么原因,古今一强奸一案审理速度很快。党群部的同学旁听了初审,尽管他经历过无数次这样的场面,但依然感到突兀和难以理解。他告诉甜甜,庭审时公诉人在讯问被害人时疑点很多,但似乎一概忽略;倒是古今一的辩解,尽管言之凿凿,却不予理会,认定他就是罪犯。"我听说内部有领导指示,法律面前人人平等。名人怎么了?是名人更应该从严执法。"

古今一一审被判七年。

高甜甜好像跌倒在沙滩上，一个浪头压倒一切般袭来，还未等她站起来，又一个浪头铺天盖地而来：报社内网刊登消息，古今一因为强奸罪，被区人民法院判处有期徒刑七年；根据党章有关规定和报社职工条列第五条第三款，决定开除其党籍、开除公职。

高甜甜沮丧地又给阿敏打了个电话。阿敏说，我家刘涛正在想办法。这事急不得。

"都判了，恐怕没希望了。"高甜甜在电话里竟呜呜大哭起来。

阿敏不知所措，一个劲地说："勿要哭，勿要哭，中国的事体侬又勿是勿晓得，今朝判死刑的，明天说勿定就无罪释放了。"

她又打电话给梁振华，梁振华竟然也是这句话，这种事急不得的。她没再说什么，她不能在一个不熟悉的男人面前哭。再者，人家又没欠你什么人情。

十天后，正当高甜甜心灰意冷之时，梁振华突然给她发来了一条短信："明天下午两点，中级人民法院二审，我在门口等你，带你进去。"

五十九

一审是在极小的范围内非公开进行,有关领导说是考虑大报的声誉,以及整个舆论的公信力;二审却在极大的范围内公开进行,有关领导说是考虑法制建设的公开、公平、公正,让更多人受到教育。

二中院最大的审判庭挤满了旁听者,上海大大小小的媒体记者也都蜂拥而至。毕竟古今一是名人,有资深记者、著名作家的头衔,让这场审讯变成街头巷尾热议的焦点。

高甜甜下午一点半由梁振华陪伴进去时,里面早已人头攒动。有人在向他们招手,一看是阿敏和她老公,已经为他们在第一排留了两个座位。

高甜甜不敢问,挨个瞅瞅他们几个的表情,希望能在脸上读出点端倪。但什么都没发现。倒是阿敏善解人意地拍拍她的肩膀,说:"真的假不了,假的真不了,放心吧。"

高甜甜"嗯"了声,坐下,嘀咕道:"那他是真的还是假的呀?等于没说,我放心得了吗?"

古今一被两名法警押了出来,顿时法庭内一阵骚动:"出来了,出来了",人们争相伸长脖子好奇地张望,仿佛他是动物园里的珍稀动物。

古今一神情淡漠、平静,恰似见怪不怪地在说:我就是我,永远是我,不管是关在动物园,还是在深山老林。高甜甜却心跳加速,才十多天不见,他竟白发丛生!突然,漫不经心的一瞥,他发现了高甜甜,她的边上还有梁振华、刘涛,刘涛边上一定是甜甜的同学阿敏了。他抿了下嘴,似笑非笑,露出两只浅浅的酒窝,算是打招呼了。

十几天前,梁振华来拘留所看他,和一个叫刘涛的一起来的。梁振华说:"是高甜甜打电话告诉我,我才晓得侬又出事体了。"他把"又"字说得很重。

古今一调侃地说:"我小时候蛮乖的,大人都讲我是乖小囡,没想到老了却经常出事体,成闯祸胚了。"

古今一看看刘涛,眼神似在问:"你是谁?"

刘涛连忙说:"我的老婆阿敏是高甜甜的同学。"

"哦。明白了,都是高甜甜在调兵遣将。难为她了,但恐怕没用。台前幕后的不少人,都希望我完蛋。他们手上有权、有钱,你们有什么呢?"话虽如此说,但他心里依然掠过一丝暖意。

"我正在考虑跟我警校的同学策划帮侬的辰光,刘涛打来了电话,讲起侬的事体。"

"你俩也是同学?"古今一听到肯定的答复后,笑笑说:"看来中国勿但有同学政治、同学经济,还有同学法律呐。"

"啥事体再难办,到同学那里就好办。"

"同学是一个个圈,其中有高档的、中档的,还有低档的。勿是我古某人看勿起你们,你们最多算是中档的同学。可我如今遭遇的是高档的主,怕是得认命了。"

"讲啥呀？同学勿同学的，只是在一般情况下管用，真正到了紧要关头，再高档的同学恐怕也无济于事。"刘涛说。

"是啊，古老师，侬千万勿要放弃。一定要上诉，拜托了。阿拉一定会想办法调查清楚事情的真相的。另外，我们为侬请了一个很有经验的辩护律师。"梁振华说。

"好吧，我答应你们。但你们勿能乱来哦。"

"他们能，我们为啥勿能？"梁振华说："以夷制夷，以其人之道还治其人之身嘛。"

"哦，宽恕他们吧，他们不知道自己在做什么。"父亲常挂在嘴边的一句话蓦地在耳边响起，古今一脱口而出。

"啪"的一声，庭审开始了。古今一回过神来，瞄了一眼法庭上的法官：四十岁左右，白净的脸上戴着一副银丝边眼镜，显得威严不足、清秀有余。然而一身制服挺括漂亮，平添了几分儒将风度。

开始部分与初审差不多，没有多少新意。及至法官提出被告方是否有新的证据时，辩护律师起身说："我们想对被害人，也就是原告林怡提问。"

"可以。"法官说。

古今一把头转向原告席，正巧与林怡的目光交汇；他轻蔑地抿了下嘴，对方赶紧低下头。

"这个小姑娘是啥人啊？原来与古今一认得吗？要死，我哪能到现在才想起问这个问题！毛病生得脑子都糊涂了。"她看看阿敏，阿敏摇摇头；刘涛见状低声说，小姑娘是江西人，是古老师去那里采访时认得的。他们来往有一段时间了。伊读大学还是古老师资助的呢。

"又是一个东郭先生与狼的故事！怨啥人呢，自己戆嘛。"想起古今一老是神神秘秘打电话的情景，高甜甜就来气。

"事体恐怕没有那么简单哦，我们先听辩护律师哪能讲。"梁振华悄声插了一句。

"问被害人有啥用？初审已经问过了，让伊改口，除非已经用钞票买通伊了。""是啊，要有新的证人证言才行啊。"底下有人窃窃私语。

"请问，你的姓名？"辩护律师长得很随性，眼大、鼻大、口大、耳大，要不是头也大，就会显得太拥挤了；但说话却是一板一眼，字斟句酌。

"有这么问的吗？"高甜甜在心里嘀咕了一句。

"林怡。"

"你是随父亲的姓，还是母亲的姓？"

"这是什么问题呐？My god！"甜甜低声喊道。

"反对，这与本案无关。"公诉人打断了提问。

"反对有效。请辩护方直接说要害部分。"

"那好，我换个角度问吧？林怡是你的真实姓名吗？"

"反对，这与本案无关。"公诉人又打断了提问。

"如果连被害人的真实姓名都不清楚，那判决的真实性又从何谈起呢？"

"反对无效。请被害人回答。"

"是、是的。"

"我想请被害人注意，这里是法庭，说谎是要负法律责任的。"

"反对，被告律师是在威胁被害人。"

"被告律师，想说什么就说吧，别兜圈子。"

"好的。被害人登记表上写的是林怡，家庭住址是江西省樟树县灵石乡渡头村。可据我们的最新调查，那里根本就没有叫林怡的女子。这是当地派出所出具的证明，请法官审阅。"

"递上来。"

"请问，被害人的真实姓名以及真实住址。"

"反对。被害人还是个未婚女子，请法庭考虑她的隐私权。她被强奸的事情传扬出去，今后如何做人呢？人言可畏呐！"

"反对有一定的道理。但请将被害人的真实姓名和真实住址写明后呈上来，并由书记员记录在案。"

几乎看到案件突破点了，被害人竟然隐瞒了真实身份！可公诉人的反对也在理啊。高甜甜的心又揪紧了。

"请问，你和被告是什么关系？"

"一般朋友。"

"一般朋友？请问，有谁会把三四万块钱送给一般朋友花呢？"

"他把我认作干女儿。"

"如今，干女儿变作干老婆的多了去了。"甜甜思忖道。

"那说明他很喜欢你咯。你喜欢他吗？"辩护律师笑着问；他笑起来很像弥勒佛。

"不喜欢。噢，喜欢。"

"到底是喜欢还是不喜欢？"

"不喜欢，我恨他。"

"既然不喜欢，甚至恨他，为何还要和他交往，花他的钱？"

"他强奸我之前，我是喜欢他的。"

"既然他喜欢你，你也喜欢他。他对你所做的也许操之过急，但也不至于让你这么恨之入骨，非置他于死地吧？"

"反对。法律鉴定是否强奸，不是以双方是否喜欢为根据的。即便是在婚期内，也可能存在强奸。"公诉人急忙站起来说。

"反对有效。请辩护律师说重点。"

"被告那么喜欢你，把你当作自己的女儿，关心你，帮助你，你就那么狠心把他往死路上推？你说，你也喜欢过被告，那为什么还要做恩将仇报之事？"

"老古董，我早就觉得侬有问题，还认啥干女儿？吃苦头了吧，哼！"甜甜恨铁不成钢地想道。

"这不是恩将仇报，他强奸我，我告发他，这是有仇报仇、以怨报怨。"

"我再提醒你一句，作伪证是要负法律责任的。千万脑子要清醒，更不要被坏人利用了。你年纪还轻，不要走错一步，悔恨一生啊。"

"这个律师弄得来像支部书记一样，勿讲证据，光做思想工作。"甜甜忍不住对身边的阿敏说。

"侬莫急，听他们讲下去。"阿敏劝慰道。

"我脑子很清醒。"林怡说。

"你确认，他强奸了你？"辩护律师问。

"是的。"

"不改了？"

"事实如此，有什么可改的。"

"切，有啥证据甩出来呀。拜托，勿要再兜圈子了，拿人的心脏病都急出来了。"甜甜急切地嘟哝道。

众人在火里，辩护律师却在水里。他不慌不忙地从文件夹里取出一张纸，朝旁听席挥了一下，清清嗓子说："我们前几日请被害人重新做了体检，结果显示被害人还是处女身！"

哄的一下，法庭内议论纷纷。"这是市公安局司法鉴定中心出具的证明。"

"绝！真没想到，这个看似窝囊的律师还有这么一手！"甜甜高兴地拍拍阿敏的手臂。

"不可能！我们之前提供的司法鉴定已经确凿无疑地显示林怡确实遭到强暴，林怡提供的沾有精液的内裤也确定是古今一的。"

"你们之前提供的鉴定是虚假的，请看我这里有那家名叫精准法医物证司法鉴定所出具的悔过书。"

"呈上来！"

"请公诉人和辩护律师到前面来。"法官让公诉人查看了被告方提供的新的证据，然后几个人叽叽喳喳商量了一会儿。

法庭内充盈着既惊异又兴奋的议论声。

"肃静！"惊堂木"啪"的一声，顿时庭内鸦雀无声。

法官宣布："古今一强奸一案，证据不足，予以驳回。被告当庭释放。林怡涉嫌诬陷，暂行拘押。休庭！"

"哇啊！"所有人都惊诧不已地站起身来。高甜甜更是情不自禁地冲上前去紧紧抱住古今一，又哭又笑地说："老天有眼，老天有眼呐！"

六　十

"来,先干一杯,为古老师压惊!"梁振华端起酒杯,兴奋地说。

"对,先干一杯,庆祝我们辩护成功!"刘涛接着喊道。

"来,来,一起举杯!"辩护律师葛洪和阿敏也附和道。

甜甜瞅瞅古今一,说:"今朝是古老师做东,伊勿大会吃酒,我先代表古老师敬大家一杯,谢谢大家的鼎力相助!"

"今朝啥日脚,讲啥也得吃点老酒。来,古老师——"梁振华说。

"今朝当然要吃,否则对勿起在座的各位好朋友、好兄弟。"古今一端起酒杯,一一碰过,说声"谢了",然后一饮而尽。五十二度的水井坊似一条火苗由上而下直抵肠胃。

"痛快,再满上!"

古今一也不推辞,递过酒杯,趁梁振华倒酒的当口,夹起一块油晃晃的口水鸡往嘴里一塞。白酒的辛辣与川菜的麻辣交汇,顿时整个脸庞火烧火燎的。他喜欢川菜,喜欢那种"火"的感觉。

三杯酒下肚,气氛变得越加活跃。古今一忍不住问葛洪,"侬哪能会想到林怡用的是假名?"

"一般情况下,做坏事体的人都勿可能用真名字。既然我们认定伊是有意陷害侬古老师,那么伊肯定早有盘算,改名换姓是一定会做的功课。"葛洪说道。

"嗨,我有个疑问,既然之前那个什么司法鉴定所开出了法医证明,讲伊已被强暴,侬又是哪能让伊再做检查,而且还……"高甜甜和古今一碰一次杯后,没再喝酒,也没吃菜。她心中还有一些疑问需要有人解答。

"这得让梁振华来讲。"葛洪说完,有滋有味地喝了一口酒。

"好,我来讲,"梁振华赶忙把嘴里的水煮鱼吞下。"我跟葛洪一起找林怡谈,想了解更多的情况。我突然发现,林怡虽然是个农村小姑娘,却心高气傲。伊哪能会轻易让人破身,即使是为了再多的钞票,伊也勿会。何况古老师又勿是啥有铜钿的人。伊如果爱财,完全可以找一个更有钞票的大款。"

"那伊哪能会乖乖跟你们去再做一次检查的呢?"甜甜问。

"我讲,上次的检查过于简单,为了更全面了解侬受伤害的程度,应该做一次全面的检查。我讲,这涉及伤害的经济赔偿问题。于是伊答应了。我带伊到了市公安局司法鉴定中心,那是刘涛介绍的,他一同学是中心主任。那里的信誉度自然无人质疑。"梁振华胸有成竹地说。

"司法鉴定社会化以后,带来了一定的负面作用。有些司法鉴定所猫腻勿要太多哦,一味追求经济效益:讲有,没有也有;讲没有,有也没有。一看来人的背景,二看钞票是否到位。"刘涛夹起一块干锅牛蛙,补充道。

"林怡也会有后台? 莫非伊也买通了法医? 伊啥地方来

介许多钞票做这桩事体啊?"甜甜的疑团越来越多。

"勿是伊买通了法医,也勿是法医买通了林怡,他们两个人都是被人利用的。"梁振华肯定地说。

"被啥人利用?"甜甜穷追不舍。

"等审好林怡,一切都真相大白了。我估计是不夜城的老板,伊好像叫魏大新。"梁振华信心满满地说。

"哦哦,一切都清爽了! 古老师报道了不夜城的不堪之事,于是他们伺机报复。啥嫖娼呀、强奸呀,全是编造的谎言! 还有牛达,被斩了两根手指,太丧心病狂了!"甜甜附和道。

"好了,真相大白,吃酒!"

"吃,吃!"

"没强奸,勿等于你们没光着身子困在一张床上呀? 还有那条肮脏的内裤呢……哼!"甜甜心有不甘。

"服务员,再来一瓶水井坊!"古今一醉眼迷蒙地喊道。

"停! 阿拉本来都勿会吃白酒的,今朝因为高兴,才破例吃了一点。够了,一瓶够了。"阿敏怕刘涛喝醉,忙劝阻说。

"一瓶哪能够? 介、介多人就一瓶,显得我、我没有诚意。"

"又勿是吃公款,上十瓶都没人喊多。这都是自己辛苦赚来的钞票,勿要浪费了。再讲了,明朝大家还要上班呢。"梁振华也见好就收地说。

"那、那就再来瓶红酒吧。"古今一意犹未尽。

"高老师,侬哪能勿吃? 侬对阿拉有意见啊? 没意见,好,吃!"葛洪说。

"勿要叫我老师,叫我小高就可以了。"

"哪能可以瞎叫,记者可勿是一般的人,一定得喊老师,

"高、高老师,敬侬一杯!侬写的文章我看过,就两、两个字:精彩。"葛洪舌头有点大了。

"散了吧,侬看,人家服务员都等着收摊下班呢。"阿敏帮甜甜解围说。

果然,三四个服务员都待在门口,有一句没一句地闲聊着,不时往这里瞄上一眼。

饭店门口停了好几辆出租车。"这里下班了,阿拉再寻个地方重新吃过,哪能?"古今一口齿含糊地说。

"改天吧,以后有得是机会。古老师再会了!""古老师侬好好休息几天,后会有期。"……众人与古今一告别。

"看来伊撑勿牢了,侬送伊回去吧。"阿敏低声对甜甜说。

甜甜点点头,搀扶着古今一走向出租车。

"振华,葛律师好像也有点晃晃悠悠了,要么侬送伊回去?"刘涛说。

"没问题,我送。"梁振华爽快地答应。

"林怡远在江西,她怎么会和上海的魏大新扯上关系的呢?既然勿是为了钞票,那这个林怡到底是为了啥呢?伊勿可能免费帮人家做事体吧?还心高气傲?傲啥?肯定是不夜城老板拿钞票把她搞定了,哼!"甜甜边搀扶着醉醺醺的古今一,边眉头紧锁地思考着。"强奸案是假,那还有嫖娼案呢?连刘涛都说是真的,被报社老总保下来的。到底是勿是真的呢?"

车刚启动不久,哗啦啦地下起雨来,雨刷不停地左右摇摆,依然看不清远处。

甜甜扶着古今一进屋时,两人早已浑身湿漉漉的。古今一扑通躺倒在床上。甜甜顾不上许多,到卫生间拿了干毛巾,先帮他擦头,然后帮他脱下湿透的衣裤,匆匆拉了条被子盖上。她不敢去看他赤裸的身体。起先,古今一还在兴奋地说着什么,嘟嘟哝哝的,听不清,渐渐就睡着了。

甜甜接连打了几个喷嚏,犹豫了一下,在衣橱找了件白色的衬衣,到卫生间洗了个热水澡,感觉浑身轻松。她擦着湿漉漉的长发,走进卧室。也许是热的缘故,古今一朝天躺着,白净的半个身子伸出被子。

她过去,想帮他盖好——蓦然,一个奇怪的念头在脑中闪现,使自己也大吃一惊。

她轻轻掀起被子一角,既害羞又急切,眼睛往那两腿之间看:它安静地卧伏在乌黑的耻毛之中,犹如一个婴儿,她怕吵醒它似的,用两根手指悄悄扶起它,仔细看了一圈——没有红痣!

她一激动,凑过嘴去,吻了它一下。

"这世界上的事情原本就很简单,真切地看一眼就立刻分明;却偏偏让人搞得扑朔迷离,似真似幻。"甜甜瞅着它,呆呆地发愣。

突然,它被吵醒了,慢慢直立起来,原来柔弱的它,变得十分坚挺——

甜甜慌忙放手,拉上被子,脸上发烫,浑身像酒醉般无力。

她迟疑片刻,终于钻进被窝,对着酣睡的他说:"困着了,还介下作,哼!"

六十一

　　古今一穿着风衣靠在离拘留所二十米开外的一颗银杏树下，双目紧闭，身边是一只黑色的外交官拉杆箱。那天在法庭上的场景渐渐淡入脑海中——

　　"林怡，你为什么要诬陷我？"古今一不解地问。

　　"我恨你。"林怡眼里充满仇恨。

　　"恨我？我与你无冤无仇的，而且还善意地把你当作自己的女儿，慷慨地帮助你。"

　　"我不需要爸爸，我有爸爸；我需要哥哥，我需要妈妈！"

　　"什么意思？这与我有什么关系？"

　　"是你，是你出卖了我哥哥，气死了我妈妈！我要为他们报仇！"

　　"我出卖了你哥哥？气死了你妈妈？"古今一满腹狐疑，瞧瞧旁听席上的梁振华和高甜甜，他俩也是一副莫名其妙的表情。"你是不夜城老板的妹妹？你妈妈因为我在报纸上写的两篇文章而气死了？不会吧？"

　　"你哥哥是谁？古今一怎么出卖他的呢？你是不是认错人了？"原告律师葛洪接着问。

　　"不可能！我哥哥已经被关在牢里了。"

"不夜城老板没被判刑呀？你哥哥叫什么?"古今一大惑不解。

"谢鲁。"

"谢鲁？你是谢鲁的妹妹？九莲还有个女儿？我怎么不知道?"古今一再次震惊不已,他在原告席上手足无措,脸涨得通红。

"请问你的真实姓名。"葛洪问。

"谢迅,鲁迅的迅。"

古今一明白了,什么都明白了。

"九莲死啦？你妈妈死啦?"古今一腾地站起来撕心裂肺地问道。

"是的,被你气死了。"

"你听谁说的？被我气死？是被你不争气的哥哥气死的!他傻拉吧唧跟人去贩毒,还杀人。难道是我让他去做这种违法犯罪的事?"

"不许你这么说我哥哥,他也是为了给母亲治病才不得已被人利用了。可你明明可以帮他,却向警察告密。"

"谢迅啊谢迅,你动动脑子行不行啊？你哥哥杀了人,被警察抓了,你不去埋怨背后指使他的人,却责怪被害人的家属。你也是读过点书的人,能这样吗?"

"责怪被害人的家属？谁是被害人家属？我才是!"

"你难道不知道吗？你哥哥谢鲁杀的是我的女儿!"

"啊？不可能,决不可能！他说的可不是这样的!"

"他？他是谁?"

"……"

"谢迅啊，我没出卖你哥哥，我让他去自首，给他一条最应该走的路。我有错吗？"

"说得好听。我哥哥又不是存心要杀人。你失去心爱的女儿想着报仇，我失去哥哥、失去母亲就只能忍气吞声？"

"不错，谢鲁是你的哥哥，他犯罪坐牢你伤心；可你知道，谢鲁他也是我的儿子，亲生儿子啊！"

"你的儿子？怎么可能？我怎么越听越糊涂了？"

古今一把事情的前因后果简明扼要地说了一遍。"千真万确。我们父子第一次见面竟然是在他犯罪之后，是在杀了他同父异母的妹妹之后！你设身处地想想，我又是啥感受？"

谢迅环顾四周，所有人的目光都准确无误地告诉她，古今一的话是真实可信的。

"对不起，对不起……"谢迅突然跪倒在地，泣不成声。

鉴于她事出有因，且犯罪未遂，法庭从轻判处谢迅有期徒刑三年、缓刑三年。

"古伯伯——"谢迅背了个双肩包慢慢走出了拘留所，一眼瞥见银杏树下的古今一，便不无拘谨地喊了声，向他走来。

"我送你回家吧。"古今一提起拉杆箱说。

"嗯。"

火车在夜色下呼啸着飞驰，提速后的列车比插队时走走停停的状况有了很大的改善。古今一与谢迅是面对面两个下铺。时间还早，两人了无睡意，便坐在靠窗处瞧瞧外面的点点灯火、聊聊家常。

"你妈啥时候过世的？"

"哥哥出事后，打电话给她。她没告诉我和爸爸，只是说要到县医院去做进一步检查。我们要陪她去,她不让,说田里的活挺忙的,自己一个人去就行了。去了几天后她就回来了,说医生说不碍事,暂时不用手术。"

"一定是托她表姐来上海找我了。"古今一心想。

"之后,她就一直郁郁寡欢;两月后,她接到来信,得知我哥被判无期徒刑,就开始哭个不停。当时我和爸并不知道此事,以为她担心家里没钱,所以不肯去医院,于是极力动员她住院开刀。我爸还说了,钱没了、田没了、房没了都没有关系,只要人活着,就有希望。可她死活不去。不久,她就死了。她是活活哭死的。"谢迅眼圈红了,把头扭向了窗外。外面一片漆黑,什么都看不清。

古今一摘下眼镜,用手掌抹泪,越抹越多,转瞬整个手掌都湿遍了。谢迅递过一张餐巾纸。古今一点点头表示谢意,接过来在脸上擦了擦。

"你妈老是哭,你和你爸就没怀疑什么?"

"我们问过她,是不是哥出事了。我们只知道哥到上海打工去了。她不肯说。哥都被判重刑了,她还是什么都不说。"

"当时我只是想,妈是个要强的人,她想一个人扛着,不想让我和爸知道。现在我才明白,不仅仅如此,哥不是我妈和我爸生的。"

"这么大的事,不让家里人知道,不现实吧?"古今一说。

"就是这么说啊。妈都快死了,我们却没法通知哥回来一趟。正当我们一筹莫展时,家里来了个人。他说是我哥的好朋友,两人一起去的上海。本来是想去找工作的,赚了钱可以为妈治病。没想到,他们被人算计了。我问他,是谁算计了他们。他说是一个过去在朱溪插队的知青，叫古今一。我问他为什么。他说，因为您过去插队时追求过我妈，但被我妈拒绝了，所以几十年来一直怀恨在心。"

"这人你以前见过吗？他叫什么？干什么的？你就信他说的？"

"他说他姓袁，因为长得胖，大家叫他冬瓜。以前我和爸都没有见过他。但他说的话好像有根有据的。您的姓名没错，曾经在朱溪插队没错，曾经追求过我妈也没错，您在上海的工作单位没错，连您现在的住址都是对的。他说是他和我哥想托您在上海找工作，因此买了块手表送您。可您说是毒品，还向警察告了密。我哥被追击时，不慎失手刺死了一名警察。我妈得知此事，想请您帮忙。您一方面答应了下来，一方面又通知了警察我哥的行踪。最终，我哥被抓判了重刑，我妈也伤心至死了。"

"嗯，确实说得像模像样。"

"他问我，想不想为哥报仇？我说当然。他说一有报仇的机会就来找我。几年过去了，我以为他说说而已，早已把此事忘记了。没想到，有一天他真的来找我了，并教我如何利用感情和身体来……"

"那我到樟树电力公司采访时，你就已经知道我是谁了？"

"当然。要不，世上哪有这么巧的事？我要报仇，正好遇见的就是仇人？"

"是他一手操办的？他的能耐不小呐。"

"你还没出门，他就来通知我，说您要来采访，机会难得。他给我已经安排好了在电力公司酒店当服务员。"

"他又是怎么知道我要到樟树来采访的呢?"难道是张理顺透露给他的?

"我也不知道。"

"那买通司法鉴定所帮你作伪证的人,不可能是他吧?"

"我、我也不清楚。他只是告诉我,应该怎么做。先想法骗你的钱,把你的钱骗光,再设法告你强奸……"

"那、那天床单上的血是从哪儿来的?"

"是鸡血,我装在一只小药瓶里,然后放进随身带的拎包。还有红酒,他给的,说是里面下了药,让我别喝……对不起,真的对不起!"

古今一气喘吁吁跟着谢迅爬上山岗,远远的朱溪村依稀可见。十几间木板房错落有致地坐落在一个山坳里,炊烟袅袅,仿佛已闻到一股饭菜香。村前的朱溪河宛如姑娘漂亮的长发,飘飘洒洒,小木桥则依然像一只质朴的发卡。本白的发卡上有一个显眼的红点,那是一个身穿红衣的人站在桥上往山岗上看。难道是九莲?

"哦,不可能是她,她已经不在了。"古今一突然感到浑身无力,沮丧到了极点。他嗫嗫嚅嚅地念道:"二十四桥仍在,冷月无声。念桥边红药,年年知为谁生!"

谢迅木然地望着古今一,担心地问:"古伯伯,累了吧,要不我们坐下歇歇?"

"不用了,走吧。"两人疲惫地从山岗上慢慢走下来。

过小木桥,他们并没有进村,而是一前一后沿着泥泞的山路往西走。好久没走山路了,古今一几次差点摔倒。谢迅见状,上前搀扶着他跟跟跄跄地向忘行山走去。已经下了一天一夜的雨,到处是泥浆和水坑。这一路既熟悉又陌生。古今一又走神了,往事在脑海中不断地闪现——

暴雨夜,山坳里的茅草棚,古今一与九莲赤身裸体搂抱在一起。"啊!啊!……"九莲快乐的喘息声在山谷中久久回响。一连七天守夜,九莲天天来送饭,然后他俩夜夜做爱。说来奇了,差不多所有守夜的山坳,稻子都或多或少遭到野猪的践踏,只有南山坳完好无损。

第七天,雨止,天放晴了,九莲一反常态,一连三次她还意犹未尽。虽说古今一既年轻也还健硕,但由于营养不良,且连续七天苦战,有些力不从心。勉强应付过来,他平躺在茅草上,气喘吁吁。

"跟我在一起,开心吗?"九莲问。

"当然,那还用说?"古今一答。

"不想家?"

"家?你就是我的家。"

突然,九莲趴在他身上呜呜大哭起来。古今一一惊,忙问她怎么啦?

"除了你,我谁也不爱。记住,我永远也不可能爱别人了。"

"我也是,除了你,九莲。"

"我、我想问你要一件东西行吗?"

"行,什么都行。"

九莲指指古今一脖子上挂着的一枚缅甸翡翠玉。玉雕琢成一条龙的形状,并用一根红丝线拴着。这块玉从上小学一年级时,母亲就给他挂上了。差不多二十年了,从未离开过。

古今一毫不迟疑地取下玉，轻轻套在九莲的脖子上。九莲捧起玉吻了吻，然后穿上粉色的内裤，套上连衣裙；古今一起身帮她穿好布鞋。两人一前一后走出茅草棚。

月朗星稀，山峦起伏，沉沉的稻穗在微风中摇曳。古今一陪她走了很长一段路，及至看见村前的小木桥时，才与她依依惜别。

没想到第二天一早九莲不辞而别，听九莲娘说，她是心情不好，到乐安县的姨娘家住一段时间。真是无巧不成书，当天下午古今一接到上海的电报：母病，请速归。

母亲的病说好就好，仿佛是有一种"不好意思再生下去、以免拖累儿子"的感觉。母亲如释重负，古今一更是浑身轻松。毕竟三个月了，期间写了无数封信给九莲，均石沉大海。怎么可能？难道她在乐安县的亲戚家长住了不成？他断定是福仔在作祟，回去后一定要唯福仔是问。

母亲说病好了的当天，古今一即跑去火车站买了第二天赴樟树的火车票。然后，他又坐公交车到淮海路哈尔滨食品店买了两份水果糖和蝴蝶酥，一份给父母，一份准备送九莲。

下火车，坐县城到公社的班车，然后步行三十里回朱溪。想起刚来的那年，沿途的山水风景煞是好看：山林茂密，水杉、红松层层叠叠，更有漫山遍野的杜鹃花。没几年，树木日渐减少，山头像中年男人谢顶的脑袋。

三个月不见，一路上的山山水水、花花草草显到分外亲切。

傍晚时分跨上了小木桥。桥下，九莲的母亲在洗菜，见古今一便吃惊地叫道："你不是回上海了吗？怎么又来了？"

"母亲病了,我回家看看,现在没事了。"

"哦哦。冇事就好,冇事就好。"

"哦,九莲她好吗?"

"好,你来得太巧了,今天是她大喜的日子。"

"大喜?"

"是啊,和谢家的福仔结婚。"

"结婚?和福仔?"古今一一个趔趄,差点从桥上跌落河中。

谢家屋外的场院内摆满了酒席,人声鼎沸。

"怎么会这样?怎么会这样?我才回上海三个月,你、你就变心啦?"古今一凄惶地喊道。

"你不属于这里,你迟早会明白的。"九莲穿着喜气洋洋的红夹袄,脸上却挂满哀伤和痛苦的表情。

"没有你,一切还有什么意义!"古今一低低地呻吟着。

"……"九莲嘴唇嗫嚅着。

"我真不应该回上海去。母亲生病也生得不是时候!唉!"

"上海佬来了,请抽烟。"福仔以得胜者的姿态走过来递上一支烟,"放心,不是阿尔巴尼亚烟,不臭的,是中国的红双喜。"

古今一木讷地接过来,福仔用火柴帮忙点上。

"我舅舅、舅妈来了,你去招呼一下。"福仔支开了九莲。

福仔穿着一身藏青色的确良的中山装,纽扣扣得好好的,脖子粗最上边的扣子有些紧,老是不自然地扭动脖子。

"恭喜你,福仔。"古今一尴尬地笑笑,猛抽了口烟,呛着了,不停地咳嗽起来。

山里的天气说变就变，又开始淅淅沥沥地下起雨来。路上不时闪现一两个村民，或穿着蓑衣扛着犁耙，或穿着雨披挑着箩筐。

"小迅，回来啦，学校放假了？""小迅，出去啊？"……

谢迅"唉唉"地应答。古今一却一个人都不认识。他离开朱溪村时，他们或许还未出生、或许还小，根本不会有啥印象。

两人撑着伞，一前一后，拐了几个弯，终于来到了忘行山。尽管烟雨茫茫、冷风习习，这里的情景与当年并无二致，但古今一毫无惊恐之感，反而有一种急切之情。转入一个山坳，古今一越走越快，及至后来干脆把伞收起，几乎是小跑起来，任凭细雨打湿了头发和衣衫；谢迅行在后，撑着伞，紧紧跟着，时不时地提醒一句：慢点儿，小心路滑！

"到了，就这边。"在即将到达山坳最深处的时候，谢迅喊道。"左边第六个。"

古今一猛地停下脚步，回头，目光呆滞地看了谢迅一眼。谢迅紧走几步，到跟前说："我来带路。"

一块枫木做的墓碑出现在眼前，上面沾满了尘土，字迹有些模糊。古今一把伞往边上一放，掏出手绢轻轻擦拭着。当"叶九莲之墓"几个字依稀可辨时，古今一跪倒在地，泪如泉涌。

"九莲，九莲，这都是为什么啊？你有啥事为什么就不能对我明说呢？"

谢迅把伞遮在古今一的上方，任凭泪水伴着雨水往下流。她在母亲的坟前发过誓，要为她和哥哥报仇雪恨。可如今，现实竟然是这样！怨谁，恨谁，她都不知道，只能呆呆地凝视着古今一的背影，任凭其自言自语、语无伦次。

"是啊，明说有用吗？我算个什么东西！我又有什么能耐帮你？又有什么本事帮我们的儿子？咳，我知道你很苦，可我爱莫能助啊！小鲁你放心吧，虽说被判了无期，但只要好好接受改造，再过几年就能减刑出狱了。我会经常去看望他、鼓励他。毕竟他还年轻，还是有希望的。我会好好帮他、照顾他，你就放心吧。……"

不知过了多久，古今一才疲惫地站起身，谢迅还撑伞站在他身后。那时，雨又停了。两人都没觉察。

"我想，帮九莲重新做个碑。"像是梦呓，又像是在征求谢迅的意见。

"噢。"谢迅不置可否。

古今一又去林飞鸿和刘海平的墓地看了看。刘海平当时是英雄，因此墓地坐落在中央的位置，墓碑是大理石的，周围也都是用砖石砌好的。尽管几十年过去了，还算整洁。林飞鸿的则不然。他是自杀的，他的墓地靠西面的沟渠边，那里早已是杂草丛生，松树做的墓碑经过风吹雨打、烈日暴晒，已然裂缝纵横、字迹模糊，倾倒在一侧。

古今一把它扶起来，用泥土垒住；谢迅帮忙拔去了坟边的杂草。"也帮他一起重新做一个吧。"

"噢。"谢迅说。

手机突然不合时宜地响了起来："古今一吗？我是报社纪委的小赵啊，张书记找您有事。"

"张书记？哪个张书记？"

"张理顺,张总呀。"

"哦。"他想起来了,张理顺不但是副老总,还是报社党委副书记兼纪委书记。尽管一直有传言说他要调离,却始终没有下文。

"我在外地呐,事情很紧急吗?"

"对,有要紧的事。"

"好,我明天赶回去吧。"

挂断电话,他有些为难地看看谢迅。谢迅明白他的意思,说:"您有事先回吧。到时候我再去看您,您要保重身体啊。"

"我回去后,马上把钱汇过来,你请人好好修修这几座墓。"

"嗯,您放心吧。"

两人一前一后往墓地外走着,古今一偶然瞥见正中央有一处坟墓格外显眼:占地比其他坟墓大上好几倍,硕大的大理石碑也是这里少有的,且四周有围栏。"这是哪个大官的墓吧? 朱溪出过大官?"古今一问。

"哦,不是。朱溪从来没出过什么大官。"

"那是谁啊,有这么大的排场?"

"说来还是我的一个亲戚,听我妈说,是她表姐,一个唱采茶戏的花旦,当年很有名的。"

"彭秋云?"古今一脱口而出。

"对,彭秋云。怎么,您也认识她?"

"我看过她演出,很漂亮的一个女孩子。你哥出事时,她替你母亲到上海来,我竟然一点都认不出来了。前几年她还好好的,怎么突然就过世了呢? 真是岁月不饶人呐。"

古今一边说边情不自禁地走了过去。谢迅满腹狐疑地紧随其后,喃喃道:"她去了上海?前几年?不会吧?"

墓碑上镶嵌着一幅椭圆形的黑白照片:浓眉大眼,英姿飒爽,一身红军军装,依然是柯湘的扮相。"那才是真正的柯湘。"古今一在心里嘀咕了一句,然后默默念诵墓碑上的字:生于一九五四年六月八日,卒于一九八零年十一月七日,享年二十六岁。"咦,二十六岁?刻错了吧?"

"不会错的。"

"那当时替你哥来求情的是谁呢?"

"是谁也不可能是她呀?"

"你妈有几个表姐?"

"就一个呀。"

"那会是谁啊?——九莲?难道是九莲自己?"

"嗯?我妈去上海了?您见过她了?"谢迅诧异地说。

古今一脑袋哄的一下,顿时一片空白。他慢慢蹲下身子,双眼紧闭。良久,才由谢迅搀扶着缓缓起身。

"她怎么啦,年纪轻轻的就——"

"听我妈说,她当年与剧团里的一个上海知青好上了。那个知青好像是拉小提琴的。没想到恢复高考后,那个知青考上了北京的一所大学。临走时说好的,等他大学毕业后,找到一份安定的工作,就来接她一起生活。他走后,开始隔三差五还有信来,渐渐地便淡漠了。后来竟至于半年都没有一封信。彭秋云痛不欲生。我妈瞒着我爸,把家里的一头猪卖了,拿着钱陪着她去了北京。嗨,男人没一个是——"谢迅自知失言,马上纠正道:"那男人是个陈世美,说什么也不想恢复关系。

我妈把他臭骂了一顿,两人就回到了樟树。彭秋云终日郁郁寡欢,不久就重病缠身。但她坚持演出,从来不请假。终于有一次,在舞台上她突然倒下了。送到医院,已经咽气了。"

回到村里,途经过去的知青屋,古今一不知不觉停住了脚步。大门上挂着一把锈迹斑斑的大锁,杉木板的墙已呈现黑褐色,昔日漂亮的木纹早已没了踪迹。一系列过去生活的片段似快进的 DVD 闪现在眼前:

煤油灯下,面对面四张木板床上坐满了人,古今一在挥手讲故事;

木格子窗前,知青们各自捧着本书在看,古今一读的是《鲁迅全集》;

餐桌上,只有一碗青菜,八九个知青都站着,筷子似闪电,转瞬碗空了,于是散开,各自捧着碗白饭慢慢吞咽;

病床边,九莲手端着一碗白米粥,在一口一口喂着古今一,古的头上压着一条冷毛巾;

大门口,蹲着的、坐着的、站着的知青,在乘凉、在声情并茂地唱歌,时而欢快,时而悲情——"喀秋莎站在峻峭的岸上,歌声好像明媚的春光……""蓝蓝的天上,白云在飞翔,美丽的黄浦江畔是可爱的上海滩,我的家乡……"

还有阿娟的沪剧《星星之火》也蓦地传来:"为什么,人世会有这般苦,为什么珍子不能见亲娘……"

隐隐地,从心底泛起了一股苦水,古今一欲哭无泪。

"古伯伯,您怎么啦?"谢迅关切地问。

"哦,没什么。"

"听母亲常提起,这里以前是你们上海佬住的地方,当时你们在的时候，这里是一个热闹和开心的地方。你们走了以后，这里变成了学校，由母亲当老师。我有几次，看见母亲一个人在晚上的时候，也会开了锁，在里面坐着，呆呆地发愣。好像对这所房子有特殊的感情。她死后，没了老师，这里一直空关着，孩子们只能走五里地到上南村读书。哎，一晃好多年了。"

"是啊。三十八年过去，弹指一挥间。"古今一说了句伟人的诗，想豪放一回，但终究气势不济，不得不一如既往般婉约、惆怅起来："十年生死两茫茫，不思量，自难忘。"

谢迅莫名其妙地瞅着古今一，那眼神似乎在说："上海佬，真是让人觉得怪怪的"。

福仔叼着长长的烟杆，蹲在门口等着他们回来。听见谢迅叫"爸"，他起身，抬起左脚，烟杆往布鞋底敲敲，一小撮烟灰掉在泥地上。然后挤出一丝微笑，说："来了啊？吃饭吧。"

凝视他佝偻的背影、步履蹒跚的神态，古今一不禁感慨起来：如果换作另外任何一个场合，他绝对认不出此人就是过去的情敌。而且还是这场爱情争战的胜利者。他可怜吗？一定的；我呢？也许还不如他。古今一心里五味杂陈。

堂屋的八仙桌上摆满了菜，红烧肉、辣子鸡、干煸泥鳅、肉末炒粉条、麻辣豆腐……当然还有樟树赤蛙瓦罐汤，这是朱溪人待客的最高档菜谱。想当年，如果能有其中的任何一碗菜，那知青一定会兴奋得大声说笑。可如今，集大成者摆放在眼前，古今一却笑不出也说不出。

"好久冇见，我们哥俩喝点？"也不等古今一回答，福仔就往他碗里"咚咚"地倒了满满一碗米酒。

"哦,谢谢。"

"闺女,你也陪古伯伯喝点吧。"又往谢迅的碗里倒酒。

"应该的。"谢迅说。

酒,还是插队时喝过的酒,而且更香更甜;菜,还是插队时吃过的菜,而且更多更全;但物是人非,谁又能想到坐在一起吃饭的竟然是福仔和他的女儿。真是造化弄人。

一碗酒下肚,话多了起来,场面也显得活跃不少。

"戳,老天爷其实很公平的。"福仔喝了一大口酒,抹抹嘴,说道:"看起来我是个胜利者,把九莲讨回了家。其实我是个失败者,她的苞让你开了,而且肚子里还有了你的种。我是有苦说不出。"

"所以,你经常打她?"

"你说我冤不冤? 老婆养了个儿子,却是别人的;自己养的却是个闺女。"

"爸,啥意思啊? 闺女不好啊?"

"好啊,我冇有说不好啊。嗨,你哥,他还好吧?"福仔垂着头,不敢正眼瞧女儿,似乎怕从她脸上看出什么不好的征兆,尽管他早已知道儿子身陷囹圄,三年五载是回不来了。

"他被关在上海的监狱,我常去看他的;他还行,你放心吧。"古今一猜想小迅可能未曾去探过监,便替她回答道。

"今晚就睡我这儿吧,我们哥俩再好好聊聊。以后恐怕再也冇有这种机会了。"吃完饭,福仔伤感地说。"闺女,你把我家那床新被子取出来,让你古伯伯用。"

"哪床啊?"

"还有几床啊? 就是你妈帮你哥买的,准备让他婆媳妇用的那床绣花被子呗。"

雕花大床足足有六尺宽,两床被子并排铺好也一点不显拥挤。

福仔在外,古今一在里;两人坐着靠在床背上有一句没一句地说话。

"当年母亲生病,我回上海三个月写了好多信给九莲,她一封都没回,是不是你给扣下了?"明知现在问这些已毫无意义,但他还是忍不住想知道真相。

"当年你母亲并有有生病。你写的信我一封不拉地都交到了九莲的手中。"福仔拿过床边柜子上的一包烟,抽出一支点上。

"我母亲有没有病,你怎么知道? 既然她收到信,为什么一封都不回?"

"你母亲的病是九莲叫她生的。"屋子里开始弥漫起淡青色的烟,但味道远比当年的阿尔巴尼亚烟温和了许多。

"福仔,你喝多了?"古今一顾不上什么陪同吸烟的危害,一心只想知道真相。

"九莲写信给你母亲,说知青大返城都回上海了,古今一之所以不回,是因为村里有一个姑娘缠着他。她让你妈在上海发一封电报,谎称家人生病让你回家。说只要让古今一在上海待三个月就可以了,她保证你会很快把户口迁回上海。九莲请你母亲千万不能露馅,否则……"

"她为啥要这么做? 为啥?"

"为了保护你,要不然你的小命恐怕早就有有咯。"福仔掀开被子,下床,蹲下身子,从床底下拿出一个陈旧的小木盒,交到古今一的手里。

"这是啥东西?"

"九莲当宝一样藏着的。"

"你怎么会知道这些?"

"当然是九莲告诉我的。她既然决定嫁给我,如果对我还遮遮掩掩的,肯定不行。"

古今一轻轻打开盒子,一股淡淡的樟木的香味飘然而出——最上面是一只曾经见过的手绢包,不用说里面一定是当年自己送给九莲的信物,那枚翡翠挂件。下面是一沓信,不下几十封,几乎全都是当年古今一写给九莲的信!

古今一随手抽出一封,展开信纸,上面的字迹像是被水浸泡过似的模模糊糊。"只有我晓得,她经常一个人悄悄看你的来信,一边看一边掉眼泪。当然,我装作不晓得。"福仔吧嗒吧嗒猛吸了两口烟,无奈地说。

古今一又随手抽出一封,依然是字迹模糊。他不忍再看下去了,想盖上盒子,蓦然发现其中有一封信有些异样,便取了出来。显然,那不是他写给九莲的信。他好奇地打开,却诧异地发现这是一封恐吓信!

　　九莲:我们与古今一有不共戴天的仇恨,他必须立刻从樟树消失,滚回上海去。否则我们就将他的腿打断,让他永远走不出樟树。我们知道,你与他关系密切,你看着办吧。另外,你知道我们的能耐,因此不要逞能,更不要报警,否则后果会很严重! 我们说到做到!

原来如此！古今一看看福仔,福仔长叹了一口气。

"九莲真是个有心计的女人呐!"福仔不知是赞叹还是抱怨地说。

"有心计？可她为什么就不能当面和我说清楚呢?"古今一像在询问,又似在自言自语。

"如果想要,盒子和信都拿走吧。"福仔挥挥手,仿佛想赶走萦绕在周围的烟雾。

古今一木讷地点点头,说:"噢。"

福仔很快发出了沉闷的鼾声,古今一却辗转反侧难以入睡:自己现在躺着的地方正是九莲曾经睡了几十年的地方,而他现在盖着的又是自己的亲生儿子准备将来娶媳妇用的被子……想着,想着,眼泪又扑簌簌滚落下来。

六十二

才下午两点多,天色却似深夜,黑漆漆的,几乎所有的楼房都已亮灯。乌云滚滚,雷声隆隆,古今一麻木地从报社出来,没带伞,压根也没想回楼上去拿。"古老师,要下暴雨了,呆会儿走吧。"一个女孩急匆匆从外面奔进报社来,见古今一这么恶劣的天还往外走,便劝说道。

"噢,没事。"古今一机械地回答,甚至没留意这女孩是谁、哪个部门的。

马路上行人不多,都在急急地赶时间,争取尽快到达一个安全躲避风雨的地方。古今一却慢吞吞地走着,到一个十字路口,突然停了一下,不知往哪儿去。似乎这世上谁也不需要他了。

今天是星期天,无稿可发,本没必要去报社,但他得去,纪委书记找他。作为一名党员,哪个领导找你都行,纪委书记找你基本没你的好。果然,从报社出来的一刹那,他已经不是双规对象,而是双开对象,永远也不必去报社了。

雨,终于伴随着电闪雷鸣倾泻而下,转瞬古今一就成了落汤鸡。他抬头瞧瞧天,一道闪电过后紧接着一个响雷,很低,感觉要打在他身上。刚才张理顺的话,一遍遍似鞭子抽打在他身上：尽管强奸罪名不成立，但生活作风有问题；另外，所写报道严重失实，破坏了我市良好的投资环境；经过报社党委讨论决定，开除党籍！开除公职！

"开除党籍！开除公职！""开除党籍！开除公职！"……

古今一终于下决心过马路，继续直行，大约三四十步远有个公交车站。七十一路车过来了，他刚要跳上去，被一个人拉住了胳膊，回头一看是纪委的小赵。

"古老师，我跟您说件事——"他不由分说把古今一拉到车站的遮雨篷下。

"我已经不是报社的人了。"古今一无心再听别人的教诲。

"您难道不想知道谁在幕后指使迫害您吗？"

"除了张理顺，除了不夜城的老板，还能有谁呢？"

"张理顺跟您其实并没有太大的怨仇；再说，他儿子也已经为自己的行为付出了惨痛的代价。至于不夜城的老板，除了牛达可能是他指使人干的，其他的不可能。他没有那个能耐。"

"那还能有谁？"

"李兵。"

随着一道闪电过后，一个响雷在头顶上方炸响。

"李兵？公安局副局长？你怎么知道？"

"我是一个偶然的机会偷听到的。您不知道吧？张理顺和李兵是结拜兄弟。张理顺的儿子在李兵的手下，而李兵的儿子在张理顺的手下。哈哈，这是中国官场的特色，既可以避嫌，彼此儿子又有人可以照应。"

"哦哦，是这样。张理顺的儿子是张健，这我知道。可李兵的儿子是谁呢？在我们报社？"

"他就是你们的部主任——李炜。"

轰隆隆，又一声响雷惊得古今一脸上失色。

又有一辆七十一路车靠站，开门；无人上下车，关门又开走了。

"张理顺的儿子被抓，曾经求李兵帮忙，没想到李兵为自保见死不救。张理顺火了，为报复，便派您和李炜去揭不夜城的老底。"

"不夜城与李兵有啥关系？"

"不夜城真正的老板是李兵，魏大新不过是摆摆门面的。"

"让儿子去撬老爸的生意，这个张理顺也够狠毒的。"

"是啊，没想到，李炜窝囊，什么也没干成。倒是您古老师马到成功。但这么一来，您得罪了李兵，李兵便想尽办法整您。于是，他与张理顺又妥协了。他答应，只要整垮您，他就设法让张健保外就医。所以，张理顺趁吴远出国访问的机会，出手了。"

"舆论监督成了某些人攻击仇敌的工具，太荒诞了！"

"古老师，我一向敬佩您，所以把知道的都告诉了您。您心里有数就行了，千万别跟人说，我没有什么证据的。万一，张理顺知道了，我就死定了。好了，古老师，您保重！"小赵说完，匆匆走了。

雨越下越大，古今一显得六神无主，不知往哪儿去。

又一辆七十一路车来了，他麻木不仁地跳了上去。

沐恩堂大概是这个嘈杂的大都市中唯一静谧的地方，尽管里面的教徒坐得满满当当。古今一犹豫着，不知该怎么办。

终于有一位教徒看见他，便往里边挤挤，留出一个空档给他。

古今一刚坐下一会儿，一个神职人员过来递给他一条白毛巾，微笑地做了个擦头的动作。牧师的富有磁性的嗓音在教堂里回响——

虚心的人有福了，

因为天国是他们的。

哀恸的人有福了，

因为他们必得安慰。

温柔的人有福了，

因为他们必承受地土。

饥渴慕义的人有福了，

因为他们必得饱足。

怜恤人的人有福了，

因为他们必蒙怜恤。

清心的人有福了，

因为他们必得见神。

使人和睦的人有福了，

因为他们必称为神的儿子。

为义受逼迫的人有福了，

因为天国是他们的。

人若因我辱骂你们，逼迫你们，捏造各种坏话毁谤你们，你们就有福了。应当欢喜快乐，因为你们在天上的赏赐是大的。在你们以前的先知，人也是这样逼迫他们。

礼拜结束了,古今一经过那个小小的、异常整洁的书店,便走了进去。他挑选了两本书,一样的,准备一本送给父亲,一本留给自己。

掏出钥匙开门进去,眼前一亮:厨房装修一新,四壁是白底粉色小花的瓷砖,地上是一抹青色的防滑地砖,水斗、油烟机、煤气灶、料理台都是崭新的。要不是瞧见母亲在厨房摘菜,古今一一定会怀疑自己跑错了人家。

看见儿子来,母亲高兴地说:"今朝夜饭在这里吃吧,我买了侬喜欢吃的米鱼。"

"好啊。——哎,重新装修过啦?吃力吗?哪能也勿告诉我一声?我可以帮忙搬搬弄弄。"

"勿吃力,一点勿吃力! 这是居委会免费帮我们装修的,主要是厨房和厕所。整个小区有二十几户人家都和我们一样。"

"为啥?"

"照顾孤寡老人和高龄老人呀! 居委会这次花了不少钞票呢。侬来看看厕所间,在马桶和淋浴的地方还装了扶手呢。怕我们老年人勿小心摔倒,想得真是周到啊!"

"好,居委干部真好!"古今一的心情平静了许多,"阿爸呢?"

"伊还会得做啥? 读《圣经》呗。"

古今一进卧室,又见父亲戴着老花镜,像上次那样投入地伏在桌上写着什么东西。

古今一悄悄走上前,凑近一看,惊愕得差点叫出声来——

入党申请书！

"侬八十多了，还入啥党啊？"

"八十多就勿能入党了，又没年龄限制的。"父亲摘下老花镜，转头看着儿子。

"那侬入哪个党啊？"

"还能有哪个党？跟侬一样，共产党呗。"

古今一心里一个激灵。

"啊哟老爸，侬是基督徒，有神论者，共产党员是无神论者，信仰是勿一样的。"

"信仰勿一样，但做人做事都是一样的。基督教劝人多做好事善事，共产党教育大家为人民服务。"

"闲话虽然勿错，终究还是有许多勿同的地方。再讲了，侬如果真的要入党，那就得退出基督教，从今往后，勿能信上帝、信耶稣。"

"为啥要弄得非此即彼、你死我活，宗教是宗教，政党是政党，为啥勿能和谐相处、融于一身。侬看美国，信教的人占了大多数，勿照样可以参加共和党或者民主党。"

"那勿一样，他们是有神论者，阿拉是无神论者。"

"有神、无神，那是宗教；代表啥人的利益，为啥人谋利益，那是政党。"

老爸突然思考这么些个问题，而且视角如此出人意料，着实让古今一大吃一惊。

"侬能勿能帮我写这份报告啊？我写了好几天，却总觉得勿像样子。"

"写，没问题；但写了也没用，人家勿会批的。"

"侬哪能晓得勿会批啊？侬是街道党工委书记啊？"

"好,好,我写,我写。那侬讲讲看,侬为啥要入党?"

"这个党好啊。过去我们家住破旧的石库门,现在是蛮等样的楼房;过去逢年过节才能吃的好菜好饭、穿的新衣新裤,现在每天都可以吃可以穿;过去出门以步行为主,现在公交地铁非常方便,阿拉七十岁以上的老人还能免费乘车,坐出租车也是家常便饭,有车一族更是越来越多。过去想都勿敢想的事体,现在都摆在侬的面前。就拿我跟侬娘来讲吧,居民区的干部三天两头来慰问,送油送米送被头;看我们年老体弱,今年起还免费为阿拉叫钟点工来打扫卫生……"父亲越说越来劲。

"还有免费帮阿拉装修房子。"母亲补充道。

总觉得党很抽象,其实很具体;对党的评价往往以身边的党员干部的好坏来作标尺。别说父亲、母亲,自己也是如此。古今一的身边是毛病多多的张理顺,加上他采访的多半是负面新闻,因此他觉得这个党问题太多;父母的身边是关心老年人的居民区书记和居委干部,他们自然感觉这个党不错。

"侬入党,对得起耶稣吗?"古今一笑笑调侃道。

"我又没有背叛伊。我背叛伊了吗? 再讲了,耶稣勿是也有打瞌睡的辰光,也有疏忽大意的时候? 小桥被人刺杀的辰光,耶稣在哪里? 丽丽病危的时候,耶稣又在哪里?"

古今一一言不发地听着。

党,很抽象,看不见摸不着;党,又很具体,就在我们身边。似乎越是弱势的群体越是能感受到它的存在,因此也越对它感恩戴德;而那些强势的群体,似乎厌烦它的存在,尽管他们是因为它的存在才发达起来的，却不思报恩，反而颇多怨言。为什么呢？也许，它真的看花了眼，让忠于自己的人始终清贫，或者在社会上难以立足，而让脑袋长着反骨的人升官发财、春风得意？

　　到底是哪儿出了毛病呢？

六十三

"我回来了。"古今一从父母家回来的第一件事就是给高甜甜打电话;这是高甜甜送他和谢迅上火车时关照的,他不想让她生气。

"真的,回来啦?老古董,吃力吗?江西变化大勿大?顺利吗?侬离开才几天,报社又发生了勿少新闻呢。国际部的史国梁嫖娼被双开了;评论部的崔虎生肝癌死了,才三十岁,准备明年结婚的,作孽啊;体育部的申大通与老婆离婚了,他们刚买了商品房,好日脚还没有过了几天呢……"滔滔不绝,兴奋不已,她还不知道古今一被双开了。显然,部里的人都瞒着她。

"……"

"哎,侬在勿在听啊?"

"我,我,勿适意,头涨——"

"侬勿要动,我马上过来!"

高甜甜赶到时,古今一已昏倒在地。

医生说,古今一患的是脑溢血,幸亏送得及时,再晚半小时没得救了。

古今一躺在病床上,已经昏迷了一天一夜。高甜甜始终陪着。她原想通知古今一的父母,考虑再三,决定还是先不说为好。

一天,病房里来了五六个探访者,年纪大到七八十、小至十来岁,手里一律都是大包小包的,有水果、蛋白粉、曲奇饼、牛奶等,五花八门。

领头的是个中年女子,一身职业装显得干练精神。她指指二十三床,对身后人说:"他就是古今一、古老师。"

"古老师,古老师——"身后人都轻声地呼唤着。

"嘘——"高甜甜用食指在嘴唇上碰碰,说:"古老师在昏迷中,还没醒呢。请问,你们是他什么人呐?"

"哦,不好意思。您是——"职业装说。

"我是他学生,叫高甜甜。"

"我叫汪静,是浦江街道党工委书记。他们都是我们社区的居民。"

"古老师好像不住在浦江街道啊? 怎么回事啊?"

"是啊,古老师不住在我们社区,但我们社区的居民都把他当作自己的好邻居、好朋友。"汪静说。

"古老师真是比我儿子还慷慨,去年我患胃癌开刀,我儿子给我两千块钱,当然他下岗在家,媳妇工资也少得可怜,能拿两千也不错了,我并不埋怨他们。古老师一下给我拿了五千,非亲非故的,我不好意思拿。古老师说,谁生活中没个沟沟坎坎呢。现在我有能力就帮一把,以后我哪天落魄了,讨饭到你家门口,你不也会给我口饭吃嘛。您瞧瞧,古老师他真会说笑。他那样的大好人,哪会落魄呢。"

"我爸爸妈妈都是残疾人,没钱供我上大学。当拿到复旦大学的录取通知单时,我是又高兴又伤心。古老师知道后,领着我到家,对我爸爸妈妈说:你们养了个好儿子,考上了全国重点大学。你们放心,四年的读书费用我会帮忙解决的。今年,我大学毕业了,在张江高科技园区一家外资企业工作。我真想好好报答古老师的恩情,没想到他——"

"我每年开学前,古老师总会买许多学习用品给我,还有许多辅导书,已经差不多有七八年了。"一个十一二岁的小女孩噙着泪,怯生生地说。

"古老师这个人真的很有意思,很直爽,也很幽默。"汪静说着环顾四周,然后朝甜甜走近一步,低声说:"有一次,他到我们街道来采访,得知我们街道有三多,困难家庭多、残疾人员多、孤寡老人多,就笑笑说以后我把自己的'不义之财'拿来帮他们一把。"

"不义之财?"

"是啊,我也听不明白,就问啥叫不义之财啊?他又笑笑说,就是我去采访,人家给的辛苦费、车马费、误餐费等等啊。我不拿吧,人家不开心;我要拿吧,自己不踏实。于是,想着还是把它拿出来,发挥点用处。我说,那也不能算是不义之财,顶多也就是灰色收入。他笑笑说,那就让灰色收入散发红色光芒吧。"

"原来是这样。"甜甜回头瞧瞧古今一,叹了口气:"这个老古董,也就他想得出!"

"于是,他每个月都拿过来一千两千的。我们街道干部受他的感染,决定成立一个帮扶基金,大家量力而行,能出多少出多少。整整十年了,古老师出的钱少说也有二十万呐。我心里清楚,那里面不全是他所说的灰色收入。他是把自己许许多多的稿费都捐献出来了。我们街道好多居民因为这个帮扶基金而得到了及时救助。"

"是嘛，我跟他这么多年了，都一直不知道这事。"甜甜觉得有些不可思议。

"我一直想把这事向区里、向报社汇报，都被古老师拒绝了。他说，出钱为讨个表扬，有意思吗？你把我当作捡到钱包交给老师的小学生吗？"

他们放下慰问品，千恩万谢地告辞。高甜甜送他们到电梯口。"我们过几天再来看古老师。希望他早日康复！"汪静言辞恳切地说。

古今一终于醒了。甜甜流着泪高兴地说："老古董，侬也太脆弱了吧？去了一趟江西侬就脑溢血，要是去一趟巴西，侬还回得来吗？"

"去巴西我就勿回来了，在那边学踢球。中国的足球太臭，我学成归来，要好好提振它一下。"

"哟哟，就侬？看来脑子是病得勿轻啊。"

"脑子已经好了，心病还在。"

"心病？"

"我已经晓得是啥人害得我家破人亡了，现在又要致我于死地。"

"啥人？"

"我没有证据，但我晓得是啥人。"

"想开点，身体气坏了勿值得。宽恕他们吧，他们勿晓得自己在做啥。"甜甜想起古今一曾经说过的一句话。

"魔鬼是应该被送进地狱的。"古今一的眼里突然有一股凶光闪现，仿佛被逼急了的野兽般让人害怕。

尾 声

夕阳西下，黄浦江水泛着金灿灿的光芒，几艘游轮的黑色剪影诗意般地在慢慢移动。浦东滨江大道上，行人三三两两、悠闲散漫。高甜甜坐在路边的长椅上，一边漫不经心地翻看着《新民晚报》，一边任思绪漫无边际地飞扬——

高甜甜从外地采访回来，风尘仆仆直接来到医院病房，二十三号病床已是个陌生人。

高甜甜一遍又一遍地打电话，要么"已关机"，要么"无人接听"。

高甜甜急匆匆来到欧阳路古今一家，摁门铃、使劲敲门，无人应答。

高甜甜心急火燎来到古今一在成厚里的老家，摁门铃、使劲敲门，依然没有动静。

高甜甜气急败坏地来到古今一父母的家。他母亲一人在家，看见甜甜便流泪，"古今一讲，伊要出差几天。现在已经半个月过去了，一点音信也没有。"

妈妈帮着爸爸整理行装，高甜甜在给一盆米兰浇水。

"我们报社的古今一，您到底是管还是不管呀？"

"我不是跟你约法三章了吗？要公事公办，别公私混淆，要学好本事、当好记者，别掺和单位复杂的人际关系，要……"

"古今一的事就是公事，他这么好的记者都没法干下去了，您作为上海市的一名领导，觉得正常吗？"

"嗯，等我北京开会回来再说吧。"

江对面，外滩那一溜法国建筑沉默地注视着她。五年了，自从古今一失踪后，她经常到这儿来，仿佛与古今一约定似的，他们要在这里会面。她要亲口告诉他，他的"双规"被取消了，他又可以回报社上班了。他的阿爸，万事不求人的阿爸，竟然腆着老脸上门去求市委副书记李思松帮忙。"你不知道吧，你爸和李思松是老交情呢。多年不见，李思松抱着你爸痛哭流涕。他倒是个念旧的人。尽管已离休了，但听了你阿爸关于你的叙述，当即拿起电话，命令自己的儿子彻查此事。老古董啊，你知道他儿子是谁吗？就是公安局副局长李兵。"

"你回来吧，李兵答应帮忙，以后不会再有人敢找你的麻烦了；我老爸也已经责成有关部门解决了你的事情。"

"你迟到了，肯定又是被哪个采访对象留住吃饭了，忘了我在等你。噢，也有可能你临时又有突击的采访任务，急匆匆赶往机场，而来不及和我说一声。对了，也许你被某个'粉丝'缠住了，非要请你吃饭、饮酒、喝咖啡……"

"不，不，你已经死了，不会再到这儿来了。永远也不会出现在我的眼前了。"

……

蓦然，她的目光被报纸上的一则新闻吸引住了：市公安局副局长李兵神秘失踪，去向不明。有的说已畏罪自杀，因为被人举报经济问题正在接受调查；但反贪局并没证实。有的说是遭遇绑架,家人报警未交纳赎金,被人撕票;可奇怪的是,家人声称并无此事。也有的说因为与黑社会势力有染,他办事不力,被清洗了。更有坊间传说李兵贪赃枉法,是被他老爸大义灭亲了。……所有这些都暂时无法确定,因为生不见人,死不见尸。报纸还披露,李兵是干部子弟,曾插过队、当过兵,转业后就一直在公安部门工作。他原来的名字不叫李兵,而是——郭联联。

"郭联联,名字好熟悉啊,好像听古今一说起过。"

晚霞暖暖地挥洒在高甜甜的身上,但她从心底透出丝丝凉意,凉意渐渐聚集,蓦然她打了一个寒战。一种几近绝望的、世纪末的情绪笼罩着她。她在等候,等候什么呢?

一个四五岁的小女孩晃晃悠悠地来到她的跟前,稚气十足、却又小大人似地说:"喏,给你的。"说完,把一份报纸丢到她怀里,又跌跌撞撞地玩去了。

这是一份《江西日报》,头版左下方一篇文章用红笔圈着。标题耸人听闻、抓人眼球:《乡长父子突遭枪杀　豪宅惊现千万现金》。

文章的大致内容是:四月一日,樟树县山斜乡乡长陈谷雨、儿子陈小山被发现死在自己家中,身边有一支六四式七点六二毫米的微声手枪。枪上只有陈小山一人的指纹。警察在房内搜查时,从床底下拉出四只杉木箱,发现里面有现金人民币一千五百万元,美金二十万元,还有六块劳力士手表和大量金银首饰。据消息灵通人士称,陈小山是县公安局刑警,几年前在上海犯事被通缉,一直下落不明。现在突然在家中现身,估计是想从家中取钱,因父亲阻挡而将其杀害,之后吞枪自尽。真相究竟如何，警方称正在做进一步调查。

"贫困县下面一个小小的乡长竟然拥有如此让人惊叹不已的巨款！要不是父子俩突然死亡，乡里的百姓会知道吗？县里的父母官会知道吗？"甜甜叹了口气，呢喃道："老爸说得对，政治体制再不改革，中国危险了！"

蓦然，报纸里夹着的一张纸片飘然落下。

高甜甜狐疑地捡起，打开纸条，熟悉的笔迹，熟悉的话语，千真万确！高甜甜的血突然涌上脑门，呼吸也变得急促起来。

"酸酸：回来看看，你很好，我感到很宽慰；过去已成回忆，生活还得继续。你的女儿很可爱，我吻过她了。祝你全家永远幸福！另，上帝无处不在，魔鬼是终究要被送进地狱的，对此我深信不疑。"

翻过来，发现背面也有几行字：聚散苦匆匆，此恨无穷。今年花胜去年红。可惜明年花更好，知与谁同？

哎哟哟，什么时候了，还有心情念欧阳修？你才酸呢，活脱脱一个大酸枣！

"圆圆，圆圆，快过来！妈有事问你。"等不及女儿过来，高甜甜已向她奔过去。"这是谁给你的？他人呢？"

"喏——"女儿小手指着夕阳的方向。"一个老伯伯，他朝那边走了。"

远远地，似乎有个人影在移动。高甜甜拉着女儿朝那儿跑了几步，倏地人影不见了。她们停住，揉揉眼睛，人影又出现了。再继续跑，又不见了……

"他是谁呀？他已经走远了，我们为什么还要去追他呀？"

"圆圆，他是你爸爸啊。"

图书在版编目(CIP)数据

愚人节/阿蒙著. —上海:上海三联书店,2016.
ISBN 978 - 7 - 5426 - 5447 - 2

Ⅰ.① 愚…　Ⅱ.①阿…　Ⅲ.①长篇小说—中国—当代

Ⅳ.①I247.5

中国版本图书馆 CIP 数据核字(2016)第 005386 号

愚人节

著　　者　阿　蒙

责任编辑　钱震华
装帧设计　阿　龙

出版发行　上海三联书店

(201199)中国上海市都市路 4855 号
http://www.sjpc1932.com
E-mail:shsanlian@yahoo.com.cn

印　　刷　江苏常熟东张印刷有限公司

版　　次　2016 年 3 月第 1 版
印　　次　2016 年 3 月第 1 次印刷
开　　本　890×1240　1/32
字　　数　300 千字
印　　张　14.25
书　　号　ISBN 978 - 7 - 5426 - 5447 - 2/I · 1101
定　　价　42.00 元